In alle Ewigkeit

Das Buch

Als Kriminalkommissar Erik Winter den Ort aufsucht, an dem kurz zuvor eine junge Frau vergewaltigt wurde, werden unangenehme Erinnerungen in ihm wach. Hier, an einer dunklen Stelle in einem öffentlichen Park von Göteborg, war fünf Jahre zuvor ein junges Mädchen ermordet worden; ein Fall, der unaufgeklärt zu den Akten gelegt werden musste. Doch keiner im Kreis der Ermittler um Erik Winter hatte ihn je vergessen können. War der Mörder jetzt zurückgekehrt? Das jüngste Opfer, Jeanette Bielke, konnte ihrem Vergewaltiger zwar entkommen, doch ihre Aussage hilft der Polizei kaum weiter. Energisch macht sich Winter an die Ermittlungen und rollt auf der Suche nach möglichen Spuren auch den alten Fall wieder auf. Doch nur wenige Tage später wird an derselben Stelle im Park eine junge Frau ermordet aufgefunden. Und als diese Tat kein Einzelfall bleibt, müssen Erik Winter und sein Team erkennen, dass sie es hier womöglich mit einem Serienmörder zu tun haben …
Psychologisch raffiniert und voller Spannung – Åke Edwardson beweist einmal mehr, dass seine Bücher süchtig machen.

Der Autor

Åke Edwardson, Jahrgang 1953, lebt mit seiner Frau und zwei Töchtern in Göteborg. Bevor er sich dem Schreiben von Romanen widmete, arbeitete er als Journalist u. a. im Auftrag der UNO im Nahen Osten, schrieb Sachbücher und unterrichtete an der Universität in Göteborg Creative Writing.

Von Åke Edwardson sind in unserem Hause bereits erschienen:

Allem, was gestorben war
Geh aus, mein Herz
Der Himmel auf Erden
Der Jukebox-Mann
Der letzte Abend der Saison
Die Schattenfrau
Segel aus Stein
Tanz mit dem Engel
Das vertauschte Gesicht
Winterland

Åke Edwardson

In alle Ewigkeit

Roman

Aus dem Schwedischen
von Angelika Kutsch

List Taschenbuch

Besuchen Sie uns im Internet:
www.list-taschenbuch.de

FSC
Mix
Produktgruppe aus vorbildlich bewirtschafteten Wäldern und anderen kontrollierten Herkünften
www.fsc.org Zert.-Nr. GFA-COC-1223
© 1996 Forest Stewardship Council

Dieses Taschenbuch wurde auf FSC-zertifiziertem Papier gedruckt. FSC (Forest Stewardship Council) ist eine nichtstaatliche, gemeinnützige Organisation, die sich für eine ökologische und sozialverantwortliche Nutzung der Wälder unserer Erde einsetzt.

Ungekürzte Ausgabe im List Taschenbuch
List ist ein Verlag der Ullstein Buchverlage GmbH, Berlin.
September 2006

Titel der schwedischen Originalausgabe: *Låt det aldrig ta slut*
(Norstedts Förlag, Stockholm)
Umschlaggestaltung und Konzeption: RME Roland Eschlbeck und Kornelia Bunkofer
Titelabbildung: getty-images
Papier: Munkenprint von Arctic Paper Munkedals AB, Schweden
Druck und Bindearbeiten: Clausen & Bosse, Leck
Printed in Germany
ISBN-13: 978-3-548-60673-6
ISBN-10: 3-548-60673-3

Für Kristina

1

Etwas stach sie unterm rechten Fuß, unter den Zehen. Sie war vorsichtig gegangen, aber hier nützte es nicht viel. Der Grund war mit Tang bedeckt, wie mit hohem, dickem Gras, das sich in der Strömung bewegte, braun und eklig. Wie tote Blumen.

Jetzt stand sie auf einem Stück Sandboden. Sie balancierte auf einem Bein, hielt den rechten Fuß hoch und sah, dass er blutete, aber nur ein bisschen. Es war nicht das erste Mal in diesem Sommer. Es gehörte dazu.

Plötzlich musste sie an einen engen Klassenraum denken, in dem es nach feuchter Kleidung roch. Regen an der Fensterscheibe. Fragen auf einem Blatt Papier und das Kratzen von Stiften. Antworten, die schon wieder vergessen sein würden, wenn die Arbeit abgegeben war. Jetzt war sie jedenfalls fertig. Sie würde studieren, zum Teufel, sie war gut. Und dazu dieser Sommer, der kein Ende nahm. *Lass es niemaaals enden.* Sie kriegte die Melodie nicht aus dem Kopf.

Heute Abend würde die Wunde nur noch ein kleiner Kratzer sein, sie würde ihn nicht mehr spüren, wohl aber noch die Wärme auf der Haut fühlen, Sonne und Salz. Nach dem Duschen. Bevor der Abend begann.

Sie schwamm und schlug mit den Beinen, das Wasser war wie eine Kaskade um sie herum. Ein Segelboot lief mit gedrosseltem Motor in die Bucht ein. Sie konnte die Passagierdampfer sehen, zählte von hier aus drei Stück. All die Leute, die auf dem Weg in die südlichen Schären waren. Sie ließ sich treiben. Das Wasser war nicht mehr zu spüren, es war ein Gefühl, als triebe sie in der Luft. Ich kann fliegen, dachte sie. Ich kann alles. Werden, was ich will. Ich kann berühmt werden. *Fame. I wanna live forever.*

Noch dieser Sommer und dann würde sie anfangen, Medizin zu studieren, aber bis dahin waren es noch Millionen Jahre, Millionen Wassertropfen, die nach Salz und Sand schmeckten, wenn sie tauchte.

Das Wasser war grün und trüb. Sie sah einen Schatten, vielleicht ein Fisch. Oder ein Froschmann.

Sie würde ein Jahr studieren, und dann würde sie ein Jahr Pause machen, da konnte Papa sagen, was er wollte. Er würde sagen, sie sei ja ganz gut darin, sich ihre Freiheit zu nehmen, aber was sollte aus allem anderen werden?

Sie wollte nicht mehr zu Hause wohnen.

Sie blieb so lange unter Wasser, wie sie sich traute, dann stieß sie sich vom Grund ab und glitt wieder an die Oberfläche.

Sie schwamm zurück zu den Felsen, stakste vorsichtig durch den Tang und zog sich auf einen Stein hoch, der von einem Felsen herausragte.

Die Wunde unter dem großen Zeh blutete, aber nur ein wenig. Sie kletterte zu ihrer Decke hinauf, zog das Handtuch aus dem Netz, trocknete sich die Haare und trank etwas Wasser. Dann setzte sie sich auf die Decke und blinzelte ein paar Tropfen Salzwasser aus den Augen. Sie holte Luft und noch einmal, tief Luft, die voller Sonne war, es brannte fast in den Lungen. Die Wasseroberfläche glänzte wie Fischschuppen, als ob sich dort zehntausend Fische bewegten. Sie hörte ferne Geräusche von den Schiffen, die in alle Richtungen fuhren. Einige verschwanden am Horizont, lösten sich auf. Dort war der Himmel fast weiß, aber nirgends waren Wolken zu sehen. Sie legte sich auf den Rücken. Ein Wassertropfen aus dem Haaransatz lief über ihre Wange, fast spürte sie den Geschmack auf den Lippen. Sie hatte die Augen schon geschlossen. Jetzt war alles rot und gelb in ihrem Kopf. Sie hörte Stimmenfragmente von den Leuten um sie herum, halbe Wörter, das Bruchstück eines Lachens, das aufblitzte wie die Wasseroberfläche in der Sonne.

Sie hatte keine Kraft zu lesen. Sie wollte nichts tun, nur hier liegen, so lange es ging. Nichts tun, nur für immer leben.

Die Sonne stand in Augenhöhe, als sie ihre Sachen zusammensuchte und den Berg hinaufkletterte und den kleinen Hohlweg abstieg hinunter zum Fahrradstand. Ihr war ein wenig schwindlig. Auf ihren Schultern brannte es, obwohl sie sich eingecremt hatte. Auch ihre Wangen brannten, aber nicht zu sehr. Heute Abend würde sich das geben, als ob es in der Haut versunken wäre. Es würde gut aussehen im schummrigen Licht des Straßencafés. Oh, là là.

Sie fuhr am Bootshafen vorbei, schlängelte sich durch eine Gruppe Menschen, die von den Schärendampfern zu den Bussen und Straßenbahnen strömten. Tausend Radfahrer schlängelten sich so voran. Alle wollten gleichzeitig nach Hause, als ob alle immer das Gleiche täten.

Vielleicht tun wir das ja, dachte sie. Im Sommer ergibt sich das so. Alles wird einfacher. Sich sonnen, baden, duschen, feiern. Baden, sonnen, duschen, feiern. Duschen, sonnen, baden, feiern. Sie hielt an, stellte ihr Fahrrad ab und reihte sich in die Schlange vor der Eisbude ein und kaufte sich einen Becher mit zwei Kugeln: Vanille mit »himmlischem Allerlei« wie aus Großmutters Zeiten. Das Eis fing sofort an zu tropfen, aber in einer Waffel wäre es noch schlimmer gewesen. Eine Frau neben ihr sagte, es seien dreiunddreißig Grad. Abends um sechs drei unddreißig Grad. Man soll sich nicht beklagen, sagte der Mann, der rechts von der Frau stand. Aber trotzdem, sagte die Frau, die Mitte vierzig sein mochte, oder sechzig. Der Boden ist zu trocken.

Mir doch egal, dachte sie, als sie weiterfuhr. *Lass es niemals enden*. Der Boden kriegt schon, was er braucht, im Herbst.

Über den Feldern an der anderen Seite der Straße, die sich zur Meeresbucht senkten, roch es nach Heu. Sie fuhr durch das kleine Villenviertel, fuhr schneller auf dem Fahrradweg, der neben der Straßenbahnlinie verlief, und war in zehn Minuten zu Hause. Der Vater saß auf der Veranda mit einem Glas, das Whisky zu enthalten schien.

»Da kommt eine Rote Rübe.«

Sie gab keine Antwort.
»Besser als eine Lauchstange.«
»Lauch?«
»Wegen dem Weiß.«
»Ich geh nach oben«, sagte sie und stieg die Treppe hinauf. Es war Whisky. Sie konnte ihn riechen.
»In genau zehn Minuten schmeiß ich den Grill an.«
»Was gibt es?«
»Lachs am Spieß und Anglerfisch, unter anderem.«
»Wann essen wir?«
»In genau fünfundvierzig Minuten.«
Ihr Vater nahm einen Schluck und blickte über den Garten. Das Eis klirrte. Sie konnte es nicht ausstehen, wenn er Whisky trank.

Als sie sich fertig machte, war die Sonne schon hinter den Häusern untergegangen, die Farben wurden dunkler. Das Zimmer lag im Schatten. Sie zog die Vorhänge zurück und ließ die Abenddämmerung herein. Es roch warm und trocken, und das war sie selbst, ihre Haut. Sie stand in Slips vorm Spiegel. Ihre Brüste leuchteten weiß wie Zähne.

Jetzt duftete es nach dem After-Sun-Gel, mit dem sie sich gerade eingerieben hatte. Die Haut war nach dem Duschen schon weicher geworden, vom Süßwasser. Ein schönes Wort. Süßwasser.

Der Vater rief aus dem Garten, und genau in dem Augenblick nahm sie den Geruch nach gegrilltem Fisch wahr, und genau in dem Augenblick merkte sie, was für einen Hunger sie hatte. Wahnsinnigen Hunger. Und Durst.

Elins Zähne blitzten auf der anderen Seite des Tisches.
»Was machst du morgen?«
»Sonnen und baden.«
»Trinken wir noch etwas?«
»Ich glaube nicht. Mir dreht sich schon alles«, sagte sie und nickte zum Bierglas auf dem Tisch.
»Du bist wirklich braun geworden«, sagte Elin.
»Danke.«

»Und dein Haar wird ganz weiß.«
»Soll das ein Kompliment sein?«
»Das steht dir doch richtig gut.«
»Dann also danke.«
»Ich glaube, ich möchte noch ein Bier«, sagte Elin. »Bei der Hitze hat man ja ständig Durst.« Sie stand auf. »Am besten, ich hol es mir selbst. Bis hierher an den Rand schafft es die Bedienung nie.«
Sie saßen in der äußersten linken Ecke des Straßencafés, hinter ihnen war eine kleine Einbahnstraße.
»Du möchtest also nichts mehr?«
Sie schüttelte den Kopf. Elin ging zum Tresen, sie sah, wie sie sich zwischen den Tischen hindurchschlängelte, und musste daran denken, wie sie sich selbst heute im Meer an den Quallen vorbeigeschlängelt hatte.
»Übrigens«, rief sie, »ich nehm doch noch ein Kleines.«

Sie blieben sitzen, lange. Die Wärme stand zwischen den Häusern, hatte sich langsam auf die Straße gesenkt.
»Es ist immer noch genauso warm«, sagte Elin. »Keine Sonne mehr, aber die Wärme bleibt.«
Sie nickte, ohne zu antworten.
»Die Abende sind eigentlich das Schönste am Sommer in der Stadt«, sagte Elin. »*Summer in the city.*«
Sie nickte wieder.
»Mensch, bist du heute aber gesprächig!«
»Ich bin nur so verflixt müde.«
»Es ist doch gerade erst kurz nach Mitternacht.«
»Ich weiß. Es muss von der Sonne kommen.«
»Und dabei hab ich mich den ganzen Tag hinter der Kasse gequält.«
»Morgen hast du frei.«
»Gerade deshalb hab ich jetzt Lust auf 'ne kleine Paaarty.« Sie wiederholte es: »Paaarty.«
»Ich weiß nicht, Elin.«
»Himmel. Das mit dem weißen Haar hab ich doch nicht wörtlich gemeint. Weißes Haar braucht doch nicht siebzig plus zu bedeuten. Mensch! Du gähnst ja schon wieder.«

»Ich weiß. Entschuldige.«

»Und was machen wir jetzt?«

»Heute Abend? Oder heute Nacht?«

»Nein, ich meine natürlich einen Abend im November 2003.«

»Ich weiß nicht ...«

»Soll ich etwa allein in den Club gehen?«

»Nein«, antwortete sie, »schau mal, da kommt ja die ganze Clique.«

Es war die Clique. Drei Jungen und zwei Mädchen. Für sie war es das perfekte Timing, denn sie hatte nicht die Absicht, die ganze Nacht durchzumachen. Es musste von der Sonne kommen. Eine reichliche Überdosis Sonne.

»Nur meinetwegen musst du jetzt nicht mitkommen«, sagte Elin.

»Was?«, fragte einer der Jungen.

»Sie braucht ihren Schlaf«, sagte Elin und nickte lächelnd in ihre Richtung.

»Ich bin plötzlich so wahnsinnig müde«, sagte sie.

»Dann fahr doch nach Hause und leg dich schlafen«, sagte der Junge. »Soll ich dir einen Fahrer vom Pflegedienst bestellen?«

Sie streckte ihm die Zunge heraus, und er lachte.

»Ich gehe.«

»Du *gehst*?«

»Ja, ich geh, ein Stück.«

»Mensch, das ist doch weit. Und die letzte Straßenbahn ist bestimmt schon weg.«

»Es gibt doch noch den Nachtbus. Fürs letzte Stück nehm ich ein Taxi.«

»Nimm besser eins direkt von hier aus«, sagte Elin.

»Was soll denn das jetzt? Was meinst du denn damit?«

»Dass man um diese Zeit nicht allein durch die Stadt rennen soll.«

Sie blickte sich um.

»Allein? Die ganze Stadt wimmelt doch von Menschen.« Sie sah sich noch einmal um. »Und alles Leute in unserem Alter.«

»Mach, was du willst«, sagte Elin.

»Gehen wir?«, fragte jemand aus der Clique.

Sie standen auf.

»Also morgen um elf?«, sagte Elin.

»Bist du dann schon wach?«

»Wenn's ums Sonnen geht, schaff ich das.«

»Du weißt, wo ich liege«, sagte sie, sagte tschüss und machte sich Richtung Süden auf den Weg.

»Ruhe in Frieden«, sagte einer der Jungen.

»Was für ein dämlicher Kommentar«, sagte Elin.

Am Taxistand zögerte sie. Plötzlich war sie wieder munter, als ob der Spaziergang sie wieder wach gemacht hätte oder so was. Sie zögerte. Schaute zum Park. Dort waren genauso viele Leute wie in dem Straßencafé, fast noch mehr. Alles war erleuchtet, die Bäume und Büsche glänzten in einer kräftigen Farbe, es sah aus, als ob die Blätter angemalt wären. Von dort kam eine angenehme Kühle, sie spürte es. Es roch gut. Und dazu die Kühle. Sie konnte den Park durchqueren und auf der Straße dahinter rauskommen. Rundherum waren Tausende von Leuten, überall. Sie hörte Musik aus dem Lokal, das auf der anderen Seite vom Teich lag. Bis dahin waren es nur hundert Meter.

Etwas zog sie an, aus dem Park. Sie stand im Gras. Dort roch es noch besser. Überall hörte sie Stimmen, wie heute am Strand. Wenn sie die Augen schloss, hörte sie Fragmente der Stimmen, Bruchstücke.

Im Kopf war es jetzt nicht mehr rot und gelb, eher grün mit vielleicht ein bisschen Gelb. Sie öffnete die Augen wieder und überquerte den Rasen. Überall Leute. Überall Stimmen. Sie ging unter Bäumen entlang und konnte die Straße dahinter sehen. Vielleicht zwanzig Meter.

Plötzlich war sie wach, richtig wach, wie am Morgen nach einem langen Schlaf und Frühstück und allem, was dazu gehört.

Über ihr in den Bäumen raschelte es. Sie hatte das Gefühl, durch einen Hain zu gehen. Sie sah die Straßenlaternen. Es wurde schon wieder heller, der Himmel war vor einer Stunde noch blauer gewesen. Es war kurz nach eins. Es rauschte, raschelte. Sie hörte Autos, ein Lachen. Sie überlegte schon, wann das erste Taxi draußen auf der Straße herankommen würde.

Rechts knisterte es, ein Schatten aus den Augenwinkeln wahrgenommen, vielleicht. Sie hörte etwas, einen Vogel. Ein Lachen auf der anderen Seite. Ein Busch bewegte sich in einem plötzlichen Windstoß.

Bald würde sie das letzte Stück hinter sich haben und die andere Seite erreicht haben. Dort würden überall Leute sein, sie hatte keine Angst. Dazu hatte sie ja auch keinen Grund. Fast hätte sie darüber gelacht. Es waren nur noch wenige Schritte.

2

Sie war wie abgestorben, wie in Bewusstlosigkeit versunken, wieder zum Leben erwacht. War nach Hause gekommen. Die Sonne brannte schon heiß, es mochte früher Vormittag sein. Sie war mit gesenktem Kopf über den Berg gegangen, damit ihr niemand ansehen konnte, was sie erlebt hatte, was sie GETAN hatte. Was jemand anders mit ihr gemacht hatte.

Das Zimmer sah wie vorher aus, aber nichts konnte jemals wieder so wie früher werden.

Sie riss sich die Kleider vom Körper, RISS sie herunter und steckte alles in die Waschmaschine, ohne hinzuschauen, und setzte das Programm in Gang. Das Rauschen des Wassers war ein Trost.

Sie stellte sich unter die Dusche und wusch sich UNTER der Haut, so ein Gefühl war das. Lange stand sie da und knetete ihren Körper und beseitigte alle Beweise, während die Waschmaschine die Unterwäsche hin und her schleuderte, die Beweise auflöste, hin und her. Es gab keine mehr, als Kriminalinspektor Fredrik Halders und Aneta Djanali eine Stunde später vom Ermittlungsdezernat des Landeskriminalamts kamen, und nichts, als die Spurensicherer im Polizeipräsidium am Ernst Fontells Plats schließlich versuchten, doch noch etwas im Gewebe zu finden.

Kriminalkommissar Winter hatte sie geschickt, Erik Winter, der jedes Mal einen Serienvergewaltiger im Verdacht hatte. Und bei zwei früheren Fällen hatte er Recht gehabt.

Aneta Djanali sah den Park, als sie daran vorbeifuhren. So viel wussten sie: Das Mädchen hatte ihren Eltern erzählt, dass es im Park passiert war. Winter hatte Leute losgeschickt. Aneta Djanali sah den Hund. Kein Hund zum Spielen. Nichts war hier Spiel. Drei uniformierte Polizisten standen auf dem Parkplatz herum. Dort waren an die zehn Autos abgestellt.

»Glaubst du, die kontrollieren die Autos?«, fragte Halders hinterm Steuer.

»Jedenfalls nicht in diesem Augenblick.«

»Es ist zum Verrücktwerden. Fünfundzwanzig Bullen mit den Händen in den Hosentaschen, und der Kerl ist längst über alle Berge und hat das Auto vergessen, und es ist der grüne Manta in der Mitte. Oder der schwarze Volvo.«

»Es sind drei Leute, nicht fünfundzwanzig.«

Aneta sah, wie einer der Polizisten einen Notizblock hervorholte und anfing, die Autokennzeichen aufzuschreiben.

»Jetzt fangen sie an.«

Das Haus lag ein Stück abseits von der Straße, hinter einer Mauer. Auf der anderen Seite glänzte das Meer, nur ein paar hundert Meter entfernt. Halders roch das Meer, hörte die Möwen, sah das Wasser, die Segel, einige Fähren, einen Katamaran, Öltanks, drei Kräne auf der stillgelegten Werft am anderen Flussufer. Den Horizont.

Das Haus zählte zur Fünf-Millionen-Klasse, aber das durfte ihn nicht beeinflussen. Die Leute hatten das Recht, mehr Geld zu besitzen als er. Es könnte neu gebaut worden sein. Von griechischer Architektur inspiriert. Zum Teufel, es sah aus wie ein ganzes griechisches Dorf.

Er wischte sich den Schweiß von der Stirn, spürte seinen Rücken unter dem Hemd. Aneta wirkte richtig kühl dagegen. Musste was mit den Genen zu tun haben. Außen schwarz und innen kühl.

»Okay«, sagte er und drückte auf den Klingelknopf, der klein und kaum auf dem gelblichen Putz zu erkennen war.

Die Tür öffnete sich unmittelbar, als ob der Mann dahinter gestanden und auf das Klingeln gewartet hätte. Er trug eine kurze Hose und ein Hemd, war barfuß, sonnengebräunt, um die fünfzig, Brille mit dünnem Rand, dünnes Haar, das im Nacken länger war, insgesamt alles an ihm ziemlich dünn, dachte Halders. Rote Augen. Ängstliche Augen. Etwas Neues, Unbekanntes war in sein Heim eingedrungen.

Die Wirklichkeit stürmte gleich zweimal auf den Mann ein: erst die vergewaltigte Tochter, dann zwei Bullen in Zivil. Das eine folgte dem anderen. Noch nie auf so eine Idee gekommen, dachte Halders. Wir sind die einen, die dem anderen folgen, das Gute nach dem Bösen, aber dem Mann ist das sowieso verdammt egal.

Sie stellten sich vor.

Der Mann, der Kurt Bielke hieß, führte sie ins Haus.

»Jeanette ist in ihrem Zimmer.«

Halders schaute die Treppe hinauf. »Es wird nicht lange dauern. Danach muss sie sofort in die Frauenklinik.«

»Ich weiß, dass sie untersucht werden muss«, sagte Kurt Bielke und strich sich mit der Hand über die hohe Stirn. »Aber muss sie wirklich dahin?« Er wandte sich an Aneta Djanali. »Sie will das nicht.«

»Es ist wichtig«, sagte Aneta Djanali. Aus mehreren Gründen, dachte sie.

»Können wir jetzt mit ihr sprechen?«, fragte Halders.

»Ja … natürlich.« Bielke ging in Richtung Treppe. Dann blieb er stehen, wie angewurzelt, bevor sich sein Kopf wieder bewegte. Er sah sie nicht an. »Es ist da oben.«

Sie stiegen die Treppe hinauf und blieben vor einer geschlossenen Tür stehen. Aneta Djanali hörte von draußen die Geräusche des Sommers. Ein Seevogel lachte laut, gefolgt von einem Echo, das in der Meeresbucht verschwand. Ein Hund bellte. Ein Auto hupte. Ein Kind rief etwas mit schriller Stimme.

Der Mann klopfte an die Tür. Keine Antwort. Er klopfte noch einmal.

»Jeanette?«

Von drinnen hörte man eine Stimme, aber keine Wörter.

»Jeanette? Die Pol… Polizei ist da.«

Wieder Laute von drinnen.

»Wir gehen jetzt rein«, sagte Halders.

»Soll ich dabei bleiben?«, fragte der Mann.

»Nein«, sagte Halders und klopfte selbst an die Tür. Dann drückte er die Türklinke herunter, die Tür war offen, und sie betraten das Zimmer.

Das Mädchen saß im Morgenmantel auf einem Bett. Es war so dunkel im Zimmer, wie es eben sein konnte hinter heruntergelassenen Jalousien. Die Sonne war gleich da draußen, und das grelle Licht versuchte ins Zimmer einzudringen. Als ob sie Schutz davor in einer Ecke des Bettes sucht, dachte Aneta Djanali. Sie drückte sich gegen die Wand. Jeanette heißt sie, nicht »sie«. Sie hat einen Namen, aber plötzlich bedeutet das nichts, manchmal nicht mal für das Opfer selbst.

Jetzt bin ich mit Reden an der Reihe.

Aneta Djanali stellte sich und Halders vor. Er nickte, sagte nichts, setzte sich auf den Schreibtischstuhl und sah sie an, nickte freundlich.

Jeanettes Gesicht wurde zum Teil von dem Handtuch verborgen, das sie nach dem langen Duschen um den Kopf geschlungen hatte. Den Morgenmantel hielt sie am Hals mit einer schmalen Hand zusammen. Anetas Augen hatten sich an das Dämmerlicht im Zimmer gewöhnt, und sie sah die zarte Haut auf den Mädchenfingern. Sie war wie aufgeweicht.

Sie muss stundenlang unter der Dusche gestanden haben. Das hätte ich auch getan.

Aneta Djanali stellte einige kleine Fragen, was ihr gerade so einfiel, jetzt zu Beginn des ersten Verhörs. Die Antworten waren knapp, kaum zu verstehen. Sie mussten näher heranrücken, aber nicht zu nah. Jeanette erzählte vom Park. Ja, es war spät gewesen. Nein, früh. Spät und früh. Sie war allein gewesen. Sie war diesen Weg schon öfter gegangen. Viele Male, auch nachts. Allein? Ja, allein.

Diesmal hatte sie sich von den anderen jedenfalls gerade erst getrennt. Sie war vorher an zwei verschiedenen Orten gewesen, nannte die Namen. Halders machte Notizen. Sie erzählte, wer dabei gewesen war, jedenfalls eine Weile.

Sie waren auf einer kleinen Abi-Nachfeier gewesen. Ein Viertel der Klasse. Seit dem Abi war ein Monat vergangen.

Aneta sah die weiße Mütze auf der Kommode unterm Fenster. Sie leuchtete wie von innen heraus in der Dämmerung.

Eine kleine Abifeier. Anetas Blick wanderte von der Studentenmütze zu Jeanettes Gesicht. Neunzehn Jahre alt. Sie wollte nach Freunden fragen, wusste aber, dass es besser war, damit zu warten. Jetzt war das unmittelbar Geschehene wichtig, die wenigen Fragen danach, was passiert war, wann, wie, wann, wie, wann, wie. Fragen, zuhören, schauen. Das hatte sie schon oft genug gemacht, um zu wissen, dass es für sie als Ermittlerin das Wichtigste war, das zu sehen, was sie das Ereignis hinter dem Ereignis nannte. Einen Bericht nicht einfach sofort hinzunehmen. Den Bericht des Opfers. Schon jetzt über die schwere Frage nachzugrübeln: War es wirklich so? Hat es sich wirklich so abgespielt?

Sie bat Jeanette Bielke zu erzählen, wie viel sie von dem Mann gesehen hatte, der sie vergewaltigt hatte.

Plötzlich sagte Jeanette, sie wolle zum Krankenhaus fahren, sofort wolle sie hinfahren. Aneta Djanali hatte gewusst, dass es so kommen würde oder vielleicht so kommen musste.

»Gleich. Nur noch eine Frage. Eine Sekunde.«

»Aber ich will JETZT fahren.«

»Können Sie uns nichts von diesem Mann erzählen?«

»Ich erinnere mich nicht.«

»War er groß?«

»Er war groß. Stark, weil ich doch nicht ... wag... woll... gewagt habe, mich zu befreien. Zuerst hab ich es versucht ... aber dann ging es nicht.«

Sie hatte angefangen zu weinen, zerrte am Handtuch und wischte sich damit über die Augen, es löste sich und fiel herunter und entblößte ihre nassen Haare, sie lagen wie festgeklebt um ihren Kopf.

»Er ... hat mich festgebunden«, sagte sie.

»Sie festgebunden?«

»Ja.«

»Wie?«

»Er hat mir ... eine Schlinge um den Hals ... um den Hals gelegt. Und die Arme ... dann ...« Sie griff sich an den Hals. Aneta Djanali sah es jetzt, um ihren Hals lief ein schmaler roter Strich.

»Es war wie eine Leine«, sagte Jeanette. »Die roch zwar nicht nach Hund, aber es war so eine Leine.« Sie sah Aneta

Djanali jetzt direkt an. »Ich hab gesehen, dass es geblitzt hat. Glaube ich.«

»Geblitzt?«

»Etwas an der Leine hat geblitzt. Ich glaube, so war es. Als ob da Nieten oder so was dran gewesen wären.«

Sie schüttelte sich, räusperte sich, schüttelte sich wieder. Aneta sah Fredrik an, der nickte.

»Noch eine letzte Frage, Jeanette. Hat er was gesagt?«

»Er hat ... etwas ... gesagt.«

»Was hat er gesagt?«

»Ich hab's nicht verstanden.«

»Aber Sie haben Wörter gehört?«

»Ja ...«

»Aber die Sprache haben Sie nicht verstanden?«

»Das war keine Sprache.«

»Wie meinen Sie das? Keine Sprache?«

»Es war wie ein Reim – ohne Sinn. Er hat was vor sich hin gebrabbelt, das ich nicht verstehen konnte.«

Aneta Djanali nickte, wartete. Jeanette sah sie an.

»Dreimal hat er das gemacht, gebrabbelt. Oder war es nur einmal? Genau in dem Moment, als er ... als er ...«

Vor dem Fenster lachten die Möwen, sie kamen vom Meer zurück. Ein Automotor wurde gestartet. Wieder rief ein Kind. Jeanette rubbelte ihre Haare mit dem Handtuch. Es war warm im Zimmer, stickig.

Aneta Djanali wusste, dass Jeanette alles gesagt hatte, was sie im Moment sagen konnte, und jetzt war es höchste Zeit, dass sie ins Krankenhaus kam.

Sie sah, wie Fredrik sich erhob. Alles hatte seinen normalen Lauf genommen: Vergewaltigung. Anzeige. Das erste Verhör. Antrag auf gerichtsmedizinisches Attest. Transport zur Frauenklinik.

Scheiße.

Es war eine wirkliche. Keine Fantasie.

Jeanette Bielke war auf dem Weg zum Östra-Krankenhaus, Aneta Djanali und Halders fuhren zu dem Park, in dem es passiert war.

»Was hältst du von der Personenbeschreibung?«

Halders zuckte mit den Schultern.

»Groß. Stark. Dunkler Mantel. Hat nach nichts Besonderem gerochen. Mit einer Würgeleine bewaffnet. Hat Reime gebrabbelt. Oder nur was Unverständliches gesagt.«

»Könnte irgendein Sven Svensson gewesen sein«, sagte Halders.

»Findest du glaubwürdig, was sie erzählt hat?«

»Ja.«

»Ich hätte sie mehr fragen wollen.«

»Du hast herausbekommen, was du im Moment herausbekommen konntest.«

Aneta schaute hinaus in den Sommer. Die Leute waren leicht bekleidet. Ihre Gesichter leuchteten mit der Sonne um die Wette. Der Himmel war blau, keine Wolken. Eis, leichte Kleidung und lockeres Leben. Da draußen blies einem der Wind nicht ins Gesicht.

»Es ist beschissen.«

»Hoffentlich ist das nicht bloß der Anfang.« Halders warf ihr einen Blick zu. »Du weißt, was ich meine.«

»Sag es nicht.«

Halders dachte daran, was Jeanette vom Aussehen des Mannes erzählt hatte, das, was sie hatte sehen können. Der Vergewaltiger. Sie mussten die Untersuchung abwarten, aber er war sicher, dass es hier um Vergewaltigung ging.

Nie konnten sie sicher sein, was das Aussehen betraf. Die Personenbeschreibung war das Schwerste. Verlasst euch nie ganz und gar auf die Täterbeschreibung, sagte er immer. Nichts braucht mit den wirklichen Umständen übereinzustimmen. Dieselbe Person kann in den Augen des Zeugen und in seiner Erinnerung in der Größe von 1,62 Meter bis 1,97 Meter variieren. Alles kann variieren.

Im letzten Jahr hatten sie einen Verrückten gehabt, der schlug die Leute von hinten nieder, wahllos, ohne erkennbares Muster, er schlug sie nieder und klaute ihr Geld, aber er hatte die Eigenart, sich von der Seite zu zeigen, das war wohl das Muster. Eine Art Gruß, um die Aufmerksamkeit auf sich zu lenken, und dann schlug er zu.

In einer Sache waren sich die Opfer ziemlich einig: Er erinnerte an den Glöckner von Notre-Dame; untersetzt, krummrückig, Glatze, zog den einen Fuß nach, als würde er Kartoffeln setzen …

Als sie ihn dann schnappten, tatsächlich auf frischer Tat, zeigte es sich, dass er 1,95 Meter war, dicke krause Haare. Er hätte in jeder Soap opera den feurigen Liebhaber spielen können.

Es hing von so vielem ab. Was man sah. Die Dunkelheit. Wie das Licht einfiel. Der Schreck, die Angst. Vor allen Dingen der Schreck.

Er bog ab und parkte ein. Die Uniformierten waren nicht mehr da. Das Gebiet war abgesperrt, zwei Leute von der Spurensicherung krochen auf der Erde herum. Eine Gruppe Kinder stand vor der hintersten Absperrung, sie flüsterten und guckten. Erwachsene kamen vorbei, blieben stehen, gingen weiter.

»Was gefunden?«, rief Halders, und die Leute von der Spurensicherung schauten auf und dann wieder runter, ohne zu antworten. Halders hörte kurzes Hundebellen und sah den Hund und seinen Führer.

»Was gefunden?«, wiederholte er seine Frage an den Hundeführer gerichtet.

»Zack hat da hinten irgendwas gewittert, aber der Wind hat es weggetragen.«

»Vielleicht hinauf in den Baum.« Halders guckte nach oben.

»Warst du dabei, als wir letztes Jahr den Kerl geschnappt haben, der sich auf einem Baum zu verstecken versuchte?«, fragte der Hundeführer.

»Ich hab davon gehört.«

»Diese Bäume hier sind sauber.«

»Wie ist er denn von hier weggekommen?«

»Gelaufen, nehme ich an. Oder gefahren. Da musst du mit den Leuten von der Spurensicherung reden.«

»Ja.«

»Aber wahrscheinlich gibt es keine Spuren. Es ist ja so verdammt trocken.«

Halders sah sich um. Aneta Djanali schaute zu den Leuten der Spurensicherung. Der Hundeführer blieb stehen. Sein Schäferhund studierte Halders, dann die anderen Polizisten. Halders sah sich wieder um, ging ein paar Schritte.

»Bist du früher schon mal hier gewesen?«, fragte er den Hundeführer.

»Wie meinst du? Wegen eines Verbrechens?«

»Ich rede nicht von deinem Privatleben, Sören. Musstest du schon mal hier anrücken wegen einer Vergewaltigung?«

»Zu diesem Park?«

»Ja, und an dieser Stelle.«

Halders stand direkt vor der kleinen Absperrung, sie wirkte albern, als hätten die Kinder, die immer noch zuschauten, sie aufgebaut. Rechts lag der Teich. Die Flamingos, die dort am Wasserrand auf einem Bein standen, leuchteten rosa.

Die Techniker krochen um ein Gebüsch herum.

Daneben standen zwei Bäume. Bis zu denen waren es an die drei Meter. Ahorn? Zwischen den beiden Bäumen war ein Durchgang, breit genug für einen Menschen, um hindurchzugehen. Dahinter war es schattig. Ein großer Steinblock bildete eine höhlenähnliche Kluft hinter den Bäumen. Die Techniker bewegten sich jetzt dort drinnen, waren auf dem Weg in die Höhle.

Ein idealer Vergewaltigungsort.

Guter Gott, dachte Halders. Jetzt sah er es. HIER ist das ja gewesen.

Der asphaltierte Weg führte zehn Meter entfernt vorbei, aber es könnten genauso gut hundert sein. Tausend. Hinter dem Parkplatz war eine kleinere Straße. Eine Hecke trennte die Autos vom Park. Die Beleuchtung im Park war ein Witz. Hundert Nächte war er hier Streife gegangen, und die Beleuchtung war eher ein Hindernis als eine Hilfe gewesen. Sie war nicht verbessert worden, trotz dessen, was hier schon einmal passiert war.

Ein idealer Ort. Der Schatten zwischen den Bäumen schien nur zu warten.

Er hatte es nicht sofort begriffen.

»An dieser Stelle?« Der Hundeführer sah sich um. »Nee, ich glaub nicht.« Er schaute Halders an. »Wieso?«

»Es ist schon mal passiert«, sagte Halders.

»Jetzt kann ich dir nicht folgen.«

»Es war genau hier. Scheiße, Sören, es ist dieselbe Stelle. DERSELBE Ort.«

»Das musst du mir erklären.«

»Hast du vor fünf Jahren noch nicht hier gearbeitet?«

»Ich bin erst vor vier Jahren gekommen.«

»Aber du kennst doch den Fall Beatrice?«

Der Hundeführer sah Halders an.

»Beatrice? Das Mädchen, das ermordet wurde?«

»Vor fünf Jahren. Erst ist sie vergewaltigt worden. Vergewaltigt und dann ermordet.«

»Ach so, das, natürlich weiß ich davon. Hab's ja damals gelesen. Wir haben ...«

»Hier war das«, sagte Halders.

»Hier?«

»Hier ist das passiert«, sagte Halders zum Hundeführer und zu Aneta Djanali, die gerade auftauchte. »Hier ist Beatrice gefunden worden. Sie lag da drinnen in der Spalte. Zwischen den Bäumen lag sie, wie in einer Höhle.«

Vergewaltigt und erwürgt mit einer Hundeleine, dachte er. Wir haben die Leine nicht gefunden, aber so war es.

Er sah, wie der Hund seinem Blick zur Höhle folgte und zurück. Der Hund zerrte an der Leine, dann wurde er ruhig.

3

Winter spürte den festen Griff der Hand um seinen Finger. Elsa gurgelte zur Begrüßung. Er küsste sie hinters Ohr, sie lachte, er pustete ein bisschen gegen ihren Hals, und sie lachte noch mehr.

Er hatte sich immer noch nicht an dieses Lachen und dieses Gurgeln gewöhnt, das lange durch die Wohnung rollen konnte. Seine Tochter war bald fünfzehn Monate alt. Ihre Laute rissen die Stille von den Wänden wie eine trockene Tapete. Dass ein so kleiner Körper so laute Geräusche hervorbringen konnte!

Angela kam aus der Küche, setzte sich in einen der Sessel und knöpfte das karierte Hemd auf. Sie sah Winter und Elsa auf der Decke auf dem Fußboden an.

»Frühstück«, sagte sie.

Winter blies hinter Elsas Ohr.

»Zeit fürs Frühstück«, sagte Angela.

Elsa lachte.

»Sie scheint keinen Hunger zu haben«, sagte Winter und sah Angela an.

»Bring sie her, dann wirst du schon sehen.« Angela lachte. »Aber das wird das letzte Mal. Ich will nicht mehr stillen. Himmel.«

Er trug das Mädchen zu Angela. Das Kind war immer noch leicht wie eine Feder.

Winter sah die Akten, als er sein Zimmer betrat. Die Sonne hatte die Wände schon erwärmt, und sie rochen nach Sommer. Noch zwei Monate, und dann würde es eine Weile dauern, ehe er das hier wiedersah. Ein Jahr. Er wollte Erziehungsurlaub nehmen, und wer würde er sein, wenn er dieses düstere Zimmer danach wieder betrat, in dem fast alle Gedanken eine Qual waren?

Würde er überhaupt zurückkommen?

Wer würde er dann sein?

Er ging zum Waschbecken und trank ein Glas Wasser. Er fühlte sich ausgeruht. Elsa hatte sich schon frühzeitig entschieden, von acht Uhr abends bis zum nächsten Morgen um acht zu schlafen. Er und Angela hatten wirklich Glück mit ihrer Tochter.

Manchmal weinte Angela, nachts. Die Erinnerungen kehrten wieder, aber immer seltener. Er hatte sie nicht gefragt, was in diesem Zimmer in jener Wohnung passiert war in jenen vierundzwanzig Stunden, bevor er dort hinkam. Zuerst nicht, nicht direkt im Traum. Sie erzählte Nacht für Nacht, in abgehackten Sätzen.

Jetzt hatte sie fast damit aufgehört. Sie schlief wieder ruhiger.

Es war noch nicht einmal sechzehn Monate her.

Er setzte sich an den Schreibtisch, schlug die oberste Mappe auf und nahm Papiere und Fotos heraus. Eins der Bilder hielt er hoch. Der Steinblock. Die Bäume. Der Rasen und der Weg. Alles war entfernt bekannt, wie eine Krankheit, die nach mehreren Jahren zurückkehrte. Eine Krebsgeschwulst, die weggeschnitten worden, aber weiter gewachsen war.

Jeanette Bielke lebte immerhin. Sie warteten auf das Ergebnis der Untersuchungen.

Er stand mit dem Foto in der Hand auf und öffnete das Fenster. Die Sonne war auf der anderen Seite der Stadt. Leichte, fast unmerkliche Düfte des Sommers hingen in der Luft. Er dachte an Elsa. Es klopfte an der Tür, und er rief »Herein!« Halders stand in der Türöffnung, und Winter zeigte auf den Besucherstuhl, blieb aber am Fenster stehen.

»Der Beischlaf ist vollzogen worden«, sagte Halders. »Ich

hab gerade den Bericht bekommen. Rein technisch, also. Aber es geht ja um Vergewaltigung.«

»Was steht sonst noch in dem Bericht?«

»Dass das Mädchen wohl die Wahrheit gesagt hat.«

»Ausreichend?«

Halders zuckte mit den Schultern. »Du weißt doch, wie das ist.«

Winter antwortete nicht. Halders schaute auf die Akten und nickte in ihre Richtung.

»Du hast sie dir bringen lassen, wie ich sehe.«

»Ja.«

»Hast du schon reingeschaut?«

»Bin bislang nur bis zu diesem Foto gekommen.« Winter hielt es hoch.

Halders sah gleichzeitig das Bild von Beatrice Wägner auf einem Zeitungsausschnitt, der neben Winters Ellenbogen lag.

»Ist das ein Zufall?«, fragte Halders.

»Der Ort? Ja ... es ist ja nicht das erste Mal, dass jemand im Park überfallen wurde.«

»Aber nicht an der Stelle.«

»In der Nähe.«

»Nie an der Stelle«, sagte Halders. »Du kennst sie. Ich kenne sie.«

Das stimmt, dachte Winter. Er kannte den Teil des Parks. Seit dem Mord an Beatrice war er regelmäßig dorthin gegangen. Hatte dagestanden und sich die Menschen angeschaut, die sich um ihn herum bewegten. Halders hatte es genauso gemacht. Einige Male waren sie dort zusammengetroffen. »Du wirst nicht verdächtigt«, hatte Halders einmal gemurmelt.

Sie suchten ein Gesicht, eine Bewegung. Ein auffallendes Verhalten. Eine Stimme. Einen Gegenstand. Einen Gürtel. Eine Würgeleine.

Der Täter kehrt immer zurück. Jeder Polizist weiß das. Jeder.

Irgendwie, bei irgendeiner Gelegenheit kehrt er immer wieder. Nach fünf Jahren kommt er zurück, oder nach zehn Jahren. Um weiterzumachen. Oder nur um dort zu sein, zu atmen, sich zu erinnern.

Es kam nur darauf an, im selben Moment dort zu sein. Wenn *er* dort war, der die Taten verübt hatte, vielleicht kam er gerade den Weg entlang, und er, Winter, würde es *wissen*, wirklich wissen, dann konnte es kein Zufall sein. Das hatte nichts mit Glück zu tun. Nichts mit Zufall. Und genau in dem Augenblick, als er immer noch das Foto in der Hand hielt und Halders anschaute, der einen Schweißfleck unterm linken Arm hatte, in dem Augenblick dachte er, so würde es sein. Er würde ihm begegnen, und das würde wie ein Schritt aus dem Albtraum in die Wirklichkeit sein. Es würde geschehen.

»Der Kerl ist wieder da«, sagte Halders.

Winter antwortete nicht.

»Derselbe Modus Operandi.« Halders strich sich über den Stoppelkopf. »Dieselbe Stelle.«

»Wir müssen das Mädchen noch mal verhören.«

»Sie kommt heute Nachmittag nach Hause.«

»Fahr hin.«

»Ja.«

»Wie waren die Eltern?«

»Außer sich.«

»Nichts Auffallendes?«

»Aneta hat extra auf sie geachtet, als ich mit dem Mädchen gesprochen habe.« Halders zwinkerte mit dem linken Auge, als ob er einen Tick hätte. »Nein. Der Vater hatte einen Kater und hat die ganze Zeit gezittert, und dann noch das dazu, der Mann war richtig fertig.«

Halders sah Winter an.

»Er ist wieder da, Erik.«

»Ich werde die Akten lesen.«

»Wie viele hat er damals geschafft? Drei Opfer, von denen eins starb?«

»Mhm.«

»Wahrscheinlich müssen wir noch mal mit den Mädchen von damals reden.«

Winter antwortete nicht. Halders stand auf.

»Fredrik?«

»Ja?«

»Mir geht es bei dieser Sache genauso wie dir. Ich kann Beatrice auch nicht vergessen. Nicht nur, weil der Fall nicht aufgeklärt wurde.«

»Ich verstehe.« Halders setzte sich wieder. »Mir geht es genau so.« Er kratzte sich am Kopf. Winter sah, dass er auch unterm anderen Arm einen Schweißfleck hatte. »Man merkt es auch im Haus. Die Leute reden darüber.«

»Ich werde mir das alte Tatmuster anschauen.« Winter zeigte auf das Material auf dem Tisch.

»Und jetzt das hier«, sagte Halders. »Nach demselben Muster.«

»Wir müssen die Sache ruhig angehen.«

»Ja, ja, okay, eins nach dem anderen.«

Von Osten ertönten Sirenen. Jemand rief etwas unter Winters Fenster. Ein Auto startete. Halders rieb sich den Kopf.

Plötzlich fasste Winter einen Entschluss.

»Wir gehen hin. Jetzt.«

Alle trugen kurze Hosen oder dünne Röcke. Es waren über dreißig Grad. Er fand, es waren ungewöhnlich viele Leute in der Stadt. Die sollten eigentlich draußen auf den Klippen liegen.

»Es ist Ausverkauf«, sagte Halders und zeigte auf das Einkaufszentrum Nordstan. »Sommerschlussverkauf, die Preise sind ein Traum und das Kaufen ist ein Fest.«

Winter nickte.

»Man sollte selbst shoppen gehen«, sagte Halders.

»Hm.«

»So was ist dir wohl egal, aber für einen Geschiedenen mit zwei Kindern wird es teuer.« Er sah Winter von der Seite an. »Hohe Unterhaltskosten.«

Winter nickte.

»Ich will mich ja nicht beklagen.«

»Wie alt sind deine Kinder jetzt?«, fragte Winter.

Halders sah überrascht aus.

»Sieben und elf«, sagte er nach einer Weile.

»Junge und Mädchen, nicht?« Winter fuhr die Allén entlang. Er war allein auf der Mittelspur. Plötzlich war der ganze andere Verkehr verschwunden. Er blinzelte, und die Autos waren wieder da.

»Eh … ja. Der Junge ist der ältere«, sagte Halders.

»Habt ihr gemeinsames Sorgerecht?«, fragte Winter.

Halders sah ihn an.

»Die Woche über wohnen sie bei Margareta und bei mir sind sie jedes zweite Wochenende.« Er schaute weg, zum Fluss, dann wieder zu Winter. »Manchmal sind sie länger bei mir. Oder wenn wir zusammen verreisen. Das ist unterschiedlich.« Halders' Gesichtsausdruck hatte sich verändert, Winter sah sein Profil. »Ich versuche, mir immer was einfallen zu lassen.«

Winter hielt bei Gelb nach einem Blick in den Rückspiegel. Eine große Familie aus einer anderen Stadt überquerte die Straße: Stadtplan, große Augen, bequeme Schuhe. Ein Junge von vielleicht zehn und ein Mädchen von sieben sahen sie an und gingen dann weiter hinter den Eltern her, die einen Buggy mit zwei kleinen Kindern schoben.

»Wie geht's dir selbst?«, fragte Halders. »Mit der Kleinen? Schreit sie nachts viel?«

»Nie.«

»Hannes hatte Koliken«, sagte Halders.

»Mhm.«

»Es war entsetzlich, vier Monate Terror.«

»Ich hab von so was gehört«, sagte Winter. Es klang fast entschuldigend, dachte Halders. Als ob er zu leicht davongekommen wäre.

»Es war der Anfang vom Ende«, sagte Halders, und sie waren da.

Die Stelle im Park war ein genauso betrüblicher Anblick wie immer. Damals, vor fünf Jahren, hatten die Leute von der Spurensicherung hier Laub gesammelt, Gras, Rindenstücke. Damals wie jetzt. Damals war Winter Inspektor und ungeduldig gewesen. Halders war auch Inspektor gewesen, aber ein bisschen weniger ungeduldig und noch verheiratet. Jeden Tag nach Hause in eine Wohnung voller Leben.

Aber diesmal ist es wenigstens kein Mord, dachte Winter. Zwei Frauen mit Kinderwagen gingen vorbei. Die Sonne glitzerte durchs Laubwerk. Von den badenden Kindern im Teich klangen Stimmen herüber. Ein Mann lag fünfzig Meter vom

Tatort entfernt ausgestreckt auf dem Rasen. Er sah, wie der Mann sich erhob, taumelte, sich wieder setzte und nach einer Tüte griff. Dann trank er auf klassische Weise, ohne die Flasche aus der Tüte zu nehmen.

»Und keine Zeugen«, sagte Halders.

Winter beobachtete den Betrunkenen.

»Haben wir an die Penner gedacht?«, sagte er mehr zu sich selbst.

»Damals? Da gab es keine«, sagte Halders.

»Jetzt.«

»Ich weiß es nicht«, sagte Halders.

»Hier wohnen bestimmt welche.« Winter sah, wie der Mann einen neuen Versuch machte, sich aufzurappeln, und diesmal gelang es ihm, und er schaffte es, ein Stück zu gehen. »Vor allen Dingen jetzt, im Sommer.«

Halders folgte seinem Blick und holte sein Handy hervor.

Fünf Minuten später fuhr ein Streifenwagen zwischen die Parkbesucher. Halders zeigte auf den Betrunkenen, der immer noch wie an einer Leine gezogen auf dem breiten Schotterweg ging.

Sie sahen, wie er ergriffen und zum Auto geführt wurde.

»Wollen wir ihn direkt verhören?«, fragte Halders.

»Heute Nachmittag«, sagte Winter. Er ging zu dem Steinblock und den Bäumen, durch die Passage. Derselbe Ort, dieselbe Höhle.

Es war Abend, als er nach Hause ging. Die Avenyn war voller Menschen. Angela kam ihm an der Kreuzung mit dem Kinderwagen entgegen. Elsa schlief. Es war schon nach acht.

Er war gegen eins für eine Stunde nach Hause gegangen, nachdem er und Halders im Park gewesen waren, hatte mit Elsa auf der Decke gespielt, ihr hinters Ohr geblasen.

Sie bogen in eine Seitenstraße ein und mussten vor dem Restaurant einige Minuten auf dem Gehweg warten, bis der Tisch frei war. Er bestellte ein Bier vom Fass und ein edles Mineralwasser für Angela.

»Du siehst müde aus, Erik.«

»Na, vielen Dank.«

»Es steht dir gut.«

»Ich weiß.«

Er trank von dem Bier und fuhr sich mit der Hand über die Augen. Dann sah er Elsa an. Sie schlief mit geneigtem Kopf. Aus ihrem Mund zog sich ein Speichelfaden bis auf ihr Nuckeltuch. Er bückte sich und wischte ihn weg, nur um sie wieder berühren zu können.

Er blickte auf und entdeckte Halders auf der anderen Seite der Straße. Halders hatte sie auch bemerkt, und Winter winkte ihm, er solle rüberkommen. Aber Halders schüttelte den Kopf und zeigte auf seine Uhr. Doch dann überlegte er es sich anders und kam zu ihnen rüber. Er begrüßte Angela mit Handschlag und betrachtete die schlafende Elsa.

»Erik hat mir von eurem Wunderwerk erzählt«, sagte er.

»Das will ich aber auch hoffen«, sagte Angela.

»Ich meine den guten Schlaf.« Halders lächelte. »Von acht bis acht.«

»Noch«, sagte Angela. »Setz dich, Fredrik, und leiste uns Gesellschaft.«

Halders sah wieder auf die Uhr.

»Das ist ein Befehl«, sagte Winter.

»Wenn's so ist«, sagte Halders und setzte sich. Er gab dem Mädchen mit der schwarzen Schürze ein Zeichen.

Drei Mädchen, die achtzehn, neunzehn Jahre alt sein mochten, gingen am Tisch vorbei und lächelten Elsa an. Vielleicht fällt für mich so auch ein Lächeln im Vorbeigehen ab, dachte Halders.

Jemand in der Bar stellte die Musikanlage an.

Will dich heute Abend im Dunkeln haben. Ich sehne, sehne mich. Ich schweeebe. Lass es niemals enden bis in alle Ewigkeit.

»Alte Schnulze«, sagte Halders. »Wieder in Mode wie so viele andere.« Er trank wie ein Verdurstender. »Das wird ein Sommer, an den werden wir uns erinnern. Es soll so bis in den September bleiben.«

»Hast du hellseherische Fähigkeiten?«, fragte Angela lächelnd.

»Leider«, sagte Halders und sah Winter an.

»Wir haben die Wärme verdient«, sagte Angela.

Wieder sah Halders Winter an.

Winter wusste schon, was los war, noch bevor er richtig wach war und nach dem klingelnden Telefon auf dem Nachttisch tastete. Es war schon in seinem Traum da gewesen und lebte weiter in der Nacht, als ob man es anfassen, riechen könnte. Es war, als ob er wusste, was die Stimme im Telefonhörer sagen würde.

Hellseherische Fähigkeiten.

Er sah Angela an, während er zuhörte. Er konnte den obersten Teil von Elsas kleinem Kopf in ihrem Bettchen sehen.

»Ja, ja«, sagte er in den Hörer. »Ja.«

Er rief Halders an. »Ich möchte, dass du mitkommst«, sagte er.

»Und ob ich mitkomme«, sagte Halders.

Winter fuhr in die Morgendämmerung hinein, deren Licht Nuancen zwischen Milch und Spinat hatte. Milch und Spinat. Genauso.

Sie trafen sich auf dem Parkplatz. Halders sah sehr angespannt aus, ein Spiegelbild Winters.

Sie hätten mit verbundenen Augen zur Fundstelle gehen können. Es war ihnen klar, wo sie lag.

Die Stelle war jetzt erleuchtet von einem blassen elektrischen Licht, das bald von der Sonne überstrahlt werden würde. Die Spurensucher liefen überall herum. Mehr denn je. Er sah auch mehr Uniformen denn je und mehr Schaulustige. Es war ein Unterschied, ob man im November um vier Uhr morgens … eine Leiche fand, oder an einem frühen Julimorgen, an dem es über zwanzig Grad warm war. Die Leute waren noch gar nicht nach Hause gegangen und beobachteten das Geschehen vom Rand des Parks. Winter ging zu dem Steinblock unter den Bäumen. Er sah die Beine des Mädchens wie zwei weiße Stöcke, dann den Rest des Körpers, alles, außer dem Kopf, der immer noch im Schatten lag.

Er hätte dort Halt machen, in sein tristes Dienstzimmer im Polizeipräsidium zurückkehren und später die Akten öffnen und lesen können, was hier passiert war. Er wusste, wie es geschehen war. Später, als die Obduktion vorbei war und er alle Fakten hatte, die er zu dem Zeitpunkt bekommen konnte, zeigte es sich, dass es genau so gewesen war.

Aber noch war es Morgen. Er sah den Arzt, einen neuen, dessen Namen er nicht kannte. Er wirkte jung. Kam näher und begrüßte ihn. Sagte ein paar Sachen, die Winter wie automatisch registrierte.

Sie hatte aufgehört zu atmen, weil ihr jemand den Hals zugeschnürt hatte. Jemand hatte noch andere Dinge mit ihrem Körper gemacht, noch unklar, was.

Er sah ihre Handtasche ein Stück entfernt von ihrer Hand auf der Erde liegen.

Streck doch die Hand aus und nimm die Tasche, dachte er. *You can do it.* Du kannst es immer noch.

Sie war achtzehn oder neunzehn. Er hätte sich überzeugen können, aber er wollte jetzt nichts berühren. Sie-war-achtzehn. Das würde sich herausstellen. Ich höre hier auf. Nicht älter als achtzehn, höchstens neunzehn. Noch nicht erwachsen, keine Familie, kein Kind gestillt, kein Kinderwagen, keine Koliken, keine Scheidung.

Halders stand neben ihm. Er sagte etwas mit leiser Stimme zu einem der Spurensucher. Ein Nachtvogel gab einen Laut von sich, der Winter an etwas erinnerte. An eine andere Situation.

Taschenlampen beleuchteten den Spalt in dem Steinblock. Er sah das Gesicht auf dem Boden. Es schien immer noch merkwürdig im Schatten zu liegen.

In seinem Kopf hörte er eine Melodie. *Will dich heute Abend im Dunkeln haben.* Das Straßenlokal gestern Abend. Ist sie vorbeigegangen? Ist sie dort mit ihren Freunden vorbeigekommen? *Ich fliege, ich schweeebe. Lass es niemals enden bis in alle Ewigkeit. Wenn ich dich jetzt nicht nehme, dann nimmt dich ein anderer. Mir weg.*

4

Das Mädchen hieß Angelika. Ihr Ausweis war in der Handtasche.

Sie hatte dunkle Haare, und ihre Kleider waren verrutscht. In ihrem Haar waren Laub und Gras gewesen. Mit dem Kopf hatte sie wie auf einem Kissen aus Gras gelegen.

Als ob ihr jemand ein Kissen geformt hätte. Das Bild trug er mit sich hinein zur Obduktion. Pia Fröberg, die Gerichtsmedizinerin, untersuchte Angelikas Körper. Ihm war so viel vertraut. Der Körper, die Beleuchtung. Der weiße Arztkittel, auch er beleuchtet von der grellen Deckenlampe. Die nackten Körperteile. Leblos.

Wie viele Male hatte er so dagestanden? Nicht viele, aber trotzdem allzu viele Male. Einmal war schon zu viel.

Er wusste, dass sie erwürgt worden war. Ein Band um ihren Hals, das man nicht wegnehmen, abschneiden konnte. Pia bestätigte es: könnte eine Leine gewesen sein, eine Hundeleine, Würgeleine. Könnte ein Seil gewesen sein. Keine Schnürsenkel von Stiefeln.

Erst vor wenigen Stunden waren sie alarmiert worden. Was hatte er in dem Moment getan? Plötzlich dachte er so: Was genau hatte er in dem Moment getan?

Sie hatte getrunken, vielleicht zu viel. Vielleicht hatte sie jemanden bei der Hand gehalten.

Sie war neunzehn Jahre alt. Er dachte daran, was Halders über Jeanette Bielke erzählt hatte, ihre Zeugenaussage. Sie war auch neunzehn, frisch gebackene Abiturientin seit einem Monat. In ihrem Zimmer gab es die Studentenmütze. Hatte Angelika eine Studentenmütze? Hatte sie Jeanette gekannt? Hatten sie gemeinsame Freunde?

»Sie war schwanger«, sagte Pia Fröberg, die auf ihn zukam.

Winter nickte, ohne zu antworten.

»Hast du gehört, was ich gesagt habe?«

Er nickte wieder.

»Du wirst von Mal zu Mal schweigsamer.«

Mit jedem Fall, dachte er, schweigsamer mit jedem Fall.

»In welchem Monat?«

»Das kann ich nicht genau sagen«, antwortete sie. »Aber noch nicht lange.« Sie sah zum Körper des Mädchens. »Ich frage mich, ob sie es selbst überhaupt schon wusste.«

»Bist du dir sicher mit der Schwangerschaft?«

»Absolut.«

Winter trat zwei Schritte näher an den Körper heran. Sie wussten noch nicht mehr über sie als das, was sie in der Handtasche gefunden hatten, und die Unterlagen waren bei Kommissar Beier, dem Dezernatschef.

Bald würde er zu ihrer Wohnung fahren. Er hatte die Adresse. Ihre Eltern saßen da draußen in einem anderen Zimmer, das auch hell erleuchtet war, nur einige Meter entfernt. Zwei Gesichter, bleich vom Schock.

Jemand anders hatte er dort nicht gesehen, jemand, der ihr Freund sein könnte. Niemand anders neben den Eltern, die kaum ein paar Jahre älter waren als er selber. Manche Leute bekamen mit zweiundzwanzig Kinder. Angelika war so ein Kind. Eine schwangere Tochter. Wussten sie es?

»Wie bitte?« Das Gesicht des Mannes war weiß geworden. Lars-Olof Hansson, der Vater des Mädchens. Neben ihm stand seine Frau, Angelikas Mutter, Ann. Die Augen ganz klein vor Trauer und Verzweiflung. »Was sagen Sie da?«

Winter wiederholte es.

»Sie hat seit zwei Jahren keinen Freund gehabt«, sagte der Vater. Er sah seine Frau an. »Hat sie dir etwas von einem Freund erzählt, Ann?«

Sie schüttelte den Kopf.

»Das kann nicht stimmen.« Der Vater wandte sich wieder an Winter. »Es ist unmöglich.«

»Sie hat nie ... mit mir darüber geredet«, sagte die Mutter. Sie sah Winter mit geweiteten Augen an. »Sie hätte doch etwas gesagt.« Jetzt sah sie ihren Mann an. »Wir haben immer über alles geredet, das haben wir doch, Lasse, du weißt das.«

»Ja.«

»Über alles«, wiederholte sie.

Sie wusste es nicht, dachte Winter. Ich glaube, sie wusste es wirklich nicht. Er hatte noch nicht alle Details von Pia bekommen. Es gab irgendwo da draußen noch einen anderen, der es vielleicht nicht wusste. Das brauchte kein Freund zu sein, nicht in dem Sinn. Möglicherweise ein zufälliger Partner. Wie viele davon hatte sie gehabt? Er schaute die Eltern an. All diese Fragen, die er stellen musste, im allerungünstigsten Moment. Und doch der allerbeste, solange alles noch ... frisch war. Er dachte an den Körper des Mädchens drinnen auf dem Metalltisch im Nebenraum.

»Wir müssen alles über ihre Freunde wissen«, sagte er. »Alles, was Ihnen einfällt, über alle.«

»Hängt ihre Schwangerschaft mit dem Mord zusammen?«, fragte der Vater und sah Winter scharf an.

»Ich weiß es nicht«, antwortete er.

»Warum stellen Sie uns dann so verdammt viele Fragen?«

»Lasse«, sagte seine Frau.

»Ja?« Der Mann wandte sich zu ihr um.

»Er macht seinen Job«, sagte sie. »Er muss es doch wissen.«

Ja, ich mach nur meinen Job, dachte Winter.

Sie saßen in Halders' Zimmer. Wie selten ich hier bin, dachte Winter. Warum eigentlich?

An Halders' Wänden war nichts, nicht mal ein Waschbecken an der einen Schmalseite. Neben der Tür gab es einen Haken, aber dort hingen weder Mantel noch Jacke. Das Fenster schaute aufs Ullevi-Stadion. Die Arena lag im Schatten.

Auf der Straße waren keine Autos. Niemand war unterwegs. Halders hatte das Fenster geöffnet. Abgesehen von dem Geräusch der Klimaanlage, die die Luft im Zimmer herumwirbelte, war nichts zu hören.

»Schillergymnasium«, sagte Halders.

»Mhm.«

»Sie waren dreißig in der Klasse.«

»Ja.«

»Wart ihr auch so viele, als du noch zur Schule gegangen bist?«, fragte Halders und sah Winter über den Schreibtisch an, auf dem zwei Briefkörbe mit hohen Papierhaufen standen.

»Auf dem Gymnasium? Ich erinnere mich nicht, wie viele wir waren. Vielleicht zwanzig.«

»Du bist auf eine Privatschule gegangen, nicht?«

»Leider.«

»Es ist zu spät, du brauchst dich jetzt nicht mehr zu entschuldigen«, sagte Halders.

Winter lächelte.

»Schillergymnasium«, wiederholte Halders. »Humanistischer Zweig.« Er sah Winter an und dann auf das Blatt, das vor ihm lag. »Von Humanismus hat sie nicht viel bekommen.« Wieder sah er Winter an. »Es gibt Wissen, auf das man verzichten könnte.«

»Wir müssen alle Klassenkameraden verhören«, sagte Winter.

»Viele sind im Ausland.«

»Wir fangen mit denen an, die zu Hause geblieben sind.«

»Die anderen kommen ja bald wieder«, sagte Halders. »Wenn das lockere Leben erst mal vorbei ist.«

Winter nahm einen Geruch durchs Fenster wahr. Er sah, wie sich die Fahnen an den Flaggenmasten vorm Stadion bewegten. Der schwache Wind hatte gedreht.

»Auf welche Schule ist das Mädchen aus Långedrag gegangen?«, fragte Halders. »Jeanette Bielke.«

»Rudebecks, Sigrid-Rudebecks-Gymnasium.«

»Privatschule?«

»Ja.«

»Bist du nicht auch auf die gegangen?«

Winter nickte.

»Dann übernimmst du sie wohl?«

Wieder nickte Winter.

»Wie viele waren es in ihrer Klasse?«

»Zwanzig«, antwortete Winter und erhob sich. Er ging zurück in sein Zimmer. Er würde ein Glas Wasser trinken und seine alte Schule anrufen. Vielleicht würde sich sein alter Klassenlehrer melden. Der war damals noch ein ziemlich junger Mann gewesen. Winter hatte irgendwo gelesen, dass er jetzt Direktor der Schule geworden war.

Er setzte sich hin, den Telefonhörer in der Hand, zögerte jedoch und legte wieder auf, streckte sich nach den Akten und begann zu lesen. Er suchte nach einem bestimmten Detail in einem der Berichte. Noch wusste er nicht richtig, was er suchte, aber er würde es erkennen, wenn er darauf stieß.

Halders fuhr zum Ehepaar Bielke. Er war allein und hatte vorher angerufen. Er parkte das Auto und ging über den Schotter. Jeanette saß auf der Veranda. Halders überlegte kurz, woran sie denken mochte.

Sie schaute auf und sah ihn, und es hatte den Anschein, als würde ihr schlecht werden. Halders war bei ihr.

»Lassen Sie uns woanders reden«, sagte er.

Sie rührte sich nicht vom Fleck.

»Möchten Sie vielleicht nach Saltholmen fahren?«

Sie zuckte mit den Schultern. Irma Bielke kam auf die Veranda und sah ihre Tochter an.

»Wir fahren ein bisschen raus«, sagte Halders, aber sie schien ihn nicht zu hören. Sie befinden sich alle in einem Schockzustand, dachte er. Die Idylle ist zusammengebrochen, auch in diese Gegend dringt die Wirklichkeit ein.

Jeanette setzte sich ins Auto, das von der Sonne erhitzt war. Halders startete. Als er einen anderen Gang einlegte, berührte er aus Versehen ihr linkes Knie, und sie zuckte heftig zusammen. Er tat so, als hätte er nichts gemerkt, und fuhr von der Auffahrt herunter auf die Straße.

»Haben Sie hier draußen einen Lieblingsplatz?«, fragte er, als sie sich den Anlegern und Klippen näherten.

»Ja ...«

»Wollen wir uns dorthin setzen?«

Sie zuckte mit den Schultern.

Der Parkplatz war voll. Halders stellte das Auto im Halteverbot gegenüber von der Eisbude ab und befestigte seinen Ausweis an der Windschutzscheibe. Viele gingen vorbei, auf dem Weg zu oder weg von den Booten. Ein Kind schrie und wurde von seinen Eltern mitgezerrt.

Zwei Mädchen in Jeanettes Alter lächelten, vielleicht lächelten sie ihn an, vielleicht Jeanette.

»Zeigen Sie mir den Weg«, sagte er. »Ach ja, möchten Sie vielleicht ein Eis?«

Sie zuckte mit den Schultern.

»Jedes Mal, wenn Sie mit den Schultern zucken, deute ich es als ›ja‹«, sagte Halders.

Sie lächelte.

»Großmutters Vanille«, sagte sie, »und himmlisches Allerlei.«

Das Eis lief Halders vom Hörnchen über die Finger, während sie zu den Klippen gingen. Er leckte, so schnell er konnte. Sie hatte eins im Becher genommen.

Sie kletterte auf die höchste Spitze und dann auf der anderen Seite wieder hinunter. Das Meer lag offen vor ihnen. Überall waren Segel. Der Wind brachte einen starken Geruch nach Salz mit sich. Auf den Klippen waren weniger Menschen, als er gedacht hatte. Ihr Lieblingsplatz war frei.

»Hier ist es«, sagte sie.

Sie setzten sich.

Sie schaute über die Mündung. Auf der anderen Seite tauchte ein Junge.

»Hier war ich an dem Tag, als es passiert ist«, sagte sie.

Halders nickte.

»Es ist so unwirklich.« Sie sah Halders an. »Wie eine andere Zeit, irgendwie. Wie in einem anderen Land oder so.« Sie schaute wieder aufs Wasser. »Als ob es gar nicht passiert wäre. Wie ein Traum.«

Was ist Traum und was ist Wirklichkeit, dachte Halders.

»Ich weiß nicht, was der Traum ist und was die Wirklichkeit«, sagte sie. »Ich wünschte, ich wüsste, was was ist …«

Halders sah das verschlossene Gesicht, traurig. Dort hatte sich etwas für immer geschlossen. Sie ist erloschen, dachte er. Etwas ist erloschen. Ich könnte den Kerl totschlagen. Ja. Nein. Das ist auch keine Lösung.

»Sie kennen Angelika Hansson also nicht?«

»Nein, das hab ich doch schon gesagt.«

»Sind Sie ihr vielleicht mal begegnet?«

»Daran müsste ich mich doch erinnern.«

Sie hatte Bilder von Angelika gesehen. Halders hatte sie in der Brusttasche, aber er nahm sie nicht vor.

»Sie hat doch auch das Abitur gemacht«, sagte er.

»Und darum sollten wir uns kennen?«

»Feiert man nicht gemeinsame Feste?«

»Meinen Sie das ernst? Wissen Sie, wie viele jedes Jahr die Gymnasien in Göteborg verlassen?«

»Nein.«

»Ich auch nicht. Aber genug, dass man nicht *ein* Fest für alle veranstalten könnte.« Jetzt sah sie Halders an. »Es heißt übrigens Ball, Studentenball.«

Und danach kommt nur noch die Audienz beim König, dachte er.

Auf der anderen Seite des Wassers tauchte wieder jemand. Oberhalb von ihnen ging ein Junge über die Klippen.

»Was ist zwischen Ihnen und Ihrem Freund passiert?«

»Das hat mit dem hier nichts zu tun.«

»Erzählen Sie es mir bitte trotzdem.«

»Und wenn ich es nicht will?«

Halders zuckte mit den Schultern. Jetzt war er an der Reihe.

Sie folgte einem Boot mit Blicken, das durch die Mündung glitt, aufs Meer hinaus. Ein Junge an Bord winkte, aber sie winkte nicht zurück.

»Wir haben ganz einfach Schluss gemacht«, sagte sie.

Halders sah, dass der Junge weiter winkte, und er winkte zurück, damit das Winken ein Ende hatte.

»Er wollte es wohl nicht?«, fragte er.

»Was meinen Sie damit?«

»Er wollte nicht Schluss machen.«

»Wie kommen Sie denn darauf?«

Halders gab keine Antwort.
»Glauben Sie ihnen nicht«, sagte sie.
»Wem?«
»Meinen Eltern natürlich«, sagte sie. »Die haben das doch gesagt, oder? Wahrscheinlich haben sie gesagt, wir hatten Krach. Irgend so was, nicht?«
Halders zögerte die Antwort hinaus.
»Sie haben ihn nicht gemocht«, sagte sie.
»Aber es ist doch aus?«
»Ja.«
»Ja?«
»Es ist aus, verdammt noch mal. VERDAMMT NOCH MAL!« Sie sah ihm gerade in die Augen. »Ist Ihnen das noch nie passiert?«
»Doch.«
»Mussten Sie erklären, wie das passiert war? Und warum und wo? Und einem Polizisten?«
»Nein.«
»Na also.«
»Sie wissen, warum ich frage«, sagte er. Er spürte die Sonne auf dem kahlen Teil seines Schädels. Ich muss mir eine Mütze anschaffen, dachte er, eine ganz normale Mütze, keine Baseballkappe. »Er ist einige Male bei Ihnen zu Hause aufgetaucht und wollte mit Ihnen reden, oder?«
»Einmal vielleicht. Es war abends. Er war betrunken.«
»Warum?«
»Himmel!«
»Warum?«, wiederholte Halders.
Sie seufzte, seufzte wirklich.
»Er war traurig«, sagte sie.
»Weil es aus war?«
Sie zuckte mit den Schultern. Ein Ja.
»Aber Sie wollten, dass Schluss war?«
Sie nickte.
Da ist etwas, das sie nicht sagen will. Etwas Wichtiges. Was ist es?
»Und er hat es nicht verstanden«, sagte Halders, »dass Sie Schluss machen wollten.«

»Können wir jetzt nicht aufhören, über Mattias zu reden? Warum reden wir die ganze Zeit über ihn?«

»Haben Sie ihn hinterher noch mal getroffen?«

»Nachdem ich vergewaltigt wurde?«

»Ja.«

»Sagen Sie es! Vergewaltigt. VERGEWALTIGT!«

Halders sah, wie eine Frau oben auf dem Klippenabsatz zusammenzuckte.

»… nachdem Sie vergewaltigt worden sind«, sagte Halders.

»Nein, ich hab ihn nicht mehr getroffen. Sie?«

»Nein.«

»Das sollten Sie tun. Sie fragen doch die ganze Zeit nach ihm.«

»Ich bin morgen mit Mattias verabredet.«

»Vertane Zeit«, sagte sie. »Er war es nicht, falls Sie das glauben.«

Winter las. Fing es wieder von vorn an – mit Jeanette Bielke? Ging weiter mit Angelika Hansson? Und was käme dann?

Er spürte die alte Ohnmacht. Die Spekulationen über begangene Verbrechen. Über die, die noch begangen werden würden. Die darauf warteten, begangen zu werden.

Aber etwas war anders. Er war davon überzeugt, dass es ein und dieselbe Person war, die Jeanette Bielke vergewaltigt und Angelika Hansson ermordet hatte. Manchmal war eine solche innere Überzeugung, wie es gewesen war, ohne es wirklich zu wissen, eine Hilfe.

Vor sich auf dem Schreibtisch hatte er die Berichte darüber, was bisher geschehen war. Aber noch ein Verbrechen wartete auf ihn. Er hatte sich das alte Material über Beatrice Wägner vorgenommen. Das unbehagliche Gefühl, wieder mit einem schrecklichen Verbrechen konfrontiert zu werden. Wie eine Begegnung im Dunkeln.

Die frische Erinnerung an die Stimme ihres Vaters; erst vor wenigen Monaten. Sie hatten über die Jahre Kontakt gehalten. Winter wusste nicht, warum.

Solange ich mit einem Angehörigen rede, kann der Fall nicht ad acta gelegt werden.

Jetzt haben wir eine neue Chance bekommen.

Das Handy auf dem Tisch klingelte. Er sah auf dem Display, dass es seine Mutter war, direkt von Nueva Andalucía in den Bergen oberhalb von Marbella. Ein weißes Haus mit drei Palmen im Garten. Terrasse, Sonne und Schatten. Er war vor zwei Jahren dort gewesen, noch im alten Jahrtausend, als sein Vater unterhalb der Sierra Blanca begraben wurde.

»Wie geht es euch bei der Hitze?«

»Wie geht es dir selbst?«, fragte Winter.

»Im Fernsehen haben sie gesagt, in Skandinavien ist es wärmer als im südlichen Spanien«, sagte sie.

»Der Touristenstrom wird sich umkehren«, sagte er, »die Spanier kommen wegen der Sonne hierher.«

»Von mir aus gern.« Er hörte, wie es in ihrer Nähe klirrte, und sah auf die Uhr. Nach fünf. *The Cocktail Hour. Happy Hour.* Zeit für einen sehr trockenen und sehr kalten Martini. Der wäre mir jetzt auch recht.

»Was machst du sonst?«, fragte er.

»Nicht viel.«

»Lotta sagt, du möchtest, dass wir uns alle im September sehen.«

Seine Schwester hatte es ihm gestern erzählt. Ein Familientreffen an der Costa del Sol.

»Dann müsst ihr kommen. Ich möchte so gern Elsa umarmen und euch natürlich auch.«

»Du brauchst doch nur nach Hause zu kommen.«

»Die Kinder finden es so schön, mich hier zu besuchen«, antwortete sie.

»Welche Kinder? Außer Elsa?«

»Wie? Lottas Kinder natürlich.«

»Das sind Jugendliche.«

»Jetzt sei doch nicht so, Erik.« Er hörte wieder das Klirren von Eis und dachte an Wasser, baden und einen Drink. »Wie geht es Elsa?«

»Sie redet und hält uns ganz schön in Trab.«

»Redet sie viel?«

»Den ganzen Tag.«

»Das ist ja fantastisch.«

»Ja, nicht?«

»Die wird ihren Weg machen.«

»Im Augenblick macht sie überhaupt keine Wege, sie macht nämlich eine kleine Pause in der Entwicklung.«

Wieder das kühle Klirren von Eis. Die Kühle im Körper. Er brauchte einen *Drink*.

»Bald rennt sie in der ganzen Wohnung herum.«

Winter antwortete nicht.

»Aber ihr müsst jetzt wirklich langsam an ein Haus denken, Erik.«

»Ja.«

»Wenn nicht aus einem anderen Grund, dann wegen Angela. Das verstehst du doch? Sie kann nicht ewig das Kind und den Kinderwagen die Treppen rauf- und runterschleppen.«

»Es gibt einen Aufzug.«

»Du verstehst, was ich meine.«

»Wir sind zwei, die schleppen.«

»Erik.«

»Uns gefällt es in der Stadt.«

»Angela auch? Wirklich?«

Er gab keine Antwort. Das war nicht das eigentliche Problem. Jetzt kehrten die Gedanken zurück, an das andere. Es gab andere Probleme.

Die Tür wurde geöffnet. Halders kam herein, ohne anzuklopfen.

»Ich hab Besuch bekommen.« Winter verabschiedete sich und drückte auf Aus.

5

Dort, wo einmal sein Haaransatz gewesen war, war Halders' Stirn rot. Er schloss die Tür hinter sich und strich sich über den Kopf.

»Das ist ein Wärmerekord da draußen«, sagte er und setzte sich Winter gegenüber. Die Haut über seinen Ohren war gerötet. Sie standen ein wenig vom Kopf ab und gaben seinem sonst harten Gesicht einen milden Zug.

»Hast du ein Sonnenbad genommen?«

»Ja«, sagte Halders und kratzte sich an der Stirn. »Mit Jeanette Bielke. An ihrem früheren Lieblingsplatz in den Klippen.« Halders sah Winter an und strich sich über das linke Ohr. »Aber es scheint nicht mehr ihr Lieblingsplatz zu sein.«

»Hat sie was gesagt?«

»Wir haben über ihren Boyfriend geredet.«

»Ja?«

»Oder besser ihren Verflossenen. Er scheint das nicht zu kapieren. Mattias Berg. Er heißt Mattias Berg.«

»Ich weiß.«

»Er will sie nicht loslassen, obwohl sie beschlossen hat, dass sie nicht mehr will.«

»Nichts Ungewöhnliches«, sagte Winter.

Das ist mir auch passiert. Vor langer Zeit. Irgendwann hab ich mal irgendwo gegen eine Tür gehämmert, die niemand öffnen wollte. Da hatte ich das Gefühl, als ginge es um Leben und Tod.

»Nein«, sagte Halders, »nichts Ungewöhnliches. Aber ich will mit dem Jungen reden.«

»Klar.« Winter erhob sich und ging zum Waschbecken. Er nahm ein Glas vom Regal und füllte es mit Wasser. »Möchtest du?«

»Ja, danke.« Halders streckte sich über den Schreibtisch und nahm das Glas entgegen. Er sah den Bericht der Gerichtsmedizinerin auf dem Tisch, den Bericht über Angelika Hansson.

»Ich hab ihn grad bekommen«, sagte Winter.

Halders nickte und trank.

»Es war eine nicht vollzogene Vergewaltigung.«

»Nur ein Mord«, sagte Halders.

Winter zuckte mit den Schultern.

»Dann warten wir nur noch auf das SKL«, sagte Halders.

SKL, dachte Winter. Er hatte so oft auf einen Bescheid vom Kriminallabor in Linköping gewartet. DNA-Analysen, die kein Ergebnis brachten. Andere Analysen, die vielleicht ein Ergebnis brachten. Seine Arbeit bestand unterdessen aus Warten, und das Schwere daran war, neue Wege während dieser Warterei zu finden. Sich nicht darauf zu verlassen, dass technische und chemische Analysen alle Rätsel lösen würden. Er hatte technische Lösungen von Rätseln bekommen, die erklärten, wie und wer und wo, aber nicht warum. Er blieb mit dem großen *Warum* allein zurück. Wie mit einer Erinnerung, die man unmöglich vergessen konnte.

»Das SKL wird uns sagen, ob es sich um denselben Kerl handelt«, sagte Halders. Er trank wieder von dem Wasser, stöhnte ein bisschen, als er das Körpergewicht auf dem Stuhl verlagerte. »Glaubst du, es ist derselbe?«

»Ja.«

Er hatte gar nicht darauf antworten wollen, aber sein »ja« kam automatisch, wie ein Wunsch des Unterbewusstseins, dass es etwas gäbe, auf das sie gleich zu Anfang der Ermittlungen hinarbeiten könnten.

»Und glaubst du, es ist auch derselbe Kerl, der Beatrice ermordet hat«, sagte Halders.

»Ich weiß nicht.«

»Ich hab gefragt, was du glaubst.«

»Darauf kann ich noch nicht antworten.« Winter nahm Pia Fröbergs Bericht in die Hand. »Dahingegen besteht kein Zweifel daran, dass Angelika Hansson schwanger war. Vermutlich in der siebten Woche.«

»Das klingt früh«, sagte Halders. »Siebte Woche.«

»Das ist früh. Sie hätte es selbst seit der fünften wissen müssen.«

»Wenn sie überhaupt einen Verdacht hatte«, sagte Halders. Er stand auf und ging zum Waschbecken, um sich das Glas noch einmal nachzufüllen. Winter sah die Röte in seinem Nacken.

»Ich hab mit Pia gesprochen«, sagte Winter. »Nach der fünften Woche hat sie ihre Tage nicht gekriegt, und normalerweise hätte sie es dann ahnen müssen.«

»Manche verdrängen so was«, sagte Halders.

»Weil die Eltern es nicht wussten, wusste sie es auch nicht, meinst du?«

»Keine Ahnung. Jedenfalls hat sie nichts gesagt. Wenn sie es gewusst hat, hat sie es auf alle Fälle für sich behalten.«

»Vielleicht nicht ganz«, sagte Winter.

»Du denkst an den Vater des Kindes?«

Winter nickte.

Der Vater, dachte Halders. Vermutlich ein blasser neunzehnjähriger Knabe, der noch keine Ahnung hat, wohin er im Leben unterwegs ist. Oder er ist noch was viel Schlimmeres, und dann ist er es, den wir suchen.

Winter dachte an den Vater. Sie hatten so viele Leute, wie es irgend möglich war, mobilisiert, um Freunden, Bekannten, Mitschülern von Angelika Fragen zu stellen. Der Familie. Verwandten. Zeugen. Zeugen aller Art. Taxifahrer, die früher gute Zeugen gewesen waren, jetzt aber schlechte, da sie nichts gesehen und nichts gehört hatten, da sie an jenem Abend eine Straße gefahren sind, die sie nicht hätten fahren dürfen, da sie nicht legal angestellt waren. Und so weiter und so weiter.

»Er weiß es vielleicht gar nicht«, sagte Winter. »Wenn sie es selber wirklich nicht wusste, konnte er es ja auch nicht wissen. Oder sie wusste es … hatte es vielleicht grad erfahren, behielt es aber für sich, und so sollte es vielleicht bleiben. Falls du verstehst.«

»Abtreibung«, sagte Halders.

Winter nickte.

»Aber er weiß auf jeden Fall, dass sie tot ist«, sagte Halders. »*Das* konnte man vor niemandem geheim halten. Das kann nicht an ihm vorbeigegangen sein.«

»Falls er im Land ist.«

»Und wenn nicht, wird er sich melden, wenn er zurückkommt«, sagte Halders. »Wenn wir seinen Namen nicht vorher rausgekriegt haben.« Er sah Winter an. »Wir müssen den Namen rauskriegen. Wir müssen es.«

»Ja.«

»Wenn er sich nicht meldet, dann sieht es schlecht für ihn aus.«

Halders' Handy klingelte in seiner Brusttasche. Winter sah auf die Uhr. Es war einige Minuten vor halb sechs. Er sehnte sich plötzlich weg von hier, nach Angela und Elsa und einem abendlichen Bad im Meer, nach Leben und Hoffnung. Weg von allen Hypothesen über Tod und unvollendetes Leben. Angelika Hanssons Leben war das erste Kapitel in einem Buch, und ihr ungeborenes Kind war ...

»Ich versteh Sie so schlecht«, sagte Halders laut und erhob sich. Auf seiner Stirn bildeten sich weiße Streifen, als er sie runzelte. »Wiederholen Sie das bitte noch mal.«

Winter sah, wie Halders' Gesichtsausdruck sich veränderte, als er anfing zu begreifen, was die Stimme im Telefonhörer zu ihm sagte.

»Was zum Teu...«, sagte Halders. »Was zum Teu...«

Er verzog das Gesicht, als hätte er keine Kontrolle mehr über seine Muskeln. Es sah sehr merkwürdig aus. Winter begriff, dass etwas Ernstes passiert war. Und dass es nicht um die Ermittlungen ging.

»Ja ... natürlich«, sagte Halders. »Ich fahre sofort hin.« Er drückte auf Aus und sah Winter mit einem neuen Ausdruck in seinem roten Gesicht an, das mit einem Mal blass geworden war. Fast grau.

»Meine Exfrau«, sagte er mit einer Stimme, die Winter noch

nie zuvor gehört hatte. Halders starrte Winter weiter an. »Meine Exfrau. Mar… Margareta. Sie ist vor einer Stunde überfahren worden, auf dem Trottoir. Tot.«

Er strich sich über den Kopf, kratzte sich an der Stirn. Es war, als ob er es das letzte Mal in einer anderen Zeitrechnung getan hatte. Nichts würde mehr so sein wie vorher.

»Auf dem Trottoir, wie? Auf dem Trottoir vorm Supermarkt in Lunden.« Er machte eine Bewegung zum Fenster. »Das ist ja nicht weit von hier.« Die Muskeln in seinem Gesicht bewegten sich wieder, ohne Kontrolle.

»Was ist passiert?« Winter wusste nicht, was er sagen sollte.

»Überfahren«, sagte Halders mit seltsamer Stimme. »Unfallflucht.« Er sah an Winter vorbei in das schöne Nachmittagslicht. »Typisch.«

»Ist es … festgestellt? Dass sie … tot ist?«, fragte Winter. »Wer hat angerufen?«

»Wie? Was hast du gesagt?«

»Wohin sollen wir fahren?« Winter stand auf. Halders stand regungslos da. In seinem Gesicht zuckte es. Er versuchte etwas zu sagen, brachte aber keinen Laut heraus. Dann sah er Winter an, sein Blick fixierte ihn, und er stand auch auf.

»Östra«, sagte er. »Ich geh jetzt.«

»Ich fahre dich«, sagte Winter.

»Das schaffe ich schon«, sagte Halders, aber Winter ging ihm voran durch die Tür. Sie nahmen den Fahrstuhl nach unten und gingen auf den Parkplatz. Halders setzte sich wortlos neben Winter, und sie fuhren los.

Eine brutale Nachricht, dachte Winter. Milde ausgedrückt. Hätten sie nicht sagen können, dass sie schwer verletzt ist? Wer hatte Halders angerufen?

Er hatte mal einen Witz über das Thema gehört. Er fiel ihm ein, als es im Auto plötzlich dunkel wurde von den hohen Häusern, die die Esplanade säumten.

Der Witz handelte von einem Mann, der im Ausland ist und zu Hause anruft. Der Bruder erzählt ihm sofort, seine Katze sei tot, und er antwortet: »Solche schrecklichen Nachrichten darfst du nicht so brutal weitergeben. Du hättest ja sagen können, die Katze war auf dem Dach ... genau, die Katze war auf dem Dach, Feuerwehr und Polizei sind gekommen, und alle haben ihr Bestes getan, um sie herunterzuholen, und schließlich ist es ihnen gelungen, aber sie ist entwischt und gesprungen und so unglücklich gelandet, dass sie ins Krankenhaus musste. Ein ganzes Ärzteteam hat sie die ganze Nacht operiert, musste am Ende aber feststellen, dass das Leben der Katze nicht zu retten war. So muss man ein solch trauriges Ereignis weitergeben. Ein bisschen schonend.« Der Bruder sagt, er habe verstanden, sie verabschieden sich, und einige Tage später ruft der Mann wieder zu Hause an, und der Bruder sagt: »Es ist gerade etwas Trauriges passiert.« – »Was?«, fragt der Mann. »Mama war auf dem Dach«, antwortet der Bruder.

Winter lachte nicht, grinste nicht einmal. Halders schwieg. Sie fuhren über die Schnellstraße und bogen beim Kreisel zum Krankenhaus ab. Winter spürte den Schweiß am Rücken. Der Verkehr war dicht, Urlauber, die nach einem Tag auf den großen Inseln im Norden oder von den Seen im Süden nach Hause fuhren.

»Die Kinder wissen es noch nicht«, sagte Halders.

Winter wartete darauf, dass Halders weitersprach, während er auf den Krankenhausparkplatz fuhr. Die Schatten waren scharf und lang.

Er wusste fast gar nichts über Halders' Familie, nur, dass der Kollege schon einige Jahre geschieden war und zwei Kinder hatte.

»Ich habe zwei Kinder«, sagte Halders.

»Ich weiß.«

Sie hatten erst kürzlich darüber gesprochen, aber Halders hatte es vergessen.

»Die sind jetzt in der Schule, SCHEISSE!«, schrie Halders plötzlich.

Winter parkte. Halders war ausgestiegen, bevor das Auto richtig stand, und begann auf die Krankenhausgebäude zuzulaufen.

Er war ein Fremder für Winter und gleichzeitig wie ein Familienmitglied.

Genau das dachte Winter, als er Halders' Gestalt über den

Asphalt durch das Sonnenlicht rennen sah, eine Gestalt, die dunkler wurde, als er den Eingang der Notaufnahme erreichte. Halders war fremder und gleichzeitig vertrauter geworden. Wieder hatte Winter ein Gefühl von Unwirklichkeit, als ob er in einen Traum geraten wäre. Er konnte Halders nicht mehr und wusste nicht, was er tun sollte.

Hier war er erst vor kurzem gewesen, hatte Angelika Hansson aus dem Park in der City zu ihrer letzten Untersuchung begleitet. Jetzt war er wieder hier.

Halders stand an der Bahre. Margaretas Gesicht sah noch genauso aus, wie er es vom letzten Treffen in Erinnerung hatte.

Das war erst drei Tage her. Sonntag. Er war mit Hannes und Magda bei Burger King gewesen, und Margareta hatte ihnen mit einem Lächeln die Tür geöffnet, er hatte etwas gesagt und war dann mit hineingegangen. Diesmal. Sie waren keine Feinde. Das waren sie schon lange nicht mehr. Vor langer Zeit war er ein Idiot gewesen. Er war immer noch ein Idiot, aber damals war er es auf andere Art gewesen.

Den übrigen Körper konnte er unter all den weißen Laken nicht sehen, und er wollte ihn auch nicht sehen. Er dachte an Hannes und Magda, während er gleichzeitig an Margareta dachte. Im selben Moment fielen ihm die toten Mädchen ein, und das genügte, dass er fast zu Boden sank und das Gleichgewicht verlor. Im letzten Moment fing er sich. Er kniete sich neben die Bahre und beugte sich über Margaretas Gesicht, wollte den Augenblick festhalten, von dem er wusste, dass es der letzte war.

Jetzt ist es mir passiert, dachte er. Mir wirklich selbst passiert. Nicht mehr zu Besuch im Unglück anderer. Dies ist mein eigenes Unglück.

Er strich Margareta über die Wange.

Es hatte einmal ein erstes Mal gegeben.

Der verdammte Gedanke.

Sie war neunzehn gewesen … nein … doch, neunzehn. Sie war wie die Mädchen gewesen, über die er und Winter vor nur einer halben Stunde gesprochen hatten.

Er war zweiundzwanzig gewesen, ein fast fertig ausgebildeter Bulle.

Er strich ihr wieder über die Wange.

Jemand sagte etwas. Er hörte nicht hin, kniete weiter neben der Bahre, wollte noch lange so knien.

Er spürte eine Hand auf der Schulter und sah zu Winter hinauf.

Es war noch taghell, als Winter am Abend nach Hause kam. Alles da draußen erfüllte die Wohnung mit einem Leuchten. Im Flur roch es nach Essen, aber er hatte keinen Hunger mehr.

Vor einigen Stunden hatte er Angela angerufen.

Er ging zu Elsa hinein und erwog, sie zu wecken, begnügte sich aber damit, an ihr zu schnuppern und ihr zu lauschen.

Angela wartete mit einem halb gefüllten Glas Wein in der Küche.

»Ich möchte lieber Whisky.« Winter ging zur Anrichte und nahm eine der Flaschen hervor und goss sich einen ordentlichen Schuss in ein größeres Glas, kein dünnes Malzwhiskyglas.

»Oh!«

»Du kannst den Rest trinken, falls ich es nicht schaffe.«

»Nur weil ich gerade mit dem Stillen aufgehört habe, brauche ich ja nicht gleich Alkoholikerin zu werden.«

»Prost!« Winter trank. Angela hob ihr Weinglas.

»Hast du Hunger?«

Winter schüttelte den Kopf, spürte die Kraft des Whiskys in seinem Körper, setzte sich an den Tisch und sah Angela an, die leicht gerötete Wangen hatte. Es war warm in der Küche.

»Wie geht es Fredrik?«, fragte sie.

Winter machte eine Handbewegung. Halders ist noch ansprechbar. Er ist nicht ganz zusammengebrochen.

»Was geschieht mit den Kindern?«

»Wie meinst du, ›was geschieht mit den Kindern‹? Das ist doch wohl klar. Sie sind bei Halders.«

Angela sagte nichts.

»Glaubst du, er schafft es nicht?«, fragte Winter.

»Das hab ich nicht gesagt.«

»Es klang aber ein bisschen so.«

Angela antwortete nichts. Winter trank wieder.

»Sie sind in dem Haus in Lunden«, sagte er. »Halders fand es so am besten. Im Augenblick.«

»Das glaube ich auch.«

»Er wirkte sehr verbissen«, sagte Winter. »Oder wie man es nennen soll. Als wir vom Krankenhaus wegfuhren. Zur Schule der Kinder.«

Angela nahm einen kleinen Schluck Wein, schloss die Augen, dachte an die Kinder.

»So eine verdammte Scheiße«, sagte Winter. »Die armen Kinder. Ein Lehrer ist bei ihnen geblieben, bis wir kamen.« Er trank wieder. Es schmeckte nicht mehr, nur noch nach Schnaps. »Es ist ja passiert, als sie noch Unterricht hatten, deshalb ... na ja, sie waren noch in der Schule.«

»Hast du sie nach Hause gefahren?«

»Ja.« Winter schaute auf die Uhr. »Es sind ein paar Stunden draus geworden.«

»Natürlich.« Sie stand auf, ging zum Herd und stellte die Abdunsthaube ab. Die Stille veränderte sich. Winter konnte Geräusche vom Innenhof hören. Gläser. Stimmen. »Aber sie sind jetzt doch wohl hoffentlich nicht allein?«

»Hanne ist da«, sagte Winter. Er hatte die Pastorin der Polizei angerufen, Hanne Östergaard. Sie konnte mit den Menschen reden. Trost spenden. Vielleicht. Er wusste es nicht. Doch. Trost. »Halders hat nicht protestiert, als ich ihm das vorgeschlagen habe.« Er hörte wieder die Stimmen, lauter, aber einzelne Wörter waren nicht zu verstehen. »Hanne wollte einen Psychologen anrufen, glaube ich. Jedenfalls haben sie darüber gesprochen.«

»Gut.«

»Und Aneta ist gekommen.«

»Aneta? Aneta Djanali?«

»Ja.«

»Warum?«

»Halders hat sie angerufen. Sie ist sofort gekommen.«

»Arbeiten sie viel zusammen?«

»Fast immer.«

»Haben sie nicht eine ziemlich komplizierte Beziehung?«

»Woher willst du das denn wissen?«

»Na, komm schon, Erik. Wir haben doch ein bisschen mit ihnen zu tun gehabt. Hin und wieder hast du auch mal was erzählt.«

»Och ... das war doch nur dummes Gerede.« Er hob sein Glas und sah zu seiner Verwunderung, dass es leer war. Er stand auf, ging zur Flasche, goss sich ein. Eineinhalb Dezimeter. »Er braucht sie jetzt offenbar. Es ist nicht gut, allein zu sein. Mit den Kindern.«

»Keine Verwandten?«

»Jedenfalls nicht in der Stadt.«

Angela sah aus dem Fenster, als er zurückkam und sich setzte. Draußen verdunkelte sich der Himmel, über den Hausdächern waren noch gelbe Streifen.

»Ich muss die ganze Zeit an die Kinder denken«, sagte sie und wandte sich wieder zu Winter um. »Waren sie nicht vollkommen erschüttert?«

»Nein, jedenfalls äußerlich nicht. Sie waren sehr still. Das war wohl der Schock.«

Jemand auf dem Hof lachte laut, mehrere lachten. Er stand auf und ging zum Fenster. Vier Stockwerke tiefer saß eine Gesellschaft und ließ es sich gut gehen in der Sommernacht. Er schloss das Fenster und blieb stehen.

Was würde jetzt passieren? Er brauchte Halders, aber er würde keine Minute zögern, ihm frei zu geben, wenn er zu Hause bleiben wollte. Das hatte Halders zu entscheiden. Winter würde ihn nicht beeinflussen.

In erster Linie sind wir schließlich Menschen.

Er kehrte zu Angela und dem Whisky zurück.

6

Es war warm im Zimmer, sommerschwül. Von draußen kein Wind, nichts, was man hereinlassen könnte, um die Luft auszutauschen, die sich klebrig auf der Haut anfühlte.

Winter sah auf den Stapel Ordner vor sich, Papiere, Fotos. Es gab frische Ausdrucke aus Möllerströms Computer, aber das meiste roch nach vergangenen Zeiten. Vor fünf Jahren, ein anderer Sommer. Beatrice Wägner. Die Papiere über ihren gewaltsamen Tod verströmten einen Geruch nach Staub und trockener Dunkelheit, vermittelten einen falschen Eindruck von Frieden, der so aufdringlich war, dass er fast bereit gewesen wäre, diese Mordbibel beiseite zu legen und nach der neuen zu greifen, die gerade mit Angelika Hansson begonnen hatte.

Die Mordbibeln waren gesammelte Berichte über den Tod, gesammelt fürs ewige Lesen, wieder und wieder. Kein Friede.

Er hatte sich einen Ordner mit Presseberichten bestellt. Das Zeitungspapier fühlte sich an wie hundert Jahre alt, als er es anfasste.

Er stand auf, stellte sich ans offene Fenster und zündete sich einen Corps an. Der Zigarillo schmeckte sauber und leicht nach dem Blättern in den alten Dokumenten. Es war der dritte an diesem Morgen. Er rauchte über zwanzig am Tag, manchmal mehr. Zu Hause rauchte er nicht mehr, das war immerhin ein Fortschritt. Und es gab noch eine »gute« Neuigkeit: Corps Diplomatique war im Begriff vom Markt zu verschwinden. Im Tabakladen hatte man ihn gewarnt. Jedes Päckchen könnte das letzte sein, aber Winter hatte keine Begabung zum Hamstern. Wenn es keine Corps mehr gab, würde er das Rauchen aufgeben.

Er nahm einen Zug und beobachtete den schwachen Verkehr auf der anderen Seite des Flusses. Straßenbahn, Bus, Auto, wieder eine Straßenbahn, Fußgänger. Alles in einem Sonnenlicht, das um die Mittagszeit keine Schatten warf.

Wenn es keine Corps mehr gibt, höre ich auf, dachte er.

Wenn es keine Leichen mehr gibt, höre ich auf. Ha!

Er kehrte an seinen Schreibtisch zurück, entschlossen, den ganzen Fall Beatrice bis zum Anfang zurückzuverfolgen, sich durch alle Zeugenaussagen, alle Berichte zu kämpfen. Gab es dort etwas, das ihnen jetzt von Nutzen sein konnte, würde er es finden, würde versuchen, es zu finden. Nein. Er würde es finden.

Beatrice Wägner hatte mit ihren Eltern in einer Villa in Påvelund im Westen der Stadt gewohnt, gut zehn Kilometer von der Villa in Långedrag entfernt, in der Jeanette Bielke wohnte.

Es können kaum mehr als zwei weitere Kilometer von Påvelund zu der Villa in Önnered sein, wo Angelika Hansson gewohnt hat, dachte Winter. Zwei Kilometer Richtung Süden.

Er stand wieder auf und ging zum Stadtplan an der Wand und zog mit dem Finger eine gerade Linie, die von Angelikas zu Beatrices Wohnort nach Norden ging und bei Jeanettes Stadtteil endete. Eine pfeilgerade Linie. Es war eigentümlich, brauchte aber nichts zu bedeuten. Bedeutete vermutlich auch nichts.

Er blieb vor dem Stadtplan stehen. Beatrice Wägner war aufs Frölundagymnasium gegangen. Genau wie Angelika und Jeanette hatte sie das Abitur abgelegt, im humanistischen Zweig, genau wie die anderen beiden. Sie war in der Stadt geblieben, während die meisten verreist waren. Im Augenblick konnte er sich nicht erinnern, ob sie einen Sommerjob gehabt hatte. Jeanette hatte keinen gehabt. Angelika ja, in einem Lager.

Drei Mädchen, alle neunzehn Jahre alt. Gerade das Gymnasium abgeschlossen. Zwei in diesem Sommer und die dritte im Sommer vor fünf Jahren. Drei verschiedene Schulen. Jeanette hatte gesagt, sie kenne Angelika nicht. Hatte sie Beatrice gekannt? Er musste sie danach fragen. Es war ja nicht unmöglich. Sie wohnten nicht weit entfernt voneinander in den Villenvierteln der Vorstadt nah am Meer.

Ist es immer so gewesen? Waren sie zusammen in die Vorschule gegangen? In die Oberstufe? Mal ganz ruhig, Erik. Du hast keine Zeit, jetzt auf alle Fragen Antworten zu finden.

Haben Beatrice und Angelika einander gekannt? Das müsste er in den Berichten finden.

Drei Mädchen. Eins lebte, zwei waren tot.

Er stand vor dem Stadtplan. Wenn er all seine Fragen auf eine einzige reduzierte, zu *Der Frage*, war es diese: Waren sie ein und demselben Täter begegnet?

Winter zündete sich einen neuen Corps an und setzte sich wieder an den Schreibtisch. Folgte Beatrice in ihrer letzten Stunde, vielleicht ihren letzten Stunden. Sie war mit ihren Freunden in der Stadt gewesen. Die ganze Zeit? Das war nicht ganz klar. Kurz nach eins in der Nacht hatten sie sich getrennt. Früh am Sonntagmorgen. Sie waren in der Gruppe unterwegs gewesen, fünf Jugendliche, und waren bei einem Seven Eleven fünfhundert Meter vom Park stehen geblieben. Und dort, vor dem Laden oder drinnen, war irgendwas passiert, das Beatrice veranlasst hatte, die Gruppe zu verlassen.

Winter wusste, was es war, hatte es Hunderte von Malen erlebt. Sie waren ganz einfach betrunken gewesen, die einen mehr, die anderen weniger,und jetzt begann der Alkohol den Körper zu verlassen, die Müdigkeit kam und die Sinne waren getrübt. Ein Auslöser für Irritationen und Überreaktionen. So muss es gewesen sein. Beatrice hatte sich über irgendwas geärgert und war gegangen. Doch, sie konnten sich erinnern, dass sie wütend geworden war, aber niemand erinnerte sich mehr an die Ursache. Vielleicht wollte sie drinnen im Seven Eleven rauchen. Vielleicht hasste sie in dem Augenblick die ganze Welt, in einem betrunkenen Augenblick.

Sie hatte Alkohol im Körper gehabt, aber nicht viel. Vielleicht war es etwas anderes gewesen.

Sie war in Richtung Park gegangen. Die Clique hatte sie gehen sehen. Lasst sie gehen. Sie kommt schon zurück.

Sie hatten den Laden betreten, aber als sie wieder rauskamen, war Beatrice nicht da. Sie hatten gerufen und waren zum Park gegangen, hatten wieder gerufen.

Dort waren sie umgekehrt. Sie würde schon wieder auftauchen. Sie war bestimmt schon auf der anderen Seite des Parks und hatte den Nachtbus genommen. Oder sie saß schon zu Hause bei Lina, wo sie übernachten wollte, und wartete. »Sie ist wahrscheinlich schon bei mir«, hatte Lina draußen in der Nacht gesagt, vor fünf Jahren, und da kam der Nachtbus und ... tja, sie waren eingestiegen und hatten auf dem Weg am Park entlang hinausgeschaut, aber Beatrice hatten sie nicht gesehen, was dafür sprach, dass sie schon bei Lina war. Oder?

Beatrice war nicht dort. Sie war die ganze Zeit zwischen den Bäumen gewesen. Vielleicht. Sonntag Vormittag viertel vor zwölf war sie definitiv dort, im Schatten hinter dem grünen Steinblock: nackt und ermordet. Die Sonne hatte hoch gestanden, genauso hoch wie jetzt.

Die Kleider hatten auf einem Haufen neben ihr gelegen. Winter las, was sie an diesem Abend getragen hatte, Sachen, die der Mörder ihr ausgezogen hatte. Alles war verzeichnet, aber das war es nicht, wonach er suchte. Er suchte nach dem, was fehlte. Manchmal fehlte etwas, das das Opfer bei sich gehabt und der Täter mitgenommen hatte.

In Beatrices Fall war es ihr Gürtel.

Winter fand es in den Verhören ihrer Freunde und später in den Gesprächen mit den Eltern.

Beatrice hatte einen Ledergürtel, der nicht in dem unordentlichen Kleiderhaufen neben ihrem Körper gefunden worden war.

Vielleicht hatte der Mörder sie damit erwürgt und ihn mitgenommen. Sie wussten es nicht hundertprozentig, da sie den Gürtel nicht gefunden hatten.

Winter nahm die andere Mordbibel vor. Angelikas. Er suchte nach dem Verzeichnis ihrer Kleider. Pullover, Shorts, Strümpfe, Slip, BH. Haarband. Turnschuhe, Marke Reebok. Kein Gürtel. Brauchte man den für Shorts nicht?

Hatte jemand nach ihren Kleidern gefragt? Er fand keine Anmerkung über einen Gürtel. Er las Pia Fröbergs Bericht. Angelika könnte mit einem Ledergürtel erwürgt worden sein.

Er hob den Telefonhörer und wählte die Direktnummer von Göran Beier bei der Spurensicherung. Dort meldete sich niemand. Er rief das Hauptlabor an. Der stellvertretende Chef der Dezernatsleitung meldete sich nach zwei Signalen.

»Ja, hallo, hier ist Erik. Ich möchte dich ein paar Minuten stören.«

»Bitte sehr.«

»Ich sitze gerade über den Ermittlungen im Fall Beatrice Wägner.«

»Ja.«

»Hast du damals an dem Fall gearbeitet?«

»Beatrice Wägner? Ja. Das ist so vier, fünf Jahre her, nicht?«

»Fünf Jahre. Sogar ziemlich genau.«

»So einen Fall vergisst man ja nicht.«

»Nein.«

»Wir haben damals getan, was wir konnten.«

Winter hörte etwas hinter Beiers Worten.

»Ich hab mich da jetzt noch mal drangesetzt«, sagte Winter. »Vielleicht hängt das ja irgendwie mit dem neuesten Mord zusammen.«

»Ach?«

»Erinnerst du dich daran, dass Beatrice einen Gürtel besaß, den sie offenbar zu tragen pflegte, der aber nach dem Mord verschwunden war?«

»Natürlich.«

»Du erinnerst dich also?«

»Das hab ich doch grad gesagt. Einer ihrer Freunde hat sogar am selben Abend, als sie verschwunden ist, einen Kommentar dazu abgegeben«, sagte Beier. »Das habe ich in den Vorberichten gelesen.« Er machte eine Pause. »Wenn ich richtig nachdenke, glaube ich sogar, dass du es warst, der das Protokoll unterzeichnet hat. So gut ist meine Erinnerung.«

»Ich hab's hier vor mir«, sagte Winter und berührte das Papier. Er erkannte seine eigene Unterschrift: Erik Winter, Kriminalinspektor.

»Es war noch vor der ehrenvollen Kommissarzeit«, sagte Beier. »Für dich und für mich.«

Winter antwortete nicht.

»War das nicht Birgersson, der die Ermittlungen damals geleitet hat?«

»Ja.«

»Ich erinnere mich, dass wir uns damals über diesen Gürtel unterhalten haben«, sagte Beier.

»Zu welchem Schluss sind wir gekommen?«

»Nur zu dem, dass der Gürtel bei dem Mord benutzt worden sein könnte. Aber wir haben ihn ja nie gefunden.«

»Und jetzt geht es um Angelika Hansson«, sagte Winter.

»Ihr seht da also einen eventuellen Zusammenhang«, sagte Beier.

»Es könnte einer bestehen.«

»Oder auch nicht.«

»Es könnte auch einen Gürtel geben«, sagte Winter.

Beier schwieg. Winter wartete.

»Ich versteh, was du meinst«, sagte Beier nach kurzem Schweigen.

»Kann man feststellen, ob Angelika Hansson einen Gürtel für diese Shorts benutzte, die sie am selben Abend trug?«

»Das haben wir schon festgestellt«, sagte Beier.

»Was sagst du?«

»Liest du die Berichte nicht? Was haben die denn für einen Si…«

»Wann hast du sie abgeschickt?«

»Gestern. Das soll… Warte mal, hier sagt gerade jemand was.« Winter hörte Beier mit einem Mitarbeiter sprechen. Dann war seine Stimme wieder am Telefon. »Entschuldige, Erik, aber Pelle sagt, er hat sie noch nicht abgeschickt. Er will prü…«

»Okay, okay. Jedenfalls hatte sie also einen Gürtel?«

»Es hat einen Gürtel am Hosenbund um ihre Taille gegeben. An diesen Shorts, die auf dem Kleiderhaufen neben ihrem Körper gelegen haben. So viel konnten wir sehen. Das war nicht kompliziert festzustellen.«

»Aber ich hab keinen Gürtel in der Aufstellung über die Sachen, die dort lagen, gefunden«, sagte Winter.

»Nein, weil er ja nicht dabei war.«

»Er hat ihn also mitgenommen«, sagte Winter, mehr zu sich selber.

Beier schwieg.

»Angelika Hansson könnte also mit ihrem eigenen Gürtel erwürgt worden sein«, fuhr Winter fort.

»Das ist möglich.«

»Genau wie Beatrice Wägner.«

»Ich verstehe, worauf du hinauswillst«, sagte Beier jetzt. »Aber überstürz jetzt nichts.«

»Das habe ich auch nicht vor.«

Er ließ es noch eine ganze weitere Stunde ruhig angehen, während die Sonne dort draußen über den wolkenlosen Himmel kroch. Der Rauch stand im Raum. Er verfolgte weiter die Stunden und dann die Tage nach dem Mord an Beatrice Wägner.

Die Zeugen hatten ein Auto gesehen. Das Auto hatte es laut Aussage einer Frau eilig gehabt, aber er wusste, das konnte eine nachträgliche Konstruktion sein, eine Dramatisierung, weil sie den Ermittlungen voranhelfen wollte. Doch in den meisten Fällen führte so was in die falsche Richtung.

Damals wie jetzt war der Sommer ein Problem gewesen, weil weniger Leute als sonst zu Hause waren. Er hatte angefangen, die Zeitungsausschnitte parallel zu lesen, und lächelte über einen Satz, ausgesprochen von Sture Birgersson an einem Sommertag vor fast genau fünf Jahren: »Das Problem der Polizei bei Mordfahndungen ist die Urlaubszeit.«

Birgersson war Winters Chef beim Fahndungsdezernat. Er hatte am Nachmittag einen Termin bei ihm.

Das Abklappern der Wohnungen rund um den Park hatte in jenem Sommer genauso wenig ergeben wie in diesem.

Winter hielt sich an einem Detail auf in den Berichten über die Nacht, als Beatrice Wägner ermordet wurde. Zwei verschiedene Zeugen hatten unabhängig voneinander einen Mann und einen Jungen beobachtet, die in den frühen Morgenstunden mehr als eine Stunde lang ein Auto gepackt hatten. Das hatte sich vor einem der zweistöckigen Häuser abgespielt, die nordöstlich vom Park lagen, hundert Meter entfernt. Die beiden Zeugen hatten sie jeder von einer anderen Stelle aus, aber ungefähr gleichzeitig beobachtet.

Der Mann und der Junge hatten vielleicht auch etwas gesehen oder gehört, aber niemand wusste es, da sie sich nicht bei den Ermittlern gemeldet hatten. Die Polizei hatte einen Zeugenaufruf herausgegeben, aber keine Reaktion bekommen.

Die spätere Türklopfaktion hinterher hatte nichts gebracht. Sie hatten ganz einfach keinen Mann mit einem Jungen in den Häusern gefunden, die den Beschreibungen entsprachen.

In dem Augenblick klingelte Winters Telefon auf dem Schreibtisch. Er meldete sich und hörte Birgerssons Stimme.

»Könnten wir uns ein bisschen früher treffen? Ich hab um vier eine Besprechung.«

»Okay.«

»Kannst du jetzt zu mir raufkommen?«

»In einer Viertelstunde. Ich will dich einiges fragen, aber vorher muss ich noch ein bisschen lesen.«

Birgersson stand am Fenster und rauchte, während Winter die erste Frage stellte. Birgerssons Schädel schimmerte durch das kurz geschnittene graue Haar, angestrahlt von der Sonne. Der Chef wurde nächstes Jahr einundsechzig. Winter wurde zweiundvierzig. Birgersson war mehr wie ein Vater für ihn als ein großer Bruder.

»Ich weiß nicht, wozu es geführt hätte«, antwortete Birgersson und strich die Asche in seine Handfläche ab. »Aber wir haben wirklich versucht, die beiden zu finden, Vater und Sohn oder was sie nun waren.« Er sah Winter an. »Na ja, du warst ja auch dabei.«

»Als ich das jetzt wieder las, fiel mir ein, dass ich damals wütend geworden bin, dass die beiden sich nicht gemeldet haben«, sagte Winter.

»Ich hab mich auch darüber geärgert.« In Birgerssons hagerem Gesicht bewegten sich die Muskeln. »Aber das war natürlich. Wir hatten ja nicht viele Hinweise, und da erschien uns die Sache wichtiger als sie vielleicht war.«

»Denkst du oft an den Fall Beatrice?«, fragte Winter.

»Fast jeden Tag.«

»Das ist bei mir anders. Ich denke erst jetzt wieder jeden Tag daran.«

»Du bist immer noch ein junger Mann, Erik. Aber ich laufe

Gefahr, dass ich mit diesem verdammten ungelösten Fall in Pension gehe, und das will ich nicht.« Er nahm einen Zug aus seiner Zigarette, aber der Rauch war vor dem Licht vom Fenster nicht zu sehen. »Ich will das nicht«, wiederholte er. »Ich weiß nicht, ob das eine Art Wunschdenken ist, aber ich hoffe, dass der Kerl wieder da ist. Dass es nie wirklich vorbei war.«

Winter antwortete nicht.

»Wenn wir nun schon mal wieder ein Monster in der Stadt haben, dann hoffe ich, es ist dasselbe Monster.«

»Mir ist es das Wichtigste, dass wir ihn schnappen«, sagte Winter.

»Das läuft aufs selbe raus«, sagte Birgersson.

»Ja.«

»Es kann bei deinen Ermittlungen helfen.«

»Darum sitz ich doch über den Wägner-Akten«, sagte Winter.

»Der Gürtel«, sagte Birgersson, »der Gürtel ist ein Schlüssel.«

»Das ist möglich. Ich hab das vorhin auch schon gedacht.«

»Hatte Jeanette Bielke einen Gürtel?«, fragte Birgersson.

»Das war eine der Sachen, die ich kontrollieren wollte, bevor ich zu dir kam«, sagte Winter. Er zündete sich einen neuen Corps an, stand auf und leistete Birgersson am Fenster Gesellschaft. »Aber sie hatte keinen. Sie hat noch nie einen besessen.«

»Vielleicht hat sie das gerettet«, sagte Birgersson. Er sah Winter in die Augen. »Was meinst du, Erik? Vielleicht war sie als Opfer nicht mehr so interessant, weil sie keinen Gürtel hatte, mit dem er sie hätte erwürgen können. Und keinen Gürtel, den er mit nach Hause nehmen konnte, wie eine Trophäe.«

7

Etwas stach sie unterm rechten Fuß, unter den Zehen. Sie war vorsichtig gegangen, aber hier nützte es nicht viel. Der Grund war mit Tang bedeckt, wie mit hohem, dickem Gras, das sich in der Strömung bewegte, braun und eklig. Wie tote Blumen.

Jetzt stand sie auf einem Stück Sandboden. Sie balancierte auf einem Bein, hielt den rechten Fuß hoch und sah, dass er blutete, aber nur ein bisschen. Es war nicht das erste Mal in diesem Sommer. Es gehörte dazu. Von den Klippen wurde gerufen. Sie warf sich ins Wasser, das wärmer war denn je. Es war wie eine zweite Haut auf dem Körper, weich, wie ein Streicheln.

»Anne!«

Sie riefen wieder. Jemand hielt eine Flasche hoch, sie sah nur eine Silhouette in der Sonne, die bald untergehen würde, aber noch stand sie hoch am Horizont. Könnte Andy sein. Für ihn hatte das Fest begonnen, als sie hierher kamen, oder eigentlich schon auf dem Weg hierher, schon in der Stadt.

»Anne! Paaarty!«

Jetzt sah sie ihn, mit der Weinflasche, dem Grinsen im Gesicht. Party. Also noch eine Party, gern, es gab mehr als genug Anlass dafür. Drei Jahre auf dem Burgården. Wer würde danach nicht ein paar Partys feiern?

Es gab noch mehr Gründe, noch mehr Anlässe.

Daran wollte sie jetzt nicht denken.

»Anne!«

Sie kletterte die Klippen hinauf, fand Halt auf einem Stein und spürte, dass es wieder im Fuß stach.

Jetzt war sie oben, untersuchte ihren Fuß. Ein halber Meter Tang hatte sich um ihren Knöchel gewickelt. Sie riss den Tang ab. Er fühlte sich glitschig an.

»Da kommt die kleine Meerjungfrau«, sagte Andy.

»Gib mir ein Glas.«

»Hast du schon mal einen schöneren Abend erlebt?«

Fredrik Halders saß auf einem Sofa, an das er sich von seinem letzten Besuch in diesem Haus nicht erinnern konnte. Er sah sich um. Das Haus war ihm fremder denn je.

Direkt danach hatte er sich hier drinnen unwirklich gefühlt. Direkt nach der Scheidung. Da war es gewesen, als würde er sich in einem Traum bewegen. Alles war vertraut, aber er hatte es nicht wieder erkannt. Konnte die Sachen nicht berühren. Er stand neben sich. So war es gewesen. Er hatte neben seinem eigenen Leben gestanden. So hatte es sich angefühlt. Die Scheidung hatte ihn gezwungen, sich neben sein eigenes Leben zu stellen, und seitdem war es nicht sehr viel besser geworden.

Vielleicht deshalb, weil er in den letzten Jahren so WÜTEND gewesen war. Zornig. Zornig war er aufgewacht, und zornig war er schlafen gegangen, und dazwischen war er noch wütender gewesen. Es hatte wehgetan zu leben, könnte man sagen.

Aber das war gar nichts gewesen.

Absolut nichts im Vergleich zu dem hier.

Hannes und Magda schliefen. Magda hatte sich in den Schlaf geschluchzt. Hannes hatte an die Wand gestarrt. Halders hatte versucht, mit ihnen zu reden. Über ... Worüber hatte er versucht zu reden? Er hatte es vergessen.

Jetzt war es weit nach Mitternacht. Die Tür zur Veranda stand offen und ließ Düfte aus dem Garten herein, an die er sich nicht erinnerte. Er sah Aneta Djanalis Gesicht in der Türöffnung, das von einer Lampe im Regal links beleuchtet wurde.

»Du willst nicht rauskommen?«

Er schüttelte den Kopf.

»Es ist schön draußen.«

Halders zögerte. »Ich hol ein Bier«, sagte er schließlich, stand auf und ging in die Küche.

»Es wird bald wieder hell«, sagte Aneta Djanali, als er nach draußen kam und sich auf die Bank an der Hauswand setzte.

Er trank und sah zum Himmel hinauf. Für ihn war es schon hell genug. Könnte er die Zeit anhalten, er würde es jetzt tun. Möge es dunkel bleiben. Dunkel bis in alle Ewigkeit. Und ruhig. Keine Kinder, die morgen erwachten und sich erinnern würden. Und den ganzen langen Weg durchs Leben vor sich hatten. *Sometimes I feel like a motherless child*, dachte er plötzlich. Genau das dachte er, und dann dachte er an Margareta.

Er nahm wieder einen Schluck und schaute seine Kollegin an. Und Freundin.

»Musst du jetzt nicht nach Hause, Aneta?« Er sah ihre Silhouette, sonst nichts. Zu einer anderen Zeit hätte er darüber einen Witz gemacht, wie immer; ihre schwarze Haut bildete keinen großen Kontrast in der Nacht. Nicht jetzt.

»Nein.«

»Ich komme schon allein zurecht«, sagte er.

»Ich weiß.«

»Du kannst also wirklich nach Hause fahren und dich ausruhen. Du musst doch morgen früh raus.«

Er konnte nicht erkennen, ob sie nickte.

»Du musst doch früh raus?«, fragte er.

»Ja, aber ich hab noch nie viel Schlaf gebraucht.«

»Ich auch nicht.« Er trank die Flasche aus und stellte sie auf den Tisch. »Dann können wir ja noch ein Weilchen hier sitzen.«

»Ja.«

Sie sah, wie er sich mit einer Hand übers Gesicht fuhr. Sie hörte einen Laut und bald darauf noch einen. Sie stand auf und setzte sich neben ihn auf die Bank und legte einen Arm um ihn. Er zitterte, aber nur ein bisschen.

»Ich brauch die Arbeit.«

Sie waren auf der Bank sitzen geblieben. Es war Morgen, wenige Minuten nach drei. Das Licht war wieder da. Die

Schatten auf Halders' Gesicht hatten sich in den letzten Stunden stetig verändert. Die Haut auf seiner Stirn pellte sich. Das kurze Haar sah aus wie Stahl. Aneta Djanali hörte Möwenschreie. Ein Auto fuhr hinter der Hecke vorbei. Kleine Vögel flogen aus einem Gebüsch auf, vielleicht aufgeschreckt durch die Möwen. Sie spürte keine Müdigkeit. Die würde später kommen, am Nachmittag, im Auto, unterwegs durch die Hitze.

»Verstehst du, was ich meine?« Halders wandte sich ihr zu. In seinem linken Auge war ein Äderchen geplatzt. »Nicht, dass ich ... weglaufen will. Das nicht.« Er rieb seine Stirn, seinen Nasenrücken. »Aber ich glaube, es ist das Beste ... für alle. Wenn ich arbeite.«

»Wenn du das kannst.«

»Warum sollte ich das nicht können?«

Sie zuckte mit den Schultern.

»Meinst du, ich schätze mich da falsch ein?«

»Nein.«

»Glaubst du, ich denke nicht an die Kinder?«

»Wirklich nicht.«

Halders strich sich wieder übers Gesicht. Sie hörte das Kratzen seiner Bartstoppeln, die jetzt länger und kräftiger zu sein schienen als seine Haarstoppeln.

»Wir müssen so schnell wie möglich wieder in geregelte Bahnen kommen.« Er schien nach etwas am Horizont Ausschau zu halten. »Es ist wichtig, dass wir alle versuchen, so schnell wie möglich wieder in den Alltag zu kommen.«

Aber zuerst ein ordentlicher Zusammenbruch, dachte Aneta Djanali. Der steht jetzt nah bevor.

Winter suchte weiter in den beiden Mordbibeln, die eine dick, die andere dünn.

Er hatte Bergenhem gebeten, auch zu lesen. Lars Bergenhem war ein junger und guter Fahnder. Er war lange krank geschrieben gewesen wegen Kopfschmerzen und körperlicher Erschöpfung. Aber Winter wusste, was es gewesen war. Auch Polizisten wurden von Depressionen heimgesucht.

Manchmal frage ich mich, ob ich nicht auch eine habe. Ich

bin derzeit auch nicht gerade fröhlich. Es kann die Hitze sein. Oder dieser Fall. Der lässt sich abends nicht einfach mit Meerwasser abspülen.

Sie fuhren zum Park. Die Klimaanlage in Winters Mercedes lief. Die Straßen waren menschenleer.

»Manchmal geh ich hierher«, sagte Winter, als sie an dem Platz standen. Die Bäume waren regungslos. Der Steinblock war kaum zu sehen. Die Stelle war immer noch abgesperrt. Wer nicht so genau hinschaut, könnte glauben, es ginge um ein neues Gartenprojekt, dachte Bergenhem. Es ist ein neues ... Projekt, aber nicht solcher Art.

Er sah die Kinder, die im Teich badeten. Die Flamingos standen auf einem Bein und beobachteten das Geplantsche.

»Hin und wieder bin ich in all diesen Jahren hierher gekommen«, fuhr Winter fort. Er ließ den Blick über den Platz schweifen. »Verstehst du, was ich meine?«

»Ja.«

»Was meine ich denn?«

»Der Täter kehrt immer zurück.«

Winter nickte und sah zwei junge Mädchen vorbeigehen, die ihn und Bergenhem musterten.

»Er ist mindestens genauso viele Male hier gewesen wie ich«, sagte Winter. »Bestimmt. Er ist hier gewesen.«

»Vielleicht gleichzeitig«, sagte Bergenhem.

»Nein.« Winter sah seinen Kollegen an. »Das hätte ich gespürt.«

Wir müssen weitermachen, dachte er. So ist das.

Er war im Frühling, im Sommer, Herbst und Winter nach dem Mord an Beatrice hier gewesen. Natürlich nicht dauernd, aber immer wieder mal, am Wochenende, am Abend, manchmal nachts.

An einem späten Abend hatte er einen Schatten nah beim Steinblock gesehen und war mit schnellerem Puls etwas näher gegangen. Als sich der Schatten umdrehte, hatte er Auge in Auge mit Birgersson gestanden.

Er wusste, dass auch Halders manchmal hierher ging.

Er glaubte nicht, dass sie jemanden verschreckten. Sie

stiefelten ja nicht breitbeinig und mit gezogenen Waffen durch den Park, beleuchtet von einem gleißenden Sonnenuntergang.

»Das Mädchen ist unsere größte Chance«, sagte Bergenhem. »Jeanette, die überlebt hat.«

»Vielleicht war das Absicht«, sagte Winter.

»Was, dass sie überlebt hat?«

Winter hob die Schultern. Vielleicht.

»Wenn es derselbe Kerl war, dann hat sie ihn gesehen, ihn gehört.«

»Ja.«

»Sie hat gesagt, er hätte einen Reim ohne Sinn vor sich hin gebrabbelt. Immer dasselbe. Sie glaubt, er hätte dreimal dasselbe gesagt.«

»Hm.«

»Während der Vergewaltigung.«

»Ja«, sagte Winter und sah die zwei Mädchen mit Eiswaffeln zurückkommen. Die beiden schauten wieder neugierig zur Absperrung. Ein Stück entfernt blieben sie stehen und setzten sich ins Gras. »Während der Vergewaltigung.«

»Vielleicht ist da noch mehr«, sagte Bergenhem.

Winter sah zu den Mädchen. Ihr Eis wirkte verlockend. Diese Hitze verlangte nach Eis und kalten Getränken.

»Vielleicht erinnert sie sich mittlerweile an viel mehr«, sagte Bergenhem.

»Ich treff sie morgen«, sagte Winter, »um zehn.«

Bergenhem ging näher an die Bäume heran und lehnte sich dazwischen. Als er wieder sprach, wurde seine Stimme vom Stein und den Bäumen gedämpft.

»Was meinst du, wie weit er sie schleppen musste?«, fragte er.

»Zehn Meter«, sagte Winter.

»Gab es auch Schleifspuren von Beatrice Wägner?«

»Ja.«

»Wie war es mit Jeanette? Wurde sie hier reingezerrt?«

»Darüber rede ich mit ihr morgen. Bis jetzt sagt sie, sie erinnert sich an nichts. Nur, dass sie ohnmächtig geworden ist.«

Winter schaute in die andere Richtung, die Mädchen waren gegangen.

»Wollen wir ein Eis essen?«

Bergenhem kam aus dem Schatten.
»Okay.«
Sie gingen um den Teich herum zur Eisbude. Hier waren die Geräusche der badenden Kinder gedämpfter. Ein Paar in Winters Alter brauste auf Rollerblades vorbei. Ein Mann verkaufte Luftballons auf dem offenen Feld. Vor der Bude standen drei Leute.
»Ich lad dich ein«, sagte Winter.
Mit ihren Waffeln gingen sie zurück. Das Eis begann schon zu tropfen.
»Wir hätten einen Becher nehmen sollen«, sagte Bergenhem.
Sie setzten sich ins Gras. Es roch trocken und spröde, und in dem schwachen Grün gab es schon gelbe Flecken.
»Warum hat er versucht, Jeanette zu erwürgen?«, sagte Winter nach einer Weile.
»Wie meinst du das?«
»Sie hatte keinen Gürtel, den er hätte benutzen können ... wie er das mit den anderen beiden getan hat, Beatrice und Angelika, aber irgendwas hatte er dabei ... eine Leine, wie sie sagte. Er hatte sie dabei, aber er hat sie nicht erwürgt. Er hat sie nicht umgebracht.«
»Du gehst davon aus, dass es derselbe Täter ist wie bei Beatrice und Angelika.«
»Ja, jedenfalls im Augenblick.« Winter spürte das kalte Eis auf den Fingern, und es war ein schönes Gefühl.
»Dieselbe Person«, sagte Bergenhem, »nach fünf Jahren.«
»Ja.«
»Hatte Angelika einen Gürtel?«
»Beier sagt, sie muss einen in ihren Shorts gehabt haben. Ich habe später ihre Eltern gefragt, und sie haben es bestätigt.«
»Und jetzt ist er weg.«
»Ja.«
»Genau wie der von Beatrice Wägner.«
»Genau.«

Anne badete ein letztes Mal. Andy war auch im Wasser. Der Rest der Clique sang dem Sonnenuntergang ein Lied – oder ein Lied über den Sonnenuntergang. Ihr war ein wenig schwindlig von den zwei Gläsern Wein. Im Wasser schien sie wieder klar zu werden, es fühlte sich jetzt kühler an als vor ein oder zwei Stunden.

Heute Abend würden sie alle ausgehen, und sie freute sich darauf. So war es nicht immer gewesen. Einige Male war sie zu Hause geblieben. Sie war nicht sicher, ob es ihrer Mutter gefiel. Sie hatte gesagt, es sei schön, wenn sie mal einen Abend zu Hause sei, aber sie war nicht sicher, ob ihre Mutter das auch so meinte. Sie schien sich zu wünschen, dass sie so viel wie möglich unterwegs war und sich amüsierte, als ob es der letzte Sommer wäre. Der letzte Sommer. Hat es nicht einen Film gegeben, der so hieß?

Einige Male war sie direkt nach Hause gefahren.

Zweimal würde sie noch hingehen, und dann reichte es.

Sie hätte es nie tun sollen. Wenn sie jemand fragen würde, hätte sie nicht mal sagen können, warum sie es angefangen hatte.

Aber es war ja nichts.

Rasch trocknete sie sich ab, jetzt, wo die Sonne nur noch rot war, wurde es schnell frisch.

Als sie nach Hause fuhren, ging kein Wind, aber über den Feldern war es irgendwie kühl.

In der Stadt stand die Wärme zwischen den Häusern. Es war ein Gefühl, als betrete man ein Haus, nachdem man durch die offenen Felder am Meer geradelt war.

Sie hielten an der Avenyn an, schlossen die Fahrräder ab und setzten sich in das Straßencafé, dasselbe wie immer.

»Viel Bier, stark, für alle«, sagte Andy, als die Kellnerin kam.

»Eigentlich sollte man erst nach Hause fahren und duschen«, sagte Anne. »Dann ist es ein schöneres Gefühl, wenn man hier sitzt.« Sie bekamen ihr Bier. Sie waren fünf am Tisch. »Wie nach der Arbeit.«

»Es ist harte Arbeit, den ganzen Tag am Meer zu liegen.« Andy grinste und nahm einen Schluck. »Aber auf diese Weise hast du doppelt was davon.« Er lächelte breit. »Wir trinken ein Bier und entspannen uns, dann fährst du nach Hause und duschst, und dann treffen wir uns wieder hier.«

Jemand lachte.

Ihr Handy klingelte. Sie drückte auf den Knopf und hörte die Stimme ihrer Mutter. Ja. Sie würde bald nach Hause kommen. In einer halben Stunde. Ja. Heute Abend ausgehen? Sie verdrehte die Augen. Andy reckte die Hand in Richtung Kellnerin, die mit einem Tablett voller Biergläser für eine andere Clique vorbeiwankte. Andy würde vielleicht den ganzen Abend bleiben. Er brauchte sich nicht frisch zu machen. Er sah nie aus, als hätte er es nötig, sich frisch zu machen.

»Das war meine Mutter«, sagte sie und steckte das Handy in das Fach ihrer Handtasche.

»Aha.«

»Ich wohn zwar allein, aber sie will immer wissen, was ich gerade tue.«

Die Kellnerin stellte Andy ein neues Bier hin.

»Du bleibst ja bestimmt«, sagte sie.

»Prost.«

»Ich hau jetzt ab.«

»Hast du bei deinem Handy eben auch die Tastatur gesperrt?«

»Ja, ja«, sagte sie und nahm das Handy wieder aus der Tasche und überprüfte es. »Ist gesperrt.«

»Damit es nicht wieder zu so peinlichen Situationen kommt.« Andy trank und lächelte, breit, sehr breit.

Sie spülte den Rest ihres Biers hinunter, winkte und ging zu ihrem Fahrrad, schloss es auf und schob es über den Boulevard. Es kamen immer mehr Leute, wie in Karawanen die Avenyn hinauf und hinunter. Es schien wieder viel wärmer geworden zu sein. Sie sehnte sich nach einer Dusche.

Das Handy klingelte und blinkte. »GESPRÄCH«, aber niemand sagte etwas, als sie sich meldete. Sie kontrollierte die Tastatursperre und steckte das Handy wieder in die Handtasche.

Keine peinlichen Situationen mehr. Vor einigen Tagen hatten Andy und sie sich umarmt und vielleicht noch ein bisschen mehr getan. Sie oder er waren irgendwie gegen das Handy gestoßen, sodass sich die Sperre ausgeschaltet hatte, und die Drei hatte sich eingeklickt, und während sie da lagen, waren alle Geräusche und das Reden und tja ... eben alles war direkt auf den Anrufbeantworter gegangen, da sie die Kurzwahl nach Hause erwischt hatten, und ihre Mutter war in dem Augenblick bei ihr gewesen und hatte über den Anrufbeantworter mitgehört.

Peinlich.

»Wieso hast du eine Kurzwahl zu deiner eigenen Wohnung?«, hatte Andy gefragt.

»Es könnte ja mal nötig sein, bei mir selbst anzurufen. Es könnte jemand dort sein, den man schnell erreichen will.«

Sie bog auf ihrem Fahrrad nach Westen ab. Draußen auf der Allén war es etwas kühler. Vom Restaurant Storan wehte ein Duft nach Essen herüber.

8

Winter ließ das Rasieren aus. Er zog ein kurzärmeliges Hemd und eine Leinenhose an. Angela und Elsa schliefen, als er um halb sieben ging. Im Treppenhaus war es kühl. Es roch immer noch nach frischem Putz nach der Renovierung, die im Frühsommer stattgefunden hatte. Ihm fehlte der uralte muffige Geruch nach feuchten Wänden und dem glänzenden Holz des Treppengeländers. Der war immer da gewesen, seit er vor zehn Jahren eingezogen war. Jetzt war es, als müsse er von vorn anfangen. In gewisser Weise war es ja auch so. Die Renovierung und der neue Geruch, wenn man es so sah, sind ganz in Ordnung, dachte er und trat in den milden Morgen hinaus.

Die Stadtreinigung säuberte die Vasagatan, spritzte unter die Autos, kratzte über den Belag und das Wasser floss nach Osten, in dieselbe Richtung, in die er ging. Die Avenyn war leer, ganz leer. Er hörte eine Straßenbahn, sah sie aber nicht.

Kein Windhauch regte sich in Heden. Das Thermometer an der Hauswand auf der anderen Straßenseite zeigte vierundzwanzig Grad. Es war zehn Minuten vor sieben, und es waren vierundzwanzig Grad, tropisch warm. Die ganze Nacht waren es über zwanzig Grad gewesen. Das sind tropische Temperaturen.

Er nahm den Fahrstuhl zu seinem Zimmer. Es war nicht abgeschlossen. Da drinnen roch es wie immer. Nichts Neues. Er hatte das Fenster über Nacht auf Kippe gestellt, aber das hatte nichts gebracht.

Die Papiere hatte er liegen lassen. Obendrauf lag die Lesebrille. Er hatte eine hier und eine zu Hause. Langsam bekam er auch Schwierigkeiten mit der Fernsicht. Bald würde er sich an den Wänden entlangtasten, würde geführt werden müssen. Im Rollstuhl geschoben. Er war immerhin schon einundvierzig.

Ein männlicher Zeuge hatte berichtet, er habe Schreie aus dem Park gehört. Es war gegen zwei Uhr nachts gewesen, oder eher halb zwei. Eine halbe bis eine Stunde, nachdem Beatrice zwischen den Bäumen verschwunden war. Der Mann wohnte in der Nähe und war auf dem Heimweg von einem privaten Fest gewesen. Er hatte etwas getrunken, sich aber klar im Kopf gefühlt, und ein Kommentar im Zeugenprotokoll bezeichnete ihn als glaubwürdig.

Er war ein Stück in den Park hinein und etwa fünfzehn Meter von der Stelle entfernt vorbeigegangen, wo sie Beatrice gefunden hatten. Aber in dem Moment hatte er nichts gehört oder gesehen.

Vorher meinte er Geräusche gehört zu haben, als ob jemand gejagt würde. Genau, gejagt. Ein Schrei, oder waren es zwei? Aber dann war nichts mehr zu hören gewesen.

Winter erinnerte sich an den Mann. Er hatte ihn nicht selbst verhört, war ihm aber ein paar Tage später im Vorbeigehen begegnet. Er erinnerte sich, dass er immer noch erschüttert wirkte. Aber vielleicht wirkte er immer so. Erschüttert.

Er hatte den Park nach dem Schrei verlassen und war auf das nächste Mietshaus zugelaufen. Davor war ihm ein Paar um die fünfunddreißig, beide weiß gekleidet, begegnet, und ihm hatte er erzählt, was er gehört hatte. Die Frau war gerade durch den Park gegangen, und meinte, vielleicht jemanden gesehen zu haben. Hatte sie dem erregten Zeugen erzählt.

Vielleicht hatte sie da jemanden gesehen.

Sie hatten nie selbst mit ihr oder dem Mann gesprochen. Winter erinnerte sich, dass sie nach dem Paar in Weiß gesucht hatten. Die beiden aufgefordert hatten, sich zu melden.

Es war genau wie mit dem Mann und dem Jungen, die nachts ihr Auto gepackt hatten. Als ob sie nie dort gewesen wären. Vielleicht wollte das Paar damals an dem Ort nicht zusammen gesehen werden. So etwas hielt Zeugen häufig davon ab, sich zu melden. Private Peinlichkeiten. Was war dagegen ein Mord? Das Urteil der Gesellschaft über einen Seitensprung ist viel zu hart, dachte Winter. So hart, dass es die Polizei in ihrer Arbeit behindert. Könnte man Moral nicht gesetzlich festlegen? Mildernde Umstände aus Rücksicht auf alle Voruntersuchungen, die sonst sabotiert werden.

Aber der Mann und der Junge ... nach fünf Jahren hatten sie immer noch nichts von sich hören lassen, und es konnte sich auch kaum noch jemand daran erinnern, dass sie in einer Sommernacht ein Auto vor einem Park mitten in Göteborg gepackt hatten.

Da war noch etwas anderes.

Er nahm die Brille ab und rieb seine Nasenwurzel, sah auf die Armbanduhr: acht. In zwei Stunden war er mit Jeanette Bielke bei ihr zu Hause verabredet. Er hatte sie gefragt, wo sie sich treffen sollten, und sie hatte sich für zu Hause entschieden.

Er ging in die Teeküche und kochte sich eine Tasse Kaffee. Er war allein. Die Besprechung für heute war abgesagt. Alle wussten, was sie im Augenblick zu tun hatten.

Wenn er später von seinem Treffen mit Jeanette Bielke zurückkam, erwartete er Resultate von der Suchaktion in den Strafregistern potenziell Verdächtiger. Vielleicht keine Resultate, aber das war auch eine Art Resultat. Eliminierung. Der und der und der kann es nicht gewesen sein. Diesmal. Der bekannte Vergewaltiger X hatte gerade an dem Abend keine Gelegenheit gehabt. Der Mörder Y saß im Gefängnis. Mörder Z hatte geschlafen, und das konnten andere, wachere bestätigen. Der stadtbekannte Gewalttäter wiederum hatte genau um die Zeit einen anderen halb totgeschlagen, aber es war am anderen Ende der Stadt gewesen oder am anderen Ende des Landes. Wenn überhaupt im Lande.

Und so weiter und so weiter.

Der Asphalt da draußen glänzte weiß im Morgenlicht. Vielleicht waren es schon dreißig Grad. Wie in Marbella. Er dachte an seinen Vater, der auf einem hübschen kleinen Friedhof am Berg begraben lag mit Aussicht über das Meer unten bei Puerto Banús und über das Haus in Nueva Andalucía, in dem seine Mutter trotzdem weiter wohnen bleiben wollte.

Winter war dabei gewesen, als sein Vater starb, auf der Beerdigung, und hatte mitten in der Nacht in dem Garten mit den drei Palmen gesessen und schließlich gar nichts mehr gedacht.

Er ging zurück. Die Sonne sickerte durch die Jalousien und zeichnete Muster auf die Ziegelwände des Korridors.

In seinem Zimmer rauchte er am Fenster. Es war der erste Corps des Tages nach zwei Stunden Arbeit, und das war ein Fortschritt. Morgen würde er noch eine Viertelstunde länger arbeiten ohne einen ersten Zigarillo.

Er setzte sich seine Lesebrille auf und vertiefte sich wieder in die Akten.

Da war noch etwas. Eine Zwanzigjährige war drei Tage nach dem Mord an Beatrice von einem »schlanken« und »ziemlich großen« Mann überfallen und vergewaltigt worden. Es gab Ähnlichkeiten, aber wann gab es die nicht, wenn es um Vergewaltigung ging? Diese Frau hatte den Eindruck gehabt, der Mann rede mit sich selber, als er sich an ihr verging, habe »gebrabbelt«, wie sie es in dem Bericht ausdrückte, den Winter in den Händen hielt.

Das Haus lag im Schatten eines Baumes, der hundert Jahre alt sein mochte. Das Haus könnte auch hundert sein, dachte Winter. Hundert und gut erhalten. Altes Geld. Wie so viel hier im ältesten Teil von Långedrag. Er selbst war nur einige Kilometer von der Stadt entfernt aufgewachsen, war hier manchmal mit dem Rad herumgefahren. *Welcome to Pleasantville.*

Zwei Jungen kamen auf Rollerblades angezischt. Sie waren geschickt. Er machte einen Schritt beiseite, überquerte dann die Straße und ging den Weg zum Haus hinauf. Ein Mann saß auf der Veranda, erhob sich aber, als Winter die Treppe heraufkam. Er begrüßte ihn mit Handschlag. Jeanettes Vater. Winter war ihm noch nicht begegnet. Er kannte auch Jeanette nicht, Halders war bei ihr gewesen. Aber Halders hatte heute andere Probleme.

»Ist das wirklich nötig?« Kurt Bielke war etwas kleiner als Winter, schaute aber nicht zu ihm auf, als er redete. Sein Ton war nicht aggressiv, eher wie ein trauriges Ausatmen.

Das war eine gute Frage. Wie viele Male durfte man zum Opfer zurückkehren, bevor die Befragung den entgegengesetzten Effekt erreichte? Dann könnte das Resultat eher von Schaden sein.

»Wenn man zu viel Druck auf sie ausübt, kriegt man am Ende alles von ihnen, was man haben will, aber ist das auch die Wahrheit, die man kriegt?«, hatte Halders vor zwei Tagen gesagt, als sie in Winters Zimmer gesessen hatten. So war es. Man konnte seine Zeugen auch kaputtverhören, wie es hieß. Kaputtverhören.

»Wir müssen uns noch einmal mit Jeanette unterhalten.«

»Wir?«, sagte Bielke. »Ich sehe nur einen von Ihnen.«

»Mich.«

»Worüber müssen Sie mit ihr sprechen? Sie hat jetzt schon hundert Mal erzählt, was sie erlebt hat.«

Winter antwortete nicht. Er überlegte, ob es einen Sinn hatte, darauf hinzuweisen, wie viele Details des Erlebten noch auftauchen konnten, Erinnerungsfetzen, die schließlich mehr wurden und sich zu einem Ganzen fügten.

Wenn Jeanette sich jetzt erinnerte, würde es später leichter.

»Manches wird nach einer Weile deutlicher«, sagte Winter. »Nach ein paar Tagen.«

»Was wird deutlicher?« Bielke schaute an Winter vorbei. Seine Stimme klang immer noch nicht aggressiv. Sein Gesicht war angespannt, starr, wie aus Aluminium geformt. »Exakt das, was Sekunde um Sekunde bei einer Vergewaltigung geschieht? Wie er die Schlinge zugezogen hat, oder was?«

Winter antwortete nicht.

»Was sollte es ihr helfen, sich an alle Details zu erinnern?«

»Ich weiß nicht«, sagte Winter.

»Warum sind Sie dann hier?«

»Es ist ein Mord passiert«, sagte Winter.

Bielke sah ihn an. Er war näher gekommen. Winter meinte Geruch nach Schnaps wahrzunehmen, aber es könnte auch Rasierwasser sein. Rasierwasser war ja Alkohol. Bielke wischte sich über die Stirn. Winter sah den Schweiß am geraden Haaransatz. Er spürte selbst die Hitze, nachdem sie eine Weile still auf der Veranda unter einer Markise gestanden hatten, die die Wärme noch zu verstärken schien. Am Nachmittag musste die Veranda wie eine Sauna sein.

»Ja, Himmel«, murmelte Bielke. »Da hätte ich selbst drauf kommen müssen.« Er wischte sich wieder über die Stirn. »Sie glauben, es könnte derselbe ... Täter gewesen sein?«

»Es könnte dieselbe Person gewesen sein«, sagte Winter. »Wir haben noch keine Beweise, aber es besteht die Möglichkeit, dass es so ist.«

»Und dann sprechen Sie schon von Möglichkeit?«

»Wie bitte?«

»Das Wort würde ich nicht gerade benutzen«, sagte Bielke. Sein Blick flackerte. Plötzlich schien er an etwas ganz anderes zu denken. Er schien in Erinnerungen versunken.

»Kann ich Jeanette jetzt bitte sprechen?«, fragte Winter und machte einen Schritt zur Seite.

»Sie ist in ihrem Zimmer.« Der Vater ging rückwärts, gab den Weg frei. »Sie will nicht runterkommen.«

Winter ging ins Haus, von Bielke gefolgt. Der zeigte eine Treppe nach links hinauf. Aus dem Innern des Hauses hörte Winter Klirren von Glas und Porzellan. Er sah niemanden, als er nach oben ging. Das Haus erinnerte ihn an ein Miniaturschloss.

Jeanettes Tür stand offen. Winter sah die Ecke eines Bettes und ein Fenster, das von einem großen Baum beschattet wurde. Er empfand ein Unbehagen, das während der Autofahrt hierher gewachsen war und sich nach dem Gespräch mit dem Vater verstärkt hatte. Es kroch in ihm herum, hinter all diesem professionellen Denken. Angela würde sagen, dass das normal sei. Dass es so sein müsste, sonst wäre es nicht gut, überhaupt nicht gut.

»Kommen Sie herein«, sagte sie, als er an den Türrahmen klopfte. Er konnte sie immer noch nicht sehen. »Kommen Sie nur.«

Sie saß auf einem Sessel rechts von der Tür. Daneben standen ein Sofa und ein kleiner Tisch und weiter hinten ein Schreibtisch, nicht weit davon war eine Tür, durch die er ein Badezimmer sah. Das Zimmer war eine Suite. Altes Geld oder neues oder eine Mischung aus beidem.

Sie bürstete ihre dunkelbraunen Haare. Ein ungeschminktes Gesicht, soweit er erkennen konnte. Jeans, T-Shirt, keine Strümpfe. Eine dünne Goldkette um den Hals. Sie bürstete ihre Haare weiter in langen Zügen, und ihr Gesicht straffte sich bei jedem Bürstenstrich, die Augen wurden zu Schlitzen und verliehen ihr ein orientalisches Aussehen.

Sie machte eine Bewegung zum Sofa hin. Winter setzte sich und stellte sich vor.

»Letztes Mal war ein anderer hier«, sagte Jeanette.

Winter nickte.

»Ist das eine Art Taktik?«, fragte sie.

»Wie meinen Sie das?«

»Sie schicken verschiedene Leute zum Reden ... oder Verhör oder wie Sie das nennen.«

»Manchmal«, sagte Winter, »aber diesmal nicht.«

»Was soll das heißen?«

Winter antwortete nicht direkt.

»Ich mochte den, der vor Ihnen da war«, sagte Jeanette und legte die Bürste weg. »Fredrik Halders.« Sie sah Winter an. »Warum ist er diesmal nicht gekommen?«

Okay, dachte Winter. Ich sage ihr die Wahrheit, und dann erzählte er, was Halders' Familie passiert war.

»Ich werde nicht mehr fragen«, sagte sie.

»Ist es auch in Ordnung, wenn ich Ihnen ein paar Fragen stelle?« Winter beugte sich vor. Sie nickte. Ein Vogel schlug gegen das Fenster, flatterte davon, ohne dass sie das trockene Geräusch an der Scheibe gehört zu haben schien. »Ist da irgendwas in Ihrer Erinnerung aufgetaucht, seit Sie zuletzt mit Fredrik Halders gesprochen haben? Irgendetwas?«

Sie zuckte mit den Schultern.

»Was sollte das sein?«

»Egal was. Von dem Abend, der Nacht.«

»Ich will doch nicht mehr daran denken. Das hab ich Herrn Halders auch gesagt.« Sie nahm die Bürste und fing wieder an zu bürsten, und ihr Gesicht veränderte sich. »Ich denke nur an eins, ob ich ... ob ich Aids kriege.« Sie bürstete noch heftiger und sah Winter aus Augen an, die jetzt nur noch schmale Schlitze waren. »Oder HIV, oder wie die Krankheit im Vorstadium noch mal heißt.«

Winter wusste nicht, was er sagen sollte. Er überlegte, ob er aufstehen und zum Fenster gehen sollte, um sich einen Corps anzuzünden.

»Darf ich am Fenster rauchen?«

»Klar«, sagte sie, und vielleicht lächelte sie ein wenig, als sie sagte: »Aber passen Sie auf, dass mein Vater Sie nicht erwischt. Er sieht alles. Er weiß alles.«

»Was meinen Sie damit?«

»Och, nichts. Aber passen Sie auf.«

Winter öffnete das Fenster und zündete den Zigarillo an. Der Rasen wirkte groß wie ein Fußballplatz zwischen den Baumkronen. Er hörte Gläserklirren von da unten und eine leise Stimme, dann eine andere, die etwas antwortete, das er nicht verstand. Etwas wurde in ein Glas gegossen. Halb elf, noch keine Zeit für Alkohol, aber *what the hell it's noon in Miami*. Es war Urlaubszeit. Er zog noch einmal an dem Zigarillo und drehte sich zum Zimmer um.

Ihre Tochter hatte vielleicht das verdammte Pech sich mit HIV angesteckt zu haben. Dem Vorstadium zu Aids.

»Eigentlich wollte ich im Herbst anfangen, Medizin zu studieren«, sagte sie. »Aber jetzt scheiß ich drauf.«

»Warum?«

»Haha!«

»Und wenn Sie sich doch nicht mit HIV angesteckt haben?«, fragte Winter.

»Na, Sie sind aber direkt!«

»Wann kommt denn das Test-Ergebnis?«

»Nächste Woche.«

»Okay.«

»Aber ich will noch einen Test, und das dauert noch ein paar Wochen.«

Winter nickte.

»Trotzdem weiß man erst ein Jahr später, woran man ist.«

Winter zog wieder an seinem Zigarillo und blies den Rauch in die Luft. Er hörte eine Frau erregt etwas sagen. Dann tauchte Kurt Bielke auf. Er ging quer über den Rasen und weiter zu einem schwarzen Auto, das in der Auffahrt stand. Er startete und fuhr weg in Richtung Stadt. Winter blieb stehen, dem Zimmer den Rücken zugewandt. Er hörte einen Rasenmäher, sah die Kaskaden eines Sprinklers. Die Kinder auf ihren Rollerblades kamen zurück und rasten an einer Frau mit Kinderwagen vorbei. Alles da draußen in der leuchtenden Idylle war normal.

»Träumen Sie von dem, was im Park passiert ist?«, fragte Winter nach einer halben Minute und drehte sich zum Zimmer um.

»Ja.«

»Was träumen Sie?«

»Dass ich laufe. Immer dasselbe. Ich laufe und höre Schritte hinter mir, die mich verfolgen.«

»Was passiert dann?«

»Ich weiß nicht richtig ... es ist meistens nur dieses ... Laufen ... Gejagt werden.«

»Sie sehen nie jemanden?«

»Nein.«

»Kein Gesicht?«

»Leider.« Sie hielt im Bürsten inne und sah Winter an. »Das wäre wahrscheinlich praktisch, was? Wenn ich im Traum ein Gesicht sähe, das ich in Wirklichkeit noch nie gesehen habe, und es würde sich herausstellen, genau das ist er. Dass es genau das Gesicht war.« Sie legte die Bürste auf den Tisch. »Könnte man das als Beweis benutzen?«

»Wohl kaum.«

»Schade.«

»Aber Sie haben kein Gesicht gesehen?«

»In dem Moment nicht und jetzt im Traum auch nicht.«

»Werden Sie geschleift?«

»Wie geschleift?«

»Ist da jemand, der Sie im Traum schleift, Sie hinter sich herzerrt, versucht, Sie wegzuschleppen.«

»Nein.«

»Wie war es denn ... in Wirklichkeit?«

»Das habe ich schon beantwortet. Ich weiß es nicht. Ich hab das Bewusstsein verloren.« Sie schien darüber nachzudenken, was sie gesagt hatte. »Muss das Bewusstsein verloren haben.«

»Aber Sie sind an einer anderen Stelle zu sich gekommen, als dort, wo Sie langgegangen sind? Bevor Sie überfallen wurden?«

»Ja, so muss es gewesen sein.«

»Wann sind Sie zu sich gekommen?«

Sie bürstete, bürstete. Winter sah das Leiden in den schmalen Augen. Es war, als wollte sie mit den kräftigen Bewegungen, die das dicke Haar flach an den Kopf pressten, die Pein aus ihrem Schädel bürsten.

»Manchmal bin ich traurig, dass ich überhaupt zu mir gekommen bin«, sagte sie.

Wieder hörte Winter Autogeräusche hinter sich und sah Bielke mitten auf der Auffahrt parken und das Haus mit raschen Schritten betreten. Er hörte Stimmen, aber keine Wörter.

»Grüßen Sie bitte den anderen ... Kommissar Halders von mir.«

»Ja, gern.«

»Arbeitet er wieder?«

»Im Augenblick nicht.«

»Wahrscheinlich kann er nach dem, was passiert ist, nicht mehr arbeiten? Lange nicht?«

Winter sah sie an. Wenn du es erträgst zu leben, wird er es ertragen zu arbeiten. Er dachte an ihre Worte vom Erwachen und nicht Erwachen.

9

Er hörte Klirren von Glas und Geschirr auf der Veranda. Was auch vorher vorgefallen war, es hielt sie nicht davon ab gemeinsam zu essen.

»Entschuldigen Sie mich«, sagte Jeanette, ging ins Bad und schloss die Tür hinter sich.

Winter sah sich um. Das Zimmer war aufgeräumt, fast pedantisch aufgeräumt. Alles lag ordentlich geschichtet, aufgereiht da. Er stand auf und ging zum Bücherregal. Die Bücher waren nach dem Alphabet geordnet, nach den Namen der Autoren.

»Das nennt man Ordnung, was?«

Er drehte sich um.

»Seit ... das passiert ist, hab ich nichts anderes getan als hier drinnen aufgeräumt«, sagte sie und machte eine Bewegung mit dem Kopf zum Bücherregal. »Im Augenblick denk ich darüber nach, ob ich die Bücher nicht nach Sachgebieten ordnen soll.«

»Es sind viele Bücher«, sagte Winter.

»Aber nicht so viele Themen.«

»Überwiegend Belletristik, wie ich sehe.«

»Was lesen Sie?«

Winter musste lachen. »Ich lese immer weniger. Literatur, meine ich. Das muss sich ändern. Bald habe ich etwas mehr Zeit. Jetzt lese ich meistens Ermittlungsberichte. Zeugenverhöre und so was.«

»Aufregend.«

»Es kann sehr aufregend sein«, sagte Winter und setzte sich aufs Sofa. »Und das soll kein Witz sein. Aber zuerst muss man lernen, die Sprache zu deuten. Polizisten sprechen unterschiedliche Sprachen. Wenn sie ihre Berichte schreiben. Manchmal ist es wie ein Code, den man knacken muss.«

»Aber schreiben können sie schon?«

»Die meisten.«

»Was ist denn so spannend?«

»Wenn man etwas entdeckt, das mit etwas anderem zusammenhängt, was man irgendwo anders gelesen hat. Und wenn man plötzlich etwas sieht, das man schon hundert Mal vorher angestarrt hat, ohne es zu sehen. Es ist die ganze Zeit da gewesen, aber man hat es nicht gesehen.«

»Wie meinen Sie das?«

»Man hat es nicht begriffen. Oder man hat es falsch gedeutet. Doch dann versteht man es plötzlich.«

»Reden Sie nie mit jemand anderem? Der auch gelesen hat, was Sie lesen?«

»Klar, und genau das kann es sein. Für mich kann ein Satz einen anderen Sinn haben als für jemand anders, er kann etwas anderes bedeuten.«

»Ist das nicht immer so? Wenn es ums Lesen geht?«

»Ich weiß nicht«, sagte Winter und überlegte, ob er sich noch einen Corps anzünden sollte, ließ es aber.

»Die meisten Bücher hier hab ich geklaut«, sagte sie und breitete die Arme in Richtung Buchregal aus.

Winter antwortete nicht, er stand auf, ging wieder zum Fenster und zündete sich jetzt doch einen Zigarillo an. Da draußen herrschte jetzt die mittägliche Stille.

»Haben Sie nicht gehört? Geklaut!«

»Ich hab's gehört.«

»Wollen Sie nichts dagegen unternehmen?«

»Ich glaube Ihnen nicht.«

»Ach?«

»Erzählen Sie mir von den Lauten, die er von sich gegeben hat«, sagte Winter.

»Wie?«

»Sie haben gesagt, dass er etwas vor sich hin gebrabbelt hat, was Sie nicht verstanden haben. Erzählen Sie davon.«

»Dazu ist nicht viel mehr zu sagen. Es war ein Reim oder so was. So hat sich's jedenfalls angehört.«

»Haben Sie später noch mal darüber nachgedacht?«

Sie zuckte mit den Schultern.

»Konnten Sie einzelne Wörter verstehen?«

»Nein.«

Winter dachte nach. »Sie könnten nicht versuchen, mir vorzumachen, wie das klang?«

»Vormachen, wie das klang? Sind Sie verrückt?«

»Es könnte wichtig sein.«

»Was spielt das für eine Rolle?«

»Was Ihnen passiert ist, kann auch anderen passieren.« Er sah sie an. »Es ist anderen passiert.«

»Ich weiß.«

Winter nickte. »Gut.«

»Aber das ist doch ein bisschen starker Tobak, dass ich ... dass ich versuchen soll, das Schwein nachzuahmen.«

»Versuchen Sie sich noch mal daran zu erinnern.«

»Genau das will ich aber nicht, verdammt noch mal.«

»Okay. Ich versteh Sie.«

»Es muss ein Problem sein.«

»Wie meinen Sie das?«

»All diese Fragen stellen zu müssen, wenn man weiß, dass man den, den man ausfragt, eigentlich lieber in Ruhe lassen sollte.«

»Das ist ein Problem.«

»Na also.«

»Aber es ist nicht zu vermeiden. Ich bin nicht freiwillig hier. Nicht so.«

»Schließlich haben Sie sich für den Job entschieden.«

»Ja.«

»Warum?«

»Lassen Sie mich drüber nachdenken«, sagte Winter lächelnd.

»Nur bis zum nächsten Mal«, sagte sie. Er konnte nicht sehen, dass sie auch lächelte. Vom Fenster kam ein Luftzug. Er sah eine Wolke im Westen. Plötzlich war sie da.

Halders ging durchs Haus. Alles war jetzt fremd, seit er nicht mehr hier wohnte. Sie waren zusammen eingezogen, und dann war er ausgezogen. Margareta war mit den Kindern im Haus wohnen geblieben, und er war in eine Wohnung unten in der Stadt gezogen. Das war keine billige Lösung, aber es war das Beste gewesen. Das Haus sollte für die Kinder bleiben. Und Margareta verdiente besser als er.

Hatte besser verdient.

Gestern waren Hannes und Magda zu Hause geblieben, aber heute waren sie in der Schule gewesen. Er war wieder im Wohnzimmer angekommen. Nach einer Runde. Die meisten Möbel von damals waren noch da. Das meiste war noch da, nur sie fehlte. So viel er wusste, hatte Margareta keinen anderen gehabt, aber er wusste nicht alles.

Er hatte die Kinder mittags nach der Schule gefragt, ob sie nicht ein paar Tage zu Hause bleiben wollten. Magda hatte nein gesagt, und Hannes hatte erst nicht geantwortet. Der Junge hatte nicht mal mit ihnen Mittag essen wollen. Halders war in sein Zimmer gegangen.

»Können wir hier wohnen bleiben?«, hatte Hannes vom Bett aus gefragt, als Halders hereinkam.

Halders hatte sich auf die Bettkante gesetzt.

»Können wir im Haus wohnen bleiben? Ich möchte hier bleiben.«

»Wenn du das willst, dann bleibst du auch hier.«

»Und bleibst du dann auch bei uns, Papa?«

Ihm war ganz kalt geworden bei der Frage des Jungen. Es war eine schreckliche Frage. Er dachte plötzlich daran, wie ausgeliefert Kinder sind. In der Vorstellungswelt des Jungen war es keineswegs selbstverständlich, dass sein Papa bei ihnen wohnen würde, zu ihnen zurückkehren würde … für immer.

Er war unendlich traurig.

»Klar bleiben wir zusammen, Hannes.«

»Magda auch?«

»Magda natürlich auch.«

»Werden wir dann hier wohnen?«

Halders dachte an seine Wohnung. Seine dreckige Wohnung. Sie schien gerade so weit weg zu sein. Dieses Haus gehörte ihm nicht mehr, aber das Problem musste irgendwie zu lösen sein.

»Das wollen wir mal hoffen.«

»Muss ich in die Schule?«

»Nein, wie ich dir ja schon gesagt habe ...«

»Was macht Magda? Geht sie in die Schule?«

»Wenn sie will. Sie hat eben gesagt, dass sie gehen will.«

Der Junge richtete sich auf. Über seinem Bett hingen Plakate von einem Hardrocker, dessen Name Halders dunkel bekannt vorkam.

»Hat die erste Stunde nach der großen Pause nicht schon angefangen?«

»Noch nicht.«

»Dann kann ich gehen.«

Halders fuhr die Kinder zur Schule. Als er zurück war, drehte er noch eine Runde durchs Haus.

Er rief Winter an.

»Hast du sie getroffen?«, fragte er.

»Ja.«

»Wie war es?«

»Wie geht es dir, Fredrik?«

»Du beantwortest eine Frage mit einer Frage.«

»Ich will wissen, wie es dir geht.«

»Sehr gut.«

»Mensch, hör doch auf!«

»Nicht besonders gut. Den Umständen entsprechend ...«

»Was machst du gerade?«

»Lauf im Haus rum, Runde um Runde. Ich muss wahrscheinlich hierher ziehen. Die Kinder wollen hier wohnen bleiben.«

»Dreh so viele Runden, wie du brauchst.« Winter hörte Halders atmen. »Jeanette Bielke lässt dich grüßen.«

»Ich komm später rein«, sagte Halders.

»Nimm dir ein paar Tage frei.«

»Nein.«

»Ich kann dich wohl nicht zurückhalten.«

»Wenn der Zusammenbruch kommt, dann auf jeden Fall an der vordersten Frontlinie.«

»So was hab ich noch nie gehört«, sagte Winter.

»Ich hab was anderes, das dich vielleicht interessieren wird«, sagte Halders. »Mir ist was zu dem Mord an Angelika eingefallen. Etwas, worüber wir noch nicht geredet haben.«

»Können wir nicht jetzt drüber reden? Am Telefon?«

»Ich komm gleich rein. Das hat noch eine Stunde Zeit.«

»Dann wird es wohl Nachmittag. In einer halben Stunde treffe ich mich mit den Eltern von Beatrice.«

»Haben sie sich gemeldet?«

»Ich hab mich bei ihnen gemeldet.«

Sie war mit dem Rad nach Hause gefahren und hatte die nassen Badesachen auf die Leine hinterm Haus gehängt, oder vorm Haus, wenn man den Kücheneingang benutzt. Was sie jetzt tat.

Im Haus war es still. Sie hatte den Abend für sich allein, wenn sie hier blieb. Sie konnte mit einem Glas Bier oder einem Glas Wein herumspazieren, alle Fenster aufmachen und die Nachtdüfte aus dem Garten hereinlassen.

Sie duschte. Der Anrufbeantworter blinkte, als sie wieder ins Schlafzimmer kam. Sie hörte ihn ab und rief direkt zurück.

»Ich war unter der Dusche.«

»Mhm.«

»Hast du schon mal angerufen? Da war jemand, der hat sich am Handy nicht gemeldet.«

»Nein.«

»Also … was ist los?«

»Kannst du heute Abend herkommen?«

»Ich weiß nicht … ich bin müde.«

»Das meinst du doch nicht im Ernst?«

»Doch. Ich bin heute so faul.«

»Faul kannst du hier auch sein, ziemlich faul jedenfalls.«

»Es ist am anderen Ende der Stadt.«

»Nimm ein Taxi.«

»Zu teuer.«

»Ich zahl's dir.«

»Nein.«

»Wirklich, versprochen!«

»So hab ich das nicht gemeint. Ich möchte einfach gern hier bleiben. Sei mir bitte nicht böse.«

»Okay.«

»Du bist nicht sauer?«

»Nein ...«

»Wir können uns ja morgen treffen?«

»Das geht nicht.«

»Ach so.«

»Ich ruf dich an.«

10

Es regnete, als Winter aus dem Präsidium kam. Immer noch war es warm, eine drückende Wärme, und er spürte sofort den Schweiß auf der Stirn und den Regen, der eher wie feuchte Luft in den Haarwurzeln war. Vom Rasen neben dem Parkplatz roch es nach Gras. Es schien innerhalb weniger Minuten grüner geworden zu sein. Der Niederschlag war der erste seit über einem Monat.

Plötzlich klangen die Verkehrsgeräusche rundherum anders. Das Surren der Reifen auf dem nassen Asphalt. Ein weicheres Geräusch.

Die Farben waren klarer als vorhin, als er durchs Zentrum gefahren war. Nur wenige Menschen hatten Regenkleidung dabei. Drei Jungen mit nackten Oberkörpern tanzten über die Allén, als er bei Rot hielt. Einer von ihnen hielt den Daumen hoch und nickte Winter durch die Autoscheibe zu.

Er nahm den Tunnel, bog ab und fuhr durch kleinere Straßen zu dem Haus und parkte davor. Als er ausstieg, hatte es aufgehört zu regnen. Es ging kein Windhauch. Sein Rücken war schweißnass trotz der Klimaanlage im Auto.

Das Haus sah genauso traurig aus wie immer. Zuletzt war er vor zwei Jahren hier gewesen. Oder war es nur ein Jahr her? Sie hatten den Kontakt aufrechterhalten. Birgersson auch, aber Winter hatte ein stärkeres Bedürfnis danach gehabt. Vielleicht aus persönlichem Pflichtgefühl, neben dem rein professionellen. Der Mörder ihrer Tochter lief noch frei herum da draußen.

Die Eltern waren für immer Gefangene des Verbrechens, gebunden an die Erinnerung und Trauer. Für immer gefesselt an dieses Backsteinhaus, das schwer und dunkel im Dunst lag, die Fenster waren schwarz, die Tür war geschlossen, aber sie wurde geöffnet, als Winter die wenigen Schritte von der Pforte zur Haustür ging. Bengt Wägner kam Winter entgegen und schüttelte ihm die Hand.

»Lisen will nicht herauskommen«, sagte Wägner. »Sie liegt im Bett. Jetzt kommt alles wieder hoch.«

»Es tut mir so Leid.«

»Sie sind ja nicht schuld daran.«

»Ich hab angerufen. Da kam ...«

»Wir können ja nicht so tun, als ob es nicht passiert wäre«, sagte Wägner. Er ging ein paar Schritte über den Rasen, der in der Hitze aufgehört hatte zu wachsen, jetzt aber wieder Farbe bekam. »Für Lisen ist es das Beste, wenn sie die Trauer auslebt. Sonst wird es noch schlimmer. Schlimmer mit jedem Mal.« Er sah Winter an. »Es ist also wieder passiert.«

Winter nickte.

»Genau an derselben Stelle?«

»Es scheint so.«

»Und dann ist noch ein Mädchen überfallen worden?«

»Ja.«

»Auch vergewaltigt?«

Winter nickte wieder.

»Da laufen wohl mehr als nur ein Vergewaltiger frei in der Stadt herum?«

»Je nachdem, wie man zählt, gibt es eventuell verschiedene«, sagte Winter.

»Aber es gibt jedenfalls einen Besonderen«, sagte Wägner.

»Das ist eine Hypothese«, erwiderte Winter.

»Macht es Sinn, davon auszugehen?«

»Ich glaube ja.«

»Was bringt Ihnen das?« Wägner schnaubte, es klang wie ein trockenes kleines Lachen. »Was bringt *uns* das?«

Winter zündete sich einen Corps an und blies den Rauch aus. Er schaute ihm nach und beobachtete, wie er sich mit der durch den Regen klaren Luft mischte.

»Falls wir einen Zusammenhang entdecken, könnte uns das helfen. Enorm sogar.«

»Wie denn? Welcher Zusammenhang sollte das sein?«

Winter nahm erneut einen Zug. Er hatte Wägner einen Zigarillo angeboten, der ihn dankend angenommen hatte.

»Angelikas Mörder kann auch ... der sein, der Beatrice ermordet hat. Weder Sie noch ich werden je vergessen, dass er immer noch frei herumläuft. Für Sie ist es Millionen Mal schlimmer, aber ich werde es auch nicht los.«

»Was für ein verdammter Zusammenhang soll da bestehen?«

»Wenn es einen Zusammenhang gibt, werden wir ihn finden«, sagte Winter. »Genau das ist es, was uns helfen wird.«

»Sie haben ja alle Akten und Berichte mehrere Male gelesen, immer wieder von vorn. Da kann's doch nichts geben, was Sie übersehen haben?«

»Ich habe damals keine Vergleiche gehabt.«

»Nein, das versteh ich. Aber es muss doch viel geben, das ... tja, das einen Zusammenhang zu haben scheint, und trotzdem nichts bedeutet. Drei Mädchen im gleichen Alter. Vielleicht die gleichen Interessen, was weiß ich. Die gleichen Vergnügen vielleicht. Dieselben Lieblingslokale in der Stadt, vielleicht dieselben ... vielleicht haben sie im selben Viertel gelebt. Sie haben ja schon gesagt, dass alle drei gerade das Abi gemacht haben.« Wägner hob einen Arm und machte eine Bewegung mit der Hand. »Himmel, es gibt tatsächlich massenhaft Gemeinsamkeiten. Muss es ja geben. Wie wollen Sie wissen, was wichtig ist oder nicht, wenn Sie das alles lesen und vergleichen?«

»Ich kann nur hoffen, dass ich es merke.«

»Hoffen? Ist das alles?«

Winter lächelte kurz und zog wieder an seinem Zigarillo.

»Ziemlich stark«, sagte Wägner und sah auf den langen dünnen Stengel in seiner Hand. »Vor ein paar Monaten wollte ich ein Päckchen kaufen, hab aber keins bekommen.«

»Ich rauche nur Corps«, sagte Winter. »Wenn es die nicht mehr gibt, höre ich auf.«

»Aber mit Beatrice ... hören Sie nicht auf.«

»Nie.«

»Werden Sie ... wir ... den Scheißkerl finden?«

»Ja.«

»Jetzt habe ich wieder Hoffnung.«

»Ja. Wenn dieser Sommer vorbei ist, haben wir ihn gefunden.«

»Es kann ein langer Sommer werden«, sagte Wägner und schaute zum Himmel.

Winter rief von Wägners Garten aus an. Halders meldete sich nach vier Klingelzeichen, und Winter fuhr los, in Richtung Osten. Halders' Auto stand vor dem Haus. Winter parkte dahinter.

»Ich hätte zu euch reinkommen können«, sagte Halders, der ihn an der Pforte erwartete.

»Ich war sowieso unterwegs«, sagte Winter.

»Wir haben schon einen feinen Job mit viel Freiheiten, was?«

»Hast du was zu trinken?«

»Genügt dir ein Bier?«

Winter nickte und folgte ihm ins Haus.

»Ich bin hier seit mehr als vier Jahren nicht mehr gewesen.«

»Überhaupt nicht?«

»Nur mal ganz kurz.« Halders hatte eine Dose aus dem Kühlschrank genommen. »Hier.«

Winter öffnete das Bier und trank.

»Ich kann dir ein Glas holen.«

Winter schüttelte den Kopf und nahm noch einen Schluck. Die Küche war hell. Auf der Spüle stapelten sich keine Berge von schmutzigem Geschirr, keine Krümel auf den Arbeitsflächen. Über dem Küchentisch hing ein gerahmtes Plakat aus den Sechzigerjahren, das Werbung für eine Zahnpasta machte, die es nicht mehr gab. Neben dem Telefon hing ein Kalender mit einem überholten Datum. Niemand hatte die Blätter bis heute abgerissen. Ohne nachrechnen zu müssen wusste Winter, was es für ein Datum war.

»Mit Jeanettes Vater ist irgendwas faul«, sagte Halders.

»Wie meinst du das?«

»Oder zwischen den beiden. Irgendwas ist da komisch.«

»Könntest du dich ein bisschen konkreter ausdrücken?«

»Es gibt mehrere Punkte, in denen ihre Aussagen nicht übereinstimmen. Die Nacht, als sie nach Hause gekommen ist. Als es passiert ist.«

Winter hatte die Berichte gelesen und die Widersprüche bemerkt. Das war nichts Ungewöhnliches und brauchte nichts zu bedeuten. Es brauchte nicht zwangsläufig zu heißen, dass einer von beiden log, jedenfalls nicht bewusst.

»Ich möchte wissen, wer von beiden nicht die Wahrheit sagt«, meinte Halders. »Ich glaube, sie, und er weiß es und will nichts sagen.«

»Das ist nichts Ungewöhnliches.«

»Wir müssen sie stärker unter Druck setzen.«

»Ihn jedenfalls.« Winter trank wieder, bis die Dose leer war. »Jeanette braucht noch ein wenig Zeit zum Nachdenken. Ein bisschen Ruhe vor uns.«

»Möchte wissen, wann sie nach Hause gekommen ist«, sagte Halders. »Sie ist nicht zu dem Zeitpunkt dort angekommen, den sie uns genannt hat.« Er ging zum Kühlschrank und holte sich noch ein Bier. »Aber warum sagt Bielke nichts dazu? Ich glaube nicht, dass er geschlafen hat.«

Sie hatten einen Zeugen, der Jeanette im Morgendämmern nach Hause kommen sehen hatte, drei Stunden später als sie angegeben hatte.

»Sie ist der Schlüssel«, sagte Halders. Er sah Winter an, kam näher. »Jeanette Bielke ist der Schlüssel. Sie war irgendwo an diesem Abend und will nicht sagen, wo.«

Der Schlüssel, dachte Winter. Einer der Schlüssel.

»Ihr Vater weiß es vielleicht«, sagte Halders.

»Wir müssen ihn noch einmal verhören.«

»*Ich* will ihn verhören.«

Winter sah Halders' angespannten Gesichtsausdruck. Obwohl er diesen Ausdruck an ihm kannte, war er anders als sonst. Seine private Situation war schlimmer denn je, aber gleichzeitig wirkte Halders gelassener als sonst. Als ob eine Maske von ihm abgefallen wäre. Als ob er jetzt etwas hätte, gegen das er *wirklich* kämpfen muss, dachte Winter. Nicht mehr die übliche zynische Schwarzseherei eines Bullen. Die Frage war, wie sich das auf Halders' Arbeit auswirken würde. Wie würde er in einer kritischen Situation reagieren? Würde er die falsche Entscheidung treffen? Eine mit katastrophalen Folgen?

Sollte er Halders vom Dienst befreien? Was war richtig? Würde sich das von selbst ergeben?

»Da ist noch was, worüber ich mir den Kopf zerbreche«, sagte Halders und setzte sich an den Küchentisch. »Setz dich auch hin!« Winter folgte der Aufforderung. »Warum wir nicht den Jungen gefunden haben, der Angelika Hansson ein Kind gemacht hat?«

»Darauf hab ich keine Antwort, Fredrik.«

»Es war eine so genannte rhetorische Frage.«

»Keiner in ihrem Freundeskreis wusste, dass sie schwanger war«, sagte Winter. »Keiner von denen, die wir bisher gefragt haben. Jedenfalls will niemand was sagen.«

»Das ist so verdammt merkwürdig.«

»Vielleicht hat sie es geheim gehalten. Vor allen.«

»Sogar vor sich selbst?«, fragte Halders.

»Vielleicht wusste sie es selbst noch nicht«, sagte Winter. »Oder hat verdrängt, dass sie schwanger war.«

»Das ist wohl ungefähr dasselbe«, sagte Halders. »Und doch gibt es ihn irgendwo. Den Vater oder wie zum Teufel man den nennen soll.«

»Irgendwem muss sie es doch erzählt haben«, sagte Winter. »Hatte sie eine beste Freundin?«

»Die Eltern behaupten nein.«

»Die wissen nicht Bescheid über so was«, sagte Halders. »Eltern haben keine Ahnung, was ihre ehemaligen kleinen Kinder treiben.« Er sah Winter an. »Hab ich Recht oder nicht?«

»Du hast Recht, dass Eltern nicht immer ganz verlässliche Zeugen der Wahrheit sind«, sagte Winter und lächelte schwach.

»Scheiße, wenn wir den Jungen nicht finden«, sagte Halders. »Wir müssen ihn finden.« Er zog eine Grimasse. »Er wäre schließlich Vater geworden.«

Es *war* Scheiße. Winter spürte die Last des Falles, als er zurück zum Polizeipräsidium fuhr. Sie hatten alles probiert, Angelikas Freund, oder was er nun war, zu finden, aber es war ihnen nicht gelungen.

Vielleicht würden sie das Rätsel im selben Moment lösen, wenn sie den Vater des Kindes fanden, das Angelika nie zur Welt gebracht hatte. Er hat sie ermordet. Ein Verrückter.

Vielleicht war es so einfach.

Beatrices Mörder war ein anderer.

Und der, der Jeanette vergewaltigt hatte, wieder ein anderer.

Nein.

Er parkte das Auto und war innerhalb von fünf Minuten in seinem Zimmer. Auf dem Fensterbrett waren noch Regentropfen, da er das Fenster hatte offen stehen lassen.

Das Telefon klingelte.

»Wir haben einen neuen Zeugen«, sagte Bergenhem, als Winter sich meldete.

»Ja?«

»Es ist also ... äh ... es geht um den Mord Angelika Hansson. Ein Junge, der sagt, er hätte ein komisches Geräusch gehört, als er in derselben Nacht durch den Park ging.«

»Stimmt die Zeit?«

»Ja.«

»Was hat er denn gehört?«

»Ein Fauchen, sagt er. Das hat sich mehrmals wiederholt.«

»Was hat er dann getan?«

»Ist weitergegangen, schnell, sagt er.«

»Also nicht gerade neugierig.«

»Er hat gedacht, es ist ein Dachs, und hat Angst gekriegt.«

Das konnte Winter verstehen. Er war auch schon mal einem Dachs auf einer ruhigen Straße im Westen vor Göteborg begegnet. Mehrere hundert Meter war er gejagt worden und hatte die Gefahr deutlich gespürt, die hinter ihm her war.

»Aber jetzt glaubt er nicht mehr, dass es ein Dachs war?«

»Er hat die Nachrichten gesehen«, sagte Bergenhem.

»Und es ist genau an der Stelle gewesen?«

»Scheint so.«

»Die Zeugen tauchen einer nach dem anderen auf.«

»Einige fehlen noch«, sagte Bergenhem.

»Ja, vor allen Dingen die Zeugen von vor fünf Jahren.«

Abends gingen sie in den Park. Angela leckte an einem Eis, und Winter schob den Kinderwagen. Elsa schlief, wurde aber wach, als mehrere Jugendliche auf Rollerblades vorbeikamen.

»Es war sowieso Zeit«, sagte Angela und hob Elsa hoch,

die sich nach dem Eis streckte. »Du brauchst denen nicht so böse hinterherzugucken.«

»Sie möchte auch ein Eis haben.«

»Ich hab kein Geld dabei.«

»Was für ein Glück, dass es jemanden gibt, der welches dabei hat«, sagte Winter und trug Elsa zur Eisbude. Sie war geschlossen. Der Eisverkäufer schwang sich gerade auf sein Fahrrad, und Winter überlegte, ob er ihn bitten sollte, zu öffnen.

Elsa begriff, dass sie kein Eis bekommen würde, und fing an zu quengeln.

»Es war geschlossen«, sagte Winter, als sie zurückkamen.

»Lass dir was anderes einfallen.«

Er trug Elsa zum Teich und tauchte ihre Füße vorsichtig ins Wasser, und das Weinen ging in Lachen über. Er tauchte sie noch einmal ein, murmelte ihr etwas ins Ohr und hob dann den Blick und sah quer über den Teich. Alles war vertraut. Er sah den kleinen offenen Platz vor dem Rund der Büsche, die Bäume, den Steinblock, der die letzten Sonnenstrahlen reflektierte.

Er sah den Schatten links, genau vorm Eingang zu der schwarzen Öffnung.

Der Schatten stand unbewegt. Winter war ganz still, bis er Elsas Gezappel in seinen Händen spürte. Er ließ die Augen nicht von dem Schatten, der die Konturen eines Menschen hatte, jetzt umso mehr, da die untergehende Sonne mit ihren Strahlen tiefer in die Höhle leuchtete. Der Schatten, der ein Mensch war, bewegte sich.

Winter hörte Angela etwas sagen und hob Elsa aus dem Wasser, legte sie ohne ein Wort in Angelas Arme und hörte das enttäuschte Schreien des Kindes, als er sich hinter die Hecke links vom Teich schlug. Er erreichte den Spazierweg auf der anderen Seite der Büsche und sah die Öffnung und die Grotte, die jetzt nicht mehr von der Sonne erleuchtet wurde, er stürzte sich an einem jungen Paar vorbei, tauchte durch die Büsche und sah die Bäume und all das andere widerlich Vertraute, und sein Puls schlug schneller als normal, als er nach der Waffe tastete, die in einem Schrank weit von hier entfernt lag.

11

Als Winter die Stelle erreichte, war niemand mehr da. Er sah die Öffnung zwischen den Bäumen, den Steinblock, Reisig und Büsche zu beiden Seiten und Ausschnitte vom Dämmerhimmel, aber keinen Schatten.

In der Grotte war es leer und geruchslos.

Das Gras davor war wieder trocken wie Sand. Es war sinnlos, nach Fußspuren zu suchen. Aber er würde jemanden herbeordern, der hier nach eventuellen neuen Gegenständen am Platz suchen sollte. Man weiß ja nie, dachte er wieder.

Er ging einmal um die Lichtung und dann rasch zurück auf den Weg und folgte ihm fünfzig Meter. Dann kehrte er um, und dort stand Angela mit Elsas Kinderwagen. Sie sah ihn mit großen Augen an, als er unter einem Gebüsch langkroch.

»Wenn du Verstecken spielen möchtest, solltest du uns Bescheid sagen, bevor du anfängst«, sagte Angela. »Oder willst du dich vielleicht verstecken und dann nach dir selber suchen?«

Er wischte sich Nadeln von der Schulter und hielt nach dem Zigarillopäckchen Ausschau, das aus seiner Brusttasche gefallen war.

»Das ist die richtige Gelegenheit, aufzuhören«, sagte Angela, die seinen Blick gesehen hatte.

Winter entdeckte das Päckchen auf der Erde und bückte sich. Mehrere Zigarillos waren herausgefallen und lagen jetzt in einem lockeren Halbkreis verstreut. Als er die Zigarillos einen nach dem anderen einsammelte, sah er den Knopf neben dem vorletzten Corps. Ein einfacher Knopf, weiß oder knochenweiß. Ein Hemdenknopf.

Sie hätten ihn gefunden, wenn er dort gelegen hätte, als sie hier alles nach dem Mord an Angelika abgesperrt hatten. Und nach der Vergewaltigung von Jeanette.

Seitdem konnte hier wer weiß wer vorbeigegangen sein und einen Knopf verloren haben.

»Hast du ein Papiertaschentuch?«, fragte er und wandte sich zu Angela um. Er hockte immer noch am Boden.

Angela zog ein Kleenex aus ihrer Handtasche, Winter holte es und wickelte den Knopf darin ein.

»Was ist das?«

»Ein Knopf.«

»Ach?«

»Ein Hemdenknopf«, sagte Winter. »Glaub ich.«

»Aha. Jetzt haben wir also gesehen, wie du arbeitest«, sagte Angela und drehte sich zu Elsa um. »So arbeiten Detektive, Elsa. Schau hin und lern etwas.«

»Willst du, dass Elsa zur Kripo geht?«, fragte Winter und blickte in den Kinderwagen. Elsa sagte etwas. »Sie hat Detektiv gesagt«, sagte Winter.

»Nein. Sie hat Perspektive gesagt.« Angela sah ihn lächelnd an. »Ich glaube, sie meint, man muss eine Perspektive für sich und seine Arbeit haben.« Sie schaute zu den Büschen. »Soll das jetzt immer so sein auf unseren Abendspaziergängen?«

»Ich hatte eben das Gefühl, ich hätte jemanden gesehen«, sagte Winter.

»Ach du lieber Himmel!«

»Das ist komplizierter als du vielleicht denkst.«

»Ja, wahrhaftig.«

»Da hat jemand gestanden. Das war nicht nur ein zufälliger … Spaziergänger.«

Angela bemerkte eine plötzliche Dunkelheit in seinen Augen. »Entschuldige, Erik. Ich weiß, dass diese Sache wichtig ist … und ernst. Aber ich konnte es einfach nicht lassen, dich ein bisschen aufzuziehen.«

»Schon gut.«

Zwischen den Bäumen wurde es kälter. Elsa versuchte, aus dem Kinderwagen zu klettern. Winter half ihr und hob sie hoch. Sie gingen zurück zum Teich.

»Glaubst du ... er kehrt zum Ort des Verbrechens zurück?«

»Ja.«

»Du meinst, es ist immer so?«

»Das ist meine Erfahrung. Und die von anderen.«

»Und der Schatten, den du gesehen hast ... das könnte er gewesen sein?«

Winter zuckte mit den Schultern. »In dem Augenblick, als ich ihn gesehen hab, überkam mich so ein sonderbares Gefühl, als wäre es etwas ... Wichtiges. Für den Fall wichtig.« Er sah sie an. »Mist, jetzt weiß ich nicht weiter.«

»Mies«, sagte Elsa.

»Was ist Privatleben?«, sagte Halders zu Aneta Djanali, die neben ihm im Auto saß. Sie hatten vor der Villa der Familie Hansson geparkt. Aneta Djanali nahm durch das offene Fenster den Geruch nach Meer wahr.

»Wo läuft die Grenze zwischen Privatleben und Berufsleben?« Halders wandte sich ihr zu. »Ich kann meine verschiedenen Leben nicht mehr unterscheiden.«

»Ich weiß, was du sagen willst.«

»Jetzt bin ich auch noch Philosoph geworden.« Er lachte kurz. »Privatphilosoph.« Wieder lachte er, noch kürzer, noch trockener. »Amateurphilosoph.«

Er sollte zu Hause bleiben, dachte Aneta Djanali. Warum stellt Winter ihn nicht von dieser Ermittlung frei? Oder Birgersson. Es wäre weniger heikel, wenn Birgersson es anordnete.

»Du denkst jetzt gerade bestimmt, ich sollte eine Weile zu Hause bleiben«, sagte Halders. »Das sehe ich dir an.«

»Stimmt.«

»Ich kann's verstehen, aber du täuschst dich.« Er öffnete die Autotür. »Trauer wird auf so viele verschiedene Weise verarbeitet.« Er stellte den Fuß auf den Asphalt. »Wenn ich merke, dass die Kinder nicht zur Schule gehen wollen oder andere Probleme kriegen, dann pfeif ich auf die Arbeit. Aber erst dann.« Er stand jetzt draußen und beugte sich zu Aneta herunter. »Kommst du?«

Lars-Olof und Ann Hansson saßen jeder an einem Ende des Sofas. Aneta Djanali und Halders saßen ihnen in Sesseln gegenüber. Sie sieht kaputt aus, dachte Aneta Djanali, als Angelikas Mutter sich zum Garten umdrehte, als ob sie die grünen Nuancen dort draußen studieren wollte.

Lars-Olof Hansson starrte auf den Tisch.

Hinter dem Paar war eine Art Regal, und auf einem der Einlegebretter stand ein Porträt von Angelika. Die weiße Studentenmütze hob sich scharf gegen ihre schwarze Haut ab. Sie ist noch schwärzer als ich, dachte Aneta Djanali.

Lars-Olof hatte Anetas Blick gesehen und drehte sich um.

»Es ist erst vor fünf, sechs Wochen gemacht worden.«

Aneta nickte.

»So alt war sie ungefähr, als wir sie bekommen haben, fünf oder sechs Wochen«, sagte der Vater.

»HÖR AUF!«, sagte die Mutter. Sie erhob sich und verließ rasch das Zimmer.

»Ja, das war etwas plump«, sagte er mit tonloser Stimme. Er sah Aneta an. »Sind Sie hier geboren?«

Er ist ganz in seiner Trauer versunken, dachte Halders. Er sagt einfach irgendwas, irgendwann, ohne darüber nachzudenken. Trauer wird auf so verschiedene Weise verarbeitet.

»Bin ich«, sagte Aneta Djanali. »Im Östra. Aber meine Eltern sind aus Afrika.«

»Von wo dort?«

»Obervolta, wie es hieß, als sie hierher kamen. Das heutige Burkina Faso.«

»Mhm.« Hansson starrte wieder auf den Tisch und hob den Blick. »Sind Sie mal dort gewesen?«

»Ja.«

»Wie war es?«

»Tja … ich hab nichts Besonderes empfunden. Oder weniger, als ich erwartet habe«, sagte Aneta Djanali. Das Verhör nimmt einen ungeahnten Verlauf, aber okay. »Und dabei habe ich selbst unbedingt dahin gewollt.«

»Angelika wollte auch hinfahren«, sagte Lars-Olof Hansson im selben Augenblick, als seine Frau ins Zimmer zurückkehrte.

»Bitte, Lasse.« Sie sah ihn mit einem flehenden Ausdruck an. Plötzlich wirkte sie ganz hilflos. Wie eine Ertrinkende, dachte Aneta Djanali.

»Nach Uganda«, ergänzte er. Dann sprachen sie nicht mehr über Angelika Hanssons Herkunft. Oder über Aneta Djanalis.

»Wir haben Probleme, Angelikas Heimweg in jener Nacht zu verfolgen«, sagte Halders.

»Wie kann ich dabei helfen?« Lars-Olof Hansson stand jetzt auf, lehnte sich an die Wand neben der Verandatür. »Ich habe alles gesagt, was ich weiß.«

»Warum war sie mehrere Stunden allein in der Stadt? Ohne Begleitung?«

»Das sagen Sie.«

»Niemand, mit dem wir gesprochen haben, war an diesem Abend in den letzten vier Stunden mit ihr zusammen. Oder in der frühen Nacht.«

»Ich habe alles gesagt, was ich weiß«, wiederholte Lars-Olof Hansson.

»Aber was hat sie gemacht?«, fragte Halders.

»Ich weiß es nicht, das hab ich doch gesagt.«

»Könnte sie einen Job gehabt haben?«

»Einen Job?«

»Einen Sommerjob vielleicht«, wiederholte Halders.

»Wenn das so wäre, hätte sie uns das sicher erzählt.«

»Kam es manchmal vor, dass sie allein in die Stadt gegangen ist?«

»Wäre denn da so was verdammt Besonderes daran?«

»Hat sie es getan?«

»Ich bin ihr nicht gefolgt.«

Halders wartete. Er sah dem Mann an, dass noch etwas kommen würde.

»Sie hat so viel nachgedacht, über ihre Herkunft«, sagte er jetzt. »Sie war ... in letzter Zeit irgendwie durcheinander. Oder wie man das nennen soll.« Er warf seiner Frau einen Blick zu, aber sie sagte nichts. »Es schien immer schlimmer zu werden.

Ja. Vielleicht hat sie sich deswegen abgekapselt und viel nachgedacht. Keine Ahnung.«

»War sie deprimiert?«

»Ich weiß es nicht. Ich weiß es verdammt noch mal nicht.«

»Hatte sie Freunde?«, fragte Aneta Djanali. Ann Hansson schaute auf. Aneta wandte sich ihr zu. »Sie müssen doch ... viel darüber nachgedacht haben in dieser Zeit.«

Die Frau nickte. Plötzlich hatte sie genau denselben hilflosen Gesichtsausdruck wie eben noch ihr Mann. Genau dieselbe Hilflosigkeit.

»Wir haben gar nichts anderes getan.«

Aneta Djanali wartete.

»Es gab keine Männer«, sagte Ann Hansson. »Jedenfalls kennen wir keinen.«

»Haben Sie darüber gesprochen?«, fragte Aneta Djanali.

»Gesprochen? Ich und ... mein Mann?«

»Sie beide und Angelika«, sagte Aneta Djanali und nickte ihr zu, »oder Sie allein mit Angelika?«

»Ja ... was soll ich sagen ... klar haben wir darüber gesprochen. Aber sie hatte noch keinen festen Freund«, sagte Ann Hansson und begann zu weinen, leise, zum ersten Mal, seit sie hier waren. »Diese ... diese Schwangerschaft ist für uns ein großer Schock. Es ist wie ein ... wie ein Albtraum mitten im Albtraum.«

»Es ist kein Albtraum«, sagte ihr Mann. »Es ist Wirklichkeit.« Er sah seine Frau an. »Das muss doch gesagt werden, oder?«

Bergenhem saß in Winters Zimmer. Es war halb zehn am Vormittag. Über ihnen ratterte die Klimaanlage. Bergenhem war sonnengebräunt nach ein paar freien Stunden auf den Klippen im Nordwesten der Stadt. Er sieht ausgeglichener aus denn je, dachte Winter. Stärker.

»Vielleicht hatte sie trotzdem einen Freund«, sagte Bergenhem. »Ich hab eine Freundin von ihr gefunden, die gestern aus Paris nach Hause gekommen ist, und die hat Angelika zusammen mit einem Jungen gesehen. Zweimal.«

»Also doch.«

»Ja. Zweimal hat sie Angelika mit dem Jungen gesehen, einmal in einem Café, wo sie mit Angelika verabredet war, und einmal hat sie die beiden von der Straßenbahn aus auf der Straße gesehen.« Bergenhem sah von seinem Notizblock auf. »Das Mal im Café war der Junge dabei zu gehen, und sie haben sich nur flüchtig gegrüßt.«

»Sie hat sie nur die beiden Male gesehen?«

»Ja.«

»Hat Angelika ihr was über den Jungen erzählt?«

»Sie haben nicht darüber gesprochen.«

»Hm.«

»Sie hat natürlich gefragt, aber Angelika hat kein Wort gesagt.«

»*Wie,* sie hat kein Wort gesagt?«

»Wie meinst du das?«

»Hat Angelika nur gelacht oder gequält ausgesehen oder ängstlich oder böse oder enttäuscht oder was?«

»Ich weiß es nicht.«

»Dann krieg's raus.«

»Ich werde es versuchen.«

»Und diese Freundin kannte den Jungen nicht?«

»Nein.«

»Wann redest du wieder mit ihr?«

»Heute Vormittag. Ich wollte nur erst mit dir sprechen.«

»Okay. Bertil und du, ihr beiden sprecht mit ihr.«

Bergenhem nickte.

»Ich will, dass dieser Junge schnell gefunden wird«, sagte Winter. »Es muss ihn ja irgendwo geben.«

Aber sie konnten ihn nicht finden. Nach mehreren Gesprächen waren sie nicht weitergekommen, und die einzige Chance, ihn zu finden, schien darin zu bestehen, dass Angelikas Freundin Cecilia ihn in der Stadt wieder sah.

Sie hatte sein Aussehen beschrieben.

Es verging noch ein Tag. Sie würden nach ihm fahnden. Aber alles war sehr vage. Es gab noch kein Gesicht.

»Wenn er im Land wäre, hätte er sich gemeldet«, sagte Bertil Ringmar auf der Vormittagsbesprechung. Ringmar war Winters rechte Hand – auch wenn er etwas älter war als er.

Er saß auf einem Stuhl am Rand der Gruppe. Wir werden jede Woche weniger, dachte Winter, jede Woche, die wir nicht weiterkommen, aber das wissen wir erst, wenn es so was Ähnliches gibt wie ein Fazit.

»Haben wir den Bekanntenkreis überprüft?«, fragte Bergenhem.

»Wir haben alle verhört, ja«, sagte Ringmar. »Jedenfalls die, die zu Hause sind. Da sind wir gut informiert. Uns fehlen die Urlauber, die sich im Ausland aufhalten.«

»Vielleicht haben sie sich nur zufällig getroffen«, sagte Aneta Djanali. »Es muss ja nicht mal derselbe Junge gewesen sein. Das Mädchen, Cecilia, könnte sich auch täuschen.«

»Warum hat Angelika nichts gesagt?«, überlegte Bergenhem laut. »Von diesem und den anderen Treffen. Von ihm. Oder dem anderen, falls es das zweite Mal jemand anders war. Aber ich vermute, es war derselbe Junge. Das hätte sie doch sagen können.«

Er lebt vielleicht nicht mehr, dachte Halders. Vielleicht ist der Junge tot.

Es klingelte, als sie eingeschlafen war. Sie meldete sich mit verschlafener Stimme.

»Ja ... hallo?«

»Ich hab dich doch nicht geweckt?«

»Doch.« Sie richtete sich auf. Draußen war es fast dunkel, und das bedeutete, dass es mitten in der Nacht war. Durch das angelehnte Fenster duftete es nach Blumen und Tang.

»Das tut mir Leid.«

»Was willst du?«

»Kannst du morgen arbeiten? Nur einmal noch.«

»Ich hab gesagt, dass ich nicht mehr will.«

»Anne!«

»Nein.«

»Okay, okay.«

»Ruf mich nicht mehr an.«

»So leicht wirst du mich aber nicht los.«

Jetzt hatte sie Angst. Die Angst war in ihrer eigenen Stimme. Sie wusste, dass er es spürte.

»Du brauchst keine Angst zu haben«, sagte er. »Aber ich will, dass du morgen herkommst.«

»Ich will nicht mehr arbeiten. Und ich hab keine Angst. Wovor sollte ich denn Angst haben?«

»Komm einfach her. Wir müssen darüber reden.«

»Das ist nicht nötig. Das hab ich dir doch gesagt.«

»Mhm.«

»Tausend Mal hab ich's dir schon gesagt!«

»Dann bis morgen.«

Winter gab eine Pressekonferenz. Es waren genauso viele Journalisten gekommen wie immer, wenn es um brutale Vergewaltigung ging. Er verstand, warum es so war, aber er mochte keine Pressekonferenzen. Von Journalisten an sich hatte er keine besondere Meinung. Die Leute machten eben ihren Job, die einen besser, die anderen schlechter.

Manchmal brauchte er die Medien genauso wie sie ihn brauchten.

Diesmal würde er sie mehr denn je brauchen. Er wusste es noch nicht, aber er hatte eine leise Ahnung, wie eine dünne Schlinge im Hinterkopf, jetzt, da er hier stand und den Journalisten ermittlungstechnische Einzelheiten vorenthielt.

12

Es war lange her, seit Winter zuletzt in der Bellmansgatan gewesen war, obwohl sie gar nicht weit von seiner Wohnung entfernt war. Zwanzig Jahre? Zehn? Die Straße lag wie immer im Schatten der hohen Steinfassaden.

Vielleicht war er tatsächlich nicht mehr hier gewesen seit diesem sonnenklaren Tag im Juni 1979, als er sich mit all jenen Frischgebackenen vor Sigrid Rudebecks Privatgymnasium gedrängelt hatte. Das Abitur. Er hatte keine weiße Mütze getragen. Alle anderen in der Klasse hatten eine gehabt, nur er nicht, und noch einer nicht, Mats, der fünf Jahre später an einer Lungenentzündung gestorben war, oder eigentlich an Aids. Winter hatte an der Beisetzung im Winter draußen in den äußersten Schären teilgenommen. Er vermisste Mats, dachte an ihn, als er die Tür aufschob und die Halle betrat, die noch genau so aussah wie damals. Sie war heruntergekommen wie damals, die Treppe war wie damals, der Hof dahinter und die übereinander geklebten Zettel an den Wänden.

Was es jetzt in der Ferienzeit nicht gab, das war das Gerenne auf der Treppe, die kleine Ansammlung Jugendlicher vor dem schwarzen Brett, die Stimmen, die sich mit dem Getrappel zu den Klassen im oberen Stockwerk mischten.

Der Empfangsraum des Direktors war immer noch links unten. Das Gesicht, das sich ihm zuwandte, als er durch die offene Tür eintrat, kannte er noch, entfernt jedenfalls, die Züge waren im Lauf der Jahre ein wenig eingesunken, das Gesicht war breiter und schwerer geworden, aber es war derselbe Gustav Hjalte, der schon vor dreiundzwanzig Jahren auf dem Direktorstuhl und im Schwedischunterricht am Katheder im Klassenzimmer gesessen hatte. Er ist damals ein bisschen jünger gewesen als ich es jetzt bin, dachte Winter und sah plötzlich den jüngeren Mann hinter dem Körper des älteren. In all den Jahren hatten sie sich nicht gesehen. Keine Klassentreffen. Keine zufälligen Begegnungen in der Stadt. Ist das nicht merkwürdig? Er hatte die Schule nie wieder betreten, war aber häufig in ihrer Nähe gewesen.

Hjalte lächelte und kam um den Schreibtisch herum.

»Ich hab mich gefreut, von dir zu hören, Erik.« Er drückte Winters Hand. »Aber das ist vermutlich nicht der richtige Ausdruck in diesem Zusammenhang.«

»Das ist schon in Ordnung.«

»Manchmal weiß man ja nicht, was man sagen soll.«

»Sonst sind Worte doch Ihre Spezialität, Herr Lehrer. Die schwedische Sprache.«

»Tja, das fragt man sich manchmal. Nach all den Jahren auf diesem Stuhl bin ich fast nur noch mit Zahlen beschäftigt. Die Administration hat nicht viel mit Wörtern zu tun, fürchte ich. Manchmal frag ich mich wirklich, warum ich hier sitze.« Hjalte gab Winter ein Zeichen, sich auf den Stuhl zu setzen, der außerordentlich unbequem aussah. Hjalte wollte keine langen Besuche. »Weniger Wörter und mehr Zahlen.« Er sah Winter an. »Das war anders, als ich euer Klassenlehrer war.« Er lächelte wieder. »Duz mich übrigens ruhig. Jetzt.«

Winter nickte.

»Ich les manchmal was über dich«, sagte Hjalte.

»Hoffentlich nichts Negatives.«

»Im Gegenteil.«

»Ich wünschte, über mich würde gar nichts geschrieben.«

»Dass es überhaupt keine Verbrechen gibt, meinst du?«

»Wäre das nicht eine wunderbare Gesellschaft?«

»Dann wärst du arbeitslos, Erik.«

»Das Opfer würde ich gern bringen.«

»Aber du weißt, dass es massenhaft Arbeit für dich gibt, und das bis in die ferne Zukunft.«

»Leider.«

»Und das hat dich hierher geführt.«

»Ja. Jeanette Bielke.«

»Armes Mädchen. Wir haben es nicht gewusst.«

Hinter Winter knarrte etwas.

Hjalte erhob sich, zwängte sich in dem engen Zimmer an ihm vorbei und schloss die Tür, die von allein aufgegangen war.

»Der Schuppen ist noch genauso windschief wie zu der Zeit, als du hier Schüler warst«, sagte er und setzte sich wieder. »Das macht wahrscheinlich den Charme von schwedischen Privatschulen aus, genauso heruntergekommen wie die englischen public schools.«

»So schlimm ist es hier aber doch nie gewesen«, sagte Winter.

»Danke schön.«

»Wie gut hast du das Mädchen gekannt?«

Hjalte schien den Themenwechsel nicht zu bemerken.

»Ziemlich flüchtig, fürchte ich.« Er zeigte auf die Formulare auf dem Schreibtisch. »Alles nur deswegen. Die blöde Administration.« Er nahm ein Blatt in die Hand. »Ich weiß nicht, ob das der Geist dieser Gesellschaft ist, aber alle Leute scheinen ihre Kinder zur Zeit auf eine Privatschule schicken zu wollen.«

»Das ist ja furchtbar«, sagte Winter.

»Was? Der Geist der Gesellschaft? Das allgemeine Klima?«

»Der Privatgeist«, antwortete Winter.

»Du sagst es.« Hjalte legte das Blatt wieder hin und sah Winter an. »Ehrlich gesagt weiß ich nicht, wie ich dir helfen soll, Erik. Jeanette ist ein nettes, pflichtbewusstes Mädchen, dem etwas Entsetzliches passiert ist. Mehr kann ich dazu nicht sagen.«

»Ist es nicht trotzdem etwas merkwürdig, dass du nicht gewusst hast, was passiert ist?«, fragte Winter. »Also bevor ich angerufen habe? So was verbreitet sich doch schnell, nicht zuletzt an einer Schule. Und noch schneller an einer kleinen Schule wie dieser.«

»Doch, ein bisschen merkwürdig ist das schon. Aber es sind schließlich Sommerferien.«

»Trotzdem … nicht mal das allerkleinste Gerücht«, sagte Winter. »Sommerferien hin oder her, die Schulleitung muss doch irgendwie was gehört haben.«

»Von wem?«

»Weiß ich auch nicht genau.«

»Vermutlich hat sie loyale Freunde, die dichthalten.«

»Vielleicht. Außerdem scheint sie nicht viele Freunde unter den Schülern dieser Schule zu haben.«

»Ach?«

»Ihre Freunde, jedenfalls die, die wir gefunden haben, gehen nicht auf die Rudebeck-Schule. Einige gehen überhaupt nicht aufs Gymnasium. Oder gingen.«

»Da hast du die Erklärung.« Hjalte sah Winter mit Augen an, die nicht älter geworden waren. »Hinter dieser Geschichte steckt noch etwas anderes, oder?«

»Wie meinst du das … Gustav?«

Es war ein ungewohntes Gefühl für Winter, den Lehrer beim Vornamen zu nennen. Als er hier zur Schule ging, war Hjalte eine unangreifbare Autoritätsperson für ihn gewesen.

»Ich hab doch von dem Mord an dem Mädchen gehört und gelesen … das in diesem Jahr das Abi am Schillergymnasium gemacht hat«, sagte Hjalte. »Hängt das mit dieser Geschichte zusammen, Erik?«

Hannes wartete im Zimmer der Klassenlehrerin. Halders nahm ihn in die Arme. Die Lehrerin stand daneben. Erst als er hereingekommen war, hatte sie die Hand von Hannes' Schulter genommen.

»Magda will bis zum Ende bleiben«, sagte der Junge. »Ich hab sie gefragt.«

Halders nahm seinen Sohn fester in den Arm.

»Können wir jetzt fahren, Papa?«

Sie fuhren im Regen. Am Nachmittag hatte es angefangen zu regnen.

»Du bist doch nicht böse, Papa?«

»Warum sollte ich böse sein?«

»Weil du von deiner Arbeit wegmusstest, um mich abzuholen, bevor die Schule aus ist.«

»Wenn du nicht dort sein willst, brauchst du das auch nicht«, sagte Halders und legte seinem Sohn die rechte Hand um die Schulter. »Und ich brauch nicht auf der Arbeit zu sein.«

Der Junge schien sich damit zufrieden zu geben und versank für den Rest des Weges in Schweigen. Halders parkte, und sie gingen ins Haus. Er hatte einen Teil seiner Sachen aus der Wohnung hierher gebracht. Er wusste nicht mehr, wo er zu Hause war, nur so viel, dass er dorthin gehörte, wo seine Kinder waren.

»Ich bin müde«, sagte Hannes.

»Leg dich ein Weilchen hin. Ich sitz hier im Wohnzimmer.«

»Ist man müder als sonst, wenn man traurig ist, Papa?«

»Ja.« Bis zu diesem Augenblick hatte er das nicht gewusst, aber jetzt spürte er es selbst. Jetzt kam es. Er spürte es tief drinnen. »Wir legen uns eine Weile hin, bevor wir Magda abholen.«

»Ich weiß nicht über jede Sekunde der Nacht Bescheid«, sagte Kurt Bielke. »So eine Kontrolle hab ich nie über sie gehabt.«

Irgendwas stimmt mit ihrem Vater nicht, hatte Halders gesagt. Jeanettes Vater. Oder zwischen ihnen. Irgendwas ist da komisch. »Könntest du dich ein bisschen konkreter ausdrücken?«, hatte Winter gefragt. »Es gibt mehrere Punkte, in denen ihre Aussagen nicht übereinstimmen«, hatte Halders geantwortet. »Die Nacht, als sie nach Hause gekommen ist. Als es passiert ist.«

»Aber sind Sie sicher, dass sie vor drei zu Hause war?«, hakte Winter jetzt nach.

»Ganz sicher. Das hab ich doch schon mehrmals gesagt.«

»Nicht zwei Stunden später?«

»Nein. Wer sagt das?«

»Es gibt einen Zeugen, der hat Jeanette erst zwei Stunden später nach Hause kommen sehen.«

»Dann hat der Betreffende sich eben getäuscht.«

Sie saßen in einem Wohnzimmer, das sehr hell war trotz des dichten Regenvorhangs draußen.

»Sie haben meine Frau doch auch gefragt. Jeanette war gegen drei zu Hause, und ich kann verdammt noch mal nicht verstehen, warum Sie immer wieder darauf herumreiten.«

Er sah Winter starr an.

»Das hat sie doch selbst auch ausgesagt, oder? Warum sollte sie lügen? Das ist doch total blödsinnig.«

»Erzählen Sie noch einmal von dem Telefongespräch an jenem Abend«, sagte Winter.

Kurt Bielke atmete hörbar laut durch.

»Ich bin ein geduldiger Mensch, Herr Kommissar. Aber jetzt müssen Sie entschuldigen, wenn ich etwas ungeduldig werde. Oder gar unwillig, Ihre Fragen zu beantworten. Wir sind eine Familie, der Böses widerfahren ist ... Jeanette ist sehr Böses widerfahren ... Und da sitzen Sie und fragen und nerven wegen eines Telefongesprächs und einer Heimkehr.«

»Wir ermitteln wegen eines schlimmen Verbrechens«, sagte Winter.

»Das klingt ja fast, als ob ich schuldig wäre«, sagte Bielke.

»Wie kommen Sie denn darauf?«

»Wie bitte?«

»Wieso sagen Sie, dass es klingt, als ob Sie schuldig wären?«

»Weil es fast so scheint.«

»Erzählen Sie von dem Telefongespräch.«

»Sie hat gegen elf angerufen und gefragt, ob sich jemand gemeldet hätte.«

»Jemand Bestimmtes?«

»Nein. Nur ›jemand‹.«

»Hatte sich jemand gemeldet?«

»Nein.«

»Sie hat das Handy eines Freundes benutzt«, stellte Winter fest.

»Ja, das haben Sie gesagt.«

»Haben Sie das nicht hören können?«

»Nein.«

»Sind Sie schon mal von einem Handy aus angerufen worden?«

»Nicht seit Beginn des neunzehnten Jahrhunderts«, sagte Bielke. »Aber ich erinnere mich, dass da so ein Rauschen zu hören war.«

Sei du ruhig ironisch, dachte Winter. Von mir aus gern. Bei diesem Job kommt es auch darauf an, Worte an sich abfließen zu lassen wie Wasser.

»Aber diesmal hat es nicht gerauscht?«, fragte er.

»Ich kann mich nicht erinnern.«

»Sie hat gesagt, dass sie nicht von einer Wohnung angerufen hat.«

»Ja.«

»Gab's was, was darauf hindeutete?«

»Das Gespräch hat nur ein paar Sekunden gedauert.«

Ihr eigenes Handy war gerade in Reparatur gewesen. Winter hatte es bestätigt bekommen.

»Wir wissen also nicht, wer ihr sein Handy geliehen hat«, sagte Winter.

»Spielt das eine Rolle?«

»Uns ist unklar, wo Jeanette sich während zwei Stunden der Nacht aufgehalten hat«, sagte Winter. »Vielleicht mehr als zwei Stunden.«

»Da müssen Sie sie selbst fragen. Sie wissen, dass ich davon nichts halte, aber wenn Sie es müssen, dann müssen Sie.«

»Ich frage erst mal Sie.«

»Falsche Adresse.«

Winter merkte, dass sich der Mann während des Gesprächs verändert hatte. Oder während des Verhörs. Und wie er sich seit der ersten Begegnung verändert hatte. Er war ... aggressiver geworden. Daran mochte Winter schuld sein, oder Halders. Es konnte aber auch an etwas anderem liegen.

»Möchten Sie es nicht auch wissen?«, fragte Winter.

»Was glauben Sie?«

Winter antwortete nicht. Er hörte Geräusche von oben, Schritte auf der Treppe. Leichte Schritte. Oder ein Stolpern. Vielleicht hatte sie gelauscht, aber das hätte er bemerkt. In dem Augenblick betrat Jeanette das Zimmer von der Küche aus. Jemand anders hatte dort draußen auf der Treppe gestanden. Irma Bielke war nicht zu Hause, das hatte Bielke gesagt, als Winter kam.

Draußen regnete es, stärker als vorher. Der Garten war in nasses, kühles Grün gehüllt, aber es war immer noch warm. Von Westen hörte man die Wellen, die sich an den Klippen brachen.

Winter fuhr in Richtung Süden. Der rechte Scheibenwischer musste ausgetauscht werden. Sein Sichtfeld rechts war unscharf und verschmiert, als ob er Häuser und Bäume durch eine dünne Schicht Gelee sähe.

An einer Kreuzung, wo ein Stück der Straße mit Teer ausgebessert wurde, musste er warten. Langsam füllten die Arbeiter die Löcher mit der schwarzen Masse. Seine Gedanken waren schneller.

Die Mädchen waren am selben Ort gefunden worden. Beatrice und Angelika. Dort waren sie auch ermordet worden. Oder einige Meter davon entfernt. Jeanette war dort überfallen worden. Sie hatte gesagt, dass es dort gewesen war. Warum sollte sie lügen?

Was bedeutete das? Was bedeutete der Ort? Er hatte in der Vergangenheit geforscht ... bei Beatrice ... aber hatte das ein anderer vielleicht auch getan? Hatten sie es hier am Ende mit einem Nachahmungstäter zu tun?

Es war kein Geheimnis, was Beatrice passiert war, jeder konnte es nachlesen. Wurde das von einem anderen ausgenutzt? Einem Nachahmungstäter.

Suchte er in der falschen Richtung? Sollte er lieber vorwärts schauen statt rückwärts?

Einer der Asphaltarbeiter winkte ihn heran, vorbei an dem Gefährt, das aussah wie ein martialisches Kochgerät für ein ganzes Militärbataillon oder eins der Fahrzeuge in einem Mad-Max-Film. Der warme Teer dampfte im Regen. Durch die Autofenster roch es wie nach einem Infanteriegefecht.

Bei allen drei Mädchen hatten sie die letzten Stunden vor der Tat so genau wie möglich rekonstruiert. Er zählte auch Jeanette dazu. Das war eine weitere Merkwürdigkeit. Sie hatte überlebt, aber über ihren Abend vor dem Verbrechen waren sie sich am wenigsten im Klaren. Es gab weniger Zeugen. Mehrere konnten sich nicht erinnern.

Er hatte über dem Stadtplan gesessen, hatte versucht, den genauen Weg der drei in den Park zu rekonstruieren, zum Steinblock, der Öffnung, dem Gebüsch.

Vielleicht hatten sie sogar alle denselben Weg genommen. Fügte man die Aussagen aller Freunde zusammen, wo die Mädchen jeweils gewesen und wohin sie gegangen waren oder noch gehen wollten, ergab sich eine ähnliche Strecke für alle drei. Sie begann nördlich vom Zentrum, und alle wussten, wo sie endete.

Nördlich vom Zentrum. Was hatten sie nördlich vom Zentrum gemacht? Es war in der Nähe des Flusses, beim alten Hafen oder um die Oper herum. Oder am anderen Flussufer? Winter hatte die Ermittlungsakten vorwärts und rückwärts gelesen, aber keinen Ort erwähnt gefunden, der sich in der Nähe dessen befand, wo die eventuelle gemeinsame Strecke begann. Warum all diese Zufälle? Er wusste es nicht, aber er würde weiter suchen. Er würde sich in die Wirklichkeit des Stadtplans begeben, in einen dieser Stadtteile.

Er hatte nach einem Berührungspunkt zwischen den drei Mädchen gesucht, und das hier war einer, noch unendlich vage, aber er war da.

Winter bog nach links ab. Angelika Hanssons Vater stand in der Tür und wartete, wie beim letzten Mal.

»Ich möchte mich gern eine Weile hier umsehen«, sagte Winter, und Lars-Olof Hansson schloss die Tür von außen. Winter ließ seinen Blick durch Angelikas Zimmer schweifen. Jetzt würde er wieder von vorn anfangen. Er öffnete die linke Schranktür.

13

Im Schrank war nichts, was er nicht vorher schon gesehen hätte. Niemand hatte die Kleidung im Schrank angerührt, seit er und Bergenhem zur ersten Hausdurchsuchung hier gewesen waren und Pullover und Hosen angehoben hatten, eine Arbeit, die er niemandem wünschte. Es widerstrebte ihm, die Kleidung von Verstorbenen zu berühren. Er war nicht zum Spurensucher geboren. Die Sachen würden nie wieder von jemandem getragen werden.

Er hatte es früher schon gesehen: Jahrelang würde alles in Regalen und Schubläden liegen bleiben, genau wie die Möbel dort stehen bleiben würden, wo sie standen, die Papiere würden auf dem Schreibtisch liegen, die Bücher in den Regalen stehen bleiben, auch die wenigen Ziergegenstände würden unberührt bleiben.

Alles Erinnerungen, die zu greifbaren Gegenständen geworden waren. Erinnerungen, die sie in diesem Haus nicht haben wollten, aber sie hatten keine Kraft, sie zu beseitigen. Oder keinen Willen. Oder keins von beidem, dachte er und schloss die Schranktür.

Wonach suche ich? Wenn er es wüsste, wäre er nicht hier, würde sich nicht den verzweifelten Eltern aufdrängen. Wenn er es wüsste, hätte er es schon gefunden, hätte es von hier mitgenommen, um es unter schärferem Licht zu prüfen.

Ein Geheimnis.

Der Gedanke war in seinem Kopf, seit er zum ersten Mal

mit Jeanettes Vater gesprochen hatte. Dort gab es ein Geheimnis. Der Vater oder die Tochter trugen ein Geheimnis mit sich herum. Vielleicht beide. Etwas, was sie nicht preisgaben. Man konnte nicht darauf zeigen, wie man auf einen Beweis zeigte. Aber es hatte mit dem Verbrechen an der Tochter zu tun, der Vergewaltigung. Er kam nicht daran heran, nicht jetzt. Aber er spürte es. Und Halders spürte es auch.

Er brauchte Halders. Der Fall brauchte ihn. Er war kompliziert und erforderte ein Denken, das ohne viele Abweichungen geradewegs aufs Ziel zustrebte.

Und jetzt war er in diesem Zimmer, in dem Tag und Nacht nur Zwielicht durch die halb geschlossenen Jalousien herrschte.

Er saß am Schreibtisch und betrachtete das Foto von Angelika auf einem Badesteg am Meer. Ein schwarzer junger Körper und ein Lächeln, so breit wie der Horizont hinter dem Meer, genauso weiß.

Diese verdammten Fotos, die keine Rücksicht auf die Zukunft nahmen. Er hatte Tausende von Fotos wie dieses angestarrt, wie ein Weissager, der eine Tragödie voraussagt, die eintreffen wird. Alles, was es auf Fotos wie diesen gibt, bekommt eine andere Bedeutung als das, was man auf der Oberfläche sieht, dachte er. Wenn ich dieses Bild anschaue, ist es, als ob ich mich diesem Steg mit einer Todesbotschaft aus der Zukunft näherte.

Anders als Herr Bielke trug Angelikas Vater kein Geheimnis mit sich herum. Winter hörte, wie er sich irgendwo im Haus räusperte. Der Vater – Adoptivvater oder leiblicher Vater, das spielte hier ja keine Rolle – hatte keinerlei Ahnung gehabt von der Schwangerschaft seiner Tochter und von eventuellen Freunden.

Und Angelika? Hatte sie überhaupt ein Geheimnis? Wem war sie in jener Nacht begegnet? Genau wie Beatrice hatte sie sich von ihren Freunden getrennt und war danach allein gewesen. Oder hatte sie den Mann getroffen, der sie etwa acht Wochen vorher geschwängert hatte?

Was hatte sie sonst getan? Sie hatte ihre zwölfjährige Schulzeit schon abgeschlossen und war auf dem Weg hinaus ins Leben.

War sie einfach einem Mörder und Vergewaltiger begegnet, der in der Sommernacht auf seine Opfer wartete? Durch reinen Zufall? Pech, wenn man es salopp ausdrückte. Oder verbarg sich dahinter mehr? War es ein geplantes Verbrechen?

Der Ort konnte mit Umsicht ausgewählt sein – in beiden Fällen. Von dem Verrückten. Oder vom Mörder, der auf eine bestimmte Person wartete, nur auf sie.

Dann ging es hier nicht um Beatrice Wägner oder Jeanette Bielke.

Oder doch?

Vielleicht hatten die drei Mädchen dennoch etwas gemeinsam, das zwei von ihnen den Tod gebracht hatte, vielleicht ging es nicht nur darum, sich am falschen Ort zu befinden.

Hatten sie etwas *getan*, das ... sie vereinte? Könnte es so sein?

Himmel, ich muss mich auf diesen einen Mord konzentrieren. Man kann nicht in allem einen gemeinsamen Nenner finden.

Winter saß mit dem Kopf in den Händen da und dachte nach, nahm die Hände weg, erhob sich und öffnete eine der Schubladen des Schreibtisches. Er hätte gern geraucht, unterdrückte den Wunsch jedoch. Der war stärker geworden, seit er Vater geworden war. Er hatte geglaubt, die Sucht würde abnehmen oder aufhören. Aber sie hatte zugenommen. Angelas diskrete Hinweise hatten sich langsam in etwas anderes verwandelt. Kein Genörgel. Niemals. Aber vielleicht ... Irritation. Das war nicht nur die Ärztin in ihr. Es war gesunde Vernunft. Gesund.

Er verließ das Zimmer, ging in den Garten und zündete sich einen Corps an.

Als er zurückkehrte, durchsuchte er das Zimmer systematisch. Wieder betrachtete er lange das Foto, ihr Kopf vor dem Meer. Er zog die Schreibtischschublade heraus und nahm die acht Umschläge mit Fotos hervor, die er vorhin durchgeschaut hatte. Er fing wieder von vorn an, sortierte sie in kleinere Häufchen, ordnete sie um. Angelika in verschiedenen Umgebungen, meistens draußen. Lächelnd, ernst. Er legte die Außenaufnahmen auf einen eigenen Stapel, die Innenaufnahmen auf einen anderen, dann trennte er Sommer- und Winterbilder. Die kräftigen Farben des Herbstlaubs. Angelika in einem Schneehaufen, schwarz, schwarz, weiß, weiß. Angelika an einem Frühlingshang voller Buschwindröschen, die genauso leuchteten wie ihre Zähne. Angelika mit ihren Eltern, am selben Hang: die Eltern kränklich blass nach dem Winter.

Die Bilder waren nicht datiert, schienen aber alle im letzten Jahr aufgenommen worden zu sein, wie er anhand der Daten, die auf den Umschlägen standen, feststellte. Es waren fast 300 Bilder. Sie waren wie ein geöffnetes Tagebuch über ihr letztes Jahr. Sommer, Herbst, Winter, Frühling, wieder Sommer. Der letzte Sommer, oder der letzte halbe Sommer, dachte er und schaute sich die Serie der Fotos von ihrem Examenstag an. Schulhof, Blumen, Ballons, all das, was dazugehört, die einjährige Angelika achtzehnmal vergrößert auf einem Plakat, das über allem geschwenkt wurde.

Viele Menschen standen in einem breiten Halbkreis um sie herum, viele Gesichter. Winter erkannte die Eltern, aber niemanden sonst. Angelika trug eine weiße Mütze und lachte in die Kamera.

Das war sechs Wochen her.

Winter fuhr fort, die Fotos auf verschiedene Häufchen zu legen. Warum mache ich das? Ist das eine Selbsttherapie angesichts der verdammten, schweren Ermittlung? Wie eine Patience. Geduld. Alles dreht sich um Geduld.

Draußen sangen Vögel. Der Regen schlug wieder gegen die Scheiben, nachdem er ein Weilchen aufgehört hatte. Winter saß mit einem Bild von Angelika da, das sie in einem Zimmer vor einer Ziegelwand zeigte. Die Ziegel waren … eine Attrappe. Sie sah in die Kamera, lächelte jedoch nicht. Eigentlich ist das Gesicht ausdruckslos, dachte er. Auf einem Tisch vor ihr standen Gläser und Flaschen. Einige leere Teller mit etwas, das Essensreste sein mochten. In der oberen linken Ecke des Bildes war ein Schatten. Vielleicht ein Lampenschirm oder etwas, das an der Wand hing.

Es war definitiv in einem Haus aufgenommen, und er sah Spuren von Tageslicht, das von verschiedenen Seiten zaghaft hereinzufallen schien. Winter glaubte auch eine schwache Silhouette des Fotografen erkennen zu können.

Er legte das Bild weg und nahm ein anderes in die Hand, auf dem Angelika im Halbprofil am selben Tisch mit derselben Wand, aber ohne Schatten in der linken oberen Ecke zu sehen war. Der Fotograf hatte den Standort gewechselt.

Vielleicht ist das in einem Restaurant, dachte Winter, einer Kneipe.

Die Bilder waren im selben Umschlag gewesen wie die Winterbilder. Vielleicht war auch dies im Winter aufgenommen worden. Er hatte keine Negative im Umschlag gefunden.

Vielleicht war das ein Lokal, in das sie häufig ging. Vielleicht ein Stammlokal. Hatten sie Angaben über die Lokale, in die sie am liebsten ging? Doch, ja. In welchem gab es diese Ziegelsteinwand?

Weitere Fotos von Vergnügungslokalen, Restaurants oder Kneipen gab es unter den 300 Bildern nicht, die Winter durchgesehen und in einem Dutzend Häufchen vor sich auf dem Schreibtisch angeordnet hatte. Keine weiteren Innenaufnahmen, nur einige von Straßenlokalen. Auf einem der Bilder zog einer der Kellner eine lustige Grimasse.

Er stand auf, verließ das Zimmer und ging zu Lars-Olof Hansson, der allein im Wohnzimmer saß und die Bewegungen der Regenrinnsale auf der Fensterscheibe beobachtete.

»Ich möchte, dass Sie sich etwas ansehen«, sagte Winter. »Falls Sie eine Minute Zeit haben.«

»Nur eine«, sagte Hansson, »ich warte darauf, dass der Regen aufhört.« Er zeigte auf die Fensterscheibe. »Der kann sich einfach nicht entscheiden.«

Winter nickte, als ob er verstanden hätte.

»Worum geht's?«, fragte Hansson.

»Einige Fotos«, sagte Winter. »Ich möchte, dass Sie sie sich anschauen.« Er nickte zum Vorraum. »In Angelikas Zimmer.«

»Das betrete ich nicht.« Hansson löste den Blick von der Fensterscheibe. Es roch nach Wärme und Feuchtigkeit im Raum, wie die Luft draußen. Der Wind wühlte in den Bäumen. Es war dämmrig, im Zimmer und auch im Garten hinter der Fensterscheibe, die vom Regen gestreift war. »Ich habe es nie mehr betreten, seit das passiert ist.«

»Ich hole sie«, sagte Winter, ging und kehrte mit den Fotos

zurück. Er gab sie Hansson. Der Mann schaute sie an, schien sie aber nicht zu sehen.

»Was ist das hier?«, fragte er.

»Ich weiß nicht genau«, sagte Winter, »irgendein Lokal. Vielleicht ein Restaurant. Sie erkennen keins davon wieder?«

»Was soll ich wieder erkennen?« Hansson sah Winter an.

»Die Lokale. Diese Wand hier. Oder irgendwas. Angelika sitzt ja dort, und mich interessiert, ob Sie wissen, wo das war.«

Hansson betrachtete wieder das Foto in seiner Hand.

»Nein«, sagte er, »da bin ich nie gewesen.«

»Angelika war da offensichtlich öfter«, sagte Winter. »Von diesem Lokal gibt es in ihrer Schreibtischschublade mehrere Bilder.«

»Keine Ahnung, wo das sein könnte«, sagte Hansson. »Und ... spielt das überhaupt noch eine Rolle?«

»Ich weiß nicht«, sagte Winter.

»Sie ist in allen möglichen Kneipen und Cafés gewesen, wie Jugendliche das ja so machen. Ich hab mich nie darum gekümmert.« Hansson sah wieder auf das Bild. »Warum sollte es wichtig sein, herauszufinden, wo sich diese verdammte Ziegelsteinwand befindet?«

»Es könnte wichtig sein herauszufinden, wen sie dort getroffen hat«, sagte Winter.

»Vielleicht war sie allein«, sagte Hansson.

»Einer hat fotografiert«, sagte Winter.

»Selbstauslöser«, sagte Hansson und stieß ein kurzes, raues Lachen aus. Es klang wie eine Explosion in dem geschlossenen Zimmer.

»Sie ist erst kürzlich dort gewesen«, sagte Winter.

Hansson schien zu müde und viel zu verzweifelt zu sein, um zu fragen, wie Winter das wissen konnte.

»Andere könnten sie dort gesehen haben«, sagte Winter. Und vielleicht auch *ihn*, falls er auch dort war, dachte er.

Ihm kam noch eine Idee. Er ging zurück in Angelikas Zimmer und holte die Bilder vom Abiturstag und gab sie Hansson. Der hielt sie auf eine Weise in der Hand, als wäre er apathisch.

»Das war ihr Examen«, sagte er.

Winter nickte. »Könnten Sie mir helfen, die Personen auf den Bildern zu identifizieren?«

Hansson studierte die Fotos.

»Auch die, die der Kamera den Rücken zukehren?«

»Wenn Sie es können.«

Hansson zeigte auf ein Bild.

»Der Dickwanst dahinten links.« Er sah Winter an. »Das ist Onkel Bengt, also mein Bruder. Er wendet sich ab, kaut gerade an einem Putenschenkel oder so was.« Er hielt sich die Hand an den Mund. »Zwangsesser.«

»Erkennen Sie noch mehr?«

Hansson nannte einen nach dem anderen beim Namen, indem er mit dem Zeigefinger über die Gesichter fuhr.

Als er aufhörte, waren noch vier Personen übrig.

»Noch nie gesehen«, sagte er.

»Sind Sie sicher?«

»Aber ja.«

Winter betrachtete die Gesichter. Drei Männer und eine Frau. Zwei der Männer mochten um die vierzig sein. Einer war dunkelhaarig und einer blond, letzterer trug einen Bart und eine Brille. Sie kamen ihm entfernt bekannt vor. Der dritte war ein Junge etwa in Angelikas Alter. Die Frau war ebenfalls um die Vierzig, womöglich jünger. Sie stand am Rand, als ob sie aus dem Bild aussteigen wollte. Sie schaute in eine andere Richtung, weg. Einer der Männer stand neben dem Jungen. Der Mann sah dem Jungen ähnlich, oder umgekehrt. Südländisches Aussehen, dunkle Haare, trotzdem blass, blasse Gesichter. Der Mann mit Brille und Bart hielt einen Ballon in der Hand und lachte mit Angelika. Winter überlegte, wo er ihm begegnet sein mochte. Es war weniger das Gesicht, das er kannte, sondern eher die Haltung, die ein wenig vorgebeugt war.

»Noch nie gesehen«, wiederholte Hansson.

Winter spürte ein Schaudern auf der Haut. In diesem Augenblick geschah etwas, genau hier. Er betrachtete wieder die vier fremden Gesichter. Die anderen, die das Mädchen umgaben, schienen ihm jetzt bekannt zu sein, nachdem Hansson sie identifiziert hatte. Aber die Vier waren Fremde. Sie könnten von einem unbekannten Ort ausgesandt worden sein. Etwas geschah.

»Ist das nicht komisch?«, fragte er.

Hansson zuckte mit den Schultern.

»Es waren viele Leute auf dem Schulhof, das sehen Sie ja selber.« Er zeigte auf eins der Bilder. »Die, die ich nicht erkenne, gehören vermutlich nicht dazu.«

»Wirklich?« Winter nickte zum Foto. »Sie sehen aber doch aus ... als ob sie dazugehörten. Sie scheinen Angelika zu kennen.«

»Ich kenn sie jedenfalls nicht.«

»Sie haben nicht mit ihnen geredet?«

»Ich hab doch gesagt, dass ich sie nicht kenne, verdammt noch mal.«

»Okay.«

Es wurde still. Winter hörte keinen Regen mehr an den Fensterscheiben.

Draußen fuhr ein Auto vorbei, das Geräusch von Wasser an den Reifen.

»Was zum Teufel hatten die da zu suchen?«, sagte Hansson plötzlich und sah wieder auf das Foto. »Ich hab die nicht eingeladen.« Er sah Winter an. Sein Gesichtsausdruck hatte sich verändert. »Damals hab ich sie nicht bemerkt. Sie hätten mir doch auffallen müssen, oder?«

»Sie haben ja selbst gesagt, dass viele Leute da waren.«

»Sie können nicht dort gewesen sein«, sagte Hansson.

»Wie meinen Sie das?«

»Vielleicht sind sie ... später gekommen.« Er schaute auf das Bild und dann zu Winter, stand auf und stellte sich neben den Kommissar, der jetzt den Geruch nach Schweiß, Angst und Verzweiflung wahrnahm. »Verstehen Sie nicht? Sie sind später gekommen! Sie sind zu dem verdammten Abschlusstag geschickt worden, aber niemand konnte sie sehen.« Er starrte Winter wie ein Blinder in die Augen. »Niemand hat sie gesehen. Angelika auch nicht. Aber sie waren mit einer Botschaft da. Einer Botschaft aus der Hölle!«

Er starrte weiter mit blindem Blick durch Winters Kopf.

»Jetzt sind sie wiedergekommen!«, rief er.

Er gehört in Behandlung, dachte Winter. Oder er hat Recht, aber auf eine Art, die ich nicht begreife.

Wieder veränderte sich Hanssons Gesicht. Er schüttelte den Kopf und sah auf das Bild in seiner Hand. »Diese Menschen werden Sie nie finden.«

»Glauben Sie ... die gehören zusammen?«

»Das spielt keine Rolle«, sagte Hansson, »sie existieren nicht.«

14

Halders hatte Led Zeppelin für die Beisetzung ausgesucht, zum Abschied. Aneta Djanali erkannte den Song natürlich. Für Winter, der zusammen mit Angela und Elsa drei Reihen weiter hinten saß, war er neu. Die Musik erfüllte die kleine Kapelle.

Hanne Östergaard sprach den Schlusssegen. Sie arbeitete seit mehreren Jahren als Pastorin bei der Polizei. Jemand, mit dem man nach schweren Erlebnissen sprechen konnte.

Sie ist mir nach Margaretas Tod tatsächlich eine Stütze gewesen, dachte Halders.

»Led Zep war ihre Lieblingsband«, hatte er Aneta Djanali vor einer Stunde erklärt. »Sie hat Erinnerungen an diesen Song, ich auch.« Danach hatte er gesagt: »Es ist eine gemeinsame Erinnerung.« Er hatte sie angeschaut. »Findest du das unpassend? Die Musikwahl?«

»Nein. Heutzutage wählen die Leute doch häufig ihre eigene Musik für die Beerdigung.«

»Ich bin schon seit vielen Jahren auf keiner Beerdigung mehr gewesen.«

»Led Zeppelin ist in Ordnung«, sagte sie.

»Es ist schließlich eine Ballade.«

Halders stand mit den Kindern zusammen, als Erde auf den Sarg geworfen wurde. Es regnete leicht, sollte aber im Lauf des Tages aufhören.

Hinterher sprach er mit den Trauergästen, nahm aber nicht wahr, was die einzelnen sagten. Die Kinder standen dicht neben ihm.

»Ist Mama jetzt im Himmel?«, fragte Magda.

»Ja«, antwortete er.

Magda schaute hinauf, die Wolken stürmten zu allen Seiten davon. In der Mitte war es blau.

»Guck mal, ein Loch!«, rief sie und zeigte hinauf. »Mama kann durch das Loch fahren!«

Er versuchte den Himmel zu sehen, aber durch die Tränen sah er nur Nebel.

»Siehst du das Loch im Himmel, Hannes?« Magda wandte sich an ihren Bruder.

»Es gibt kein Loch«, sagte er. »Es ist nur der Weltraum.« Er schaute auf die nasse Erde.

»Da ist wohl ein Loch«, sagte sie, senkte den Arm und hielt Halders' Hand ganz fest. »Das gibt es wohl.«

Sie fuhren zu den Klippen im Süden. Jetzt nach den verregneten Tagen war es doppelt warm. Angela saß am Steuer, Elsa in ihrem Kinderstuhl auf dem Vordersitz. Winter saß hinten und sah die Felder unter der Sonne glänzen. Er drehte die Autoscheibe herunter und bat Angela, die Klimaanlage abzuschalten, damit er die feucht-warme Wiesenluft in sich aufsaugen konnte.

Sie parkten, und er trug Elsa auf den Schultern, während sie über die Pferdekoppel gingen. Sie blieben stehen und betrachteten das Fohlen, das im Gras lag und ausruhte. Die Mutter daneben, den Kopf zum Fohlen gesenkt.

Ihr Lieblingsplatz war frei. Winter zog sich rasch um und ging mit Elsa ans Wasser hinunter und tauchte sie vorsichtig ein. Dann übernahm Angela Elsa, und er schwamm hinaus. Es war still. Er lag auf dem Rücken und sah Angela und Elsa auf der Decke auf dem Felsen.

Die Schwere, die er bisher empfunden hatte, löste sich und versank unter der Wasseroberfläche. Nichts blieb davon übrig, als er sich im Wasser drehte und weiter hinausschwamm. Er legte sich wieder auf den Rücken und schaute zu seiner Familie, die immer kleiner wurde.

Halders hatte ausgesehen, als würde er versinken, als die Beerdigung vorbei war. Winter wusste nicht, wann er wiederkommen würde. Morgen oder nie mehr. Beides war möglich.

Während der Beerdigung hatte er sich selbst wie ein Stein gefühlt.

Er bewegte die Arme dicht unter der Wasseroberfläche.

Sein Körper war schwer gewesen, als er sich von der Bank in der Kapelle erheben wollte. Eigene Erlebnisse, die noch gar nicht weit zurücklagen, waren zurückgekehrt, als Angela so nah ... als Elsa ... Als er vor jener Tür gestanden hatte, wie festgewachsen am Boden, schwer wie ein Stein. Da hatte er gefühlt, wie sein eigenes Leben versank, abstürzte ins Bodenlose.

Er schloss die Augen und spürte die Sonne im Gesicht. Ein Boot fuhr etwa hundert Meter von ihm entfernt vorbei, hinaus in die Bucht, aber er hielt die Augen geschlossen. Möwen schrien. Von irgendwoher tönte eine Stimme übers Wasser. Es roch nach Benzin, der schwache Wind hatte ihm den Geruch vom Boot zugetrieben. In diesem Augenblick war er ganz und gar hier bei sich. Wenn er das doch festhalten könnte.

»Du warst fast wie eine Jolle da draußen«, sagte Angela, als er aus dem Wasser kam, nasser als er je gewesen war. »Ordentlich vertäut.«

»Ich hab selbst nicht gewusst, dass ich mich so gut treiben lassen kann.«

»Ich kenne den Grund«, sagte sie und pikte in seinen Bauch, der sich kaum erkennbar wölbte. *Er* sah keine Rundung, wenn er an sich herunterguckte. Elsa pikte ihn auch, mehrere Male. Es tat fast weh.

»Mir fehlen zum Waschbrettbauch nur ein paar Runden, eine Meile ungefähr«, sagte er. »Vielleicht sollte ich nach Hause joggen.« Die Schuhe lagen im Kofferraum. Bis zur Stadt waren es satte zehn Kilometer. Vielleicht zu satt? Nein.

»Traust du dich denn, das zu essen?« Sie nickte zu dem Baguette mit Hähnchensalat, das er in der Hand hielt.

»Ja«, sagte er, und plötzlich begann Angela zu weinen. Sie wischte sich über die Augen. Winter legte das Baguette beiseite, beugte sich über die Decke und nahm sie in die Arme.

Da fing Elsa auch an zu weinen, und er zog sie mit in die Umarmung.

Elsa baute eine Höhle zwischen ihnen und kroch hinaus. Angela strich sich wieder übers Gesicht und schaute über die Meeresbucht, in der einige Schiffe unterschiedlicher Größe segelten.

»Es hat mich so traurig gemacht, als ich Fredrik und die Kinder gesehen habe«, sagte sie.

»Ja, mich hat es auch sehr bedrückt.«

»Hoffentlich wird er mit allem fertig.«

»Er versucht, weiterzumachen.« Winter suchte nach dem Päckchen mit den Zigarillos. »Er will sich nicht freinehmen. Jedenfalls nicht viel.«

»Hoffentlich wird er mit allem fertig«, wiederholte Angela.

In der Dämmerung, als sich das Licht der roten Ampeln mit dem roten Schein vom Sonnenuntergang mischte, fuhren sie nach Hause. Winter würde ein andermal joggen müssen. Elsa schlief in ihrem Kindersitz. Ihr Kopf hing herunter und sie atmete sanft. Angela fuhr schnell und gut, besser als er. Er ließ sich im Sitz zurücksinken. Der Körper war warm von Sonne und Salz, die Haut spannte auf angenehme Weise.

In der Vasastan war es still, aber nicht leer. Viele saßen in den Straßencafés entlang der Vasagatan.

Angela parkte in der Tiefgarage. Elsa schlief weiter, als sie sie in den Kinderwagen setzten.

»Lass uns noch ein Bier trinken«, sagte Winter.

Sie suchten sich das nächste Straßenlokal, wo es einen freien Tisch gab, und bestellten ein Bier vom Fass. Es roch nach Essen und nach der Wärme des Tages, die zwischen den großen Steinhäusern stand.

»Hast du Hunger?«, fragte er.

Angela schüttelte den Kopf.

»Ich schon«, sagte er und bestellte sich ein gegrilltes Lachskotelett und Angela überlegte es sich anders. Sie bekamen die Gerichte und aßen, während Elsa im Wagen neben dem Tisch schlief. In dem Lokal saßen noch andere Eltern mit Kindern, die in ihren Kinderwagen schliefen. Drei junge Mädchen gingen vorbei und lachten, als eine von ihnen etwas in ihr Handy sagte. Winter dachte an seine drei Mädchen, genau in dem Moment tat er das, und zum ersten Mal dachte er genau das, *seine drei Mädchen*, und er schob den Teller von sich und bestellte noch ein Bier, als der Kellner vorbeikam. Er sah fragend Angela an, aber sie wollte nichts mehr.

»Ich fahr morgen früh nach Påvelund raus«, sagte er, »zu Familie Wägner.«

Sie antwortete nichts, wischte über Elsas Gesicht. Mehr junge Mädchen gingen vorbei.

Um zehn Uhr am nächsten Morgen war er bei Bengt und Lisen Wägner. Es war Samstag.

»Ich muss mich entschuldigen.«

»Keine Ursache«, sagte Bengt Wägner. »Meinetwegen können Sie hier sogar einziehen, falls das nötig ist, um herauszubekommen, was mit Beatrice passiert ist.«

»Wer«, sagte Lisen Wägner, »wer ihr passiert ist.«

»Ja«, sagte der Mann und guckte seine Frau an, »wer das getan hat.«

Sie folgten ihm in das Zimmer des Mädchens. Die Morgensonne schien auf die Jalousien. Hier drinnen war es hell genug, sodass er die Deckenbeleuchtung nicht einzuschalten brauchte.

»Ich möchte alle Fotos sehen, die es von Beatrice gibt«, sagte Winter. Er sah, wie Lisen Wägner zusammenzuckte, eine kurze, aber deutlich sichtbare Regung. »Entschuldigung, ich meine natürlich nicht alle die Bilder, nur die ... äh ... die in ihrem letzten Jahr aufgenommen wurden.« Himmel. Die Frau sah noch gequälter aus. Wie sollte er sich ausdrücken, ohne dass er alles noch schlimmer machte? Immer wurde es falsch.

»Warum?«, fragte Bengt Wägner.

»Ich weiß nicht genau.« Er wandte sich dem Mann zu. »Ich suche nach etwas. Nach einer Art Vergleich. Einer Umgebung.«

»Sie haben sich doch schon alles angeschaut, als ... als es passiert ist«, sagte Lisen Wägner. »Sie haben doch das meiste mitgenommen und es durchgesehen. Auch alle Fotos.«

»Ich weiß.«

»Warum haben Sie da nichts gefunden?«

Winter breitete die Arme ein wenig aus.

»Wenn Sie damals nicht wussten, wonach Sie suchten – wieso wissen Sie es jetzt?«

Winter erzählte, so viel er erzählen konnte.

»Eine Ziegelsteinwand?«, fragte Bengt Winter. »So was hab ich nicht gesehen, glaub ich. Aber ich kenne natürlich nicht alle Fotos, die sie hatte.«

»Ich habe auch nicht alle gesehen«, sagte Winter, »und bei denen, die ich kenne, erinnere ich mich auch nicht an so eine Wand.«

»Hier ist der Kasten jedenfalls«, sagte Lisen Wägner, die ihn aus dem Schrank am anderen Ende des Zimmers geholt hatte.

Winter sortierte die Bilder auf die gleiche Art, wie er es in Angelika Hanssons Zimmer getan hatte. Frühling, Sommer, Herbst, Winter, draußen, drinnen.

Lisen Wägner brachte ihm Kaffee und einen noch warmen Kopenhagener, der nach Vanille duftete. Winter öffnete die Jalousien, nachdem die Sonne weitergezogen und es im Zimmer dunkler geworden war. Er sah Bengt Wägner durch das Fenster im Garten umhergehen.

Schließlich hatte er fünf Bilder, auf denen Beatrice in einem Restaurant oder Pub zu sein schien, Innen- und Außenaufnahmen. Auf keinem Bild war eine Ziegelsteinwand, nichts, was der Einrichtung auf den Bildern von Angelika glich. Auf drei Bildern war ein Elternteil dabei, auf einem beide.

Er schaute hinaus. Bengt Wägner bewegte sich immer noch mit einer Gartenschere zwischen den Blumenbeeten. Winter ging zu ihm hinaus und zeigte dem Mann die Bilder. Wägner erkannte das Lokal sofort. Beatrice war oft dort gewesen.

»Gibt es irgendwo noch mehr Fotos?«, fragte Winter.

»Das weiß ich nicht.«

»Ist es vorstellbar, dass sie auch noch an einer anderen Stelle Fotos verwahrt hat?«

Wägner schien darüber nachzudenken. Er legte die Gartenschere auf die Erde. Lisen Wägner kam aus dem Haus. Winter stellte ihr dieselbe Frage.

»Es kam vor, dass sie Fotos als Lesezeichen benutzt hat«, sagte Lisen Wägner. »Das hat sie schon als kleines Kind so gemacht.«

Bei welchen Büchern denn?, dachte Winter. Nur bei ihren eigenen? Oder bei allen? In ihrem Zimmer gab es vier oder fünf Meter Bücher und im Wohnzimmer der Familie an die fünfzig Meter.

Er ging zurück in Beatrices Zimmer und begann, ein Buch nach dem anderen aus dem Regal zu nehmen. Nach einer halben Stunde kam Bengt Wägner herein und fragte, ob er mit ihnen essen wolle. Er nahm die Einladung gern an.

Er musste noch einen Meter Bücher prüfen, als er vom Essen zurückkam, öffnete alle, fand aber nichts.

»Es gibt noch mehr Bücher auf dem Speicher«, sagte Bengt Wägner, der auch hereingekommen war. »Kinderbücher. In einer Kiste.«

»Können Sie die holen?«

Wägner verschwand und kam mit einer langen, schmalen Kiste zurück. Winter untersuchte die Bücher, die von kleinen Jungen und Mädchen handelten, auch von großen, es gab eine Serie Jugendbücher mit grünen Rücken. Im dritten Buch von oben fand er etwas. Auf dem vorderen Buchdeckel war von innen ein Umschlag festgeklebt. Er sah Bengt Wägner an, der den Kopf schüttelte.

»Hab ich noch nie gesehen.«

»Wann ist diese Kiste auf den Speicher gekommen?«

»Ich weiß nicht.«

»Wer hat sie hinaufgetragen?«

»Beatrice.«

»Wann?«

»Das ist lange her.« Wägner sah durchs Fenster zu den Schatten unter den Bäumen. »Schon so lange her, seit sie tot ist.« Er drehte sich wieder zu Winter um. »Vielleicht hat sie es im selben … im selben Sommer gemacht. Nach dem Abitur.« Er schaute wieder zu den Schatten draußen. »Sie hatte viele Sachen aus ihrer Kindheit aufbewahrt, der Schulzeit. Und nach dem Abi war es … vorbei.« Winter betrachtete Wägners Profil. Die Sonne fiel von links herein und spiegelte sich in Wägners Augen, die sich mit Tränen gefüllt hatten. »Zeit für etwas Neues«, sagte er und schaute weiter hinaus.

Vorsichtig schnitt Winter das Kuvert auf, ohne es mit den

Fingern zu berühren, und ließ den Inhalt in eine Plastiktüte gleiten, die er auf den Schreibtisch gelegt hatte.

Es waren zwei Fotos.

Sofort erkannte Winter die Ziegelsteinmauer. Beatrice saß an einem Tisch mit Tellern und Gläsern. Oben links war ein Schatten.

Es war derselbe Platz und derselbe Kamerablickwinkel. Nur eine andere junge Frau.

»Zeigen Sie es bitte nicht meiner Frau«, sagte Bengt Wägner.

»Haben Sie dieses Foto noch nie gesehen?«

»Nein. Und versprechen Sie mir, dass Sie es nicht meiner Frau zeigen«, wiederholte Wägner.

»Vielleicht muss ich es.«

»Ja, aber warten Sie noch eine Weile.«

»Haben Sie mal ein Lokal wie dieses gesehen?«

»Nein.«

»Nichts Ähnliches? Kommt es Ihnen nicht bekannt vor?«

»Diese Mauer ist sehr auffallend. An die würde ich mich erinnern, wenn ich dort gewesen wäre. Wo immer das sein mag.«

»Es ist dasselbe Lokal«, sagte Winter. »Angelika Hansson hat auch dort gesessen.«

»Sind Sie da sicher?«

»Derselbe Blickwinkel. Dasselbe Licht. Dieselbe Wand.«

»Darf ich mal vergleichen?«

Winter holte die Fotos von Angelika hervor. Es gab keinen Zweifel. Nicht den geringsten.

»Himmel«, sagte Bengt Wägner. »Was bedeutet das?«

»Ich weiß es noch nicht.«

»Sie werden wohl nach diesem Lokal suchen müssen.«

»Ja.«

»Hoffentlich ist es irgendwo hier in der Stadt.« Wägner sah Winter an. »Sie hat ja ein paar kurze Reisen allein unternommen. Also ohne uns.«

»Ich weiß.«

»Das hat Angelika vielleicht auch gemacht.«

»Ja.«

»Vielleicht befindet sich das Restaurant dort«, sagte Wägner, »auf Zypern oder Rhodos.«

»Wir werden sehen.«

»Warum hat sie den Umschlag versteckt?«, fragte Wägner.

»Sehen Sie das so? Dass er versteckt war?«

»Sieht doch so aus.«

»Aber sie hat die Bilder nicht weggeworfen.«

»Warum hätte sie das tun sollen?«, fragte Wägner.

»Das weiß ich auch nicht.«

»Kann es da wirklich einen Zusammenhang geben zwischen diesem ... also zwischen diesem anderen Mädchen? Ihrem ... Tod?«

»Nach diesem Zusammenhang suche ich«, sagte Winter. »Oder versuche es auszuschließen.«

»Sie werden also nach dem Lokal suchen?«

»Und nach dem Fotografen«, sagte Winter.

»Ich glaube nicht, dass sie sich gekannt haben«, sagte Wägner. »Beatrice ... und Angela.«

»Angelika.«

»Ich glaube nicht, dass sie sich gekannt haben. Das hätte Beatrice erwähnt.« Wägner betrachtete das Bild von Angelika vor der Ziegelsteinmauer. »Ich hätte sie wieder erkannt, wenn ich sie gesehen hätte. Wir haben nicht so viele Farbige in Påvelund.« Er sah das Bild von Beatrice an. »Scheint ein nettes Lokal zu sein. Sie sieht zwar nicht besonders fröhlich aus, aber sie lächelt jedenfalls.«

»Können Sie ungefähr sagen, wann das Bild aufgenommen wurde?«

»Nicht direkt.«

»Ungefähr.«

»Sie sieht aus wie ... wie in ihrer letzten Zeit.« Wägner wandte sich Winter mit einem sonderbaren Gesichtsausdruck zu. Seine Stimme war belegt. »Haben Sie gehört, was ich eben gesagt habe, Herr Kommissar? Sie sieht aus ... Gut, dass Lisen nicht hier ist.«

Winter gab keine Antwort. Wägners Stimme wurde wieder normal.

»Es könnte gerade aufgenommen worden sein, falls Sie verstehen, was ich meine.« Er sah Winter wieder an. »Ich glaube, wir müssen doch mit meiner Frau sprechen. Sie kennt sich in den Details besser aus.«

15

Das Kleid kenne ich«, sagte Lisen Wägner. Ihr Gesicht war schwer vor Trauer, als sie die Fotos betrachtete. »Sie hat es ein paar Wochen vor ihrem Tod gekauft.«

»Bist du sicher?«, fragte ihr Mann.

»Ja.«

»Zwei Wochen vorher?«, fragte Winter.

»Ungefähr.« Sie schien die Zweifel der beiden Männer zu spüren. »Das kann man nicht vergessen.« Sie sah ihren Mann an. »Ich habe so viel darüber nachgedacht. Über dieses Kleid.« Dann sah sie Winter an. »Es war ihr letztes Kleid.«

»Es ist mehrere Jahre her«, sagte Bengt Wägner.

»Das spielt keine Rolle.«

»Dann muss sie das Foto ja abgeholt haben …« Winter wurde von Lisen Wägner unterbrochen:

»Kurz bevor sie ermordet wurde.«

Winter blickte zum Fenster, sah sie nicht an. Das Wort hatte er in ihrer Gegenwart nicht aussprechen wollen.

»Auf der Rückseite steht ein Datum«, stellte Bengt Wägner erstaunt fest, als er das Bild umdrehte.

Winter hatte das Datum gesehen. Beatrice hatte die Fotos eine Woche bevor sie starb abgeholt. Wenn sich ihre Mutter richtig erinnerte, waren diese Bilder also ein paar Tage vor ihrem Tod aufgenommen worden. Aber wo waren die anderen Fotos von dem Film?

»Wo bringen Sie Ihre Bilder zum Entwickeln hin?«, fragte er.

»In den Fotoladen am Mariaplan.«

»Beatrice auch?«

»Das nehme ich an«, sagte Bengt Wägner.

Lisen Wägner setzte sich. Ihre dezente Sonnenbräune war verschwunden. Winter erkannte die Züge der Tochter im Gesicht der Mutter. Er sah auf das Foto, das er in der Hand hielt. Beatrice war in einem Lokal gewesen, in dem es eine Ziegelsteinmauer und Tische und Geschirr gab. Vermutlich eine Bar oder ein Restaurant.

Sie war, ein paar Tage bevor sie ermordet wurde, dort gewesen.

Sie hatte den Besuch geheim gehalten.

Warum?

Angelika Hansson war auch in dem Lokal gewesen. Es musste dasselbe sein. Wann war sie dort gewesen? Auf ihren Fotos war keine Datumsangabe. Sie hatte sie in einem anderen Fotoladen entwickeln lassen. Angelika hatte die Bilder von der Mauer zusammen mit anderen Fotos aufgehoben. Winterbildern. Sie waren nicht versteckt gewesen. Aber es war dasselbe Lokal, dieselbe Mauer. Er hatte eine Spur gefunden.

Winter saß in seinem Büro, und es war immer noch Samstag, immer noch warm. Bergenhem saß ihm gegenüber, brauner denn je. Er sah noch stärker aus.

»Angelikas Freundin Cecilia hat Angelika ein paarmal mit einem Jungen zusammen gesehen«, sagte Winter und las in dem Bericht.

»Zweimal«, sagte Bergenhem. »Einmal in einem Café und einmal von der Straßenbahn aus.«

»Und er hat sich nicht gemeldet«, murmelte Winter vor sich hin.

»Nein. Wir haben ihr ein paar Bilder gezeigt, aber das hat uns nichts gebracht.« Bergenhem begann, seine Hemdärmel hochzukrempeln. »Der Junge ist wahrscheinlich im Ausland.« Er war mit Krempeln fertig. »Sonst hätte er unsere Zeugenaufrufe doch sehen müssen.«

Vielleicht ist er tot, dachte Winter. Er wusste, dass Halders denselben Gedanken gehabt hatte.

Sie brauchten einen Namen und ein Gesicht. Cecilia hatte versucht, sein Aussehen zu beschreiben. Es war ein Junge ungefähr in Angelikas Alter gewesen. »Ein bisschen blass.« Dunkelhaarig und dennoch blass. Cecilia hatte ihn nicht als »südländisch« bezeichnet, aber daran dachte Winter, als er die Abiturfotos vornahm, die er bei Familie Hansson gefunden hatte.

Es gab vier Personen, die Lars-Olof Hansson nicht erkannt hatte. Drei Männer und eine Frau. Der eine war eigentlich noch kein Mann, sondern ein Junge in Angelikas Alter.

Ein bisschen blass.

Winter hatte ein Schaudern auf der Haut gespürt, als er das Bild zum ersten Mal gesehen hatte, und er empfand es auch jetzt.

Etwas ist passiert.

Er zeigte Bergenhem das Foto.

»Ich ruf sofort Cecilia an«, sagte Bergenhem, und das tat er.

»Das ist er.« Cecilia trug ein dünnes Leinenhemd und Khakishorts und brachte einen süßen Duft nach Sonnenöl von den Klippen mit in Winters Zimmer, die sie verlassen hatte, als Bergenhem sie über ihr Handy erreicht hatte. Ihre Haare waren steif von Salzwasser und Wind. »Das ist er«, wiederholte sie.

»Nehmen Sie sich ruhig Zeit«, sagte Winter.

»Brauch ich nicht.«

»Ganz ruhig.«

»Warum? Ich bin hundertpro. Ganz sicher.« Sie studierte das Foto, den Schulhof, die Ballons, als ob sie nach ihrem eigenen Gesicht suchte. »Ich bin ja selbst dort gewesen, bin aber nicht mit auf dem Bild.«

»Und damals haben Sie ihn nicht gesehen?«

»Nein.« Sie sah wieder auf das Foto. »Der Junge sieht dem Älteren ähnlich.« Sie schaute Winter an. »Es könnten Vater und Sohn sein.« Dann wieder aufs Bild. »Ich hätte ihn damals eigentlich wieder erkennen müssen.«

Winter sagte nichts.

»Erkennen Sie denn den eventuellen Vater, den Älteren?«, fragte Bergenhem. »Oder andere auf dem Bild?«

»N-jaa ... ich weiß nicht. Ich weiß es wirklich nicht.« Sie sah wieder zu Winter auf. »Einige Gesichter kommen mir bekannt vor ... und manche kenn ich ja wirklich von früher. Aber diese beiden hab ich nicht gesehen.«

»Und sie?« Winter zeigte auf die Frau, die am Rand stand, als ob sie auf dem Weg sei, das Bild zu verlassen.

»Nein.«

»Diesen blonden Mann? Der mit dem Bart?«

»Ihn auch nicht.«

Es waren vier Fremde für Cecilia, genau wie für Angelikas Vater.

Sie sind später gekommen, hatte Lars-Olof Hansson gesagt. *Verstehen Sie nicht? Sie sind später gekommen. Niemand hat sie gesehen. Aber sie kamen mit einer Botschaft. Einer Botschaft aus der Hölle!*

Himmel.

»Aber den Jungen erkenne ich«, sagte Cecilia.

»Er war es also beide Male, den Sie mit Angelika gesehen haben, im Café und von der Straßenbahn aus?«

»Ja, genau. Er war's.«

»Und haben Sie irgendwann mal mit ihm gesprochen?«

»Wir haben uns nur gegrüßt.«

»War das alles?«

»Ja.« Sie schaute wieder auf das Foto. »Es ist schon sehr merkwürdig. Er war ja auch da am Abitag.« Sie nickte zum Foto. »Warum hab ich ihn nicht gesehen?«

»Was hat Angelika von ihm erzählt?«

»Das hab ich Ihrem Kollegen doch schon mal gesagt, dass sie nicht über ihn reden wollte.« Cecilia nickte in Bergenhems Richtung.

»Irgendwas muss sie doch gesagt haben?«

»Sie wollte um keinen Preis darüber reden.« Jetzt schaute sie wieder Winter an. »Aber ich versteh immer noch nicht, warum ich ihn damals nicht gesehen hab, da, an dem Tag.«

»Als Sie die beiden zusammen gesehen haben, das war also vor dieser Abiturfeier?«, fragte Winter.

»Jaaa ... ich glaub schon.«

»Eben haben Sie gesagt, Sie hätten ihn auf dem Schulhof erkennen müssen. Dann müssen Sie sie ja vorher zusammen gesehen haben?«

»Ja, das stimmt.«

»Erzählen Sie noch mal, wann das jeweils gewesen sein könnte.«

Sie dachte wieder nach. Ja. Es musste vorher gewesen sein. Im Frühling, Mai, beide Male im Mai. Das hatte sie ihm vermutlich auch so gesagt, wieder eine Bewegung in Richtung Bergenhem.

»Wenn Sie an jenem Tag auch dort gewesen sind, haben Sie eigene Fotos von diesem Tag?«, fragte Winter und nickte zu den Bildern.

»Äh ... ja, hab ich tatsächlich.«

»Könnten Sie die bitten holen?«

»Äh ... jetzt?«

»Ja.«

»Ich weiß ni...«

»Wir fahren Sie nach Hause.« Winter hatte sich erhoben. »Für uns ist es sehr wichtig.«

Eine Stunde später war Cecilia wieder da mit einem farbigen Kuvert. Winter sah, dass sie Hemd und Shorts gegen ein Kleid ausgetauscht und ihre Haare zusammengebunden hatte.

Er suchte die Fotos vom Schulhof heraus und legte sie einzeln auf dem Schreibtisch aus, dessen Platz gerade ausreichte.

Cecilias Fotos waren etwa in denselben Minuten entstanden, aber aus einem anderen Blickwinkel. Während Lars-Olof Hansson während des Fotografierens direkt vor seiner Tochter und allen Feiernden gestanden hatte, hatte Cecilia von der Seite fotografiert. Von Lars-Olof Hansson aus gesehen von links.

Es waren mehrere Menschen im Weg.

Den Jungen sah er nicht. Oder den Mann, der vielleicht der Vater des Jungen war. Er konnte auch den Mann mit dem Bart und der Brille nicht entdecken.

Aber er sah die Frau. Die Frau, die auf dem anderen Foto dabei war, das Bild links zu verlassen. Winter nahm Hanssons Foto und sah die Frau links stehen, er betrachtete Cecilias Foto, und auf dem war die Frau direkt von vorn zu sehen.

Als ob sie von dem einen Foto ins andere gestiegen wäre.

»Auf Ihrem Bild ist sie auch drauf«, sagte er zu Cecilia.

»Das ist ja richtig unheimlich«, erwiderte sie. »Ich kann mich nicht an sie erinnern, nicht daran, dass ich ein Foto von ihr gemacht habe.« Sie verglich Hanssons und ihre Bilder. Winter und Bergenhem warteten. Sie schaute auf. »Aber ... müssten die anderen nicht auch irgendwie auf meinen Bildern zu sehen sein?«

»Wenn es derselbe Zeitpunkt war«, sagte Winter.

»Aber die Frau ist doch mit drauf! Dann muss es doch derselbe Zeitpunkt gewesen sein, dieselbe Minute, oder?«

Winter antwortete nicht.

»Richtig gespenstisch«, sagte Cecilia, »fast wie Erscheinungen.«

Jetzt sind sie zurückgekehrt!

»Der Junge ist doch wirklich«, sagte Winter. »Sie haben ihn zweimal in der Stadt mit Angelika zusammen gesehen.«

»Aber nicht hier. Warum hab ich ihn nicht auf dem Schulhof gesehen?«

Winter antwortete nicht, Bergenhem auch nicht. Auf diese Frage gab es im Augenblick keine Antwort. Winter spürte wieder einen Schauder auf seiner Haut.

»Ich möchte Ihnen noch etwas zeigen«, sagte er.

Lange betrachtete sie die Ziegelsteinmauer.

»Kenn ich nicht.«

»Nehmen Sie sich Zeit.«

»Diese Mauer würde man doch nicht vergessen, wenn man sie einmal gesehen hat.«

»Aber das Mädchen erkennen Sie?«

»Machen Sie Witze? Das ist doch Angelika.«

»Fällt Ihnen etwas an ihrer Kleidung auf?«

Cecilia studierte das Bild von ihrer Freundin.

»Das sind Winterklamotten«, sagte sie. »Ich meine, sie trägt Sachen, die man im Winter drinnen trägt.«

Winter nickte.

»Ich glaub, die Strickjacke hat sie letzten Winter gekauft.«

»Wann im Winter?«

»Ich glaube, es war nach Neujahr. Ja, nach Neujahr.«

»Also in diesem Jahr?«
»Äh ... ja, muss wohl so sein.«
Bergenhem machte Notizen.
»Wie häufig haben Sie sich getroffen?«, fragte Winter. »Sie und Angelika.«
»Ziemlich oft.«
»Das bedeutet?«
»Ich weiß nicht ... warum fragen Sie?«
»Wie eng befreundet waren Sie beide?«
Sie ließ sich Zeit mit der Antwort. Er sah, dass sie nachdachte, während sie das Bild von Angelika am Tisch vor der Ziegelsteinmauer betrachtete.
»Angelika ... war irgendwie besonders. Sie hat nicht viel erzählt, was sie sonst so machte.«
Winter wartete.
»Wie die Sache mit diesem Jungen. Sie wollte einfach nicht über ihn reden.«
»Und dieses Lokal?« Winter zeigte auf das Foto, das sie immer noch in der Hand hielt.
»Damit war es offensichtlich dasselbe. Mir hat sie jedenfalls nichts von einem Lokal mit einer Ziegelsteinmauer erzählt.« Sie sah Winter an. »Und warum sollte sie auch? Wenn sie mal irgendwo hinging, wenn ich nicht dabei war, warum sollte sie es mir erzählen?«
»Ich weiß nicht.«
»Na also. Es braucht doch kein Geheimnis zu sein, nur weil sie mir nichts erzählt hat.«
»Wer hat was von einem Geheimnis gesagt?«
»Es kam mir so vor. Als ob es nur um Geheimnisse ginge.«
»Aber ist es nicht normal, dass man einander erzählt, wohin man geht?«
»Doch ... das schon.«
»Warum hat sie dann nichts von diesem Lokal erzählt?«
»Vielleicht hat sie es sogar getan«, sagte Cecilia. »Ich meine, sie hätte mir ja nicht zu erzählen brauchen, dass es da eine Ziegelsteinmauer gibt.« Sie betrachtete wieder das Bild. »Wer weiß, vielleicht bin ich selbst sogar schon mal da gewesen. Vielleicht in einem anderen Raum.«

»Könnten Sie alle Lokale in der Stadt auflisten, die Sie und Angelika und andere, die Sie kennen, besucht haben?«

»Da braucht man doch nur in den Kneipenführer zu gucken.«

»Waren Sie so oft unterwegs?«

»Nein, nein, aber darin sind alle Lokale aufgeführt, in die wir gegangen sind.«

»Könnten Sie uns bitte den Gefallen tun und alle raussuchen?«

»Bis wann?«

»So schnell wie möglich.«

Bergenhem war gegangen. Winter streckte sich nach dem Corpspäckchen auf dem Regal neben dem Waschbecken und sah, dass es leer war. Jetzt hätte er einen Zigarillo gebraucht.

Er beschloss für heute Schluss zu machen und auf dem Heimweg neue zu kaufen. Vielleicht wäre Elsa noch wach, wenn er nach Hause kam.

Der Abend war schön. Er ging am Wasser entlang. Der Verkehr vor dem Bahnhof war gering. Aus einem Hotel kam eine Reisegruppe mit Koffern und bewegte sich in Richtung Bahnhof. Winter meinte die Enttäuschung in ihren Gesichtern zu sehen, als sie zu den Straßencafés schauten. An einem Abend abreisen zu müssen, wenn man dort sitzen könnte.

Er grüßte einige Kollegen, die vorm Einkaufszentrum Femman in ihren Einsatzwagen stiegen. Das Auto fuhr mit einem Aufblinken der Vorderlichter davon und war verschwunden.

Verschwunden. Er dachte an die Fotos in der Innentasche seines Sakkos und sah sie vor sich, sah die Gesichter der vier, die niemand erkannt hatte und die dort waren und doch nicht dort gewesen waren. Verschwunden. Nur die Frau nicht. Sie war in zwei Versionen vorhanden.

Der Junge war dort gewesen, jedenfalls auf Hanssons Bildern. Sie hatten ihn direkt nach dem Gespräch mit Angelikas Freundin zur Fahndung ausgeschrieben. Bald würde man sein Gesicht überall sehen. Bergenhem hatte sich darum gekümmert.

Winter ging durch den Brunnsparken zu seinem Tabakladen in den Arkaden.

»Es tut mir Leid«, sagte die Frau, »ich hab Sie gewarnt. Aber ich wusste nicht, dass es jetzt schon so weit ist.«

»Jetzt was so weit ist?«

»Wir haben keine Corps mehr in unserem Sortiment. Sie werden einfach nicht mehr geliefert.«

»Was sagen Sie da?« Winter hatte plötzlich einen ganz trockenen Gaumen. Über sein Kinn huschte ein Juckreiz. Er schluckte, es war mühsam. »Werden nicht mehr geliefert?«

»Ich wollte gestern das letzte Päckchen gerade beiseite legen, als ein anderer Kunde kam und danach fragte. Ich hatte die Corps noch in der Hand, da konnte ich sie ja nicht mehr für Sie verschwinden lassen.«

»Nein, das versteh ich.«

»Oder?«

»Nein, nein«, sagte Winter, »trotzdem vielen Dank.«

»Sie werden es wohl mit Swedish Match versuchen müssen.«

Winter versuchte zu lächeln.

»Ich hab bei allen Konkurrenten angerufen, aber keiner führte die Marke mehr«, sagte sie. »Corps hätten sie schon lange nicht mehr, sagten alle. Nur wir haben sie noch gehabt, und Sie waren ja der Einzige, der danach gefragt hat. Na ja, und der, der vor Ihnen da gewesen ist.«

Ein zweiter Süchtiger, dachte Winter. Er war überrascht. Es war noch ein bisschen mehr. Jetzt bloß keine Panik.

Er hatte mit dem Gedanken gespielt, aufzuhören. Dies war *die* Gelegenheit. Eine Botschaft von oben. Ein Dienst. Die Vorsehung hatte ihm einen Dienst erwiesen. Das Schicksal. Die Tabakverkäuferin. Alle beteiligten sich daran, seine Gesundheit zu erhalten. Seine Familie brauchte ihn, Elsa brauchte ihn. Jetzt war der Moment gekommen, sich für ein Leben ohne Gift zu entscheiden.

Plötzlich hatte er ein ungeheures Verlangen danach zu rauchen, ein unglaubliches Verlangen.

»Es gibt doch noch so viele andere Sorten, Herr Kommissar«, sagte die Frau und zeigte auf die gefüllten Regale hinter sich.

»Ich habe fünfzehn Jahre lang Corps geraucht«, sagte Winter. »Keine andere Marke.« Er hoffte, dass seine Stimme nicht so klang, als ob er kurz davor wäre, in Tränen auszubrechen.

»Aber es gibt doch so viele andere«, beharrte sie.

»Nicht für mich«, sagte Winter, verabschiedete sich und verließ den Laden. Jetzt galt es, unverzüglich nach Hause zu gehen und mit Angela zu bereden, was nun zu tun war. Sie war Ärztin. Hatte sie Nikotinpflaster, oder wie das nun hieß, parat? Kautabletten? Morphium?

Die Sonne war hinter grauen Wolken verschwunden, jedenfalls für ihn. Für alle anderen schien sie vom klarblauen Himmel.

Es gibt auch andere Sorten. Corps war nicht alles. Im Übrigen konnte er wirklich aufhören. Er war schwach gewesen, aber andere, die schwach waren, hatten es auch geschafft, aufzuhören.

Als er den Salutorget überquerte, spürte er ein drückendes Gefühl in der Brust. Im Park begriff er, was es war. Er empfand Trauer. Er hatte gerade einen Freund verloren.

16

Anne kam drei Minuten nach Mitternacht in den Club. An der Bar erkannte sie einige Gesichter. Ihre Blicke waren abgewandt, auf etwas anderes gerichtet, vielleicht auf die Mauer im anderen Raum. Man konnte die Mauer von der einen Seite der Theke sehen.

Die Musik hing in den Räumen wie ein leichtes Räuspern, dachte sie, etwas Ekliges, das den Hals hinauf will. Nichts, wobei man sich zurücklehnen und die Stimmung genießen wollte, aber so denken die nicht, die hier sitzen.

Ihre Gesichter waren weiß, grün und violett von der Deckenbeleuchtung.

Er kam aus dem Büro hinter der Bar. Das Büro. Haha. Eher ein Verschlag.

»Wir haben uns schon gefragt, wo du bleibst«, sagte er.

»Jetzt bin ich da.«

»Du hast es doch hoffentlich noch nicht satt?«

»Doch.«

Sie zögerte die Frage hinaus. Wartete. Sprach sie aus.

»Warum hast du nie etwas über Angelika gesagt?«

»Was meinst du damit?«

»Du hast Angelika mit keinem Wort erwähnt, seit ... es passiert ist.«

»Was hätte ich denn sagen sollen?«

»Es wäre doch das Natürlichste der Welt gewesen, darüber zu reden?«

»Andere reden genug.«

»Aber das hier ist doch dein Laden?«

»Was willst du eigentlich von mir, Anne?«

»Verstehst du das nicht?«

»Es ist ja wohl klar, dass ich mit der Sache nichts zu tun habe.«

»Da bin ich mir nicht so sicher.«

»Aber das bedeutet doch nicht, dass es mir egal wäre.«

»Bist du denn traurig?«

»Ja, natürlich traurig. Sie war eine von uns.«

»Eine von *uns*.«

»Es wird jetzt Zeit für dich.«

Sie sah, dass die Tür neben der Bühne angelehnt war. Die so genannte Bühne. Er nickte in die Richtung. Sie drehte sich um, und eins der Gesichter an der Bar schien sich ihr zuzuwenden.

»Nein, nicht der schon wieder.«

»Was spielt das für eine Rolle?«

»Du denkst nur an deine Stammkunden oder wie ich die nun nennen soll.«

»Tja. Er kommt schon lange zu mir.«

»Du musst ja nicht da drinnen stehen, du weißt ja nicht, wie sich das anfühlt.«

»Du weißt, dass du keine Angst zu haben brauchst.«

»Das kannst du leicht sagen. Aber so einfach ist es nicht.«

»Wie ist es denn?«

»Kann ich nicht erklären.«

»Mach doch einfach die Augen zu.«

Sie lachte auf und ging zur Tür. Das Gesicht an der Bar schien sich fließend zu nähern, groß, weiß und ekelhaft. Sie schaffte es ins Zimmer, bevor das Gesicht zu nah kam. Sie machte sich fertig, ging in den Käfig, schloss die Augen und begann sich zu der Musik aus dem Lautsprecher zu bewegen. Diesmal war es ein anderer Song. *Möchte dich im Dunkel des Abends haben.*

Die Fahnder saßen mit ihren Kaffeetassen da. Es regnete. Ringmar hatte das Fenster geschlossen, aber nach fünf Minuten wurde es zu stickig. Er öffnete es wieder, und auf dem Fußboden vorm Fenster bildete sich bald eine kleine Pfütze. Winter spürte einen Windhauch. Ein gutes Gefühl. Er kaute auf einem Nikotinkaugummi, das ihm nicht schmeckte, nahm es aus dem Mund und warf es in den Papierkorb. Die Kopfschmerzen hatten eine halbe Stunde nach dem Frühstück angefangen, genau wie Angela ihm vorausgesagt hatte.

»Wie lange muss ich das ertragen?«, hatte er beim Frühstückskaffee gefragt.

»Bis der Teufel aus deinem Körper vertrieben ist.«

»Er ist lange drin gewesen.«

»Du schaffst es, Erik.«

»Es gibt andere Marken.«

»Dies ist deine Chance. Die Vorsehung hat dir schließlich doch noch eine Chance gegeben.«

»Dann schon eher Swedish Match«, hatte er geantwortet.

Jetzt steckte er sich ein neues Kaugummi in den Mund, kaute kurz darauf herum und spuckte es wieder aus. Die Bilder wurden herumgereicht. Noch eine Ermittlung, noch eine Sammlung Bilder, die betrachtet wurden. Bilder von Leichen, Körperteilen. Kindern. Kinderzeichnungen. Häusern. Autos. Bäumen. Klippen. Meer. Wäldchen. Mehr Leichen. Tote Gesichter: aufgedunsen, zerschossen, zerschlagen. Jahr für Jahr. Kein Ende abzusehen.

Ziegelsteinmauern. Examenstage. Lebendige Gesichter, die innerhalb weniger Wochen tot sein würden. Sie saßen da mit einer Art Fazit, und doch war es keins. Ein vordergründiges Fazit. Es ist passiert, aber warum und wie und wann und wer und …

»Schwarzer Club«, sagte Halders. Er war wieder da, drei Tage nach der Beerdigung, magerer, blasser. Keine dummen Sprüche mehr, keine schlechten Witze. Eine andere Person. Kein Geplänkel mehr mit Aneta Djanali, die einige Stühle entfernt saß. Winter fragte sich, ob sie es vielleicht vermisste. Vielleicht würde sich herausstellen, dass sie alle den alten ruppigen Halders vermissten? Er würde nicht wiederkommen.

»Es riecht nach einem schwarzen Club«, sagte Halders, der das Foto betrachtete, das jetzt auf der Leinwand zu sehen war. Möllerström hatte die Jalousien heruntergelassen und den Projektor angestellt. Zuerst Beatrice. Dann Angelika. Dieselbe Wand.

»Wir müssen alle überprüfen«, sagte Ringmar.

»Für die Inspektion der Lokale sind andere zuständig«, sagte Bergenhem, »und dafür, die Kneipen und Bars unter Kontrolle zu halten. Die Gesundheitsbehörde. Und die Feuerwehr, nehme ich an.«

»Ja«, sagte Winter. »Du überprüfst das, mit den Kollegen von der Einsatzzentrale.«

»Natürlich.«

»Finde dieses Lokal.«

»Ich finde es.«

»Diese schwarzen Clubs schießen wie die Pilze aus dem Boden«, sagte Halders. »Man schlägt ihnen den Kopf ab, und es wachsen ihnen zwei neue.«

»Dieser nicht«, sagte Winter. »Falls es so ein Club ist.« Er drehte sich zu dem Bild um, auf dem Beatrice vor der Wand zu sehen war. »Dieses Foto ist vor mindestens fünf Jahren aufgenommen worden. Es scheint ja dasselbe Lokal zu sein.«

»Dieselbe Wand«, sagte Halders. »Aber ganz sicher ist das nicht. Es könnte doch auch ein anderer Club sein, oder?« Er sah sich um. »Sie könnten die Steine ja mitgenommen und die Wand in einem neuen Lokal neu errichtet haben. Oder?«

Bergenhem zuckte mit den Schultern.

»Wer heute eine Kneipe betreibt, ist zu allem fähig«, sagte Halders.

»Ich werde sie finden«, sagte Bergenhem und wandte sich zu Halders um, »diese Wand.«

Sie saßen in Winters Zimmer. Er ging zwischen Fenster und Schreibtisch auf und ab. Ringmar saß still.

»Du scheinst ein bisschen nervös zu sein«, sagte er.

»Siehst du hier irgendwo Zigarillos?«

»Nee, keinen einzigen.«

»Da hast du die Antwort.«

»Versuch's mit einem Pflaster.«

Winter zog sein Hemd aus der Hose und zeigte seinen Bauch.

»Und wie ist es mit Kaugummi?«

Winter öffnete den Mund.

»Ein bisschen Bewegung?«

»Keine Zeit.«

»Arbeit?«

»Gute Idee.« Winter setzte sich seufzend. »Wer hat die Fotos gemacht?«

»Glaubst du, es war dieselbe Person? Derselbe Fotograf?«, fragte Ringmar.

»Das wäre ein Glücksfall.«

»Ich vermute, die Bilder sind mit Beatrices Kamera gemacht worden.«

»Wir müssen einen Fotoexperten befragen. Vielleicht kann der uns sagen, was für eine Kamera es war.«

»Das wird schwer.«

»Und dann?«

»Dann müssen wir rausfinden, wer die Bilder gemacht hat«, sagte Ringmar.

»Und das Lokal finden.«

»Es gibt Leute, die leben davon, andere Leute zu fotografieren«, sagte Ringmar. »Das ist ihr Broterwerb.«

»Paparazzi.«

»In diesem Fall vielleicht nicht gerade. Aber es könnte jemand gewesen sein, der sie gegen Bezahlung fotografiert hat.«

»Ich bin zwar kein Experte, aber diese Bilder scheinen von einem Amateur gemacht worden zu sein«, sagte Winter.

Sie sahen einander an. Sie wussten, dass es zu Hause bei Angelika keine Kamera gegeben hatte. Sie hatte zwar eine besessen, die war aber nicht im Haus zu finden gewesen. Und sie hatten auch nicht herausgefunden, in welchem Labor die Fotos entwickelt worden waren.

Beatrices Kamera befand sich noch bei ihren Eltern. Vermutlich waren die Bilder, die man gefunden hatte, mit dieser Kamera gemacht worden.

Aber wer hatte das Bild von Beatrice fotografiert? Wer hatte die Kamera gehalten? Wer hatte das Bild von Angelika gemacht? Wer hatte da die Kamera gehalten? Was war es für eine Kamera gewesen?

Halders und Aneta Djanali besuchten noch einmal die Familie Bielke. Der Vater sah genervt aus, ließ sie aber ins Haus. Jeanette kam die Treppe herunter, und sie gingen hinaus in den Garten. Halders war in Hemdsärmeln, Aneta Djanali trug eine dünne Bluse. Jeanette sah aus, als würde sie frieren.

Sie betrachtete die Mauer auf dem Foto, das Aneta Djanali ihr gegeben hatte. Erst die Mauer hinter Angelika, dann dieselbe Mauer hinter Beatrice.

»Das farbige Mädchen erkenne ich von den Bildern in der Zeitung«, sagte sie.

Halders nickte.

»Warum kommen Sie damit zu mir?«

»Weil Sie uns vielleicht helfen können, den Club zu finden, wo die Bilder gemacht wurden.« Halders nahm eins der Fotos. »Wir können schließlich nicht überall sein.«

»Ach? Und ich hab geglaubt, Sie wüssten alles über die Clubs und Kneipen der Stadt.«

»Nicht über diesen. Wir haben gesucht, bisher aber noch nichts gefunden.«

»*Keep looking*«, sagte sie.

»Es gibt dort eine Wand, die ist ziemlich auffällig.«

»Hab ich noch nie gesehen.«

»Aber Sie sind schon mal in so einem schwarzen Club gewesen, Jeanette?«

»Was?« Sie sah Aneta Djanali an, die die Frage gestellt hatte. »Was meinen Sie damit?«

»Einem schwarzen Club. Es gibt mehrere in der Stadt. Sind Sie mal in so einem gewesen?«

»Nein.«

»Aber Sie haben davon erfahren?«

»Ja.«

»Von wem?«

»Wie meinen Sie das?«

»Wie haben Sie davon gehört?«

»Ich kann zum Beispiel lesen. Über so was wird doch geschrieben.«

»Kennen Sie jemand, der in so einem Club gewesen ist?«

»Nein.«

»Kennen Sie jemand, der darüber geredet hat?«
»Nein.«
»Sie haben nur darüber gelesen?«
»Ja.«
»Kennen Sie ein paar Namen?«, fragte Halders.
»Wie sollte ich?«
»An jenem Abend, als Sie überfallen wurden. Da sind Sie nicht in so einem Club gewesen?«
»Was soll das?«, sagte sie. »Wie lange wollen Sie so weitermachen?«
»Ich will ganz ehrlich zu Ihnen sein, Jeanette.« Halders sah sie so ernst an, wie er konnte. »Deutlich. Wenn eine Frau etwas so Schweres erlebt hat wie Sie ... dann fürchtet sie sich oft, in schlechtem Licht zu erscheinen. Nach dem, was passiert ist. Manche wollen nicht sagen, dass sie getrunken haben. Oder mit jemandem mitgegangen sind, mit dem sie lieber nicht hätten gehen sollen. Oder irgendwo gewesen sind, wo sie nicht hätten sein sollen.«
»Wie in so einem Club.«
»Ja.«
»Aber das gilt nicht für mich. Ich war nicht dort.«
Jeanette beobachtete einen Spatz, der durchs Gras hüpfte. Ein Sonnenstrahl traf den Spatz, und plötzlich sah er aus wie eine kleine Flamme. Er flog auf und verschwand.

»Wo steckt der verdammte Junge?«, sagte Ringmar.
»Oder sein Vater«, fügte Winter hinzu. »Wenn der Typ auf dem Foto vom Examenstag sein Vater ist.«
»Einer hätte sich doch melden müssen nach der Großfahndung«, sagte Ringmar. Er sah Winter an. »Wir haben schon mal einen Fall gehabt, wo sich keiner gemeldet hat ... wegen eines Gesichts. Das möchte ich nicht noch mal erleben.«

Anne machte ihren Job zu der Musik und kehrte dann in den Umkleideraum zurück. Als sie wieder herauskam, sah sie das Gesicht an der Bar. Es blickte sie mit Augen an, die sie nicht sehen konnte und nicht sehen wollte. In diesen Augen war etwas Wahnsinniges.

Der Himmel war hell, als sie die Straße betrat, dünne Finger von Wolken schienen in dieselbe Richtung zu zeigen, in die sie unterwegs war. Sie ging die Treppe hinunter, die genau so eklig wie sonst roch. Es waren nicht viele Leute unterwegs. Der Schein der Straßenbeleuchtung mischte sich mit dem Dämmerlicht der Nacht.

Als sie die Straße überquerte, drehte sie sich um und sah den Mann mit dem Gesicht auf der Treppe. Sie ging schneller und drehte sich wieder um. Er war nicht mehr da.

Das Handy in ihrer Tasche klingelte.

»Wo bist du?«

»Unterwegs«, antwortete sie. »Es war das letzte Mal.«

17

Anne bestellte ein Bier. Am Geländer des Straßencafés hingen Blumen. Es war immer noch warm, fast schwül. Im Osten war eine schwarze Wolke aufgetaucht. Die Vögel flogen niedrig.

»Hoffentlich fängt es nicht an zu regnen«, sagte sie.

»Ein paar Tropfen wären mir schon recht. Der Boden ist trocken, wie die Bauern zu sagen pflegen.«

»So, so.«

»Klar, das sagen die immer.«

»Es ist doch bestimmt zehn Jahre her, seit du zuletzt außerhalb der Stadtgrenze gewesen bist.«

»Ich kann wie ein Bauer mit den Bauern reden.«

»Da kommt mein Bier.«

Er hob sein Glas und stieß mit ihr an.

»Darauf hatte ich jetzt richtigen Durst«, sagte sie.

»War's so schlimm?«

»Noch eine Woche, dann hör ich auf.«

»Eben hast du noch gesagt, heute wär dein letzter Auftritt gewesen.«

»Ich höre nächste Woche auf.«

»Warum hast du das nicht längst getan?«

»Das weißt du doch.«

»Geld ist nicht alles«, sagte er und nahm wieder einen Schluck Bier. Er schaute in den Himmel, die Schwalben flogen jetzt höher. Das Schwarze am östlichen Horizont senkte sich wieder.

»Ich hab eben Geld gebraucht.«
»Geld löst bloß neue Bedürfnisse aus«, sagte er.
»So viel ist das nicht.«
»Aber genügend.«
»Es ist nicht, wie du glaubst«, sagte sie. »Ich brauch kein Geld mehr. Nicht so. Nicht aus dem Grund.«
»Dann ist es bestimmt nicht so leicht verdient, wie du gedacht hast.«
»Nein.«
»Hast du eigentlich geglaubt, es würde dir leicht fallen?«
Sie zuckte mit den Schultern.
»Sag mal.«
»Man kann ja die Augen zumachen«, antwortete sie.
»Nicht immer. Manchmal musst du gucken, damit du nicht das Gleichgewicht verlierst.«
»Er war wieder da«, sagte sie nach einer kleinen Pause.
»Vergiss ihn doch jetzt einfach.«
»Er hat einen besonderen ... Blick.«
»Haben sie das nicht alle?«
»Er ist zu widerlich.«
»Sind sie das nicht alle?«
Sie trank wieder von ihrem Bier und wartete, während sich eine Gruppe hinter ihnen vorbei zu einem größeren Tisch drängte. Alle waren sonnenverbrannt und weiß gekleidet. Ihre Zähne schimmerten, die Augen glitzerten und ihr Haar glänzte.
»Ich habe Angst.«
»Kein Wunder.«
»Es ist, als ob er ... etwas wüsste. Als ob er mir etwas sagen wollte.«
»Was sollte das sein?«
»Manchmal lächelt er, als ob er was wüsste. Als ob er etwas wüsste, was ich weiß.«
»Weißt? Was weißt du?«
Er sah sie an und wartete. Die neu angekommene Gruppe begann zu singen. Einer von ihnen sah stolz aus, vielleicht ein wenig verlegen.
»Andy. Ich hab dir das bislang nicht gesagt.«
»Was gesagt? Ich komm jetzt wirklich nicht mehr mit.«

»Das Mädchen, das ermordet wurde. Vergewaltigt und ermordet. Angelika. Angelika Hansson.«

»Ich weiß schon, wen du meinst. Darüber stand ja dauernd was in der Zeitung.«

»Ich hab sie gekannt.«

»Was?«

»Vom Club.«

»Vom Club? Hat sie da gearbeitet?«

»Ja.«

»Getanzt?«

»Nein, sie war hinter der Bar.«

»Wann ... wann ist das passiert? Ich meine, hat sie gearbeitet, als es passiert ist? In derselben Nacht?«

»Ich glaube ja.«

»Und?«

»Was meinst du?«

»Siehst du da einen Zusammenhang? Zwischen dem Laden und dem, was ihr passiert ist?«

»Daran will ich lieber nicht denken.«

»Warum sollte es mit dem Club zu tun haben?«

»Das frage ich mich ja auch.«

»Es hat bestimmt nichts damit zu tun«, sagte Andy.

»Nein.«

»Warum sollte es?«

»Ja, warum?«

»Zufälle.«

»Ja«, sagte sie und sah das Gesicht vor sich. Das Lächeln.

»Tu ich dir Leid?«, fragte Halders.

»Was ist das für eine Frage?«, antwortete Aneta Djanali.

»Du beantwortest eine Frage mit einer Gegenfrage.«

»Es ist schwer jemandem gegenüber zuzugeben, dass er einem Leid tut.«

»Ich brauche niemandem Leid zu tun«, sagte Halders. »Nicht so. Es ist eine Katastrophe, aber für die Kinder ist sie doppelt so groß. Zwanzig Mal größer. Tausend Mal.«

»Es hat euch alle getroffen«, sagte Aneta.

»Für sie ist es am schlimmsten.«

Sie saßen auf dem Balkon vor dem Haus, in dem Halders' Kinder immer gewohnt hatten und wo sie wohnen bleiben sollten, wenn er entscheiden durfte, und er gedachte es so zu entscheiden.

Hannes und Magda schliefen. Er war eben bei ihnen gewesen. Hannes hatte etwas im Schlaf gemurmelt. Und während er an seinem Bett gesessen hatte, hatte auch Magda etwas gesagt. Es war, als würden die Kinder im Schlaf miteinander reden.

Aneta erhob sich.

»Zeit nach Hause zu fahren.«

Er nickte.

»Du kommst zurecht?«

Wieder nickte er.

»Bestimmt?«

»Ich komme zurecht.« Halders schaute zum Himmel, der im Osten dunkler geworden war. Ein Flugzeug auf dem Weg nach Süden blinkte zu ihnen herunter. »Morgen ist ein neuer Tag.«

»Was machst du morgen?«

»Rede mit dem Freund von dem Mädchen. Jeanettes Freund.«

»Mattias.«

»Ja.«

»Der war ja ein bisschen widerborstig.«

»Möchte wissen, warum.«

»Ist das so verwunderlich? Sie hat ihn schließlich verlassen.«

»Das ist es nicht. Ich hab mit ihm gesprochen. Da ist irgendwas anderes.«

»Hm.«

»Da ist was, das er mir nicht sagen wollte. Uns. Etwas, das mit ihr zu tun hat.«

Aneta blieb abwartend stehen. Ein Auto fuhr hinter der Hecke vorbei. Am Wegrand knirschte der Schotter.

»Da ist mehr ... Er war sauer, aber nicht nur, weil sie Schluss gemacht hat.« Halders sah Aneta an. »Verstehst du? So was spürt man.«

»Ja.«

Er erhob sich ebenfalls.

»Ich bring dich zum Auto.«

Er beugte sich vor, als sie hinterm Steuer saß.

»Danke, dass du gekommen bist.«

»Geh jetzt schlafen, Fredrik.«

Er hielt ihre Hand und ließ sie erst los, als das Auto anfuhr.

Winter saß in Beiers Zimmer. Er hörte die Geräusche vom Dienst der Spurensicherung um sich herum, die üblichen Geräusche, wenn die Spurensucher sich an die Arbeit machten: Probeentnahmen, von irgendwoher Wassergeplätscher, Rascheln von Kleidung, die aus Plastikbeuteln genommen wurde, Papiergeknister, das Zischen von Blitzlichtern.

Beier hatte gerade angerufen.

»Das SKL ist fertig.«

»Derselbe Täter?«

»Nein. Beziehungsweise ... das ist nicht hundertprozentig festzustellen.«

»Ich hab's gewusst.«

Für die DNA-Analyse hatten sie zwei Wochen gebraucht.

»Was das Mädchen Bielke angeht, gab es nicht genügend zu untersuchen, sagen sie.«

»Jeanette«, sagte Winter. »Was hatten sie von ihr eigentlich?«

»Absolut nichts.« Beier trank von dem Kaffee, den er eingegossen hatte, als Winter hereingekommen war. »Sie hat sich ja außerordentlich effektiv abgeschrubbt und gewaschen.« Er stellte die Tasse ab und wischte sich mit der Hand über den Mund. »Und Angelika ist nicht vergewaltigt worden. Es gab keine Spuren. Nichts, was man hätte analysieren können.«

»Also nicht derselbe Kerl«, sagte Winter. »Beatrice Wägner vor fünf Jahren und Angelika Hansson jetzt. Fünf Jahre dazwischen. Derselbe Ort. Dieselbe ... Art von Waffe.« Er beugte sich vor. »Du kannst nichts Genaueres sagen? Etwas Konkreteres?«

»Nein. Sie sind erwürgt worden, aber ich kann nicht genau sagen, womit.«

»Trotzdem sind wir einen ganzen Schritt weitergekommen«, sagte Winter. »Wenn man es so sieht. Wir eliminieren Möglichkeiten und legen einen Teil der Fragen ad acta.«

»Ja.«

»Der nächste Schritt sind die Fotoapparate.«

»Ich hab die Sache gleich untersucht, nachdem du es gesagt hast, stimmt ja.«

Es war nur aufgrund des Papierabzugs nicht möglich festzustellen, mit welcher Kamera das Bild von Angelika aufgenommen worden war, und mehr als diesen Abzug hatten sie im Augenblick nicht. Aber es gab einen kleinen Punkt auf dem Foto, Winter hatte ihn entdeckt, und Beiers Leute hatten ihn genauer untersucht. Vermutlich war die Linse beschädigt.

»Ich habe das Bild mit anderen Fotos verglichen, die vielleicht mit Angelikas Kamera gemacht wurden, aber die hatten keine solchen Punkte.«

»Ich verstehe.«

»Ihre Kamera ist ja verschwunden, aber mit der ist das Foto von ihr in der Bar auch nicht gemacht worden.«

»Das wissen wir nun also auch.«

»Wir haben auch den Fotoapparat des anderen Mädchens überprüft, Jeanette, die Linse ihrer Kamera ist nicht beschädigt.«

Winter nickte.

»Und wir haben keine anderen Objektive bei den Mädchen zu Hause gefunden.«

»Dann gibt es also irgendwo da draußen eine Kamera, die das Bild von Angelika gemacht hat, und diese Kamera ist beschädigt.«

»Wenn du die findest, hast du den Mörder«, sagte Beier.

Sie schwiegen. Durch das Fenster fielen einige Sonnenstrahlen auf Winters Nacken. Es war bald zwei. Er hatte keinen Hunger mehr.

»Dein Knopf aus dem Park ist übrigens der Standardknopf bei Hennes & Mauritz«, sagte Beier.

Der Knopf lag mit anderen Gegenständen auf dem Schreibtisch vor ihnen.

»Ich kaufe dort keine Hemden«, sagte Winter.

»Ich hab nicht den Herrn Kommissar persönlich gemeint.«

»Ach so.«

»Ich hab eher an die Leute gedacht, die andere Marken als Baldessarini kaufen.«

Beier trug selbst einen Anzug von Oscar Jakobson mit weißem Hemd und Krawatte.

»Bei Baldessarini wäre es einfacher gewesen«, sagte Winter.

Beier nickte zu den über den Tisch verstreuten Gegenständen. »Da liegt alles, was wir am Tatort gefunden haben. Was davon hat dem Täter gehört?«

»*You tell me.*«

»Nichts, soweit wir bis jetzt wissen.«

»Hm.«

»Liefere mir anständige Fingerabdrücke, dann werde ich dir helfen.«

»Du musst selber weitersuchen.«

»Wir suchen ja, wir suchen ja.«

»Noch etwas«, sagte Winter. »Was hältst du von den Geistergestalten auf den Bildern?«

»Ich kann es nicht erklären«, sagte Beier. »Sie waren ja mit auf dem Foto vom Examenstag, das Angelika Hanssons Vater gemacht hat. Da sind sie ja eindeutig drauf. Vielleicht kannte er sie nicht, aber sie sind trotzdem auf dem Bild gelandet. Also waren sie dort.«

»Das haben wir bisher alle geglaubt«, sagte Winter. »Lebendige Menschen, die vor einer Kamera stehen, landen normalerweise mit auf dem Bild.«

»Was sie auch taten«, sagte Beier.

»Aber nicht auf dem Bild von Cecilia«, sagte Winter. »Anderer Blickwinkel, ungefähr dasselbe Motiv. Zeitgleich aufgenommen.«

»Es gibt doch eine ganz natürliche Erklärung«, sagte Beier. »Als sie ihr Bild knipste, waren die drei schon gegangen.«

»Daran hab ich auch schon gedacht«, sagte Winter.

»Das hoffe ich.« Beier lächelte.

»Aber wenn man die beiden Fotos anschaut, ist es schwer, nicht zu glauben, dass sie fast gleichzeitig gemacht wurden.«

»In einer Sekunde kann viel passieren.«

»So ist es wohl.«

»Wie steht es mit der Kneipenjagd?«

»Sind noch nicht fündig geworden.«

»Bestimmt ein schwarzer Club.«

»Glauben wir auch.«

»Habt ihr die nicht alle im Blick?«

»Wir wissen nicht, wie jeder Einzelne von innen aussieht.«

»Dann müsst ihr wohl raus an die Front.«

»Wir haben schon alle abgeklappert.«

»Muss ein interessantes Milieu sein.«

»Für wen?«

Beier erhob sich, ging zum Fenster und verstellte die Jalousien. Es wurde weiß im Zimmer.

»Beunruhigt es dich nicht, dass es so schwer ist, herauszubekommen, was genau diese Mädchen eine Stunde oder so, bevor sie überfallen wurden, gemacht haben?«

»Es beunruhigt mich«, sagte Winter. »Ich glaube, sie waren in dieser Kneipe oder dem Club oder was das nun ist. Sie waren dort und als sie von dort aufbrachen, war da noch jemand anders, der mitgegangen ist. Oder ihnen gefolgt ist.« Er sah zu Beier, der eine schwarze Silhouette vor dem Weiß war. »Wir werden den Laden finden, da mache ich mir keine Sorgen.«

»Vielleicht fangen die Sorgen dann erst an«, sagte Beier.

18

Ein männlicher Zeuge hatte erzählt, er habe Schreie aus dem Park gehört. Es war gegen zwei in der Nacht gewesen, oder eher halb drei. Eine halbe Stunde oder eine ganze, nachdem Beatrice zwischen den Bäumen verschwunden war.

Winter las in der Mordbibel, immer wieder dasselbe von vorn. Er ließ den männlichen Zeugen dieselbe alte Story erzählen, aber nichts geschah in dieser Story, nichts kam heraus, Winter fand nichts zwischen den Zeilen. Er las noch einmal alles von vorn und versuchte das Geheimnis herauszufinden, das dahinter verborgen war, sah es aber nicht.

Aber etwas war geschehen.

Beatrices letzte Stunden. Er hatte angefangen, einige der damaligen Zeugen zu verhören, ihre alten Freunde. Es war so lange her. Sie versuchten sich zu erinnern, genau wie er es jetzt tat. Sie waren älter geworden, waren bald fünfundzwanzig. Er hatte mit vier Freunden gesprochen, die am letzten Abend mit Beatrice zusammen gewesen waren. Zwei hatten mittlerweile Kinder, waren fertig mit dem Studium. Ein anderes Leben. Einer konnte immer noch für neunzehn durchgehen, ein anderer hingegen für dreißig. Wo wäre Beatrice auf dieser Skala gelandet? Wie hätte sie jetzt ausgesehen? Ich vermisse sie, hatte eine der Frauen gesagt. Ich vermisse sie so sehr.

Winter verglich die neuen mit den alten Aussagen.

Da war etwas, was nicht stimmte, nicht ganz.

Vielleicht lag es an der Erinnerung, die mit der Zeit verblasst war. Vielleicht war es mehr.

Der letzte Abend? Darüber gab es doch nichts mehr zu sagen? Er hatte Winter angeschaut. Klas. Mit dem Studium fertig. Weiß er, dass er ein Überlebender ist? Hat er das auch schon mal gedacht? Winter hatte nach dem Zigarillopäckchen in seiner Brusttasche getastet, eine Phantombewegung. Er hatte Phantomschmerzen empfunden, dort, wo das Päckchen immer gewesen war, ein Auswuchs über der Brust, der weggeschnitten worden war. Er hatte ein unangenehmes Gefühl im Hals gehabt. Seit er mit dem Rauchen aufgehört hatte, ging es ihm schlechter. Eine Erkältung kroch in seinem Körper herum, wartete. Wurde freigesetzt, als ihn das Nikotin nicht mehr schützte. Wer hatte Beatrice geschützt? An ihrem letzten Abend. Da gab es etwas, das nicht stimmte. Klas erinnerte sich jetzt ganz anders. Oder sie hatten damals anders gefragt. Beatrice war nicht den ganzen Abend mit der Clique zusammen gewesen. Ja, sie hatten sich getroffen. Aber ... irgendwie später. Die meisten waren in der Stadt gewesen, hatten etwas gegessen, und sie war nachgekommen. Dann hatten sie sich wieder getrennt, und das war ein paar Stunden, bevor sich der Rest der Clique zerstreut hatte und nach Hause gegangen war.

Moment mal. Winter hatte überdacht, was in der Mordbibel stand. Hatten sie damals nicht danach gefragt, wie der *ganze* Abend verlaufen war?

Seid ihr nicht den ganzen Abend zusammen gewesen?

Soweit ich mich erinnere nicht.

Was hat sie in der Zeit getan?

Hatte wohl was anderes vor.

Was hatte sie vor?

Weiß nicht.

Versuchen Sie sich zu erinnern.

Ich weiß es nicht.

Was ist mit Ihnen? Begreifen Sie nicht, wie wichtig das ist?

Nun bleiben Sie mal ruhig, Herr Kommissar.

Was hatte sie vor?

Ich glaub, sie war vorher in irgendeinem Lokal.

Lokal?

Irgendjemand hat was gesagt, dass sie vorher in einem anderen Lokal war. Einem Club. Das hab ich doch wohl gesagt … damals. Als sie ermordet wurde.

Nein.

Dann wusste ich es da wohl nicht. Sie hat mir nie etwas davon erzählt.

Und?

Ich hab's nicht gewusst, das hab ich doch gesagt. Ich wollte es nicht erzählen, weil ich nichts davon wusste.

Winter hatte ihn angestarrt.

Wer wusste es denn?

Niemand.

Jemand hat doch was gesagt.

Ich weiß nicht, wer. Das ist die Wahrheit. DAS IST DIE WAHRHEIT.

Man sollte Ihnen eins aufs Maul geben.

Winter hatte es gesagt, weil er so entsetzlich nervös gewesen war. Das Nikotin war weg, das hatte immer wie ein innerer Schutz gewirkt, ihn beruhigt. Es gab andere Zigarillo-Sorten. Ein richtiger Kerl sollte Manns genug sein, die Sorte zu wechseln.

Klas hatte ihn angestarrt.

Wie bitte?

Entschuldigung. Aber das hätten Sie wirklich früher sagen müssen.

Es ist doch nicht so wichtig. Und überhaupt ist es ja wohl Ihr Job … rauszufinden, was sie gemacht hat.

Genau. Es gibt Lücken. Winter kehrte zu dem Text zurück, der vor ihm lag. Der männliche Zeuge. Aber erst stand er auf und ging im Zimmer auf und ab und versuchte, die Sucht nach dem Gift abzuschütteln. Er stellte den elektrischen Wasserkocher an und bereitete sich eine Tasse Kaffee. Dann setzte er sich wieder.

Der Zeuge hatte Schreie gehört. Er las den Text zum zehnten Mal. Der Zeuge hatte Angst bekommen und war losgestürzt, um Hilfe zu holen. Er war einem Paar, das fünfunddreißig sein mochte, begegnet, es war weiß gekleidet gewesen. Die Frau hatte gesagt, sie sei eben durch den Park gegangen und dort jemandem begegnet. Laut dieser Zeugenaussage.

Sie hatten nie mit diesem Paar sprechen können, weil es sich nicht gemeldet hatte.

Er dachte wieder daran. Warum hatten sie sich nicht melden wollen?

Ein Mann und ein Junge hatten in jener Nacht ein Auto am Parkrand gepackt, vielleicht genau in dem Augenblick. Sie waren auch nie ausfindig gemacht worden. Warum hatten sie sich nie gemeldet?

Winter fuhr mit heruntergedrehter linker Autoscheibe nach Lunden. Er war an Halders' Haus vorbeigekommen, aber zu ihm war er nicht unterwegs. Halders war nicht da. Sein Auto stand nicht vor der Tür. Vor dem Haus war eine Hecke, eineinhalb Meter hoch. Winter hörte einen Hund bellen.

Drei Häuserblöcke nördlich von Halders' Haus bog er nach rechts ab und hielt vor einem anderen Haus mit einer anderen Hecke. Auf der Straße stand ein neuer BMW, vor dem Briefkasten. Das Auto glühte in der Sonne. Winter spürte den Schweiß im Nacken und am Steiß. Er ging durch die offene Pforte und bog nach links ab, folgte einem abschüssigen, mit Steinplatten gepflasterten Weg ums Haus herum auf die Rückseite, wo Benny Vennerhag mit einem Bier in der Hand in einem Liegestuhl lag. Die Sonne knallte auf den Swimmingpool. Der Gangster sah ihn kommen.

»Du bist zu dick angezogen«, sagte er und hob die Bierflasche zum Gruß.

»Ich bin im Dienst.«

»Unsereins hat Urlaub.«

»Von was?«

»Setz dich, Erik.«

Winter setzte sich in den Liegestuhl neben ihm.

»Möchtest du ein Bier?«

»Ja.«

Vennerhag erhob sich, ging ins Haus und kehrte mit einer

Flasche Bier zurück, die sich kalt anfühlte, als Winter sie entgegennahm.

Vennerhag setzte sich wieder. Die Badehose stand ihm nicht. Er war ein alter Bekannter oder wie man das nun nennen sollte. Er war einmal mit Winters Schwester Lotta verheiratet gewesen. Eine extrem kurze Ehe. Was um alles in der Welt hatte sie an ihm gefunden?

»Ich hab von deinen Morden gehört.«

»Das sind nicht meine Morde.« Winter nahm einen Schluck Bier.

»Meine auch nicht. Aber das hab ich dir ja schon gesagt, als du angerufen hast.«

»Was ist mit dem anderen?«

»Den schwarzen Clubs? Nicht mein Ding.«

»Ist das nicht merkwürdig, Benny, jedes Mal, wenn ich dich was frage, hast du damit nichts zu schaffen.«

»Was ist daran so merkwürdig?«

»Wie kriegst du das hin, eine ... Beschäftigung zu haben, ohne mit irgendwas beschäftigt zu sein?«

»Geschäftsgeheimnis.«

»Ein bisschen wissen wir über deine Geheimnisse, Benny.«

»Und trotzdem sitz ich hier in der Badehose und lasse es mir gut gehen«, sagte Vennerhag mit einem zufriedenen Blick auf den Swimmingpool, das Mosaik und den Rasen rundum.

Winter zog Hemd und Hose aus.

»Here we go again«, sagte Vennerhag, als Winter sich ins Wasser gleiten ließ. Es war nicht das erste Mal, dass er hier badete.

Vennerhag stand auf, als Winter wieder auftauchte, ging zur Bassinkante und reichte ihm die Bierflasche. Winter floss das Wasser aus dem Haar, das festgeklebt an seinem Kopf lag, ins Gesicht.

»Schwarze Clubs sind eine heikle Angelegenheit«, sagte Vennerhag.

»Inwiefern?«

»Da halte ich dicht. Ich finde, das sind legitime Institutionen, die die Bedürfnisse normaler, anständiger Leute bedienen.«

»Dummes Geschwätz.«

»Dir würde ein Besuch in so einem Etablissement auch gut tun, Erik.«

»Im Augenblick würde mir ein Corps gut tun«, sagte Winter und blinzelte in die Sonne.

»Soll ich dir einen aus deinem Hemd holen?«

»Keine dabei. Ich hab aufgehört.«

»Das war aber keine gute Idee.«

»Sie werden nicht mehr importiert.«

»Es gibt andere Marken.«

»Ja, so sagt man.«

»Überleg dir, was du tust.« Vennerhag legte sich wie zum Schutz die Hand auf die Brust. »Womöglich wirst du wieder gewaltsam und nimmst einen in den Würgegriff oder so.«

Das wäre dann nicht das erste Mal gewesen.

Winter stemmte sich auf die Poolkante.

»Ein Lokal, das es vor fünf Jahren gegeben hat ...«

»Hm.«

»Vor mindestens fünf Jahren.«

»Warum sollte es schwarz sein? Habt ihr die restlichen Lokale der Stadt überprüft? Die legalen?«

»Wir sind dabei.«

»Hast du die Fotos dabei, von denen du gesprochen hast?«

»Ja.«

»Darf ich sie mal sehen?«

»Gleich.«

»Hm. Also ein illegaler Club vor fünf Jahren?«

»Den es noch gibt.«

»Ich glaub nicht, dass einer so lange bestehen könnte.«

»Glaubst du oder weißt du es?«

»Ich glaube.« Vennerhag lachte kurz auf.

»Kannst du dem nachgehen?«

»Ich kann's versuchen.« Er sah Winter von der Seite an. »Ich weiß ja, worum es hier geht. Ich helfe dir gern.«

»Das ist nett von dir, Benny.«

»Mord ist nicht gerade mein Ding.«

»Ich weiß.«

»Auch Vergewaltigung nicht.«

»Das ist gut.«

»Wenn wir den Kerl schnappen, dann bin ich der Erste, der applaudiert.«

»*Wir* werden ihn schnappen. Damit hast du nichts zu tun.«

»Deswegen hab ich doch wir gesagt.«

»Ich hol die Fotos«, sagte Winter.

»Hübsche Wand«, sagte Vennerhag.

Winter nickte.

»Die Mädchen sehen gut aus. Es ist eine Schande.« Er sah Winter an. »Eine Schande.«

Winter nickte wieder.

»Das Interieur hab ich noch nie gesehen«, sagte Vennerhag. »Die Wand sieht aus wie eine Mauer.«

»Hör dich bei deinen Geschäftsfreunden um.«

»Dann brauche ich die Fotos.«

»Du hast sie in der Hand.«

»Sind das Kopien für mich?«

»Ja.«

»Darf man so was denn machen?«

»Scheiß drauf.«

»Okay.« Vennerhag legte die Bilder ins Gras.

»Wie viel Zeit brauchst du?«, fragte Winter.

»Keine Ahnung. Aber wenn das Lokal hier in der Stadt ist, dann müsste es jemand kennen.«

»Gut.«

»Die Mauer ist ziemlich einprägsam.« Vennerhag stand auf und ging wieder zum Liegestuhl. Winter folgte ihm und trank im Gehen den Rest aus der Flasche.

»Noch eins?«

Winter schüttelte den Kopf.

»Einen Zigarillo?« Vennerhag zündete sich einen Mercator an und lächelte durch den Rauch.

Winter schüttelte erneut den Kopf. Dann beugte er sich vor und griff nach dem Päckchen in Vennerhags Hand, nahm den Feueranzünder, der auf der Erde neben Vennerhags großem bleichen linken Fuß glühte.

»Du zitterst ja«, sagte Vennerhag, als Winter sich den Zigarillo anzündete.

Er rauchte und genoss die Lieblichkeit des Giftes. Nur dieser einzige, als Erinnerung daran, wie beschissen es eigentlich war, abhängig zu sein.

Vennerhag betrachtete ihn.

»Haben sich die Machenschaften der schwarzen Clubs im Lauf der Jahre verändert?«, fragte Winter ihn nach einer Weile.

Er nahm wieder einen Zug und sein Blick folgte dem Rauch hinauf in den blauen Himmel. Dort gab es keine Wolke, nicht eine einzige. Die Sonne war mehr weiß als gelb. Später würde sie sich orange färben und den Himmel auch. Das bedeutete, dass der Himmel am nächsten Morgen wieder blau und wolkenlos sein würde.

»Wie meinst du das eigentlich?«, fragte Vennerhag zurück und sah Winter wieder an.

»Mir ist nur was durch den Kopf gegangen. Ob sie zum Beispiel die Pornoclubs übernommen haben.«

»Tja, das ist noch weniger mein Di…«

»Noch weniger dein Ding, ja, ja, ich weiß.«

»Aber das könnte schon sein.«

»Hm.«

Vennerhag nahm einen Zug.

»Wenn du das so sagst, fällt mir ein, dass es ein paar Lokale gegeben hat, die … hm … schon ein paar Jahre so ein Angebot haben.«

»Angebot? Meinst du Porno?«

»Ich meine Unterhaltung für Erwachsene.«

»Aha.«

»*Adult entertainment.*«

»Klar.«

»Vielleicht in ein paar Lokalen. Aber das muss ich überprüfen.«

»Ich ruf dich heute Nachmittag an.«

»Heute Abend, ruf heute Abend an.«

Vennerhag streckte sich wieder nach den Fotos und betrachtete sie, eins nach dem anderen.

»Die sollen also deiner Hypothese nach in einem etwas anrüchigen schwarzen Club aufgenommen worden sein?«

»Meiner Hypothese nach ja.«

»Wenn das so ist, was haben die kleinen Mädchen dann dort gemacht?«

»Gearbeitet.«

»Gearbeitet? Du hast ja eine noch schlimmere Phantasie als ich, Erik.«

»Phantasie ist vermutlich nicht dein Ding, Benny.«

»Du bist ein pessimistischer Kerl.« Vennerhag schaute zwischen den Fotografien und Winter hin und her. »Ich denke nur das Beste von den Menschen.«

»Das haben die Mädchen da vielleicht auch getan«, sagte Winter und nickte zu den Fotos in Vennerhags rechter Hand.

»Und deswegen haben sie in einem schwarzen Club gearbeitet mit extraschwarzem Service in Form von ... anderen Diensten.«

»Ich weiß nicht.«

»Du bist zu gut für diese Welt da draußen.«

»Dann hilf mir, dass ich mich da draußen zurechtfinde«, sagte Winter, stand auf und zog sich sein Hemd an.

19

Halders traf sich mit Mattias an einem Ort, den der Junge selbst bestimmt hatte. Über den Klippen flimmerte die Sonne. Die Segel dort draußen waren weiß. Jenseits des Hafens wurde das Meer schwarz. Halders fühlte sich innerlich taub. Er hatte seine Kinder vor der Schule umarmt, ihnen vom Auto aus noch einmal zugewinkt. Magda hatte ein paar Hüpfer Hinkekästchen gemacht und war dann ins Schulhaus gegangen.

Mattias blinzelte in die Sonne. Halders blinzelte auch.

»Seit Wochen dieses Wahnsinnswetter«, sagte er.

Mattias folgte mit seinem Blick einem Segelboot, das auf dem Weg aufs Meer hinaus war, und sah dann Halders an.

»Rekordsommer«, sagte der Junge. »Jahrhundertsommer.«

Halders schob den Schirm seiner Mütze einen Zentimeter hoch und kratzte sich an der heißen Stirn.

»Und was fangen Sie damit an?«, fragte er.

»Dem Sommer? Ich arbeite, aber das hab ich wohl schon gesagt.«

»Ich meine sonst.«

»Nichts.«

»Es ist doch ein Jahrhundertsommer.«

»Nicht für mich.«

»Deprimiert?«

»Was?«

»Sind Sie deprimiert?«

»Nee, wieso?«

»Sie wirken deprimiert.«

»Sie wirken auch nicht besonders glücklich.«

»Nein.«

»Sind Sie es?«

»Nein.«

»Aha.«

»Haben Sie wieder mit ihr gesprochen?«, fragte Halders.

»Seit dem letzten Mal nicht mehr«, sagte Mattias. Es sah aus, als lächelte er über das, was er gesagt hatte. »Nicht nach der Vergewaltigung, meine ich. Und sowieso nicht mit dem im Haus.«

»Dem? Von wem reden Sie?«

»Dem Vater«, antwortete Mattias und schaute zum Horizont, ein paar Schiffe verschwanden gerade hinter dem Rand.

»Sie mögen ihn nicht?«

Der Junge murmelte etwas und schaute übers Meer. Seine Nase pellte sich. Die Haare sind wie Heu, dachte Halders. In irgendeinem Sommer waren meine Haare auch mal wie Heu. Er strich sich mit der Hand über den Kopf. Unter der Mütze war das Haar, das ihm noch geblieben war, kurz geschnitten. Er sah Jeanettes Vater vor sich, Kurt Bielke. Ein bequemer Stuhl auf der Veranda. Jeanette war nie dort. Sie war immer in ihrem Zimmer, irgendwann mal im Garten. Nie auf der Veranda.

»Nein, Sie haben Recht, ich mag ihn nicht.«

»Warum nicht?«

»Fragen Sie Jeanette.«

»Ich frage aber Sie.«

Der Junge zuckte mit den Schultern.

»Spielt das eine Rolle, warum ich ihn nicht mag?«

»Ja.«

»Dann fanden Sie ihn wohl auch verdammt suspekt?«

»Erzählen Sie, warum *Sie* ihn so verdammt suspekt finden.«

»Ich finde das nicht bloß.«

»Erzählen Sie.«

»Noch einmal, fragen Sie Jeanette.«

»Warum sagen Sie dauernd, ich soll Jeanette fragen?«

»Verstehen Sie das nicht?«

»Was wollen Sie mir damit sagen, Mattias?«

Der Junge antwortete nicht. Das Meer sah schwärzer aus, Halders schloss die Augen.

»Sie waren wütend, als Sie das letzte Mal mit Jeanette gesprochen haben«, sagte er.

»Ach?«

»Sie waren wütend auf sie, weil sie Schluss gemacht hat.«

»Ach?«

»Jetzt reißen Sie sich mal zusammen.«

»Ach?«

Halders Hand schnellte hoch und packte den Jungen am Kragen.

»Tu nicht so verdammt selbstsicher, Junge!«

»Himm...«

»Ich schmeiß dich ins Wasser, du kleiner Dreckskerl, wenn du mir jetzt nicht hilfst.«

»Helf... wobei helfen?«

Halders zerrte an Mattias' Kragen. Der Junge sah den Ausdruck in Halders' Augen.

»Sie sind ja nicht mehr ganz ...«

Halders packte noch fester zu, ließ jedoch plötzlich los, stand auf und ging weg.

Benny Vennerhag rief am Abend an. Elsa schlief. Winter stand auf dem Balkon. Angela beobachtete ihn mit einem Lächeln, das eine Spur säuerlich war. Winter sog den Duft nach tropischer Frucht und Leder in sich ein, den die Zigarre, die er in der Hand hielt, verströmte, eine Corana, die er mit einigen anderen Sorten vor einer Stunde auf dem Heimweg gekauft hatte.

Er kam vom Balkon herein und Angela reichte ihm den Telefonhörer.

»Ich hab ein paar Namen«, sagte Vennerhag.

»Dann mal los.«

Vennerhag nannte die Namen von zwei Clubs.

»Da sind wir schon gewesen«, sagte Winter. »Dort gibt es keine Wand wie auf den Fotos.«

»Mehr hab ich im Augenblick nicht.«

»Trotzdem den allerheißesten Dank.«

»Du hast keinen Grund für den Ton.«

»Ich hab geglaubt, du hättest alles besser unter Kontrolle, Benny.«

»Da kann ich nur sagen, dito, dito.«

»Ich freu mich auf unser nächstes Gespräch«, sagte Winter.

Vennerhag legte wortlos auf. Angela rief aus der Küche. Er ging zu ihr, öffnete die Kühlschranktür und nahm ein Bier heraus.

»Ich hock mich eine Weile vor den Computer.«

»Und ich hab gedacht, wir könnten ein bisschen auf dem Balkon sitzen.«

»Na gut.«

Der Park war menschenleer, der Himmel wirkte unendlich weit. Der Verkehr da unten war wie eine Flamme in dem Blau. Sie hörten verschiedene Laute, die im Wind an den Hausfassaden entlangstrichen. Winter zündete sich wieder seine Zigarre an.

»Du konntest also nicht widerstehen.«

»Nein.«

»Und du scheinst ganz zufrieden zu sein.«

»Ich hab gemerkt, dass ich mich ohne Nikotin nicht konzentrieren kann.«

»Dann fühlst du dich jetzt also besser.«

»Ja. Jetzt hab ich Ideen.«

»Das bildest du dir nur ein.«

Winter nahm einen Zug, und wieder verbreitete sich der Duft.

»Vielleicht. Aber ich hab keine Zeit, es drauf ankommen zu lassen. In diesem Fall. Mit den Mädchen.« Er nahm wieder einen Zug. »Da draußen wartet jemand auf mich.« Er machte eine Bewegung mit der Hand, in der er die Zigarre hielt. »Da unten.«

»Da draußen wartet immer jemand«, sagte Angela. »Es wird dort immer jemanden geben.«

»Und mich wird es auch immer geben. Hier«, sagte er lächelnd. »*Story of my life.* Jemand da draußen und ich hier drinnen.« Er betrachtete seine Zigarre. »Bis ich mich auf den Weg zum Ziel mache, zu ihm.« Er sah Angela an. »Das klang vermutlich etwas zu melodramatisch, oder?«

»Bevor ich dich kennen gelernt hab, hätte ich nie gedacht, dass Polizisten so denken«, sagte sie und nahm einen Schluck aus ihrem Bierglas. »Dass sie versuchen ... ihre Rolle zu definieren.«

»Hast du überhaupt darüber nachgedacht, was Polizisten machen, bevor du mich kennen gelernt hast?«

»Nein.« Sie trank wieder. »Ich hab vermutlich nicht mal gewusst, dass es sie gibt.«

»Und dann hast du herausgefunden und begriffen, wie sie arbeiten?«

»Ja, und alle meine Vorstellungen wurden bestätigt.«

»Was war das für ein Gefühl?«

»Erschreckend.«

»Jetzt weißt du's also.«

Sie nickte.

»Dafür wird die hier benötigt.« Er hielt seine Zigarre hoch. »Eine kleine Hilfe, das bisschen Konzentration, über das man noch verfügt, zu sammeln.«

»Heute hätte ich fast einen Jungen ins Wasser geworfen«, sagte Halders.

Sie saßen vor dem Haus. Hannes und Magda waren hineingegangen.

»Aber du hast es nicht getan«, sagte Aneta Djanali.

»Nein.«

»Gut gemacht.«

Halders krächzte ein Lachen hervor.

»Trotzdem hab ich mich ziemlich blamiert.«

»Mhm.«

»Er wollte was Wichtiges sagen. Über Jeanettes Vater. Aber dazu ist er nicht gekommen.«

»Was, glaubst du, wollte er sagen?«

»Möchtest du ein Glas Saft?«

»Antworte mir auf meine Frage, Fredrik.«

»Ich antworte dir, wenn ich das nächste Mal mit ihm geredet hab.«

»Was hat er dazu gesagt, dass sie Schluss mit ihm gemacht hat?«

»Darum ging's schon.«

Sie gingen ins Haus. Halders goss Saft ein. Von irgendwoher hörten sie die Stimmen der Kinder. Hannes hatte Besuch von einem Freund. Ein Computerspiel. Lachen. Geräusche von Schüssen, erst einzelne, dann Salven. Halders sah Aneta an, die dem Krieg lauschte.

»Besser sie schießen jetzt, als wenn sie erwachsen sind«, sagte Halders.

Sie lächelte.

Die Schüsse hörten auf, und jetzt hörten sie die Geräusche einer Autojagd.

Aneta Djanali brach auf, und Halders goss sich noch ein Bier ein. Magda kam herein, sie hatte sich ein Knie auf den Platten im Garten aufgescheuert. Wieder schoss jemand im Computerspiel, das Hannes und sein Freund spielten. Schüsse, Schüsse. Halders reinigte Magdas Wunde, klebte aber kein Pflaster drauf. Er blieb am Küchentisch sitzen und trank, und nach einer Weile dachte er an nichts Bestimmtes mehr.

20

Birgersson hatte Winter zu sich bestellt. Der Chef hatte keine Zigarette in der Hand, als Winter das Zimmer betrat.

»Ja«, sagte Birgersson, »Ich hab aufgehört.« Er sah fast aus, als wollte er um Entschuldigung bitten. »Meine Lungen haben genug. Wirklich und wahrhaftig genug.«

»Ich hab wieder angefangen«, sagte Winter.

»Ich wusste gar nicht, dass du aufgehört hast«, sagte Birgersson und sog an seinem Nikotininhalator, einem weißen Mundstück. Er nahm es aus dem Mund und betrachtete es. »Albernes Ding.« Er sah Winter an. »Was tut sich so?« Er zeigte auf den Stuhl vor seinem Schreibtisch. »Setz dich.« Winter setzte sich und schlug die Beine übereinander. »Irgendwas über den Jungen rausgefunden?«

»Keine Spur.«

»Ist er ein Gespenst?«

Winter antwortete nicht.

»Gerade untergetaucht?«

»Ich weiß es nicht, Sture.«

»Es muss doch eine Erklärung geben.«

»Ja.«

»Illegaler Einwanderer?«

»Warum hat er sich dann nicht versteckt?«

»Das hat er doch getan. Verdammt gut sogar.«

»Er hat sich mit dem Mädchen getroffen, Angelika. Sogar ziemlich öffentlich.«

»Die Liebe siegt«, sagte Birgersson.

»Nein«, sagte Winter. »Es gibt eine Grenze, und genau dort verläuft sie.«

»Aha.«

»Hast du gesehen, welche Ausmaße dieser Fall angenommen hat?«

Birgersson nickte und sog an seinem albernen Ding.

»Er zieht immer weitere Kreise, aber je mehr passiert, desto weniger wissen wir«, sagte Winter.

»Das Gegenteil wäre besser.«

Winter lächelte. Birgersson fummelte an seinem Mundstück herum. Wie immer, wenn Winter hier war, schien die Sonne durch die Jalousien. Sie saßen da wie üblich und unterhielten sich, gingen die letzten Tragödien durch. Alles war spannend wie immer. Der Alltag eines Kommissars.

Wie würde es ausgehen? Gab es eine Lösung all der Rätsel? Würden die Fäden schließlich zusammenlaufen? Wo hatten sie ihren Anfang? Halte ich sie in der Hand? Winter sah auf das Mundstück in Birgerssons Mund, es wippte idiotisch auf und ab. Idiotisch. Er könnte woanders sein. Auf den Klippen. Elsa und er, fünf Meter weit im Wasser. Sie schnappt nach Luft. Sie gehen ans Ufer und trinken etwas. Sand in der Butter. Jemand kickt nach einem Ball. Das Leben ist mild und zärtlich. Nicht wie hier, rau und voller Schweiß und lebensgefährlich. Tote Jugendliche, fast noch Kinder. Niemand kümmert sich darum, nur die, die nach den Fäden suchen, und das sind wir, aber wir tun es nur, weil wir dafür bezahlt werden.

Hör auf. Du machst es nicht nur deswegen.

»Wie geht es Halders?«, fragte Birgersson.

»Verdammt schlecht, glaub ich.«

»Alles beim Alten, mit anderen Worten.«

Winter antwortete nicht.

»Kann er wirklich arbeiten?«

»Ja.«

»Mit Leuten reden?«

»Es scheint zu funktionieren, besser denn je.«

»Aha.«

»Er kann sich nicht von Familie Bielke trennen.«

»Sollten wir es für ihn tun?«

»Vielleicht vorübergehend. Wir haben einen neuen Mord.«

»Und bald sind die Sommerferien vorbei.«

»Was soll das heißen?«

»Alles beginnt von vorn.«

»Ich schätze deinen philosophischen Ansatz«, sagte Winter.

Birgersson nahm das Mundstück aus dem Mund und legte es auf den Schreibtisch.

»Diese Kneipe oder was das nun ist. Die sollten wir doch finden, oder?«

»Wenn es sie gibt.«

»Gibt? Was ist das denn nun wieder für ein verdammt defätistisches Gerede?«

Der Umgang mit Leuten, die sich gerade entgiften, ist wirklich nicht leicht, dachte Winter.

»Nimm Bergenhem raus und setz einen anderen ein«, sagte Birgersson.

»Nein. Noch nicht.«

»Bestimmst du hier, Erik, oder ich?«

»Ich.«

Bergenhem saß in der Bar. Der zehnten in zwei Tagen. Andere saßen in anderen Bars. Alle wurden befragt, informiert: Leute von der Feuerwehr, vom Gesundheitsamt, aus der Szene. Kneipiers, bekannte Trinker, bekannte Esser. Zufällige Passanten. Huren. Freier. Jugendliche. Zumindest die, die überlebt haben, dachte Bergenhem und zeigte dem Restaurantbesitzer, der auf dem Stuhl neben ihm saß, das Foto. Der betrachtete die Mauer. Bisher hatte sie niemand erkannt.

»Soll das hier in der Stadt sein?«, fragte der Mann und studierte Tisch und Wand, Besteck und Gläser, das Mädchen, das dort saß. Beatrice. Dann Angelika. Bergenhem sagte nicht, dass fünf Jahre zwischen den Bildern lagen.

»Wir wissen es nicht.«

»Dann könnte es irgendwo auf der ganzen Welt sein?«

»Ja.«

»Das hier kenne ich«, sagte der Mann, der Bengt Nordin hieß.

Bergenhem wartete. In der Bar waren keine weiteren Gäste. Der Barkeeper ließ die Kaffeemaschine laufen und stellte Bierflaschen in den Kühlschrank hinter dem Tresen.

»Ich weiß nicht ... das ist ja schon eine besondere Wand. Hat die noch niemand erkannt?«

»Sie erkennen sie?«, fragte Bergenhem.

»Ja. Ich denke schon. Es hat mal einen kleinen Kellerclub in der alten Norstan gegeben, da hat es ungefähr so ausgesehen. Die eine Wand bestand aus so einer Mauer und davor standen Tische.« Er betrachtete das Bild wieder. »Sehen Sie den Schatten am Rand der Wand? Sieht aus wie Weintrauben oder so was. Es *waren* Weintrauben. Dort hingen Weintrauben aus Porzellan.« Er sah Bergenhem an und lachte. »Abscheulich.« Er lachte wieder. »Genau wie der Name von dem Lokal, jedenfalls dem zum Schluss. *Barock*. Haben Sie so was schon mal gehört? *Barock?*«

»Sind Sie dort gewesen?«, fragte Bergenhem.

»Ja, ich war mal da. War nicht viel los damals.«

»War das Lokal nicht beliebt?«

»Doch, aber nicht für die Allgemeinheit bestimmt, falls Sie verstehen, was ich meine.« Er betrachtete wieder das Foto. »Es war wirklich ein komisches Lokal. Die Jungs, denen es gehörte, änderten die Einrichtung ziemlich oft. Behängten die Wände mit Stoffen. Oder was anderem. Dieser Raum wirkt auf dem Bild größer als er in Wirklichkeit war, obwohl man nur einen kleinen Teil sieht. Es war mehr ein Verschlag vor der eigentlichen Kneipe, oder wie man es nun nennen soll. Mehr ... na ja, fürs Personal, glaub ich. Aber mit Ausschank.«

»Wo ist das Lokal?«

»Hm ... diese Fotos müssen alt sein. Das Gebäude ist vor mehreren Jahren abgerissen worden. Das ganze Haus zusammen mit dem Rest der alten Nordstan. Dies Gebäude hat vermutlich am längsten überdauert von allen.«

»Sind Sie sicher, dass das Haus abgerissen wurde?«

»Was glauben Sie? Es wäre doch idiotisch, deswegen zu lügen. Das Lokal ist vor mindestens drei Jahren abgerissen worden.«

»Ich hab nicht behauptet, dass Sie lügen.« Bergenhem hatte das Bild von Angelika in der Hand. »Aber dieses Foto ist irgendwann im letzten Winter aufgenommen worden.«

Nordin betrachtete es wieder.

»Ach. Dann ist es wohl irgendwo anders. Sieht dem Lokal verdammt ähnlich ... dann hat man vermutlich irgendwo eine ziemlich gute Imitation davon aufgemacht.« Er zeigte wieder auf den Schatten und sah Bergenhem an. »Die Weintrauben.«

Winter und Bergenhem standen vor der alten Adresse, umgeben von neuen Häusern, Bürogebäuden aus rotem Ziegelstein. Wo der Club einmal gewesen war, stand jetzt ein Reisebüro. Zwischen den eng gebauten Gebäuden konnte man kaum den Himmel sehen, dennoch war es hier ziemlich warm. Müsste es nicht kühler sein, wenn alles im Schatten liegt?, dachte Winter.

»Sollen wir graben?«, fragte Bergenhem. »Den Keller freilegen?«

Winter versuchte zu lächeln.

»Das Abenteuer geht weiter«, sagte Bergenhem.

Eine Frau kam aus dem Reisebüro, das in seinem Schaufenster für Strände und Palmen warb. Sie sollten besser Schnee zeigen, dachte Winter und fühlte, wie ihm der Schweiß den Rücken hinunterrann.

Bergenhem hatte zügig nachgeforscht. Das alte Haus war vor vier Jahren abgerissen worden. Vielleicht war damals ein Club im Keller gewesen, aber das hatten sie bisher noch nicht herausbekommen. Wenn es ein Club gewesen war, dann war er auf jeden Fall schwarz gewesen.

Winter sah einen Mann aus der Tür neben dem Reisebüro kommen. Er war blass und sah irgendwie gequält aus. Hatte wahrscheinlich Urlaub im Mai gehabt, als der große Regen den Rekord des Jahrhunderts schlug. Jetzt sitzt er über Protokollen. Genau wie ich.

»Wir müssen die Besitzer aufspüren«, sagte Bergenhem.

»Oder wie man sie nun nennen soll«, antwortete Winter.

»Die betreiben jetzt bestimmt woanders ein Etablissement.«

»Oder sind da unten begraben.«

»Haha.«

»Fang an und such sie«, sagte Winter. »Du kriegst drei Männer.«

»Okay.«

»Mit einem von den Knaben werde ich selber reden.«

Winter war im Café an der Ecke mit Vennerhag verabredet. Er trug kurze Hosen, wie Winter.

»Entspricht deine Kleidung wirklich der Dienstordnung?«

»Bist du mal im *Barock* gewesen, Benny?«, fragte Winter und nickte zu dem fünfzig Meter entfernten Reisebüro. »Da drüben gab's mal ein Lokal, das so hieß. Jedenfalls war es einer seiner Namen.«

»Nein.«

»Lüg mich nicht an, Benny.«

»Wenn ich mal da gewesen wäre, hätte ich es ja wohl auf dem Foto erkannt, und dann hätte ich es dir gesagt, als wir uns kürzlich unterhalten haben. Du musst mir vertrauen.«

Winter antwortete nicht.

»Ich bin dein Freund.«

Winter trank seine Zingo aus.

»Jetzt, da wir vielleicht wissen, wo es war, wollen wir wissen, wem es gehörte.« Winter trank wieder, sah Vennerhag über den Flaschenhals an. »Und um das herauszufinden, brauche ich meine Freunde.«

»Danke.«

»Du kennst nicht mal den Namen?«

»Nein, aber das ist kein Wunder, Erik. Es gab Clubs ... und Clubs. Gab. Einige ... tja, die kennt man, und einige sind rein ökonomisch nicht interessant. Jedenfalls nicht für mich.«

»Euch«, sagte Winter, »für euch.«

»Okay, okay. Aber das *Barock* oder wie das nun geheißen hat kenne ich nicht. Ich wusste schon, dass es hier mal einen Club gab, aber der hieß anders. Mir fällt der Name nicht ein.«

»Womit, glaubst du, beschäftigen die sich jetzt?«

»Soll ich raten?«

»Nur zu.«

»Wirklich keine Ahnung. Aber jetzt, wo ich weiß, wo es war und wie es wahrscheinlich hieß, kann man ja davon ausgehend weiter suchen.« Er wiederholte den Namen: »*Barock!* Das klingt ja verdammt barock!«

»Danke, dass du mir helfen willst.«

»Himmel, hoffentlich bist du auf der richtigen Spur, Erik. Dass dies Lokal wirklich was für deine ... Ermittlung bedeutet. Für die Suche nach den Antworten.«

»Wie dem auch sei, du bekommst eine sinnvolle Aufgabe, mit der du dir die Zeit vertreiben kannst, Benny.«

Halders saß in Winters Zimmer. Winter stand am Fenster und rauchte. Die Abendbrise brachte einen kühlen Hauch herein. Halders fuhr sich über die kurzen Haare. Er sah munter aus. Dass er hier saß, bedeutete, jemand anders passte zu Hause auf seine Kinder auf.

»Aneta ist heute Abend bei den Kindern«, sagte Halders.

»Gut.«

»Sie macht's in ihrer Freizeit.«

Winter antwortete nicht.

Halders erhob sich. »Der alte Bielke hat so 'ne Art Restaurantkette gehabt.«

»Das hast du schon gesagt.«

»Ich hab versucht, ihn ein bisschen näher zu durchleuchten, und da hab ich solche Sachen gefunden.«

»Aber das ist doch legitim, oder?«

»Was ist schon legitim in der Restaurantbranche?«, fragte Halders.

»Nun lass nicht deine schlechten Erfahrungen mit blöden Bedienungen an dieser Sache aus«, sagte Winter.

»Er ist es offenbar gewohnt, solche Clubs zu betreiben«, sagte Halders. »Irgendwie nebenher. Er hat nichts davon gesagt.«

»Wir haben ihn auch nicht gefragt.«

»Das machen wir jetzt.«

»Nicht so schnell.«

»Warum?«

»Immer mit der Ruhe.«

»Aber warum denn?«

»Ich möchte ganz einfach nicht zu viele Fäden aufgreifen.«

Winter sog an seinem Zigarillo. Noch diesen und dann keinen mehr. Zumindest nicht für die nächste Stunde. »Wir haben einen frischen Mord und einen alten ungelösten, und ich hab genau wie du gedacht, dass Jeanette Bielke vielleicht irgendwie ins Bild passt. Aber noch seh ich es nicht ganz klar, wir haben anderes, das deutlicher ist. Oder wichtiger. Überprüf Kurt Bielkes Geschäfte, aber rede noch nicht mit ihm.«

Halders antwortete nicht.

»Okay?«

»Die Wand haben sie mitgenommen«, sagte Halders.

»Wenn es eine Wand war.«

»Eine Kulisse?«

»Irgend so was.«

»Und dann geht der Spuk an anderer Stelle weiter«, sagte Halders. »Glaubst du an Gespenster, Erik?«

»Auch im wirklichen Leben kommen und gehen Leute. Es gibt Sachen, die sich plötzlich in Luft auflösen. Lokale verschwinden. Aber es gibt sie trotzdem noch.«

»Und wo gibt es sie?«

»Irgendwo dort, wo wir jetzt suchen werden.«

Anne war in der frühen Nacht unterwegs, oder am späten Abend, wenn man null Uhr als Abend zählte. Für manche war der Abend jung. In der Innenstadt zogen noch viele Leute durch die Straßen. Jemand rief, aber nicht nach ihr. Andy war nicht dort gewesen. Sie hatte das andere Lokal verlassen, ohne ihm Bescheid zu sagen. Auf der halben Treppe zum Straßencafé hinauf zögerte sie.

»Es ist besetzt«, sagte der Aufpasser. Sein Gesicht war rot nach vielen Stunden in der Sonne und noch röter im Licht der Neonbeleuchtung. Er sah wie ein Idiot aus mit seinen blond gefärbten Haaren, die steil von seinem Schädel aufragten. Wie eine Figur aus einem Witzblatt, die gerade etwas Dämliches sieht.

Vielleicht sieht er mich.

»Ich will da sowieso nicht rein«, sagte sie und wandte sich ab.

Auf der Avenyn roch es nach Essen und Alkohol. Sonnenöl, Kokos, anderem ekligen Scheiß.

Sie wartete, während eine Straßenbahn vorbeifuhr, stieg dann auf ihr Fahrrad und fuhr durch die Allén. Eine schwache Nachtbrise schlug ihr entgegen, und das war ein Gefühl, als nähme sie ein lauwarmes Bad.

Ich nehme ein Bad, wenn ich nach Hause komme. Zünde mir eine Kerze dabei an.

Nur wenige Autos auf der Straße. Eins war rechts hinter ihr. Fuhr vorbei, hielt an der Ampel. Sie fuhr bei Rot durch und bog links ab, nach Hause.

21

Sie schob ihr Fahrrad. In diesem Sommer war die Stadt wie belagert, überall Straßenbauarbeiten, aus der Erde gebuddelte Kabel, Teerkocher. Im Augenblick war niemand da. Hier war es still. Schwache Autogeräusche drangen hinter den anderen Häusern zu ihr, die hoch und dunkel waren. Hinter schwarzen Fenstern schliefen die Leute. Es gibt welche, die mitten in der Sommerhitze arbeiten und morgens früh aufstehen, dachte sie.

Der Park war rechts und links von Laternen erleuchtet. In der Mitte war er dunkel. Der Fahrradweg führte durch die Mitte. Aber sie war ja nicht blöd. Daneben gab es einen zweiten Weg, der war aber länger, dafür etwas heller. Auf der anderen Seite des Teiches war Verkehr. Autos, die spät unterwegs waren, erleuchtete Taxischilder.

Es roch nach Benzin. Hier war gerade ein Auto vorbeigefahren. Aber vielleicht kam der Geruch auch von der Straße links. Im Schatten eines Baumes stand ein Auto, kaum beleuchtet von dem schmutzig gelben schwachen Laternenlicht. Sie fuhr jetzt schneller, plötzlich rutschte sie mit dem Fuß vom Pedal ab, und das Fahrrad schwankte nach links, der Lenker verdrehte sich, und ihr Herz machte einen Satz bis zum Hals. Sie bekam das Fahrrad wieder unter Kontrolle und war fast wieder im Gleichgewicht, als sie die nächste Laterne erreichte, deren Licht genauso schwach war wie das von allen anderen. Da spürte sie einen Stoß von der Seite, den Schatten hatte sie eine

Sekunde vorher gesehen, rechts. Lähmende Angst stieg in ihr hoch. Dann kam der nächste Stoß. Sie wurde vom Fahrrad gerissen, und die Angst war wie ein eiskalter Steinblock in ihr, und ihr Herz hämmerte, hämmerte, hämmerte.

Drei Stunden vorher: Winter hatte bei Hans Bülow angerufen und eine Nachricht hinterlassen. Er rief wieder an, als er über den Sportplatz in Heden ging. Ein Ball flog ihm in den Weg, er kickte ihn zurück, und das Spiel auf einem der Plätze konnte weitergehen. Er sollte mitmachen, sich ein bisschen in gesunden Schweiß bringen am lauen Abend.

Es war spät. Die digitale Uhr an der Ziegelsteinwand hinter ihm hatte eben irgendwas mit 22 geblinkt.

»*Göteborg Tidningen*, Bülow.«

»Winter hier.«

»Du hättest längst von dir hören lassen sollen.«

»Hab keine Zeit gehabt.«

»Wenn du Hilfe haben willst, musst du selbst auch was tun«, sagte der Reporter.

Winter wartete am Södra vägen. Ein Auto, aus dem laute Musik dröhnte, fuhr vorbei. Eddie Cochrans Stimme, aggressiv, laut, *ain't no cure for the summertime blues*, Rockerbräute in Pullovern. Ein Rocker-Auto ist ein Auto mit Bräuten drin, und sind keine Bräute drin, dann ist es kein Rocker-Auto.

»Einen Augenblick.«

Er überquerte die Straße und ging auf das Straßenlokal *Kometen* zu. Auf dem Trottoir wurde gerade ein Tisch frei, vier Gäste erhoben sich. Die Rechnung lag auf dem Tisch.

»Wenn du dich losreißen kannst, dann sitze ich jetzt im *Kometen*.«

»Ich bin in zehn Minuten da.«

Winter bestellte sich ein großes Bier vom Fass.

Bülow kam und orderte auch eins.

»Bist du immer Kriminalreporter gewesen?«, fragte Winter, als Bülow den ersten Schluck getrunken hatte und sich eine Zigarette anzündete.

»Seitdem ich schreiben gelernt habe.«

»Ich werde dir jetzt mein ganzes Vertrauen schenken.«

»Das wurde aber auch Zeit.«

»Es ist nicht das erste Mal«, sagte Winter.

Bülow trank, rauchte, wartete. Er hatte sein Fahrrad an der anderen Seite des Geländers abgestellt.

»Ein Junge könnte ermordet worden sein.«

Bülow stellte sein Glas ab.

»Wer? Und wann?«

Winter antwortete nicht.

»Jetzt sag schon was, Erik.«

»Wenn ich das wüsste.«

»Dann solltest du mir das nicht erzählen.«

»Ich hab doch gesagt, du hast mein ganzes Vertrauen.«

»Nein.«

»Soll das heißen, du willst es nicht haben?«

»Verlangst du von mir, ich soll die Schnauze halten wegen eines Mordes. NOCH EINEM Mord?!«

»Bitte etwas leiser.«

Bülow sah sich um. Niemand schien ihnen zuzuhören. Der Tisch neben ihnen war gerade neu besetzt worden, und die Gäste waren dabei zu bestellen und redeten alle durcheinander, bla, bla, bla.

»Also los, erzähl«, sagte Bülow.

»Wir können ihn finden. Das ist meine ganz private Vermutung, falls du verstehst, was ich meine. Wir sind in einer Situation, in der wir nicht weiterkommen.« Winter sah Bülow direkt an. »Ich will jemanden aufstöbern. Vielleicht aus einem Versteck.«

»Wen? Diesen Jungen?«

»Weiß ich noch nicht.«

»Warum erzählst du mir das alles überhaupt?«

»Ich möchte, dass du einen Artikel schreibst.«

»Wolltest du eben nicht noch das komplette Gegenteil?«

Hämmerte, hämmerte, hämmerte. Riss, riss, riss. In ihrem Kopf schrie es. Sie spürte einen Atemstoß in ihrem Gesicht, einen Geruch, den sie noch nie wahrgenommen hatte, Schweiß, Geruch, es hämmerte, hämmerte, ihr Herz bewegte sich wie ein wildes Tier in ihrer Brust, hämmerte, der Atem, eine Stimme, die einerseits dicht an ihrem Ohr und gleichzeitig weit entfernt etwas sagte, es riss, riss.

Sie lag auf dem Boden, das Rad neben ihr, das Vorderrad drehte sich noch, rundherum, rundherum, ein Geräusch, das vom Rad kommen könnte oder … etwas riss, zerrte an ihr, sie wurde hochgehoben und mitgeschleift, und niemand war da, warum kam niemand, bitte, lieber Gott, und wer und wo war e… Sie versuchte ihre Hand in die Handtasche zu stecken, die aufgegangen war, warum, wusste sie nicht, und versuchte nach dem Handy zu greifen, und falls sie es nicht schaffte zu telefonieren, dann könnte sie es ihm auf den Kopf … und sie wurde HOCHGEHOBEN, die Büsche kratzten ihr übers Gesicht, sie versuchte zu schreien und spürte die Hand, die sich auf ihr Gesicht drückte, bevor sie den Mund wieder öffnen konnte.

Sie spürte einen Schlag gegen den Kopf. Wieder Atmen, wieder nah. Jemand, der etwas sagte. Atemzüge, wie eine Stimme. Eine Stimme. Jetzt eine Stimme, ja, Stimme. Ein Reim, Wörter, Wörter, dieselben Wörter, Wörter, Laute, kann sie nicht verstehen, Hiiiilfe.

Noch ein Schlag. Rot, weiß, rot im Kopf.

»Vielleicht ein illegaler Einwanderer«, sagte Bülow.

»Nein.«

»Nicht?«

»Es muss um was anderes gehen.«

»Ihr werdet ihn nicht finden.«

»Wir müssen aber.«

»Und ich soll über ihn schreiben, als ob er tot wäre?«

»Als ob er es sein könnte.«

»Willst du mir den Artikel diktieren?«

Winter antwortete nicht. Alle Tische waren jetzt besetzt. Die Gäste rundherum waren nun mehr oder weniger angetrunken.

»Hast du bezahlt?«, fragte er.

»Dann soll ich dich also einladen?«

Winter stand auf. »Lass uns gehen«, sagte er.

Bülow schob sein Fahrrad. Vor der Würstchenbude prügelten sich drei Männer, lockere Schläge, die Löcher in die Luft bohrten, die nach Bratwurst roch. Der eine hatte Blut an der

Stirn. Der andere fing an zu kotzen, der dritte lachte wie ein Wahnsinniger.

Winter und Bülow machten einen Bogen um sie.

»*Saturday night is all right*«, sagte Bülow.

»Ist denn heute Samstag?«

»Nein.«

»Die üben schon mal für das Göteborgfest«, sagte Winter.

»Das? Das ist doch gar nichts.«

Der Vasaplatsen lag verlassen da. Von Landala näherte sich eine Straßenbahn. Aus einem der Cafés an der Ecke ertönte Musik.

»Dann sind wir uns also einig?«, fragte Winter.

Bülow lachte.

»Du rechnest offenbar hundertprozentig mit mir.«

»Gute Nacht.«

Winter betrat das Haus.

»Grüß deine Familie«, sagte der Reporter, aber die Haustür hatte sich schon hinter Winter geschlossen.

Es klingelte, vier Mal. Der Anrufbeantworter sprang an. Die Nachricht schrie in dem leeren Zimmer. Niemand hörte zu.

Ihre Stimme:

»Ich bin jetzt nicht zu Hause, aber wenn du …«

Dann: die Nachricht.

Das Atmen, Keuchen, wie ein wildes Tier, ihre Stimme, vielleicht ein Gebet, jetzt … ein Laut wie von der Kirchenbank einer Freikirche oder so was, eine Sprache, Reim, Reime, eine raue Stimme aus einer anderen Welt, nein, von hier, von dort, ahhhiiillleeeaah, ahhhiiillleeehh, aahhiileeaahee!!

AAALHHIILLIEEE!!!

Sie schliefen beide, als er kam. Er zog sich die Sandalen aus, ging leise in die Küche und machte die Tür hinter sich zu. Die Tür hatte sich ein wenig verzogen und knarrte.

Er machte sich einen Kaffee.

»Du willst wohl nicht schlafen heute Nacht«, sagte Angela, die aufgestanden war und jetzt gähnend und mit Haaren im Gesicht am Küchentisch saß.

»Nicht wie du«, sagte er. »Du schläfst ja sogar jetzt noch. Im Sitzen.«

»Kannst du dich nicht wenigstens hinlegen? Du musst doch morgen frisch sein?«

»Ich bin frisch.«

»Ich hab morgen gesagt.«

»Muss nachdenken.«

»Das geht am besten, wenn man munter ist.«

»Ich hab doch gesagt, dass ich munter bin.«

»Du brauchst nicht zu schreien.«

»Ich hab nicht geschrien.«

»Aber ...«

»Ich hab NICHT geschrien.«

»Elsa schläft, noch jedenfalls.«

»Hier war es still, bis du gekommen bist.«

»Haha.«

»Wenn ich bitte noch eine Stunde oder so meine Ruhe haben darf, wird es hier auch wieder still, und dann leg ich mich schlafen, okay?«

Angela antwortete nicht.

»Okay?«

Sie stand auf, verbarg ihr Gesicht. Er hörte ein Schluchzen.

»Angela ...«

Sie verließ die Küche und schloss die Tür hinter sich. Die knarrte.

Winter setzte die Tasse ab und überlegte, ob er den Schädel gegen die Kühlschranktür knallen sollte, nur einmal. Das Küchenfenster stand offen, und vier Etagen weiter unten saßen Leute auf dem Hof. Die Stimmen waren deutlich bis hier herauf zu hören. Sollte er sich aus dem Fenster beugen und schreien, dass seine Familie Schlaf brauchte? RUHE.

Er rauchte auf dem Balkon. Es roch nach Rauch, aber anders und aus einer anderen Richtung, Brandrauch.

Die Straßenbahnen fuhren nicht mehr.

Angela kam zu ihm heraus.

»Verzeih mir«, sagte er.

»Uns hast du doch auch noch«, sagte sie.

»Ich weiß, dass ich manchmal ein Idiot bin.«

»So meine ich das nicht. Es kann auch eine Unterstützung für dich sein.« Sie war wie durchsichtig im Licht der Straßenlaternen von unten und dem Himmel von oben. »Du musst uns nicht als Hindernis ansehen.«

»Das habe ich noch nie getan.«

»Ich habe mich noch nie in deine Arbeit eingemischt, oder?«

»Nein, nein.«

»Lass dich nur nicht davon auffressen.«

»Ich versuche es, Angela.«

»Vielleicht solltest du mit jemandem reden.«

»Worüber? Und mit wem?«

»In der letzten Zeit ist so viel passiert.«

Ist es nicht sie, dachte er, die mit jemandem reden müsste? Sie hatte etwas erlebt, was er sich nicht vorstellen konnte. Er konnte unbegrenzt viele tote Menschen ansehen, aber *dieser Sache* konnte er sich nicht nähern. Sie musste reden. Mit jemand anders. Ich Idiot verlange Stille.

»Denkst du an deinen Vater?«

»Ich weiß nicht. Nein.«

»Bist du nicht glücklich, Erik?«

»Das ist es nicht. Ich bin nur müde.«

Sie nickte und sagte gute Nacht und ging wieder hinein. Morgen würde er etwas Besseres sagen. Er legte den Zigarillo ab und sah auf die Glut. Von irgendwoher roch es immer noch nach Feuer. Drinnen klingelte das Telefon. Er hörte, wie Angela sich meldete.

22

Winter sah die beginnende Morgendämmerung über dem Berg auf der anderen Seite vom Park, als er den Hügel hinunterfuhr. Das Licht war wie ein blasser Nebel unter einem klaren und sauberen Himmel. Vorbote eines neuen Tages. Auch der würde heiß werden. Schon jetzt waren es zweiundzwanzig Grad, und doch war es noch Nacht.

Für das Mädchen würde es keinen neuen Tag geben. Winter hatte schon früher erdrosselte Menschen gesehen. Ihr Unterleib war entblößt. Seine Kollegen bewegten sich über den Platz, Schatten des Todes. Der Gerichtsmediziner beugte sich über das Mädchen wie ein Todesengel. Es war nicht Pia Fröberg. Winter fiel ein, dass sie Urlaub hatte. Es war ein Mann, er wirkte groß und plump in seinen Shorts und der Baseballkappe. Oder kam es daher, dass das Mädchen, das vor ihm lag, so klein und dünn war?

Wie ein toter Spatz am Wegrand.

Winter ging zurück. Ihr Rad lag mitten auf dem Weg. Der Lenker war verdreht. Ihm schien es, als drehte sich eins der Räder immer noch. Ein uniformierter Polizist stand neben dem Fahrrad und hinter ihm ein Streifenwagen. Die Lichter auf dem Dach des Autos rotierten lautlos. Der Lichtkegel kreiselte wie ein Karussell. Das Gesicht des Mädchens leuchtete auf, verschwand im Dunkeln, leuchtete wieder auf. Winter wäre die Dunkelheit lieber gewesen.

Er ging auf den Polizisten zu, den er nicht kannte. Der war

noch jung, vielleicht nur wenige Jahre älter als das Mädchen. Kaum ein Polizist. Polizistenjunge.

»Ihr wart die Ersten, hab ich gehört.«

»Wir … haben sie gefunden.«

Winter nickte.

»Wie heißt du?«

»Peter. Peter Larsson.«

»Wie habt ihr es entdeckt?«

»Das Fahrrad.« Larsson nickte in die Richtung. »Wir haben es im Vorbeifahren gesehen.«

»Fahrt ihr hier jeden Abend vorbei?«

»Fast jeden Abend.«

Winter schätzte die Wegstrecke bis zur Kurve ab. Nach der Kurve führte die Straße um den Teich. Auf der anderen Seite des Teiches gab es ein kleines Waldstück und dahinter einen weiteren Teich, auf der einen Seite ein Gebüsch, einige Bäume, einen großen Steinblock. Zwei Morde sind hier begangen worden.

Nicht der dritte, aber es war in der Nähe, fünfhundert Meter Luftlinie. Er dachte an das Mädchen. Ein toter Spatz.

»Ihr habt niemand gesehen?«

»Niemand.«

»Wie habt ihr das Mädchen entdeckt?«

»Wie gesagt, wir haben das Rad gesehen und angehalten. Ich bin ausgestiegen und hab den Wegrand abgesucht. Man sah ja, dass dort jemand etwas langgeschleppt hatte. Man brauchte nicht lange suchen, um sie zu entdecken. Sie sehen ja selbst.«

»Ja.«

»Außerdem ist man besonders misstrauisch nach allem, was passiert ist.«

»Das ist gut, Peter.«

Der Polizist sah Winter an und dann zu den Büschen und Bäumen.

»War es wieder derselbe Täter?«

»Keine Ahnung«, sagte Winter und kehrte zu dem Mädchen zurück.

»Sieht es wie eine Vergewaltigung aus?«, fragte Ringmar, der ein paar Minuten nach Winter gekommen war.

»Vermutlich.« Der Arzt richtete sich auf. Der Schirm seiner Kappe ragte steil in die Luft. Das ist ein Kleidungsstück, das einfach nicht hierher passt, dachte Winter. Es passt nirgendwohin. Der Arzt sah Winter an. »Ja, ich weiß, worum es hier geht. Worum es gehen könnte. Ich werde so schnell arbeiten, wie ich kann.«

»Das SKL ist auch involviert«, sagte Ringmar. »Wo ist übrigens Beier?«

»In New York.«

»New York?!«

»Auf einer Konferenz. Wusstest du nichts davon?«

»New York«, wiederholte Ringmar. »Da muss es noch heißer sein als hier.«

»Ich nehme sie mit«, sagte der Arzt.

»Sie heißt Anne Nöjd«, sagte Winter. »Sie hat einen Namen.«

Ihre Handtasche hatte noch dagelegen. Sie hatte einen Namen und eine Adresse. Hatte im Westen gewohnt. Winter hatte ein merkwürdiges Gefühl, als sie auf die Umgehungsstraße und durch den Tunnel fuhren. Alle Opfer hatten im Westen von Göteborg gewohnt.

Durchs geöffnete Fenster roch es nach Meer. Sie fuhren durch die schmalen Straßen eines alten Küstendorfes.

Das Haus schien in einem Liliputland zu liegen. Über der überdachten kleinen Vortreppe war eine Zahl.

»Hier muss es sein«, sagte Ringmar.

Das Haus war von einer Hecke umgeben. Fünfzig Meter entfernt lagen Boote. Jetzt war der Geruch nach Meer noch stärker. Winter hörte das Geräusch der See. Er wusste, dass die Klippen hinter der Landzunge der Lieblingsbadeplatz vieler Jugendlicher war. Würde er auf die Landzunge hinausgehen, könnte er die Klippen sehen. Beatrice hatte dort gebadet, in einer anderen Zeit, im letzten Jahrtausend. Angelika hatte dort gebadet. Hatte auch Anne Nöjd dort gebadet? Bedeutete das etwas?

Das Haus war dunkel.

Sie war zwanzig Jahre alt gewesen, und sie hatte hier gewohnt. Das war alles, was sie wussten. Das Haus wirkte noch kleiner, als sie näher kamen. Eigentlich müsste es umgekehrt sein. Winter musste sich bücken um durch das Fenster schauen zu können. Er sah die dunklen Umrisse von Gegenständen. Ringmar klopfte an die Tür. Er klopfte wieder, kräftiger. Niemand öffnete.

Ringmar holte den Schlüsselbund hervor, den sie in der Tasche des Mädchens gefunden hatten. Daran hingen vier Schlüssel. Zwei sahen gleich aus und schienen zu dem Schloss zu gehören. Der zweite griff, als er ihn hineinsteckte und umdrehte. Ringmar öffnete die Tür und rief etwas ins Haus. Er rief wieder und sah Winter an. Winter nickte. Als sie das Haus betraten, hörte er die erste Möwe dieses frühen Morgens.

Drinnen war es heller, als es von außen wirkte. Sie standen in einem Vorraum und gingen nach rechts in eine Küche, die kaum mehr als drei Quadratmeter groß war. Auf dem Tisch lag eine Zeitung, daneben stand eine Kaffeetasse. Eine halb volle Weinflasche glänzte auf der Spüle im Morgenlicht, das minütlich stärker wurde. Winter beugte sich über den Tisch und sah aus dem Fenster, wo das Meer mit jedem Wellenschlag seine Farbe änderte.

Es musste schön sein, hier zu sitzen und zuzuschauen, wie sich der Morgen im Meer spiegelte.

Ringmar rief von irgendwoher nach ihm. Winter ging zurück in den Vorraum und schaute in ein winziges Zimmer linker Hand. Hier standen nur ein kleiner Tisch und ein Stuhl. Der Fußboden war aus blankem Kiefernholz. Es duftete nach Blumen. Ringmar sagte wieder etwas. Winter betrat das Wohnzimmer. Es war höchstens zwanzig Quadratmeter groß, die Fenster schauten auf die Straße, wo er die Reifen seines Autos sehen konnte. Hier drinnen gab es eine Holzbank und einen hübschen Teppich, dessen Farben er noch nicht erkennen konnte. An den Wänden hingen Bilder in verschiedenen Größen. Es war immer noch so dämmrig, dass die Bilder wie Löcher in den Wänden wirkten. Vor Ringmar stand ein Tisch, und auf dem Tisch befand sich ein Telefon neben einem Anrufbeantworter. Das rote Lämpchen blinkte. Ringmar sah Winter fragend an. Winter dachte nach. Das Lämpchen blinkte weiter.

In der Handtasche des Mädchens war kein Handy gewesen. Winter war sich sicher, dass Anne Nöjd eins besessen hatte. Alle jungen Leute hatten heutzutage ein Handy, alle anderen auch.

Sie würden die Stelle absuchen, wo man ihren Körper gefunden hatte. Sie würden nachprüfen, ob sie einen Handy-Vertrag gehabt hatte.

Das Lämpchen blinkte. Vor dem Fenster schrie eine Möwe. Winter nickte, und Ringmar drückte mit seinem behandschuhten Finger vorsichtig auf den Knopf. Ein scharfes Pfeifen. Ein Rauschen. Eine Stimme:

»Hier ist Andy. Ich hatte zu tun. Ja, du weißt. Ruf mich an, wenn du zu Hause bist. Ciao Baby.«

Wieder das Rauschen. Pfeifen.

Nichts.

Dann …

Ringmar beugte sich vor, um zu lauschen. Winter machte einen Schritt näher.

Jetzt hörten sie ihre Stimme. Einen Schrei, noch einen. Ein … Grunzen oder wa… Geräusche von Schlägen, dumpf, ein Rascheln von Zweigen, Büschen …

»Was zum Teufel«, sagte Ringmar.

»Still.« Winter stand über den Anrufbeantworter gebeugt. »Das ist sie.«

Ringmars Gesicht war wie versteinert. Sein Blick ging zwischen Winter und dem Anrufbeantworter hin und her.

»Wie zum Teu…«

Winter hob die Hand. Er spürte, dass sie zitterte.

Wir lauschen einem Mord.

AAAHHIILLLIEEEHH!!!

Er hörte einen Reim. Ein Geleier. Im Augenblick fiel ihm nicht ein, wer etwas von einem Reim gesagt hatte. Jeanette? Jeanette, die überlebt hatte?

Er starrte den Anrufbeantworter wie ein lebendiges Tier an. Es war schwarz, lebensbedrohend.

Sie lauschten auf die Schreie, Geräusche, das Grunzen, Gebrüll, die Stimme, die immer wiederkehrte, allliiaahllee … die ersten beiden Male leise und dann lauter, AAALLIILLLIEH!

Es brach jäh ab. Winter sah auf die Uhr. Es konnten nicht viele Minuten vergangen sein, aber ... die Nachricht hätte eher unterbrochen werden müssen. Sie warteten, aber es kam nichts mehr. Im Apparat knackte es, und das Band wurde zurückgespult. Ringmar drückte wieder auf den Knopf.

»Hier ist Andy ...«

Sie lauschten auf die Wiederholung. Ringmar schrieb.

Es wurde still.

»Das ist er«, sagte Winter.

»Und sie«, sagte Ringmar.

Wieder schrie eine Möwe. Die Sonne war jetzt über den Berg im Osten gestiegen, und ihr Licht fiel auf das Haus. Auf der matten Oberfläche des Anrufbeantworters blitzte es plötzlich auf.

Halders wechselte die Platte. In zweiundzwanzig Minuten würde es hell werden. Aneta Djanali nahm den Geruch nach Whisky in seinem Atem wahr, als er zurückkam und sich aufs Sofa neben sie setzte.

Die Musik begann. Einige vorsichtige Pianoakkorde. Bob Dylans Stimme. *I know no one can sing the blues like Blind Willie McTell.*

»*Smell that sweet magnolia blooming*«, sang Halders. »*Hear that undertakers bell.*« Er murmelte etwas.

»Was hast du gesagt, Fredrik?«

»*No one can sing the blues like Bob Dylan.*«

Aneta hörte ihm schweigend zu.

»*Well God is in his heaven*«, sang Halders mit Dylan.

»Vielleicht solltest du dich lieber hinlegen, Fredrik.«

Er beugte sich vor, nahm das Glas und trank.

»Findest du, ich falle aus der Rolle?«

»Du siehst müde aus.«

»Müde? Ha!«

»Hör jetzt lieber auf zu trinken.«

»Das ist meine Sache. Vielleicht brauche ich es?«

»Sag's mir morgen.«

»Morgen? Bleibst du?«

Sie stand auf, ging in die Küche und kam mit einem Glas

Wasser zurück. Am Himmel, der durch die Balkontür zu sehen war, schimmerten Streifen des neuen Tages.

»*But nobody can sing the blues like Blind Willie McTell*«, sang das Duo Dylan/Halders. »*There's a chaingang on the highway, I can hear them rebels yell.*«

»Du musst die Kinder morgen in die Schule bringen.«

»Musst du mich daran erinnern?«

»Wir haben um acht Dienst.«

»Ich hab doch gesagt, du sollst mich nicht erinnern, an ... an ...«

Die Musik verstummte, Halders erhob sich, stellte sie erneut an und drehte sich zu Aneta Djanali um, die immer noch stand.

Er sang: »*There's no one that sings the blues like Blind Fredrik McTell.*«

Dann fiel er über die Sofakante und schlug mit dem Kopf fast auf den Boden.

»Fredrik?!«

Aneta Djanali stürzte rasch zu ihm und beugte sich über ihn. Halders' Augen standen offen.

»Fredrik?!«

Er murmelte etwas und bewegte den Kopf. Richtete sich auf.

»So bes... besoffen bin ich gar nicht.«

Er fing an zu weinen. Aneta Djanali nahm ihn in die Arme und spürte, wie seine schmalen Schultern bebten. Die Muskeln an seinem Hals waren angespannt wie Drahtseile. Er befreite sich von ihr, richtete sich auf und setzte sich wieder.

»Ich pack's nicht, Aneta.«

Sie setzte sich neben ihn.

»Hast du dir eigentlich erlaubt zu trauern, Fredrik?«

Er sah sie an, als hätte er sie nicht verstanden. Oder als wollte er sie nicht verstehen, dachte sie.

»Hier geht es um dich, Fredrik. Nur um dich. Und um deine Kinder. Du darfst dich nicht verstellen. Das ist gefährlich. Du musst du sein und fühlen, was du fühlst. Wirklich fühlen. Verstehst du. Fühlen ... und es auch zeigen.«

Er murmelte etwas.

»Was hast du gesagt?«

»Fühlen.«

»Ja?«

»Was ist das – fühlen?«

Der Anrufbeantworter war bei den Kriminaltechnikern. Winter hatte eine Kopie vom Band. Er hörte sich den Anfang an. Wer war Andy?

Sie konnten herausfinden, ob er von einem Handy oder einem normalen Telefon aus angerufen hatte. Aber ein Handy war … ein Handy. Das bewegte sich mit dem, der sprach.

Anne Nöjd hatte offenbar allein gelebt. Jetzt waren die Spurensicherer dort, überall Spurensicherer.

Sie hatten die Namen von den Eltern und anderen Verwandten ausfindig gemacht. Winter hatte ein paar unangenehme Telefongespräche geführt. Ihre Mutter. Gerade eben.

Jetzt klingelte sein eigenes Handy. Es war fast fünf Uhr.

»Ich hab mir Sorgen gemacht«, sagte Angela.

»Ich hatte keine Zeit, dich anzurufen.«

»Komm nach Hause, wenn du kannst. Dann mach ich uns einen Caffé latte, und in einer Stunde hol ich uns frische Brötchen vom Bäcker.«

»Ich versuche dann zu Hause zu sein. Jedenfalls für eine Weile.«

Das Telefon auf dem Tisch klingelte. Er verabschiedete sich von Angela und hob den Hörer ab. Es war einer der Männer von der Spurensicherung in Långedrag.

»Hier ist ein Junge aufgetaucht, der heißt Andy, er wollte … zu dem Mädchen.«

»Wo ist er jetzt?«

»Er steht neben mir.«

»Gib ihn mir mal.«

Winter hörte eine neue Stimme, sie klang jung, ängstlich. »Was ist passiert?«

Winter stellte sich vor.

»Können Sie sofort herkommen?«

»Was ist mit … mit Anne?«

»Ich möchte, dass Sie sich in eins der Autos setzen, die draußen stehen, und sofort herkommen, dann werde ich Ihnen alles erzählen.«

»Was ist mit Anne?!«

Winter zögerte einen Augenblick.

»Sie ist heute Nacht ermordet worden. Deswegen ist es unerhört wichtig, dass Sie sofort herkommen, Andy. Wir brauchen Ihre Hilfe.«

Er hörte einen Aufschrei. Es rauschte in der Leitung, und es klang, als ob das Handy des Spurensicherers durch die Luft flog.

»Hallo? Hallo?«

Winter hörte wieder die Stimme seines Kollegen: »Wir bringen ihn zu dir.«

23

Winter wartete in seinem Zimmer, das vom grauen Licht der Dämmerung erhellt wurde. Das Graue entsprach seiner Stimmung. Es war ein merkwürdiges Gefühl, da es sich mit der Erregung darüber mischte, wie es weitergehen würde. Etwas geschah. Er spürte eine Art kalte Erwartung … unwürdig, als ob er durch eine geschundene, hoffnungslose Landschaft reiste und dennoch ein Gefühl hatte, das an Hoffnung erinnerte.

Von draußen duftete es nach frisch erwachter Wärme. Die Vögel sangen wieder. Die Straße auf der anderen Seite des Flusses wurde von einem Wagen der Stadtreinigung gefegt. Er hörte das Kratzen der großen Bürsten bis hierher.

Die Tür stand offen, und ein etwa fünfundzwanzigjähriger Mann kam mit einem der Techniker der Spurensicherung herein, welcher grüßte und wieder verschwand.

Andys Gesicht sah eingefallen aus. Es *war* eingefallen.

Winter zeigte auf den Stuhl, und der Junge setzte sich.

»Was ist … ist passiert?«

Winter erzählte, was er wusste. Aber vorher hatte er nach Andys vollständigem Namen gefragt.

»Grebbe, Andy Grebbe.«

Er trug ein T-Shirt, der linke Ärmel war aufgerissen. Seine Haare waren sehr kurz, wirkten aber trotzdem ungekämmt. Unter dem linken Auge hatte er einen schwarzen Ring, unter dem rechten keinen. Von der anderen Seite des Schreibtisches wehte eine Fahne nach altem Alkohol zu Winter hinüber. Andy war jetzt einigermaßen nüchtern, aber sehr müde. Nervös.

»Wann haben Sie zuletzt mit Anne gesprochen?«

»Da… das war heute Ab… nein, ich meine gestern. Gestern Abend.«

»Wann genau?«

»So … so gegen acht, glaub ich. Ungefähr um acht.«

»Wo?«

»Wo? Nirgendw… nirgends, nicht so. Am Telefon. Ich hab sie von zu Hause angerufen.«

»Und sie ist drangegangen?«

»Drange… klar ist sie drangegangen. Ich hab doch gesagt, dass ich mit ihr gesprochen hab.«

Winter nickte.

»Dann hab ich sie heute Nacht angerufen, aber sie war nicht zu Hause.«

Winter nickte wieder.

»Ich hab ihr eine Nachricht auf dem Anrufbeantworter hinterlassen. Die müsste drauf sein.« Er sah Winter mit einem müden und gleichzeitig gehetzten Blick an. »Wenn Sie ihren Anrufbeantworter abhören, werden Sie die Nachricht dort finden.«

»Das haben wir schon«, sagte Winter. Er versuchte, Andys Blick festzuhalten. War das der Augenblick, in dem etwas passieren würde? Würde er zusammenbrechen?

»Okay. Dann haben Sie es ja gehört.«

»Ja. Wann haben Sie angerufen?«

»Tja … nach zwei. Vielleicht halb drei.«

»Von wo?«

»Von einer Kneipe in der Vasastan.«

Er nannte den Namen der Bar, und Winter wusste, wo sie war.

»Warum haben Sie angerufen?«, fragte er.

»Ist das ein Verhör?«

»Ich stelle nur ein paar Fragen.«

»Brauche ich einen Anwalt?«

»Sind Sie der Meinung, dass Sie einen brauchen?«

»Nein.«

»Warum haben Sie angerufen?«

»Ja … wir hatten uns verabredet, aber ich konnte nicht, und dann kam sie nicht in die Bar, und da hab ich angerufen und sie gebeten, sich zu melden, wenn sie nach Hause kommt.«

»Wo wollten Sie sich treffen?«

»In der Bar.«

»Ich meine das erste Mal.«

»In einem Café.«

Andy nannte den Namen, bevor Winter fragen musste.

»Aber Sie sind nicht hingegangen?«

»Doch, aber zu spät. Sie war nicht mehr da.«

»Ist sie dort gewesen?«

Andy antwortete nicht.

»Ist sie dort gewesen?«, wiederholte Winter.

»Ich weiß es nicht. Ich hab reingeschaut, aber sie war nicht da, und ich kannte auch niemanden, den ich nach ihr hätte fragen können.«

»Was haben Sie dann gemacht?«

»Eine kleine Runde durch die Stadt gedreht, und dann bin ich in die Bar gegangen.«

»Und sie hat sich nicht gemeldet?«

»Nein.«

»Wo war sie?«

Andy antwortete nicht. Er trank von dem Wasser, das Winter geholt hatte. Er schien in Gedanken plötzlich woanders zu sein, in einer anderen Landschaft.

»Wo war Anne gestern Abend?«, fragte Winter wieder.

»Ich weiß es nicht«, sagte Andy und schaute an Winter vorbei. Das hellere Licht des Morgens hatte sich mit dem Grau der Dämmerung gemischt. Es fiel auf Andys Gesicht. Winter fragte sich, warum er nicht die Wahrheit sagte.

Halders fragte sich, warum sie log. Sie saßen im Garten, unter dem grünen Dach eines Ahorns. Ihr Vater saß auf der Veranda. Sein Schatten fällt auf sie, dachte Halders. Er ist dreißig Meter entfernt, und trotzdem fällt sein Schatten auf sie. Es sieht aus, als würde sie frieren, aber wir haben dreißig Grad.

»Möchten Sie nicht, dass wir den Kerl festnehmen?«, fragte Halders.

»Natürlich will ich das«, antwortete Jeanette.

»Sie scheinen aber nicht sehr daran interessiert zu sein.«

»Ich hab doch alles gesagt, was ich weiß. Was ich ... erlebt habe. Wie ich es erlebt habe.«

»Was sagen Sie zu dem Mord?«

Sie verzog keine Miene. Es war, als ob sie nichts gehört hätte.

»Ich weiß nicht mehr als irgendjemand anders«, antwortete sie, bevor Halders seine Frage wiederholen konnte.

»Und Sie haben das Mädchen auch nicht gekannt? Anne Nöjd?«

Jeanette Bielke schüttelte den Kopf.

»Noch nie gesehen?« Halders zeigte ihr erneut ein Foto, das sie im Haus des Mädchens gefunden hatten.

»Ich weiß nicht.«

»Und das Haus?«

Sie zuckte wieder mit den Schultern.

»Es ist nicht weit von hier entfernt«, sagte Halders.

»Diese kleinen Häuser sehen ziemlich ähnlich aus«, sagte sie.

Halders nickte.

»Kaum auseinander zu halten.«

Kurt Bielke war von der Veranda heruntergekommen und näherte sich der Stelle, wo sie saßen, unter dem Ahorn, der wie ein grünes Dach war.

»Ich glaube, Jeanette braucht jetzt Ruhe«, sagte er.

Halders antwortete nicht. Kurt Bielke sah seine Tochter an.

»Du gehst jetzt in dein Zimmer, Jeanette.«

Sie schaute ihren Vater nicht an. Langsam erhob sie sich. Wie in Zeitlupe, dachte Halders.

»Ich bin noch nicht fertig«, sagte er. »Wir müssen noch reden.«

»Ihr werdet nie fertig.«

Jeanette sah Halders an. Er nickte ihr zu und stand ebenfalls auf.

»Wiedersehen, Jeanette«, sagte er und reichte ihr die Hand. Ihre Hand war kalt. Sie ging Richtung Haus.

»Wie geht es ihr?«, fragte Halders. Er hatte sich zu Bielke umgedreht.

»Was glauben Sie?«

»Was macht sie im Herbst? Geht sie zur Uni?«

»Wir werden sehen.«

»Und wie laufen die Geschäfte so?«

Bielke, der gerade gehen wollte, hielt mitten in der Bewegung inne und drehte sich zu Halders um. »Was meinen Sie damit.«

»Die Geschäfte. Sie sind doch Teilhaber eines Vergnügungsetablissements.«

»So?«

»Das ist doch kein Geheimnis?«

»Nicht?«

»Also ist es ein Geheimnis?«

»Es gibt Fragen, auf die kann man weder mit ja noch mit nein antworten«, sagte Bielke. »Zum Beispiel: Haben Sie aufgehört, Ihre Frau zu schlagen, oder auf die Frage, die Sie gerade gestellt haben.«

»Haben Sie Ihre Frau geschlagen?«, fragte Halders.

Bielke machte einen Schritt auf ihn zu.

»Oder Ihre Tochter?«

»Was zum Teu…«

Halders machte einen Schritt rückwärts und drehte sich um. Er hatte zu viel gesagt. Ich bin eben so. Vielleicht war es gut so. Vielleicht hab ich das unbewusst die ganze Zeit vorgehabt.

»Auf Wiedersehen«, sagte er über die Schulter.

»Ich werde IHREN CHEF anrufen«, rief Bielke ihm nach. Er folgte Halders. Der setzte sich in sein Auto, das im Schatten unter der Eiche vorm Zaun parkte. Bielke stand auf der anderen Seite des Zaunes.

»Winter«, sagte Halders, bevor er die Tür schloss. »Er heißt Erik Winter.«

Halders fuhr in Richtung Süden. Auf der Straße waren Flecken, die wie Wasserlachen aussahen, aber es war eine optische Täuschung. Flirrende Hitze auf dem Asphalt. Er blinzelte hinter dem Sonnenschutz, als die Sonne über das Auto herfiel.

Die Häuser in Frölunda wogten in der Hitze. Er parkte auf dem großen Parkplatz, der zur Hälfte aufgegraben war. An dem einen Ende wurde gebuddelt, während am anderen Ende die Asphaltkocher wüteten. Halders nahm den beißenden Geruch wahr, der in dem heißen Wind noch schärfer wurde. Die Arbeiter schufteten in Shorts und Handschuhen, derben Handschuhen. Ihre wettergegerbten Gesichter waren wie der Asphalt. So sollen Arbeiter aussehen, dachte Halders. Arbeiter müssen dunkle und feinere Menschen müssen weiße Haut haben. Wie Kurt Bielke.

Auf dem Markt waren viele Leute. Manche waren vermutlich schon aus dem Urlaub heimgekehrt, aber viele können es nicht sein, dachte er und kaufte einem runzligen Alten eine Birne ab.

Hier gab es nicht viele, die es sich leisten konnten, ein Sommerhaus zu unterhalten oder ins Ausland zu fahren. Der verwelkte Alte hatte mehr von der Welt gesehen als die meisten armen Svenssons, die hier träge und mit müden Blicken herumliefen, fette Hintern, billige Kleidung. Pfui Teufel, dachte Halders. Was hat das alles für einen Sinn. Dieses Land ist im Eimer.

Mattias wartete an der Treppe vor der Sporthalle. Hier wankten die Säufer des Ortes herum, eine Frau saß da, den Kopf in den Händen. Zwei Männer versuchten einander zu verprügeln, hatten aber keine Kraft. Ein Mann, fast noch ein Junge, trank aus einer Branntweinflasche, nach der ein älterer Kumpel zu angeln versuchte aus einer Welt, die verloren war. Als Halders an ihnen vorbeiging, roch er den Gestank nach Pisse und altem Besäufnis. Aber bei diesem schönen Wetter müssen sie wenigstens nicht frieren, dachte er.

»Haben Sie lange gewartet?« fragte er Mattias.

»Na ja.«

»Wollen wir gehen?«

»Gefällt Ihnen irgendwas nicht an diesem Ort?«

»Der Gestank«, sagte Halders und begann, die Treppe hinaufzusteigen. »Der Gestank vom Abschaum der Gesellschaft.«

Mattias folgte ihm.

»Warum nicht alles totschlagen?« Er sah Halders an. Mattias war groß, größer als Halders. Sein Körper wirkte kräftig.

»Dafür reichen unsere Truppen nicht aus.«

»Man kann ja mal anfangen. Aber wer trifft die Auswahl?«

»Ich«, sagte Halders. Sie setzten sich in ein Café vor dem großen roten Gebäude des Hallenbades.

»An so einem Tag badet niemand da drinnen«, sagte Mattias.

»Es kann aber ganz schön sein, an einem warmen Tag in die Sauna zu gehen«, sagte Halders.

»Ach?«

»Wirklich. Ich hab eine Weile im Mittleren Osten für die UNO gearbeitet, und in Nicosia haben wir gesaunt, als es draußen fünfundvierzig Grad waren. Hinterher war das richtig angenehm. Kühl.«

»Wenn Sie es sagen, muss es wohl stimmen.«

»Und was sagen Sie, Mattias?«

»Wozu?«

»Zu Jeanette.«

»Das hab ich Ihnen doch schon am Telefon gesagt, ich bin total leer, es gibt nichts mehr zu sagen.«

»Ich hab heute mit ihr gesprochen.«

»Hm.«

»Gerade eben.«

»Und mit ihm.«

»Mit dem Alten?«

»Ja.«

Mattias schaute in den Himmel, der stillzustehen schien, weil es keine Wolken gab. Ein Mädchen kam heran, um ihre Bestellung aufzunehmen. Halders bestellte Kaffee und Mattias ein Eis, und das Mädchen ging.

»Sie haben Recht«, sagte Halders.

»Wie bitte?«

»Was ihn angeht. Kurt Bielke.«

»Recht? Wieso Recht? Ich hab doch nichts gesagt.«

»Mit ihm stimmt was nicht. Verstehen Sie?«

Der Junge saß still da. Ihre Bestellung kam. Das Eis fing schon an zu schmelzen. Mattias schaute es an, ohne davon zu essen.

»Setzen Sie ihn mit auf die Liste«, sagte er.

»Wie meinen Sie das?«

»Wenn Sie auswählen, wer totgeschlagen werden soll.«

Das Problem der Polizei ist die Ferienzeit.

Winter las in der Mordbibel. Alte Zeitungsausschnitte.

»Die Türklopfaktion hat nicht viel gebracht, die meisten sind ja noch im Urlaub«, sagt Kommissar Sture Birgersson.

Heute setzt die Polizei die Überprüfung der Zeugenaussagen fort.

Heute wie damals, vor fünf Jahren. Heute setzt die Polizei das Nachdenken über die verschwundenen Zeugen fort, dachte Winter.

Es klingelte. Seine Mutter. Zum ersten Mal seit langem. Es rauschte in der Leitung von der spanischen Sonnenküste.

»In den Nachrichten hier sagen sie, dass es in Skandinavien immer noch wärmer ist als in Spanien.«

»Man kann uns gratulieren«, antwortete er.

»Wart's ab, wenn das so weitergeht. Es wird unerträglich. Du sprichst mit einer, die Bescheid weiß.«

»Bleibst du deswegen in Südspanien?«

»Ich komme im August, das weißt du doch. Dann ist es hier unten wirklich nicht zum Aushalten. Unerträglich.«

»Wir freuen uns auf dich.«

»Habt ihr euch schon Häuser angeschaut, Erik?«

»Wie?«

»Aber Angela hat doch gesagt ...«

»Was hat sie gesagt?«

Er hörte selbst, wie scharf seine Stimme klang.

»Was ist, Erik?«

»Was willst du damit sagen? Was hat Angela gesagt?«

»Sie hat nur gesagt, dass ihr euch vielleicht im Herbst was anschauen wollt. Vielleicht.«

»Ach?«

»Was ist, Erik?«

»Nichts ist. Es ist warm, das ist. Warm und viel Arbeit.«

»Ich weiß.«

»Aha.«

Wieder hörte er das Brausen in der Leitung, das fragmentarische Geschnatter von hunderttausend Stimmen quer durch Europa.

»Erik?«

»Ich bin noch dran.«

»Zwischen euch ist doch alles in Ordnung? Zwischen dir und Angela?«

24

Es war still. Winter konzentrierte sich darauf, einem Mord zu lauschen. Er hatte sich vorgestern eine neue CD von Pat Metheny mitgenommen, aber sie stand immer noch ungespielt im Regal schräg oberhalb vom Panasonic.

Er stellte das Tonbandgerät auf den Tisch. Der Vogelgesang von draußen schien zu verstummen. Er schaltete die Nachricht von Anne Nöjds Anrufbeantworter an.

Die Schreie und ... und die andere Stimme, eine Stimme wie aus der Hölle. Wie etwas absolut Unmenschliches, dachte er.

Wenn man die Stimmen trennen könnte. Sie nebeneinander legen und dann zuhören könnte.

Hier war eine Botschaft verborgen, unbewusst. In allem steckte eine Botschaft.

Jeanette hatte von einem wiederholten Reim gesprochen. Vielleicht drei Mal, immer dasselbe. Das Gesicht hatte sie nicht gesehen, aber die Stimme gehört. Oder wie man das nun nennen sollte ... das Geräusch. Wenn es denn der Täter war.

Waren darin Worte enthalten? Richtige, wirkliche Worte? Konnte man die Geräusche trennen, um diese Worte herauszulösen, wenn es sie gab? Oder Teile von Sätzen. Die Laute filtern. Es müsste doch machbar sein. Fünfzig Meter entfernt gab es Techniker im selben Haus, und im Übrigen gab es Tontechniker beim schwedischen Rundfunk.

Es klopfte an der Tür, und Ringmar trat ein. Er war nicht allein. Sie sah verängstigt aus.

Bergenhem und Möllerström ermittelten die Eigentumsverhältnisse. Das dauerte seine Zeit. *Barock* hatte keine offizielle Lizenz gehabt. Einige Kollegen vom Gewerbeaufsichtsamt kannten das Lokal natürlich, aber wie die Eigentumsverhältnisse aussahen, war unklar. Es hatte registrierte Besitzer gegeben, mehrere Namen und Gesichter, aber die hatten sie noch nicht erwischt. Doch das würde noch geschehen. Die Arbeit war mühselig, erforderte Tage und brachte viele Verhöre mit sich.

»Das sind aber viele Namen«, sagte Möllerström.

Darunter war ein besonderer Name, der mit einem Tanzlokal südlich vom Fluss in Verbindung gebracht wurde. Seit langem war dieser Name der meistgenannte in der Kneipenszene der Stadt. Sie hatten sich durch die Liste gearbeitet und waren auf ihn gestoßen. Bevor sie die Liste weiter durchgingen, wollten sie die fragliche Person verhören. Bergenhem machte sich keine großen Hoffnungen.

»Was ist überhaupt ein Tanzlokal in dieser Zeit?«, sagte Möllerström.

»Ein Lokal, wo die Leute essen und tanzen«, sagte Bergenhem.

»Gehört das nicht einer vergangenen Zeit an?«

»Essen und tanzen?«

Möllerström lächelte.

»Tanzlokale. Ich denke bei so was an das Stadthotel zu Hause.«

»Wir müssen uns das wohl mal anschauen«, sagte Bergenhem.

Sie fuhren zwischen Horden von Touristen hindurch. Viele sahen müde und verloren aus. Besucher aus fernen Städten.

In den Öltanks auf der anderen Seite des Flusses blitzte es bösartig. Das Lokal, das sie suchten, war in einem der gelben Ziegelsteinhäuser, die es entlang der Hafenstraßen gab.

Drinnen roch es nach Staub und altem Rauch, und es sah aus wie ein Tanzlokal: ein großer Tanzboden im Halbkreis um eine Bühne, Tische und Stühle in einem weiteren Halbkreis drum herum und am äußersten Rand eine lange Bar in Form eines Hufeisens. Die Tische waren weiß gedeckt, und auf jedem Tisch stand eine Vase mit Blumen.

Hinter dem Bartresen war niemand. Auf der Bühne standen Instrumente. Eine Frau zog einen grauen Aufnehmer an einem Stiel über den Fußboden, von Zeit zu Zeit tauchte sie den Lappen in einen Wassereimer. Einige Sonnenstrahlen fielen durchs Fenster auf ihr Gesicht wie Scheinwerferlicht, als ob sie auf der zehn Meter entfernten Bühne stände und das erste Liebeslied des Abends gesungen hätte. Sie wich dem Sonnenstrahl mit dem Kopf aus und starrte weiter auf den Fußboden, der ein schwarzweißes Karomuster hatte. Es war dunkel in dem großen Raum, aber doch so hell, wie es hier überhaupt werden konnte. Plötzlich wurden ein paar Sonnenstrahlen von einem Saxophon auf der Bühne reflektiert, es blitzte auf wie Gold.

»Ein Tanzlokal«, sagte Möllerström.

Links von der Bar wurde eine Tür geöffnet, und ein Mann kam auf sie zu. Er reichte ihnen die Hand und stellte sich vor. Er war groß, größer als Bergenhem und Möllerström, kahler Schädel und rasierte Schläfen. Unter einem dunklen Sakko trug er ein weißes T-Shirt zu schwarzen Anzughosen.

Er kam ihnen irgendwie bekannt vor. Bergenhem hielt seine Hand fest, während er sich und Möllerström vorstellte.

»Angenehm«, sagte Johan Samic.

Bergenhem versuchte zu erklären, warum sie hier waren.

»Da sind Sie genau richtig«, sagte Samic.

Bergenhem wartete. Möllerström sah erstaunt aus.

»Wir hatten damals dort ein Lokal«, sagte Samic. »Das war kein Geheimnis.«

»Wir reden hier nicht von Geheimnissen.«

»*Barock* war ein korrekter Club«, sagte Samic.

Was zum Teufel meint er damit?, dachte Bergenhem.

»Wir haben ihn zu einem respektablen Club gemacht.«

»War er das vorher denn nicht?«

Samic lächelte.

»Dürfen wir uns ein bisschen umsehen?«, fragte Bergenhem.

»Nein.«

»Nein?«

»Ich mag es nicht, wenn Leute vor Öffnung des Lokals hereinspaziert kommen und sich umsehen«, sagte Samic.

»Wir ermitteln in einem schweren Verbrechen«, sagte Möllerström.

»Ich weiß, aber was hat das mit meinem Restaurant zu tun?«

»Das haben wir doch gerade erklärt.«

»Das schon. Aber ich sehe nicht, was das mit diesem Laden hier zu tun haben soll?«

»Wir haben noch ein paar Fragen an Sie«, sagte Bergenhem.

»Ja?«

»Vielleicht sollten wir die bei uns klären.«

»Bei Ihnen?«

»Im Polizeipräsidium.«

»Haha.«

»Dann gehen wir also, sind Sie bereit?«

»Was zum Teu...«

»Sie können sich nicht weigern, mitzukommen, Samic. Das wissen Sie sicher.«

»Okay ... Himmel, ich hab im Augenblick so viel zu tun. Dann schnüffeln Sie eben rum.« Er sah sich um. »Dahinten sind die Toiletten.« Er machte ein Zeichen mit dem Daumen. »Ich gebe Ihnen die Erlaubnis, auch die Damentoiletten aufzusuchen.«

»Arroganter Kerl«, sagte Möllerström, als sie an einem neuen Touristenstrom vorbeifuhren. Oder sind es immer dieselben Leute, die hier den ganzen Tag herumlaufen, dachte er.

»Er kam mir bekannt vor«, sagte Bergenhem.

»Als Typ, meinst du?«

»Mehr als das. Ich habe den Kerl irgendwo schon mal gesehen.«

»Warum hast du ihm nicht die Fotos von den Mädchen gezeigt? Und von der Wand.«

»Die Situation war nicht günstig.« Bergenhem drehte sich zu Möllerström um, der am Steuer saß. »Abgesehen davon, hätte er nichts erkannt.«

»Glaubst du das?«

»Irgendwie kam er mir bekannt …« Bergenhem atmete den Wind ein, der durchs Fenster blies. »Ich muss mir noch mal Winters Fotos ansehen.«

Jeanette Bielke lauschte der Bandaufnahme. Winter hatte versucht, sie vorzubereiten, so gut es ging. Es ging nicht.

»Ich will nicht«, sagte sie nach wenigen Sekunden.

»Es hat ja noch nicht mal angefangen.«

»Ich weiß doch, was jetzt kommt.«

»Sie wi…«

»KÖNNT IHR MICH NICHT ENDLICH IN RUHE LASSEN!?«, schrie sie, sprang auf und blieb stehen.

Winter erhob sich ebenfalls. Plötzlich sackte Jeanette zusammen und schlug rückwärts auf den Boden. Winter stürzte um den Tisch herum. Sie lag mit geschlossenen Augen da. Als er sich über sie beugte, öffnete sie die Augen.

»Schon gut. Es ist nichts passiert.« Sie sah Winter an. »Okay, schalten Sie es ein.«

»Sie müssen nicht.«

»Deswegen bin ich doch hier, oder?«

Winter sah ihr in die Augen. Sie waren leer. Jeanette war in Gedanken an einem weit entfernten Ort.

Sie setzte sich wieder auf den Stuhl und wartete. Winter schaltete das Band ein.

Sie lauschte: allihyyllllelllyhh …

Winter schaltete ab.

»Daran erkenne ich nichts wieder«, sagte sie mit einer Stimme, die eingeübt klang, wie auf Band gesprochen. Sie sah Winter an. »Das ist ja furchtbar! Ich das echt?«

Winter nickte.

»Aber ich bin das nicht.«

»Was haben Sie gesagt?«

»Ich bin das nicht auf dem Band.« Sie sah durch das offene Fenster. »Es fängt an zu regnen.«

Winter ließ den Blick auf ihr ruhen. Sie schaute weiter aus dem Fenster, vor dem der Regen fiel. Auf dem Fußboden vor dem Fenster war Wasser. Im Aschenbecher auf dem Fensterbrett schwappte Wasser.

»Was meinen Sie damit, dass Sie es nicht sind?«

»Es ist jemand anders.«

Was soll ich jetzt machen? Winter blieb stehen. Jeanette schaute in den Regen, befand sich aber irgendwo anders. Er schaltete das Band wieder ein. Sie hörte nicht hin.

Richard Yngvesson hörte Winter zu. Der Tontechniker saß vor seinem Computer, der mit einem Mischpult und anderen Geräten verbunden war, deren Namen oder Funktionen Winter nicht kannte.

»Den schwedischen Rundfunk brauchen wir nicht«, sagte Yngvesson. »Dass du den überhaupt in Erwägung gezogen hast.«

»Ich bitte um Entschuldigung.«

»Hab gar nicht gewusst, dass ihr von der Fahndung uns so wenig zutraut.«

»Jetzt hör auf, Richard. Kriegst du irgendwas raus aus diesem Band?«

»Was möchtest du haben?«

»Alles, was sich irgendwie deuten lässt. Einen Satz oder ein Wort. Eine Stimme, die man hören kann. Nicht nur diesen Laut oder wie man das nennen soll.«

»Das Problem ist, dass es kein Stereobild gibt, mit dem man arbeiten könnte«, sagte Yngvesson. »Alles auf dem Anrufbeantworter ist Mono, alles ist in der Mitte.« Er sah Winter an, der sich neben ihn gesetzt hatte. »Verstehst du? Alles kommt mit einem einzigen Signal an.«

»Ich hab doch keine Ahnung, was Mono ist«, sagte Winter.

Yngvesson drückte auf Knöpfe, tauschte ein paar Anschlüsse und schob die Kassette in den Apparat. Die Geräusche begannen.

Der Techniker lauschte aufmerksam.

»Wir müssen dieses Lautbild filtern«, sagte er, »es sozusagen waschen.«

»Kann man das denn?«

»Na klar.«

»Gut.«

»Erwarte nicht zu viel. Jetzt kommt es erst mal darauf an,

die Bässe wegzukriegen und den Diskant auf dem Zwischenregister zu erhöhen.«

»Wann kannst du anfangen?«

Yngvesson schaute auf einen Terminplan an der Pinnwand neben den Computern.

»In einer Woche.«

»Das ist nicht dein Ernst.«

»Es geht hier nicht nur um dich, Winter. Du scheinst zu glauben, dass alle alles fallen lassen müssen, wenn du angestürzt kommst.« Yngvesson sah fast ärgerlich aus. »Da draußen passiert noch ein bisschen mehr.«

»Um welche anderen Morde handelt es sich?«, fragte Winter.

»Es gi…«

»Her mit dem Band«, sagte Winter.

»Wie bitte?«

»Ich geh zu jemandem beim schwedischen Rundfunk.«

»Nun warte doch mal …«

»Manchmal versteh ich die Leute nicht«, sagte Winter. »Ich beschäftige mich mit einem komplizierten Fall, gelinde ausgedrückt, junge Mädchen werden mitten in dieser hübschen Sommerstadt vergewaltigt und ermordet, und du schwafelst von anderen Sachen, die offenbar wichtiger zu ermitteln sind.«

»Hältst du eine Rede?«, fragte Yngvesson. »Sag Bescheid, wenn du fertig bist, dann kann ich mit der Arbeit anfangen.«

»Welcher Arbeit?«

»Deinem Mord«, sagte Yngvesson, drehte sich zu einem der Computer-Monitore um und sah Winter böse wie in einem Spiegel an.

»Plural«, sagte Winter, »es waren mehrere Morde.«

Yngvesson legte das Band wieder ein und lauschte noch einmal.

»Drei Minuten«, sagte er.

»Ja.«

»Drei Minuten Todeskampf.«

»Ungewöhnlich lange Aufnahmezeit für einen Anrufbeantworter.«

Yngvesson zuckte mit den Schultern.

»Wann hast du das Resultat, glaubst du?«

»Ich will nicht über Resultate reden.« Yngvesson machte etwas an der Tastatur. »Gib mir drei Tage.«

»Drei Tage?«

»Jetzt mach nicht noch mehr Druck, Winter. Du müsstest eigentlich eine Woche oder zwei warten, und jetzt sind es nur drei Tage. Okay?«

»Okay.«

»Drei Minuten, drei Tage«, sagte Yngvesson. »Aber mach dich innerlich darauf gefasst, dass es länger dauern kann.«

»Was wirst du tun?«

»Ich überspiel das Ganze auf meine Festplatte und lass das Tonbild von einigen Programmen bearbeiten. Es gibt Applikationen, die die Töne waschen und analysieren können. Wenn es da zum Beispiel ein konstantes Hintergrundgeräusch gibt, ein Brummen oder so was, vielleicht einen Lüfter, dann kann man die Frequenzen wegkriegen.«

»Hm.«

»Das braucht eben seine Zeit. Ich muss Geräusch für Geräusch durchgehen. Verstehst du das?«

»Ich verstehe.«

»Was ich bisher gehört habe, klang nicht besonders genau. Ich muss versuchen, den Diskant zu erhöhen, um rauszuholen, woran du interessiert bist, nehm ich an.«

»Ich interessiere mich für alles«, sagte Winter.

»Die Stimme«, sagte Yngvesson. »Du willst doch Worte haben? Oder wenigstens eine Stimme, Bruchstücke von Worten oder was wir finden?«

»Ja.«

»Es sind Stimmen dabei, aber man kann nichts Verständliches raushören, abgesehen von den Hilferufen des Mädchens. Aber eigentlich ist es ja mehr ein Flüstern. Dann hast du das andere … den Laut oder das Grunzen oder wie wir es nun nennen sollen.«

»Das ist es«, sagte Winter, »daran bin ich in erster Linie interessiert.«

»Na ja, ich werde mich aufs Zwischenregister einrichten,

mich mit den Kompressionen beschäftigen. Schwache Laute rausarbeiten. Versuchen, die starken zu dämpfen.«

Winter sagte nichts. Yngvesson lauschte wieder dem Band.

»Mal sehen, ob wir wenigstens Bruchstücke von Sätzen rausholen können. Das Handy scheint irgendwo drin zu liegen. Das war vermutlich in ihrer Handtasche, oder?«

»Ich weiß nicht. Es ist verschwunden.«

»Das macht das Ganze noch komplizierter. Wenn es in der Handtasche gelegen hat, meine ich. Es klingt ja auch so, als wären sie unterschiedlich weit vom Mikrofon entfernt.«

Winter sah die Szene vor sich. Die Tasche, die Erde, den Mann, das Mädchen, den Kampf, die Schläge, die Hände, die Leine. Den Tod. Die Leine? Warum hatte er »Leine« gedacht? Er hatte nicht »Gürtel« gedacht. Er sah eine Leine um den Hals des Mädchens. Was unterschied eine Leine von einem Gürtel?

»Aber es gibt wenigstens etwas Positives«, sagte Yngvesson. »Sie hatte ein Head Set.«

»Glaubst du?«

»Das muss sie gehabt haben. Es klingt, als ob das Mikrofon außerhalb der Tasche gewesen wäre, jedenfalls hier am Ende. Es sind klarere Geräusche, wenn man so sagen kann. Das Mikrofon hat deutlichere Laute aufgenommen.«

»Wir haben am Tatort nichts dergleichen gefunden. Keine Ohrmuscheln.«

Er überlegte, wo sie sein mochten. Würde jemand das Handy wieder benutzen?

Er spielte Brecker in voller Lautstärke und sah die Wolken verschwinden, vielleicht für immer. Die Musik jagte die Wolken in die Flucht.

Er rief Angela an.

»Die Sonne kommt wieder. Guck mal raus.«

»Rufst du deswegen an?«

»Ist das nicht Grund genug?«

»Hier kommt gerade Elsa.«

Er redete mit seiner Tochter. Angela übernahm wieder den Hörer.

»Übrigens sind wir Samstag eingeladen.«
»Bei wem?«
»Agnete und Pelle. Sie machen eine Beachparty.«
»Aha. Schön.«
»Du kannst doch?«
»Samstag? Das hoff ich wirklich.«

25

Bergenhem berichtete von seinem Besuch.

»Samic?«

»Kennst du den Namen?«, fragte Bergenhem.

»Nein.«

»Er war eine Weile an den Schuppen beteiligt.«

»Das werde ich überprüfen.«

»Gegen ihn liegt nichts vor. Ich hab nichts gefunden.«

Winter zündete sich einen Zigarillo an. Er hatte keine Kraft, zum Fenster zu gehen. Bergenhem hatte seine langen Hosen gegen Shorts ausgetauscht.

»Ich hab mir eben noch mal diese Bilder von der Examensfeier angeschaut«, sagte Bergenhem und holte seine Kopien hervor, beugte sich über den Tisch und zeigte auf etwas. »Guck mal da.«

Winter schaute auf den dunklen Mann, der neben dem Jungen stand.

»Das könnte Samic sein«, sagte Bergenhem.

»Das könnte irgendwer sein.«

»Ja ...«

»Du musst dir deiner Sache schon sicher sein.«

»Bin ich mir aber nicht.«

»Wo sind die Ähnlichkeiten?«

»Irgendwas im Gesicht. Aber Samic hat dünne Haare und dieser Kerl hat dicke.«

»Eine Perücke?«

»Oder Toupet.« Er sah Winter an. »Das muss man doch rausfinden können.«

»Und wie?«

»Gibt's denn keine Experten, die feststellen können, ob es echte oder falsche Haare sind?«

»Nur, indem wir ihnen die Fotos vorlegen?«

»Es gibt Experten für alles«, sagte Bergenhem.

Nur keine Experten, die Mörder finden, bevor in der Allgemeinheit Panik ausbricht, dachte Winter. Er dachte auch an Hans Bülow. Winter hatte den Artikel am selben Morgen gelesen. Das Bild von dem verschwundenen Jungen gesehen. Noch hatte niemand angerufen.

»Ich fahr hin«, sagte Winter.

»Zum Tanzlokal?«

Winter nickte. Noch einmal studierte er das Foto.

Er hatte es in seiner inneren Jackentasche, als er eine halbe Stunde später vor Johan Samic stand und ihm die Hand reichte. Ein Kellner hob die Stühle von den Tischen. An der Bar klirrte es, der Barkeeper zerkleinerte Eis vor und schnitt Zitronen.

»Jetzt kommt der Chef also persönlich«, sagte Samic.

»Kennen Sie dieses Mädchen?« Winter zeigte ihm das Foto, auf dem Angelika vor der Wand saß.

Samic betrachtete es, ohne dass Winter eine besondere Regung in seinem Gesicht beobachten konnte.

»Wer ist das?«

»Ich hab gefragt, ob Sie sie kennen?«

»Nein.«

»Ist sie jemals hier gewesen?«

»Nein.« Samic lächelte. »Sie ist zu jung.«

»Was fällt Ihnen an der Umgebung auf?«

»Hässlich.«

»Abgesehen davon«, sagte Winter.

»Eine Bodega an der Costa del Sol, falls Sie mich fragen«, antwortete Samic.

»Oder eine Kneipe ohne Konzession in Göteborg.«

»Könnte auch sein.«

»Kennen Sie keine von denen?«

»Keine.«

»Sie wissen nicht, wo das hier ist?«

»Ich weiß nicht, wie ich das noch deutlicher ausdrücken soll.«

»Es ist im *Barock*.«

»Im *Barock*? Der alten Bruchbude?«

»Ja.«

»Im *Barock* war ich hundertmal. Das Foto ist nicht von da.«

»Nicht?«

»Bestimmt nicht.«

»Sind Sie nicht irgendwann mal Teilhaber gewesen?«

»Hab ich Ihrem Kollegen doch schon gesagt.« Er sah Winter an. »Was soll überhaupt diese ganze Fragerei?«

»Wieso?«

»Sie kommen mit merkwürdigen Behauptungen.«

»Fragen.«

»Ja, ja. Aber *Barock* … ha! Was kommt danach?«

»Haben Sie eine Ahnung, wo dieses Foto sonst aufgenommen worden sein könnte?«

»Jetzt hör ich einen anderen Ton, Chef.«

»WO kann das Bild aufgenommen worden sein?«, wiederholte Winter.

Samic warf wieder einen Blick auf das Bild.

»Keine Ahnung.«

»Sie merken, ich brauche Ihre Hilfe«, sagte Winter. »Dies ist kein Verhör.«

»Aber Sie sind gerade dabei, es dazu zu machen«, sagte Samic. »Es wird ein Verhör.«

Wir sehen uns wieder, dachte Winter auf dem Weg nach draußen.

Samic könnte an einem Examenstag in diesem Frühsommer ein Toupet getragen haben. Aber das konnten viele andere auch. Es war unmöglich zu erkennen, ob er der Mann auf dem Foto war.

Draußen stand die Hitze. Man hätte Spiegeleier auf dem Gehweg braten können.

Winter hatte Hunger und ging in ein vietnamesisches Restaurant. Dort bestellte er ein Tagesgericht, eins von fünf aufgeführten, die alle gleich zu sein schienen. Er entschied sich für Reis mit Fleisch und bekam einen Tisch draußen unter einem Sonnenschirm. Die Straßenbahnen wirkten träge in der Hitze. Am Himmel waren keine Wolken. Flugzeuge kreuzten in großer Höhe. Es roch nach Benzin und Asphalt und vielleicht auch ein wenig nach Fluss, der nah war. Die Leute waren so leicht wie möglich bekleidet. Er selber trug Shorts und ein Khakihemd, das Angela ihm letzte Woche gekauft hatte.

Seit zwei Stunden hatte er nicht an Angela gedacht. An Elsa hatte er gedacht, aber nicht an Angela.

Das Essen kam, und er aß, aber er hatte plötzlich keinen Hunger mehr. Alles schmeckte nach Glutamat, er schob den halb leer gegessenen Teller von sich und trank das Mineralwasser aus. Dann zündete er sich einen Zigarillo an, schaute auf und sah Samic in einem Mercedes von gleicher Farbe wie Winters eigenem vorbeifahren.

Benny Vennerhag müsste eine Menge über Samic zu berichten wissen. Hat Samics Aufbruch etwas mit unserem Gespräch von eben zu tun?

Eine Frau mit zwei Hunden an der Leine kam vorbei. Sie trug zu viel und zu teure Kleidung. Einer der Hunde hockte sich hin und schiss auf den Gehweg. Die Frau sah sich um und wartete ungeduldig, dann ging sie weiter und ließ den kleinen Haufen zurück. Winter überlegte, ob er aufstehen und sie zurückrufen und für ein paar Sekunden einen ordentlichen Aufstand inszenieren sollte. Warum nicht?

Er blieb sitzen und sah, wie die Hunde ihrem Frauchen nachstrebten.

Sie glaubten, es sei eine Hundeleine gewesen. Er jedenfalls glaubte es. Der Mörder hatte seinen Opfern eine Leine um den Hals gezogen. Oder einen Gürtel. Oder eine Leine.

Hatte er einen Hund? Nein. Keinen Hund. Nur eine Leine, die er immer bei sich trug. Vielleicht lose hängend, während er durch die Parks strich … wie ein Hundebesitzer, der seinen Hund für eine kleine Weile frei laufen ließ und ihm lässig hinterherschlenderte und ihn gerade zurückpfeifen wollte. Eine lose hängende Leine. Vielleicht über dem Arm.

In der Brusttasche seines Khakihemdes klingelte das Handy.

»Wo bist du?«, fragte Angela, als er sich meldete.

»Sitze in der Nordstan und hab eben irgendeinen Fraß gegessen.«

»Du hättest nach Hause kommen können.«

»Keine Zeit, Angela. Hab heute noch eine Menge vor.«

»Können wir heute Abend zusammen baden fahren?«

»Klar.«

»Vor einer Sekunde schien mir das noch nicht so klar zu sein.«

»Um sechs. Ich hol euch ab.«

»Um sechs unten auf der Straße?«

»Pack alles ein. Und vergiss nicht meine Badehose. Und die Sardellenbrote.«

Er drückte auf Aus, und es klingelte wieder.

»Es hat sich einer gemeldet, der meint den Jungen wieder zu erkennen«, sagte Bergenhem.

»Nur einer?«

»Er wirkte glaubwürdig.«

»Wo?«

»Frölunda. Die Hochhäuser hinter dem Marktplatz.«

Bergenhem nannte die Adresse, Winter bezahlte und fuhr in Richtung Westen. Das digitale Thermometer auf dem Platz zeigte 34 Grad an. Die hohen Häuser rundherum waren farblos, schienen in der Luft zu schweben wie in einer Glasschicht.

Bergenhem stand vorm Zeitungskiosk. Sie gingen zwischen den Häusern hindurch. In deren Schatten saßen Pulks von Leuten. Winter roch den Duft nach Essen. Viele hier kamen aus südlichen Ländern. Heute Abend würden sie draußen am Meer sitzen, lange, viel länger als die anderen, die um sieben gehen würden. Aber nicht er, Angela und Elsa. Der Duft von gegrilltem Fleisch. Großfamilien, Menschen aller Altersklassen, Fußball, Geschrei, Lachen, Leben.

Sie gingen weiter, am Kulturhaus vorbei. Die Häuser wurden weniger und niedriger. Bergenhem schaute auf einem Zettel nach, zeigte auf einen Hauseingang und klingelte an einer Tür im zweiten Stock.

Ein Mann in Netzunterhemd und Bermudashorts öffnete. Er kaute auf etwas.

Bergenhem stellte sich und Winter vor.

»Ich glaube, er wohnt im Haus gegenüber«, sagte der Mann. Er kaute weiter. »Hier wohnen viele Kanaken.« Er war mit Kauen fertig und schluckte. »Allzu viele.« Er sah Winter an, der schräg hinter Bergenhem stand. »Was hat er gemacht?«

»Zeigen Sie uns bitte das Haus.«

»Ja, ja, ich muss nur noch meine Sandalen holen.«

Sie gingen über den Hof. »Nummer achtzehn«, sagte der Mann. Zwei kleine Kinder schaukelten in der Sonne. Eine schwarz gekleidete Frau saß auf einer Bank daneben.

»Wie gesagt, überall Kanaken«, raunte der Mann und nickte zu den Kindern.

»Halten Sie den Mund«, sagte Winter.

»Was fällt Ihnen ...«, sagte der Mann und blieb jäh stehen. Die Kinder stellten die Füße auf die Erde, bremsten die Schaukeln ab und sahen die Männer an, die vor ihnen stehen geblieben waren.

»Wie können Sie so mit mir ...«, begann der Mann wieder.

Winter ging weiter auf Nummer achtzehn zu. Bergenhem folgte ihm. Der Mann drehte sich um und sah ihn an und dann Winter, der vorangegangen war.

»Ich werde Ihren Vorgesetzten anrufen«, rief der Mann im Netzunterhemd über den Hof.

Sie gingen durch die Tür und klingelten an allen Wohnungstüren. Ungefähr die Hälfte wurde geöffnet, aber niemand kannte das Gesicht des Jungen. Bergenhem zeigte das Foto. Niemand hatte die *Göteborg Tidningen* gelesen.

Vier Türen blieben verschlossen, als sie klingelten.

»Tja«, sagte Bergenhem.

»Die Hausverwaltung«, sagte Winter.

»Die haben wir doch schon gefragt.«

»Dann frag sie noch mal.«

Sie gingen zurück. Winter sah den Schweiß auf Bergenhems Rücken durch sein Hemd.

Sie überquerten den Hof mit den höchsten Häusern.

»Hier wohnt ja Mattias«, sagte Bergenhem, »Jeanette Bielkes Exfreund.«

»Ich weiß.«

»Bist du mal bei ihm zu Hause gewesen?«

»Noch nicht.«

Winters Handy klingelte.

»Es ist keine vollzogene Vergewaltigung«, sagte der Arzt, der Pia Fröberg vertrat. »Bei Anne Nöjd.«

»Verstanden«, sagte Winter.

»Habt ihr schon was vom SKL gehört?«

»Leider nicht.«

Es entstand eine kurze Pause. Winter hörte Papier rascheln.

»Gürtel oder ein anderer schmaler Gegenstand«, sagte der Arzt.

»Wie eine Hundeleine? Könnte sie mit einer Hundeleine erwürgt worden sein?«

»Ja, gut möglich.«

Zwanzig Minuten nach sechs waren sie am Meer. Viele Schweden machten sich gerade auf den Heimweg. Andere trugen Picknickkörbe und Grillgeräte ans Meer.

»Morgen nehmen wir einen Minigrill mit«, sagte Angela. »Ich kann einen Einweggrill bei der Tankstelle kaufen.« Sie war dabei, Elsa auszuziehen. »Ich ertrage den Duft von ihrem wunderbaren Essen nicht mehr.« Sie schaute zu zwei schwarz gekleideten Frauen, die das Abendessen am Strand vorbereiteten.

»Ich auch nicht«, sagte Winter und hob Elsa hoch. Sie quietschte, als er sie kopfüber zum Wasser trug, dessen Wellen sich jetzt immer weiter ausrollten, jetzt, da der Tag zu Ende ging.

Elsa saß auf seinen Schultern, als sie hineingingen. Er setzte sich in die Hocke und ließ sie langsam in das lauwarme Wasser gleiten. Es gab zu viele Quallen, aber das Wasser war angenehm. Er hob Elsa wieder hoch, hielt sie unterm Bauch fest und wirbelte sie durchs Wasser. Das Licht blitzte. Der Horizont verschwand. Er hielt inne und spürte ein Schwindelgefühl im Kopf. Als es vorbei war, blieb etwas im Gehirn zurück. Es war da, und er versuchte es zu fassen, während sich Elsa in seinen Armen wand.

Da war etwas, das er gehört oder gesehen hatte, das genauso hell und blitzend war wie das eben, als er Elsa herumwirbelte. Eine Sekunde, zwei. Er hatte es gesehen. Es gesehen.

Er hörte Stimmen und schaute herab. Da standen zwei junge Mädchen und fragten, ob sie Elsa einmal halten dürften.

»Fragt sie selbst«, sagte er.

Elsa war einverstanden.

Sie fuhren nach Hause, als es dunkler geworden war. Er trug Elsa, die nichts wecken konnte, in die Wohnung hinauf.

Angela goss ihnen Weißwein ein. Sie saßen in der Küche und lauschten dem Abend.

»Du brauchst Urlaub«, sagte sie.

»Noch zwei Wochen – dann«, sagte er.

»Kannst du dir wirklich frei nehmen, wenn du diesen Fall bis dahin nicht gelöst hast? Die Fälle.«

»Ja.«

»Wirklich?«

»Vielleicht ist es sogar gut. Für die Ermittlung.«

»Das glaub ich nicht.«

»Hoppla, der Wein ist aber schnell alle.« Er betrachtete sein leeres Glas.

»Ich hol die Flasche.«

Er trank wieder, nachdem sie nachgeschenkt hatte.

»Woran denkst du, Erik?«

»Im Augenblick?«

»Wann sonst?«

»Ich denke daran, was für ein schöner Abend das ist.«

»Einer von hundert.« Sie sah ihn an. »Du denkst auch an etwas anderes.«

»Ja.«

»Du hast nicht fröhlich ausgesehen.«

Er trank wieder und stellte das Glas ab.

»Ich denk natürlich an diese Verbrechen, an die Mädchen.« Er sah sie an. »Ist doch klar, dass man nicht einfach abschalten kann, oder?«

»Nein. Das ist schon klar.«

»Wer das behauptet, irrt sich«, sagte er. »Man kann nicht abschalten, etwas anderes tun. Es kommt immer wieder.«

Sie nickte.

»Heute Abend sind zwei junge Mädchen da gewesen, sie wollten Elsa halten. Schon war wieder alles da. Mehrere Bilder.«

»Du hast ungewöhnlich abwesend gewirkt, als ihr wieder aus dem Wasser kamt.«

»Mir war dort was eingefallen.«

»Darf man fragen, was?«

»Ich hab es noch nicht ganz zu fassen gekriegt oder wie ich das ausdrücken soll. Aber mir ist eingefallen, dass ich etwas weiß ... etwas Neues. Glaub ich. Etwas Wichtiges.«

26

Winter rief Halders an. Der war gerade aufgestanden und hatte sich auf den Balkon gesetzt. Unsichtbare Vögel flogen vor einem Himmel, an dem zwei Jagdflugzeuge mit geraden Pinselstrichen ein Kreuz zeichneten.

»Mal sehen, was ich machen kann«, sagte Halders.

»Wie geht es dir sonst?«

»Scheißhitze.«

»Und abgesehen davon?«

»Ich hab doch gesagt, ich schau, was ich machen kann, oder?«

»Okay, okay.«

Halders schaute auf und entdeckte ein weiteres Kreuz. Das erste war schon mit dem Himmel verschmolzen.

»Wie du hörst, ist noch etwas von dem alten, ruppigen Halders übrig geblieben.«

»Dann gibt es ja Hoffnung.«

»Ich komm in ein paar Stunden rein«, sagte Halders.

»In der Zwischenzeit versuchen wir die Wohnung zu finden«, sagte Winter.

»Das müsst ihr doch wenigstens schaffen.« Halders machte eine Pause. »Ich fahr mal hin.«

Er fuhr die Umgehungsstraße am Fluss entlang. Die weißen Ausflugsdampfer leuchteten wie Flammen auf dem Wasser. Der Asphalt wirkte weich unter den Reifen. Es roch wie in einem anderen Land. Julie Miller sang auf Halders' Auto-CD: *Out in the rain I keep on walking, out in the rain like the brokenhearted do, I could be wrong but that's where you find me, out in the rain just looking for you.* Halders stellte es lauter und sang während der ganzen Fahrt nach Westen unter der Sonne, die mit Fäusten auf das Autodach schlug.

Die hohen Häuser in Frölunda schwankten wie betrunken in der dünnen Luft. Halders parkte vor einem von ihnen, schräg vor McDonald's.

Der Aufzug war kaputt. Er ging die Treppen zum sechsten Stock zu Fuß hinauf. Graffiti bedeckten die Wände, Buchstaben auf gerissenem Beton. Überall Flecken, schwarz wie Blut. Es roch nach Urin und Essensdünsten, die in den Luftschächten zwischen den Stockwerken erstarrt waren. Kinder brüllten hinter geschlossenen Türen, Erwachsene schrien in tausend verschiedenen Sprachen. Er begegnete einem Mann mit Turban, einer Frau mit Schleier, einem Mann im Unterhemd, der sich gegen die Wand drückte, als er vorbeiging, die Geisteskrankheit ins Gesicht geschrieben.

Im fünften Stock wurde eine Tür aufgerissen, und eine junge Frau kam mit einem breiten Kinderwagen heraus. Zwei kleine Kinder saßen darin und sahen still zu ihm auf. Die Frau drückte auf den Aufzugknopf. »Der ist kaputt«, sagte Halders. Sie drückte wieder. »Ich muss doch einkaufen«, sagte sie.

Halders stieg eine weitere Treppe hinauf und klingelte. Mattias öffnete nach dem dritten Klingeln.

»Ich war denen nicht fein genug«, sagte er, als sie auf dem Sofa unter einem großen Fenster saßen.

Halders nickte.

»Verstehen Sie?«

»Ich weiß, was Sie meinen.«

»Ist Ihnen das auch schon mal passiert?«

Halders nickte wieder. Er sah den Himmel und den Druck eines Gemäldes von einem Sonnenblumenfeld neben dem Fenster. »Sie waren gestern wieder dort, habe ich gehört?«, sagte er.

»Wer hat das denn gesagt?«

Halders antwortete nicht.

»Der alte Knacker, oder?«

Halders zuckte mit den Schultern.

»Jeanette hat doch nichts gesagt, oder?«

»Warum lassen Sie sie nicht in Ruhe, Mattias?«

»Wie in Ruhe lassen?«

»Sie haben verstanden, was ich meine.«

»Das hab ich doch längst getan. Sie alle in Ruhe gelassen.«

»Ach?«

»Trotzdem kommen Sie dauernd an.«

»Weil etwas anderes passiert ist.«

»Ja, ich hab's gelesen. Aber, ich ver...«

Er verstummte, als er das Bild von dem Jungen sah, das Halders ihm vor die Augen hielt. Es war eine Vergrößerung vom Passfoto des Jungen.

»Kennen Sie den?«, fragte Halders.

»Nein«, sagte Mattias nach kurzem Schweigen. »Wer ist das?«

»Darüber haben Sie nichts gelesen?«

»Nein, was gelesen?«

»Das ist ein Zeuge, zu dem wir gern Kontakt aufnehmen würden, aber er ist verschwunden.«

»Aha.«

»Wir haben eine Information bekommen, dass er hier wohnen soll.«

»Hier?« Mattias sah sich um, als ob der Junge gleich das Zimmer betreten würde.

»In diesem Viertel.«

»Das ist doch riesengroß. Hier wohnen hunderttausend. Hunderttausend Idioten.«

Halders nannte die Adresse.

»Ist das nicht auf der anderen Seite vom Kulturhaus?«

Im vierten Stockwerk hatte eine Frau geöffnet.

»Ich glaube, er wohnt hier drunter«, hatte sie gesagt, nachdem sie das Foto betrachtet hatte, das Winter ihr hinhielt. Es war dasselbe Bild, das Halders eben Mattias auf der anderen Seite vom Kulturhaus gezeigt hatte.

»Kennen Sie dieses Gesicht?«

»Ja … ich glaube, ja. Mir ist jedenfalls mal jemand auf der Treppe begegnet, der aussieht wie er.«

Sie gingen nach unten.

»Ich hab gesehen, wie er da reingegangen ist.« Sie zeigte auf die Tür in der Mitte. Es gab drei Türen in dieser Etage. »Diese da.«

Auf dem Namensschild stand Svensson.

Winter klingelte, hörte aber keinen Ton. Niemand öffnete. Er klopfte, zweimal. Die Frau war neben ihm stehen geblieben.

»Vielen Dank«, sagte er und drehte sich zu ihr um.

Sie sah enttäuscht aus.

»Wir lassen vielleicht wieder von uns hören, falls wir Hilfe brauchen«, sagte Winter.

»Äh … ja, dann …«, sagte sie, ging die Treppe hinauf und sah sich um.

Winter klopfte wieder an die Tür, aber es öffnete niemand.

»Haben Sie den Alten schon überprüft?«, fragte Mattias.

»Wie meinen Sie das?«

»Haben Sie mit Jeanette darüber geredet?«

Halders gab keinen Kommentar dazu ab.

»Sie brauchen ihn nur festzunehmen«, sagte Mattias.

»Das müssen Sie mir erklären.«

»Folgen Sie ihm.«

»Ihm folgen?«

»Beschatten Sie ihn und schauen Sie, was er treibt.«

»Haben Sie das getan?«

Winter wartete vor dem Haus. Er meinte, vor dem Haus gegenüber den Kanakenhasser gesehen zu haben, der ihm böse Blicke quer über den Spielplatz zuwarf. In der Mittagshitze spielten keine Kinder mehr draußen. Überall standen Fenster offen, aber kein Lüftchen regte sich. Winter hatte großen Durst und sah auf die Uhr.

Halders kam über den Spielplatz. Er reichte Winter einen Becher Coca-Cola mit Eis.

»McDonald's«, sagte er und nahm einen tiefen Schluck.

»Rettet mir mein Leben«, sagte Winter und trank in einem Zug die Hälfte aus.

»Als ob du verdunsten würdest.« Halders schaute zur Hausfassade hinauf. »Was gefunden?«

»Eine Frau glaubt, sie hat den Jungen eine der Wohnungen im dritten Stock betreten sehen.«

»Glaubt?«

Winter zuckte mit den Schultern.

»Reicht uns das?«, sagte Halders. »Du leitest ja diese Show.«

Winter trank wieder.

»Ja«, sagte er.

»Hast du den Hausmeister angerufen?«

»Da kommt er.« Winter nickte in Richtung des Mannes, der auf sie zukam.

In der Wohnung roch es ungelüftet. Wenn wir das Alter der Luft bestimmen könnten, wäre manches vielleicht anders, dachte Winter. Zum Beispiel: Hier ist seit dem achtzehnten Juni niemand gewesen. Am achtzehnten Juni wurden die Fenster geschlossen.

»Gemütlich«, sagte Halders, nachdem sie mit ihrem Schuhschutz vorsichtig durch die Wohnung gegangen waren.

In einem der beiden Zimmer, dem kleineren, gab es ein ungemachtes Bett, in dem anderen standen ein einsamer Tisch und eine Art Sessel. Einen größeren Tisch und zwei Korbstühle gab es in der Küche. Das war alles. Kein Schmuck, keine Blumen, keine Bilder, nichts, das irgendetwas über die Persönlichkeit des Mieters aussagte. Keine Gardinen, nur heruntergelassene Jalousien.

Im Badezimmer war gar nichts, keine Zahnpastatube, keine Zahnbürste, keine Shampooflasche.

»Du kannst nichts dorthin mitnehmen, wohin du gehst«, sagte Halders und sah sich um. Seine Stimme hallte wider in den nackten Zimmern. Winter sah den Schweiß auf seiner Stirn.

»Dann müssen wir mal nach diesem Svensson suchen«, sagte Winter.

Halders lachte kurz auf. »Hier handelt es sich eindeutig um eine untervermietete Wohnung, das seh ich doch auf einen Blick.«

»Aber es muss einen Vertrag mit dem eigentlichen Mieter geben«, sagte Winter. »Dem Anfang der Kette.«

»Dann wollen wir uns mal Glück wünschen«, sagte Halders.

Bevor sie das Haus verließen, stieg Winter noch einmal zu der Wohnung im nächsten Stock hinauf und klingelte bei der Zeugin. Sie sah freudig überrascht aus, als sie öffnete.

Er zeigte ihr noch ein Foto, und sie nickte, mehrmals.

»Ich bin ganz sicher«, sagte sie.

»Das Mädchen ist hier gewesen«, sagte Winter, als sie über den Spielplatz zu den Autos gingen. »Angelika Hansson. Die Frau über ihm hat sie mit dem Jungen zusammen gesehen.«

»*Big neighbour is watching you.*«

»Ja.«

»Manche sehen mehr, als man erwartet«, sagte Halders.

»Ich halte sie für glaubwürdig.«

Sie standen vor Winters Auto. Er legte die Hand auf den Lack, der heißer war als die Hölle.

»Er war mit auf dem Foto von ihrem Abi. Sie kannten einander.«

»Aber die Eltern haben ihn nicht erkannt.«

»Dafür kann es viele Erklärungen geben.«

»In dieser Situation? Wenn wir nach dem suchen, der ihre Tochter getötet hat?«

»Mit Menschen passieren wunderliche Sachen«, sagte Winter und legte wieder die Hand auf den Lack. »Wie viel kann man erklären? Wirklich erklären?«

»Lass uns fahren«, sagte Halders. »Ich fahr mit dir. Kollegen aus Frölunda können mein Auto in die Stadt bringen.«

Sie fuhren durch den Tunnel, an Långedrag vorbei. Der Gegenverkehr in Richtung Meer war dicht.

»Ich hab die Wohnung verkauft«, sagte Halders. »Ich wohne jetzt endgültig in dem Haus.«

Winters Handy klingelte in der Ablage auf dem Armaturenbrett. Er lauschte, sagte »danke« und legte das Telefon zurück.

»Der Mietvertrag ist mit einem Svensson abgeschlossen, aber er ist nicht der Hauptbewohner.«

»Wo wohnt er denn?«

»Fortsetzung folgt«, sagte Winter. »Im Augenblick sucht Sara nach dem Untermieter.«

»Der zu dem Unteruntermieter führen könnte.«

»Manchmal taucht ein Name auf, den man kennt.«

Sie fädelten sich in den Kreisverkehr vorm Park ein.

Winter parkte hundert Meter entfernt, und sie gingen über die Wiese. Mehrere Personen standen im Teich, von dem ein feuchter Geruch aufstieg. Das Wasser reichte ihnen bis zu den Schenkeln. Andere lagerten im Schatten der Bäume. Die spendeten keine Kühlung, aber immerhin Schutz gegen die Sonne. Vor einem Eiswagen auf Rädern stand eine kleine Schlange Kinder.

Die Absperrungen waren jetzt abgebaut.

Es fühlt sich an, als wäre es lange her, dachte Winter. Eine andere Zeit.

»Man kann die Stelle fast sehen, wo das Mädchen Nöjd ermordet wurde«, sagte Halders.

Winter schaute in die Richtung. Die Stelle wurde von Bäumen verdeckt. Aber es war dieselbe Stelle. Man konnte über die Wiese dorthin gelangen, wenn man wollte und konnte.

»Nichts Neues von der Tonanalyse?«, fragte Halders.

Winter schüttelte den Kopf und sah zu dem Eingang der Grotte. Sie wirkte kalt, und es war dunkel dort drinnen. Eine andere Welt.

»Eines Tages sehen wir ihn über das Feld kommen und vor dem verdammten Stein stehen bleiben«, sagte Halders.

Winter sagte nichts.

»Und dann nimmt er die Leine vor und guckt sich nach dem Hund um, den es nicht gibt«, fuhr Halders fort.

Winter schloss die Augen. Halders war still. Winter hörte Plätscherlaute vom Teich, als ob jemand seine Füße durchs Wasser schleifte. Es war ein schwaches Geräusch, aber es bedeutete Leben. Er öffnete die Augen wieder und sah zu dem Spalt und den Bäumen rundherum. Es war ein toter Platz, würde es immer bleiben. Dort dürfte kein Gras mehr wachsen. Kein Laub an den Bäumen. Nur Stein und Dunkelheit. Er hörte die Stimme von der Bandaufnahme in seinem Kopf, grunzend, sie verdrängte alle weichen Laute von Leben, das ihn hier umgab. Sie würde immer da sein.

27

Sie fuhren in Richtung Zentrum. Die Abgase vom Tunnel stachen Winter in die Nase. Halders hustete.

Er hatte die CD aus seinem Auto mitgenommen und steckte sie jetzt in Winters CD-Spieler. Winter hörte die Musik.

»Modern country«, sagte Halders. »Julie Miller.«

»Traurig«, sagte Winter. »*Out in the rain*, oder?«

»Das bringt Kühlung«, sagte Halders.

Sie bogen in einen weiteren Kreisel ein.

Was wusste der verschwundene Junge? Wusste er etwas über das Warum und Wie?

Wer war er?

War er auf dieselbe Weise erwürgt worden wie Angelika Hansson und Anne Nöjd? Und Beatrice Wägner. Vergiss Beatrice nicht.

Und Jeanette Bielke. Oder ihren Vater.

Oder ihre Mutter.

»Was hast du für einen Eindruck von Jeanettes Mutter?«, fragte Winter. Halders hustete wieder.

»Fast keinen«, sagte er nach einer weiteren Hustenattacke. »Sie ist fast wie ein Schatten.« Er räusperte sich, öffnete das Fenster und spuckte in den Fahrtwind. »Sie hat sich total zurückgehalten, als ich dort war.«

Sie hielten bei Rot vor der Oper. Die Segel der Boote im Gästehafen hingen schlaff herunter. Braun gebrannte Menschen saßen in Badekleidung in den Straßencafés. Alles war blau, weiß, gelb, braun, rot wie Ziegel.

»Dieser Fall wimmelt von Andeutungen«, sagte Winter.
»In der Tat«, antwortete Halders.
»Es ist an der Zeit, ihnen nachzugehen.«
»Wenn sie nicht in die Sackgasse führen.«
»Dann wüssten wir immerhin, dass es die falsche Spur war.«
Halders antwortete nicht. Er beobachtete zwei Familien, die vor ihnen die Straße überquerten. Zwei Männer um die dreißig schoben jeder einen Kinderwagen.
»Das ist wie im Leben.«
»Was? Die falschen Spuren?«, fragte Winter, als sie weiterfuhren.
»Tja ... im Leben verfolgt man vermutlich meistens die falsche Spur, und fast immer führt sie in eine Sackgasse.«
Winter antwortete nicht. Halders' Einschätzung des Lebens hatte sich seit Margaretas Tod nicht geändert.
Gleichzeitig war es eine Zusammenfassung ihrer Arbeit. Falsche Spuren. Sackgassen. Richtige Spuren. Gassen. Irgendwann würde es keine neuen Gassen mehr geben, aber wenn sie hart arbeiteten und Glück hatten, würden sie eine letzte Spur finden, sie würden ihr folgen, und sie würde nicht in eine Sackgasse führen. Dahin waren sie die ganze Zeit unterwegs. Es war ihr Job. Eine Spur, die in die Hölle führte, wo vielleicht die Antwort zu finden war. Nicht die Antwort auf alles. Eine solche Antwort gibt es nie, dachte er. Selten Erklärungen. Für die Geheimnisse von Menschen gab es nicht viele Erklärungen. Wer bekam eine Erklärung fürs Leben? Am Ende des Lebens gab es keine Zusammenfassung. Es endete, einfach so, für viele allzu früh, es endete, als ob die Sonne plötzlich vom Himmel stürzte.

Yngvesson arbeitete in seinem Studio, als Winter hereinkam. Das Studio war ein enges Durchgangszimmer zu einem anderen kleinen Raum. Auf einem der Monitore zuckte eine Linie, wie ein Pulsschlag.
»Keine angenehme Beschäftigung«, sagte Yngvesson und drehte sich mit seinem Stuhl um.
»Was hörst du da?«
»Zum Beispiel dies besondere Geräusch, wenn sich eine Schlinge um einen Hals zieht.«

»Was hat sie vorher gesagt?«

Yngvesson kehrte mit dem Blick zum Arbeitstisch zurück, der erstaunlich klein war.

»Es klingt wie ein Kampf. Stöhnen. Keine Hilferufe, aber die kann es ja auch gegeben haben.«

»Ein Kampf? Gab es einen Zweifel, wie der ausgeht, was meinst du?«

»Was meinst du selber nach allem, was du bis jetzt gehört hast?«

»Nein.«

»Nein«, wiederholte Yngvesson. »Aber bei Vergewaltigungen zum Beispiel gibt es häufig eine Gelegenheit, wo das Opfer eine Chance zur Flucht sieht. Eine Chance sich zu befreien. Das haben ja viele Opfer hinterher bezeugt. Das ist, als würde eine Lücke im Kampf entstehen, oder beim Überfall, ein Moment, in dem der Täter zögert. Oder zu zögern scheint.«

»Um Verzeihung bittet?«, fragte Winter.

»Nein, nicht in dem Augenblick, das kommt später«, sagte Yngvesson. »Wenn es denn kommt.«

»Was hörst du in diesem Fall?«

»Ich höre kein Zögern«, sagte Yngvesson. »Kein Zögern.«

Im Studio war es still. Winter hörte nichts von der Welt da draußen.

»Ich möchte wissen, ob sie ihn gekannt hat«, sagte Winter jetzt.

»Wie meinst du das?«

»Ob man irgendwie hören kann, dass sie ihn kannte.«

»Darauf kann ich nicht antworten«, sagte Yngvesson. »Noch nicht jedenfalls.« Er sah Winter wieder an.

»Aber soviel weiß ich jetzt schon, dass er an dieser Stelle etwas zu ihr sagt.«

»Kannst du das rausholen?«

»Ich muss versuchen, es aus dem Tonbild herauszufiltern, wenn es am deutlichsten ist.«

»Wann ist das?«

»Wenn sie bei ihrer Tasche sind. Da ist der Ton am besten.«

»Er sagt also etwas zu ihr?«

»Oder zu sich selbst. Willst du es hören?«

Winter nickte und setzte sich auf den Stuhl neben dem größten Computer.

Die Stimme ertönte aus dem Lautsprecher. Das ist nicht Black Metal, dachte Winter. Das hier ist echt.

AAALHHIILLLIEEEAH!!

ILLAHYYELLIAIEEH!!

Winter sah Yngvesson an. Sein Profil war scharf, ruhig, professionell. Gott mochte wissen, was er dachte.

»Vielleicht sagt er ihren Namen«, sagte Yngvesson, ohne den Kopf zu drehen. »Sie hieß Anne. AAALHH ... das könnte ihr Name sein.«

Winter lauschte.

»Geht das noch deutlicher?«

»Ich versuche es. Nicht jetzt. Ich muss mehr an dem kräftigen Ton arbeiten, muss versuchen, ihn leiser zu kriegen. Da ist einiges drum herum, das weg muss.«

»Was zum Beispiel?«

»Es gibt verschiedenes Rauschen. Wind, vermutlich. Verkehrsgeräusche.«

»Verkehrsgeräusche?«

»Ja, Verkehrsgeräusche. Ein Auto fährt vorbei. Vielleicht dreißig Meter entfernt, vielleicht fünfzig.«

»Es sind mehrere hundert Meter bis zur Straße.«

»Nicht auf diesem Band. Ich glaube, es ist ein Auto, und es ist nah, wie ich schon sagte.«

»Es könnte auf dem Fahrradweg gefahren sein.«

»Siehst du.«

»Du meinst, ein Auto ist da vorbeigefahren, als es passierte?«

»Scheint so.«

»Die hätten doch das Fahrrad auf der Erde liegen sehen müssen«, sagte Winter.

»Um so was scheren sich die Leute nicht«, sagte Yngvesson.

»Vom Auto aus hätte man sehen müssen, was da gerade passierte«, sagte Winter.

»Dann musst du nach einem weiteren Zeugen suchen.«

»Kannst du hören, was für ein Autotyp das war?«

»Natürlich«, sagte Yngvesson trocken. »Warte ein bisschen, dann liefert uns der PC auch noch das Autokennzeichen.«

Er spielte die Sequenz noch einmal.

»Da.« Er spulte zurück und ließ das Band noch einmal von vorn laufen. »Da. Das ist eine Art Satz. Jedenfalls einige Wörter hintereinander. Nicht nur das Gurgeln von einem Geisteskranken.«

Winter hörte das Gurgeln. Es klang jedes Mal schrecklicher. Wie wenn man sich ein Snuff-Movie anschaut. Menschen, die wirklich getötet werden. Ein Snuff-Tape. Ein echter Mord.

»Und ich sag dir, ich krieg das raus«, sagte Yngvesson.

»Kann man hören, ob er alt oder jung ist?«

»Immer eins nach dem anderen.«

»Geht das?«

Der Tontechniker zuckte mit den Schultern, kaum merklich, schon wieder von seiner Arbeit absorbiert.

Ringmar murmelte etwas, stand widerwillig auf und ging in den Korridor.

»Du bist wirklich mit Kaffeeholen an der Reihe«, rief Winter ihm nach.

Ringmar kam zurück, hatte aber die Milch vergessen. Er musste noch mal gehen. Winter rauchte am Fenster. Mercator war nicht mit Corps zu vergleichen.

Ein Kanu glitt auf dem Fluss vorbei. Winter sah die Bewegung der Paddel im Wasser. Das war das Einzige, was sich an diesem Nachmittag da draußen bewegte. Keine Autos, keine Straßenbahnen, keine Flugzeuge, keine Fußgänger; keine Geräusche, kein Wind, kein Geruch, nichts anderes als das Wasser, das von dem Mann in Bewegung gesetzt wurde, der nach Osten paddelte. Die Sonne war wie ein Speer in seinem Rücken, wenn es den Strahlen gelang, sich zwischen den Häusern am Drottningtorget hindurchzustehlen.

»Okay?«, sagte Ringmar hinter ihm und stellte die Kaffeetasse auf den Tisch.

»Was hältst du davon, wenn wir einen Schatten auf den Kneipenkönig Samic ansetzen?«, fragte Winter, ohne sich umzudrehen. Er nahm einen letzten Zug und legte den Zigarillo in den Aschenbecher auf der Fensterbank.

»Warum nicht«, sagte Ringmar. »Wenn wir es sauber hinkriegen.«

»Ich dachte an Sara«, sagte Winter.

Sara Helander. Eine der neuen Fahnderinnen, relativ unbekannt in der Stadt. Sah gut aus, aber nicht so, dass sie Aufmerksamkeit erregte. In diesem Job durfte man nicht Aufmerksamkeit erregend aussehen, dachte Winter. Ich vielleicht. Aber das ist jetzt auch vorbei.

Er sah auf sein Khakihemd, die Shorts und die nackten Füße in den Segelschuhen.

»Hast du mit ihr gesprochen?«, fragte Ringmar.

»Ja.« Winter drehte sich um. »Sie ist in dem Fall genauso drin wie wir anderen, und sie will es machen.«

»Wann?«

»Ab sofort.« Winter sah auf die Uhr. »Ziemlich genau ab diesem Augenblick.«

»Warum fragst du mich dann?«

Winter breitete die Arme aus. Ringmar trank seinen Kaffee.

»Ist sie allein?«

»Noch ja. Später müssen wir weitersehen.«

»Setz noch jemanden drauf an, Erik.«

»Ich hab im Augenblick niemanden.«

»Das musst du hinkriegen.«

»Okay, okay.«

»Welches Auto hat sie?«

»Deins.«

Ringmar prustete und spritzte einen halben Mund voll Kaffee über Winters Schreibtisch, wo keine Papiere lagen.

Die Schatten waren lang und flach, als er zu Bielkes Haus fuhr. Die alten Villen lagen im Dunkel hinter Hecken, die das Licht abschnitten, das auf die Grundstücke fallen wollte.

Die große Veranda war verlassen. Winter parkte davor. Der Schotter knirschte unter seinen Füßen, als er vom Auto zur Treppe ging.

Irma Bielke kam rechts aus einer Tür, bevor Winter die Veranda erreichte. Eine Sekunde meinte er, sie sähe der Frau auf dem Foto von Angelikas Examen ähnlich. Dasselbe Alter.

Er sah genauer hin, aber da war die Ähnlichkeit verschwunden.

Sie war fünfzig, sah aber viel jünger aus. Er hatte geglaubt, sie wäre etwa so alt wie er.

Er hatte nicht angerufen, war einfach hingefahren.

»Jeanette ist nicht zu Hause«, sagte sie. »Mein Mann auch nicht.«

»Ich wollte mit Ihnen sprechen«, sagte Winter.

»Mit mir? Worüber?«

»Können wir uns ein Weilchen setzen?«

»Ich wollte gerade weggehen.«

Weg zur Veranda, dachte Winter. Sie trug Kleidung, die für beides geeignet war, um zu Hause zu bleiben oder »weg« zu gehen, dasselbe wie alle anderen: Hemd oder Bluse, Shorts, nackte Füße in bequemen Schuhen.

Im Zimmer hinter ihr brannte eine Kerze. Winter sah es durch die Türöffnung. Sie stand auf einem schmalen Tisch nah beim Fenster.

»Fallen Sie den Leuten immer so ins Haus?«, fragte sie.

»Können wir uns ein Weilchen setzen?«, wiederholte Winter.

»Es gibt nichts mehr zu sagen«, antwortete sie. »Weder zu Jeanette noch zu meinem Mann und noch viel weniger zu mir.«

»Ich will Ihnen keine Behauptungen auftischen«, sagte Winter. »Ich möchte Ihnen nur ein paar Fragen stellen.«

»Gibt es denn überhaupt noch Fragen?«

»Es wird nicht lange dauern.«

Sie zeigte auf die Rohrmöbel, die weiter hinten auf der Veranda standen.

»Ersparen Sie mir das Geschwafel, das sei alles zum Besten von Jeanette«, sagte sie mit plötzlich harter Stimme. »Dass Sie den Täter, oder wie man den nennt, schneller festnehmen, je schneller wir allen, die hier dauernd reinschneien, helfen, alle Fragen zu beantworten.«

Winter antwortete nicht. Er setzte sich. Sie stand gegen die Wand gelehnt, im Halbschatten. In ihren Augen war kein Licht. Winter stand wieder auf, blieb stehen. Es duftete nach Holz und trockenem Gras. Das Licht im Zimmer brannte jetzt kräftiger.

»Wie geht es ihr?«

»Was meinen Sie, wie's ihr geht? Aus ihrem Studium wird jedenfalls nichts«, fügte Irma Bielke hinzu.

»Nicht?«

»Sie hatte sich ja schon beworben und war auch angenommen worden, aber sie hat beschlossen, nicht zu studieren.«

»Was will sie stattdessen tun?«

»Nichts, glaube ich.«

»Irgendwas arbeiten?«

»Nichts, hab ich gesagt.«

Sie setzte sich und sah ihn an.

»Wollen Sie mich nicht fragen, was das für ein Gefühl ist?«

»Was ist das für ein Gefühl?«

Sie schaute weg ins Zimmer, wo die Kerze brannte.

»Das ist kein Weltuntergang. Es gibt Schlimmeres.« Sie sah Winter wieder an, der sich auch wieder gesetzt hatte. »Wollen Sie nicht fragen, was es an Schlimmerem gibt?«

»Was könnte das sein?«

»So was wie Aids«, sagte sie. »Wir haben heute Morgen das Ergebnis des zweiten Tests bekommen.«

Winter wartete.

»Negativ«, sagte sie. »Gott sei Dank. Es ist noch nie so positiv gewesen, eine negative Nachricht zu bekommen.« Winter hatte den Eindruck, dass sie lachte, ganz kurz. »Sie haben einen guten Zeitpunkt für Ihren Besuch gewählt. Wir sind wieder glücklich.«

Sie rückte in den Halbschatten zurück. Winter überlegte, was sie als Nächstes sagen würde.

»Wo ist Jeanette heute Abend?«

»Mit Freunden baden«, antwortete sie. »Das erste Mal ... seit es passiert ist.«

»Und Ihr Mann?«

»Kurt? Warum fragen Sie?«

Winter antwortete nicht.

»Warum fragen Sie das?«, wiederholte sie.

Jetzt kommt es drauf an, dachte Winter. Die Kerzenflamme im Zimmer war plötzlich erloschen. Es roch nach Meer, jetzt viel stärker als vorher.

28

Sie sah an ihm vorbei, auf etwas im Garten. Winter hörte den Wind wie eine Bewegung in den Baumkronen. Ihr Gesicht war ganz ausdruckslos. »Ich weiß nicht, wo er ist.« Sie schien wieder zu lachen, aber vielleicht war es auch ein anderer Laut. »Das weiß ich selten.«

»Ist er mit Jeanette zusammen?«

»Das glaube ich nicht.«

Sie stand auf.

»Sind wir jetzt fertig?«

»Noch nicht ganz.«

»Ich hab keine Lust mehr, mit Ihnen zu reden.«

»Wann haben Sie zuletzt von Mattias gehört?«

Sie hielt mitten im Schritt inne. Wie wenn man ein Bild auf einem Video anhält, dachte Winter, nur mit größerer Bildschärfe.

»Wie bitte?«

»Mattias. Es ist ihm doch offenbar schwer gefallen, sich von hier fern zu halten.«

»Reden Sie von Jeanettes früherem Freund?«

»Gibt es noch mehr Mattiasse?«, fragte Winter.

»Nicht, dass ich wüsste.«

»Ich rede von ihrem Freund. Wann haben Sie zuletzt von ihm gehört?«

»Ja ... ich weiß nicht.«

»Was ist zwischen den beiden passiert?«

»Ist das für Ihre Ermittlung wichtig?« Sie schien ehrlich erstaunt. »Was spielt das für eine Rolle? Jetzt?«

»Verstehen Sie das nicht?«, sagte er nur.

»Nein.«

»Sie haben nie darüber nachgedacht?«

Sie dachte nach.

»Mattias? Nein. Das ist nicht möglich.«

Winter antwortete nicht. Sie sah ihn geradewegs an.

»Das glauben Sie doch nicht allen Ernstes? Dass Mattias ... dass er Jeanette etwas angetan haben könnte?«

Nein, dachte Winter. Er nicht. Aber er antwortete nicht. Stattdessen kommentierte er das Geräusch eines Autos auf der Straße.

»Kommt Ihr Mann jetzt nach Hause?«

»Jedenfalls ist es sein Auto«, sagte sie und sah wieder an ihm vorbei.

Eine Autotür wurde geöffnet und geschlossen. Schritte auf dem Schotter, Schritte auf der Treppe, eine Stimme: »Was macht der denn schon wieder hier?«

Winter drehte sich um. Kurt Bielke stand auf der obersten Treppenstufe. Er trug ein weißes Hemd, graue Hose und schwarze Slipper. Sein Gesicht war schweißbedeckt. Er kam näher. Winter nahm Alkoholgeruch in seinem Atem wahr. Bielke musste wissen, dass er es merkte, aber es war ihm offenbar egal.

»Kaum dreht man sich um, und schon sind Sie oder ein anderer Bu... jemand von der Kripo wieder hier«, sagte er. Er machte einen schrägen Schritt nach vorn, schwankte für den Bruchteil einer Sekunde, machte noch einen Schritt. Sah seine Frau an.

»Was hat er gesagt?«

Sie antwortete nicht.

Bielke sah Winter an.

»Was hat sie gesagt?«

»Wo ist Jeanette?«, fragte Winter.

Bielke drehte sich zu seiner Frau um. »Kannst du mir ein Bier holen?« Sie sah Winter an. »Ich meine *ein* Bier«, sagte Bielke und nickte Winter zu. »Der Kommissar darf keins, er will ja jetzt fahren, und man darf kein Bier trinken, wenn man Auto fährt.«

Jetzt ganz ruhig bleiben, dachte Winter. Dies ist ein wichtiger Moment. Der sagt mir was über Bielke und seine Frau. Vielleicht über Jeanette.

Irma Bielke hatte sich nicht vom Fleck bewegt.

»Muss ich selber gehen?«, fragte Bielke. Er hatte ein Lächeln im Gesicht und wandte sich Winter zu. Bielke hatte die Wandbeleuchtung auf der Veranda angeschaltet. Sein Gesicht war weiß in ihrem Licht. Er nickte Winter zu, hob die Augenbrauen und lachte, als ob ihm jemand einen Witz erzählt hätte.

Sara Helander machte einen Spaziergang in der Abendwärme. Auf der Treppe zum Kanal saß ein Pärchen, dicht nebeneinander. Der Mond spiegelte sich im Wasser und teilte es wie mit einem Band aus Gold. Die Silhouetten der Häuser hoben sich scharf gegen den Himmel ab, wie Kohlezeichnungen. Düfte strichen an ihr vorbei, als sie eine der Hafenstraßen überquerte. Ein Taxi glitt langsam südwärts, das Schild hinterließ in der Luft einen Streifen Licht. In den Straßenlokalen saßen viele Menschen. Sie hörte das Klirren von Gläsern und Porzellan und Stimmen, die zu diesem besonderen Sprachgewirr zusammenflossen, das es in allen Straßenlokalen in allen Ländern rund um die Welt gibt.

Autos kamen und fuhren ab vor dem Eingang des Tanzlokals. Auch hier standen Tische auf der Straße, aber es tanzte niemand. Es gab keinen freien Tisch. Sie setzte sich an die Bar und bestellte ein Mineralwasser mit Lime.

»Darf ich Sie zu dem Drink einladen?«, fragte der Mann auf dem Stuhl neben ihr.

Sie lehnte freundlich ab und nahm einen Schluck, nahm noch einen, merkte, dass sie Durst hatte nach der Fahrt hierher.

Der Mann sah sie an. Er war in ihrem Alter, um die dreißig. Nicht übel. Aber sie war nicht zu ihrem Vergnügen hier.

»Trinken Sie nicht zu schnell«, sagte er. »Die Wirkung kommt immer erst hinterher.«

»Es ist Mineralwasser«, antwortete sie.

»Mit dem Eis muss man aufpassen.«

»Deswegen hab ich kein Eis drin.«

»Es darf auch nicht zu warm sein«, sagte er und lächelte.

»Es spielt wohl gar keine Rolle, was ich sage, oder?«

»Nein.«

»Würden Sie bitte …«

»Ja, ja, ich bin jetzt still.« Er lächelte ein drittes Mal, gab dem Barkeeper ein Zeichen und bestellte sich noch ein Bier. Er sah auf ihr Glas, und sie schüttelte den Kopf. »Sicher?«

»Wollten Sie nicht still sein?« Sie trank. »Okay, noch einmal mit Lime. Kalt, aber ohne Eis.«

»Geschüttelt oder gerührt?«, fragte der Mann. Der Barkeeper wartete mit einem amüsierten Lächeln.

Sara Helander sah jemanden am Eingang. Johan Samic stand dort und sprach mit einem Paar, das gerade gekommen war. Sie unterhielt sich ein bisschen mit dem Fremden an der Bar, vergaß deswegen aber nicht ihre Arbeit. Vielleicht war es gut, wenn es wirkte, als ob sie in Gesellschaft wäre.

Johan Samic ließ einen Blick über seine Gäste schweifen. Draußen standen die Leute Schlange. Es war fünf Minuten vor elf.

Aus dem Lokal ertönte Musik. Tanzmusik. Das wär das Letzte, was ich täte, zu Tanzmusik tanzen, dachte sie.

Der Mann bekam sein Bier. Die Musik wurde plötzlich lauter.

»Tanzen Sie?«, fragte er.

»Nein, ich sitze auf einem Stuhl.«

Er nahm einen Schluck von seinem Bier. Vielleicht sah er verlegen aus. Du brauchst nicht so verdammt zickig zu sein, Sara.

»Es ist nicht gerade meine Musik«, sagte sie.

»Meine auch nicht.« Er trank wieder. »Ich zieh Rock vor.«

Sie nickte.

»Aber Sie haben ja Ihren Drink vergessen«, sagte er und nahm das Glas, aus dem sie noch nicht getrunken hatte. Er hielt es hoch. »Geschüttelt oder gerührt?«

»Geschüttelt«, antwortete sie und sah, wie sich Johan Samic an die Tür stellte, die Hände auf dem Rücken. Der Mann neben ihr machte eine kleine Bewegung mit dem Glas und stellte es wieder ab.

»Vielleicht sollte ich mich vorstellen«, sagte er und reichte ihr die Hand. »Martin Petrén.«

Sie nahm die Hand, automatisch und etwas abwesend, da Samic seinen Platz an der Tür verlassen hatte und sich zwischen den Tischen bewegte, vielleicht um wegzugehen.

»Und wie heißen Sie?«

»Eh ... wie bitte?«

Samic hatte sich umgedreht und ging wieder ins Lokal.

»Jetzt hab ich mich doch vorgestellt.«

»Eh ... na, klar. S... Susanne Hellberg.«

»Prost, Susanne.«

Er hob sein Glas, und sie griff nach ihrem, um ihm ebenfalls zuzuprosten. Er war nett und gar nicht mal hässlich. Irgendwann würde sie auch mal nicht im Die...

»Hallo!«

Sie spürte einen Stoß gegen die Schulter und ließ ihr Glas los, das sie gerade zum Mund führen wollte. Eine Hand griff danach und fing es auf, bevor es auf der Theke oder dem Fußboden zerspringen konnte.

Sie hatte Bergenhem nicht gesehen, als er kam. Er war geschickt.

»Hallo, hallo«, sagte er, immer noch das Glas in der Hand. »Das ist ja eine Überraschung.« Er lächelte nicht.

Der Mann, der sich mit Martin Petrén vorgestellt hatte, stellte sein Glas ab und erhob sich von dem Barhocker.

»Wollen Sie nicht bezahlen?«, fragte Bergenhem.

»W... wie bitte?«

»Halt mal fest, aber trink auf keinen Fall davon«, sagte Bergenhem zu Sara Helander, gab ihr das Glas und beugte sich zu dem Mann vor, der im selben Alter war wie er. Alle waren an diesem verzauberten Abend dreißig.

»Ich hab gesehen, was Sie gemacht haben«, murmelte Bergenhem. »Ich bin Polizist, ich hab einen Ausweis, verlassen Sie sich drauf. Den werde ich Ihnen später zeigen. Wir werden jetzt ganz ruhig das Lokal verlassen und die Angelegenheit woanders diskutieren. In Ihrem eigenen Interesse kommen Sie unauffällig mit.«

Der Mann sah sich um.

»Ich versteh nicht, wovon Sie reden«, flüsterte er.

»In dem Glas der Dame liegt eine aufgelöste Tablette. Ich hab gesehen, wie Sie sie haben reinfallen lassen. Vielleicht haben Sie noch mehr Tabletten in Ihren Taschen, vielleicht nicht. Wollen wir gehen?«

Der Mann blieb sitzen. Bergenhem beugte sich näher, sprach noch leiser: »Wollen wir gehen?«

»Aua! Was soll da...«

»Ich steh jetzt auf, und Sie tun dasselbe.«

Sara Helander sah, wie sich die Männer erhoben. Sie hatte nicht alles gehört, was Bergenhem gemurmelt hatte, auch die Antworten nicht. Aber sie begriff, was hier vor sich ging.

»Bezahl für beides«, sagte Bergenhem. »Komm dann zu deinem Auto, aber lass dir Zeit.« Er sah auf das Glas, das sie immer noch in der Hand hielt. »Und bring das Glas mit. Und nicht davon trinken.«

»Ich verstehe«, antwortete sie leise. »Bin ich ein Idiot oder bin ich kein Idiot?«

»Dann gehen wir mal, mein Herr«, sagte Bergenhem, und sie gingen, gingen tatsächlich, ganz freundschaftlich hatte einer dem anderen den Arm um die Schulter gelegt, zwei alte Freunde oder zwei hübsche Schwule, dachte Sara Helander. Sie bezahlte und fragte, ob sie das Glas mitnehmen dürfte, wenn sie dafür bezahlte. Sie wollte runter an den Kanal gehen und ihr Wasser dort trinken. Der Barkeeper zuckte mit den Schultern und wollte das Glas nicht bezahlt haben. Eigentlich habe sie »ja schon dafür bezahlt«.

Bergenhem wartete am Parkplatz. Es war nicht weit.

»Wo ist er?«, fragte sie.

»Gib mir das Glas.« Er stellte es in einen besonderen Halter in seinem Auto und deckte es zu.

»Wo ist der Kerl?«

»Das Überfallkommando hat ihn auf der Stelle mitgenommen.«

»Himmel, bist du sicher, Lars?«

»Ja. Aber ich weiß noch nicht, was er dir da reingetan hat, jedenfalls wohl kaum Vitamine.«

»GHB.«

»Vermutlich. Oder Speed, Heroin … wir werden sehen«, sagte er und nickte zum Glas.

»Ich dürfte nicht mal Strafzettel bei Falschparkern verteilen«, sagte sie.

»Es *ist* ein gefährlicher Job.«

»Hast du gehört, Lars? Was für eine dilettantische Fahndung, ich bin ja ein dreifacher Idiot.«

»Im Gegenteil«, sagte Bergenhem. »Wir haben mit gemeinsamer List eins der niedrigsten Wesen der Gesellschaft aufgespürt, das gerade dabei war, sein Gift in der Welt zu verbreiten. Wir haben das Schwein in eine Falle gelockt, aus der es nicht mehr rauskommt.«

Sie sah Bergenhem an.

»Wird das im Bericht stehen?«

»Klar.«

»Du bist ein Engel, Lars.«

»Lad mich bei Gelegenheit zu einem Drink ein.«

»Wann immer du willst.«

»Aber sei vorsichtig, wenn dich ein anderer einlädt.«

»Ich werde nie …«

»Dann wollen wir mal weiterarbeiten«, sagte Bergenhem und klopfte gegen das Glas. »Ich muss diesen Scheiß mitnehmen.«

»Glaubst du, ich kann zurückgehen?«

»Da hat vermutlich niemand was gesehen.«

»Bist du ganz sicher?«

»Sind wir etwa nicht professionell?«

»Du jedenfalls ja.«

»Wir, hab ich gesagt. Jetzt geh zurück.«

Es war derselbe Barkeeper.

»Wie war der Mondschein?«, fragte er.

»Schön.«

»Noch ein Glas Mineralwasser?«

»Ja, bitte.«

»Etwas zu essen?«

»Im Augenblick nicht.«

Eine halbe Stunde verging. Es kamen mehr und mehr Menschen. Sara Helander drängelte sich mit anderen an der Theke, lehnte Einladungen ab, trank nichts mehr. Ein neuer Barkeeper tauchte auf. Er hatte keine Zeit, sich um jeden Gast aufmerksam zu kümmern.

Sie stand ein wenig abseits und entdeckte Samic. Er trug jetzt einen hübschen hellen Sommersakko, den er vorher nicht angehabt hatte, und ging gerade zwischen den Tischen hinaus auf die Straße. Falls er mit einem Auto wegfuhr, war das in Ordnung. Sie beabsichtigte nicht, ihm an diesem Abend zu folgen.

Samic ging allein in Richtung Norden, aufs Wasser zu. Sara Helander konnte ihn kaum unter all den Menschen ausmachen, die sich zwischen Fluss und Zentrum hin und her bewegten.

Samic überquerte die Straße und bog nach rechts zum Gästehafen ab. Das Opernhaus strahlte über dem Wasser. Das Lokal, das sich in einem Halbkreis um das Gebäude zog, war voll besetzt.

Sara Helander sah Samic auf der anderen Seite des Kanals. Er stand still und schien nachzudenken. Hinter ihm war eine Crêperie, die gerade schloss. Es war halb zwei. Plötzlich stand eine Frau vor Samic und sprach mit ihm. Sara Helander konnte aus der Entfernung ihre Gesichtszüge nicht erkennen. Nach fünf Minuten gingen sie zusammen weiter zum hinteren Ende des Kais. Sara Helander folgte ihnen rasch um den Kanal herum, ohne die beiden aus den Augen zu lassen. Das war jetzt leichter, da weniger Leute unterwegs waren.

Sie sah, wie Samic und die Frau um eine Ecke bogen. Von ihr aus waren es immer noch dreißig Meter bis dorthin. Sie blieb stehen und überlegte. Zwischen ihr und der Ecke war niemand, sie machte noch ein paar Schritte. Aus einem Lokal ertönte Musik. Den Motor hörte sie nicht, aber sie sah das Boot, als es hinter der Ecke auftauchte und Kurs nach Norden nahm. Ein mittelgroßes Motorschiff, das weiß, beige, hellblau oder gelb sein mochte, aber jetzt im schwarzen Licht der Nacht wirkte es orange. Samic stand am Steuer. Er schaute nicht zurück. Neben ihm stand die Frau mit flatternden Haaren.

Als Lars-Olof und Ann Hansson am frühen Morgen nach Hause kamen, merkten sie gleich, dass etwas nicht stimmte. Sie hatten bei Bekannten draußen auf einer der Inseln übernachtet. Schon im Vorraum schlug ihnen kühle Nachtluft entgegen.

Das Fenster in Angelikas Zimmer war aufgebrochen und stand halb offen. Auf dem Fußboden lagen Papiere, Bücher und zerbrochenes Porzellan verstreut. Die Kommodenschubladen waren herausgezogen. Angelikas Kleider hingen unordentlich im Schrank, die Tür war nur angelehnt. Ihr Bett war zerwühlt, und die nackte Matratze lag quer über dem Bettgestell.

Ann Hansson brach zusammen. Ihr Mann rief Winter an.

Winter und Ringmar standen im Zimmer. Winter sah, dass die frischen Blumen, die in einer Vase auf der Kommode gestanden hatten, jetzt im Halbkreis verstreut waren.

»Hier hat jemand nach etwas gesucht«, sagte Ringmar.

»Kannst du raten, wonach?«

»Nach dem Foto«, sagte Ringmar.

Winter nickte.

»Hat sich nicht die Mühe gemacht, hinterher aufzuräumen«, sagte Ringmar.

»Er weiß, wonach wir suchen«, sagte Winter.

»Könnte auch ein gewöhnlicher Dieb gewesen sein«, sagte Ringmar.

»Da steht ein Fernseher. Und da ein Telefon.« Winter zeigte auf das Nachttischchen. »Und ihr Schmuck liegt bestimmt immer noch in der obersten Schublade.«

»Dann bleibt uns nichts anderes übrig, als die Sache Beiers Jungs zu übergeben«, sagte Ringmar.

»Die werden auch nicht mehr finden«, sagte Winter.

29

Winter versuchte, etwas von Andys Gesicht abzulesen. Eine sich ständig verändernde Landkarte.

»An welcher Flussseite ist es?«, fragte Winter.

»Ist wer?«

»Dort gibt es eine Bar, oder? Die Anne manchmal besuchte?«

Andys Gesicht verriet, dass er der Meinung war, das gehe Winter nichts an, das gehöre nicht hierher.

»Die Sache ist verdammt wichtig«, sagte Winter.

»Wie bitte?«

»Begreifen Sie nicht, dass sie hochgradig mit ihrem Tod zusammenhängen kann?«

Dieser kleine Scheißer.

Ringmar sah, was Winter dachte. Sein Gesicht war jetzt auch eine Karte, die man lesen konnte.

Winter legte die Fotos auf den Tisch. Er ließ Andy viel Zeit.

»Kenn keinen von denen«, sagte er.

»Sie sind beide tot«, sagte Winter.

Andy antwortete nicht.

»Genau wie Anne.«

Andys Gesicht veränderte sich.

War er der Mörder? War es Andy gewesen?

»Trotzdem kenn ich sie nicht«, sagte er.

»Erkennen Sie denn was anderes?«

Andy hob den Blick zu Winters Augen.

»Wie meinen Sie das?«

»Das Lokal. Die Einrichtung.«

»Nein.«

»Lassen Sie sich Zeit.«

»Kenn ich nicht.«

Winter schwieg. Er hörte leise Sommergeräusche, die von draußen hereinwehten. Sie saßen in einem Verhörraum, dem alles fehlte, was es dort draußen gab. Es gab keine Farben, die Geräusche waren gedämpft, übertönt von der Klimaanlage, ausgewalzt zu einem Brausen, das alles und nichts bedeuten konnte.

Winter tastete nach dem Zigarillopäckchen in seiner Brusttasche. Er sah Schweiß auf Andys Stirn, obwohl es hier so kühl war.

Vielleicht würde es jetzt passieren.

»Kenn ich nicht«, wiederholte Andy.

Dann sagte er es:

»Ich bin nie da gewesen.«

Winter, das Päckchen schon in der Hand, stockte mitten in der Bewegung.

»Wie bitte?«

»Ich bin nie da gewesen.«

»Wo?«

»Da«, sagte Andy und wedelte mit der Hand in Richtung der Fotos, die auf dem Schreibtisch lagen.

»Wo ist das, Andy?«

»Da ... wo sie hingingen.«

»Sie?«

»Ja, sie. Sind es etwa nicht mehrere?«

Winter wartete. Auf dem Hinterhof hörte er ein Sondereinsatzkommando starten. Jemand schrie lauter als normal. Oder war das ein normaler Tonfall in dünner Luft?

»Sie wissen also, wo das ist, Andy.«

Der Junge antwortete nicht.

»Wo ist es, Andy?«

Er sah Winter an. Sein Gesicht veränderte sich ständig.

»Was spielt das für eine Rolle?«

»Sie haben es also nicht begriffen?«

»Ich denke nur an ... an sie.«

Winter nickte.

»Verstehen Sie?«

»Sie können ihr jetzt helfen«, sagte Winter.

»Es war doch ganz ... unschuldig«, sagte Andy.

»Was war unschuldig, Andy, was?«

»Der ... Tanz.«

»Der Tanz«, wiederholte Winter, als ob er den ganzen Nachmittag auf das Wort gewartet hätte. Als ob all dies hier zu dem Wort führen würde: der Tanz.

Ein Tanz vorm Mörder?

»Erzählen Sie von dem Tanz«, sagte Winter.

»War nur so 'ne Art Extrajob.«

»Erzählen Sie von dem Extrajob.«

»Ich weiß nicht genau, wo es war.«

»Was wissen Sie von dem Tanz?«

»Ein bisschen Strip«, sagte Andy. »Nichts weiter.«

»Ein bisschen Strip? Striptease?«

Andy nickte.

»Sie hat Striptease gemacht? Haben Sie das gemeint?«

»Ja ... das hat sie mir jedenfalls erzählt.«

Winter hielt seinen Blick fest. Warum hatte Andy es nicht gleich gesagt? In der ersten Minute, als er erfahren hatte, was Anne passiert war. Nackt zu tanzen bedeutete nicht den Untergang der Welt, nicht mal für alte Kerle wie ... wie ihn, wie Winter, Männer um die einundvierzig, auf dem Weg ins zweiundvierzigste Jahr. Es war vielleicht nicht gerade der empfehlenswerteste Sommerjob, aber er brachte auch nicht ewige Verdammung mit sich.

Aber er hatte den Tod gebracht. Für Anne. Für die anderen? Hatten die anderen Mädchen auch als Stripteasetänzerinnen gearbeitet?

Winter war nicht schockiert, dass junge Mädchen um die zwanzig sich in den Stripclubs im Zentrum etwas dazuverdienten. Das war nicht neu.

Schon zu Anfang der Voruntersuchungen hatte er angeordnet, die schäbigen Lokale, die sie unten am Hafen und ostwärts an der Bahnlinie entlang kannten, zu überprüfen. Sie bildeten sich ein, alles einigermaßen unter Kontrolle zu haben. Kontrolle über die Mädchen, die dort arbeiteten. Manche gingen noch in die Unterstufe.

Winter schaute auf die Fotos von Angelika und Beatrice. War es dort? Hatten sie sich zu breiiger Discountermalung hinter dieser potemkinschen Wand bewegt?

Er dachte nach. Plötzlich sah er etwas anderes. Etwas ganz anderes. Es war nicht in einem Club, nicht in einem Restaurant, nicht in einem Striplokal, nicht in einer Bar. Und in keinem schwarzen Club.

Es war ein Haus.

Es war bei jemandem zu Hause.

Das würde bedeuten, dass sie anders suchen müssten. Auf eine neue und unmögliche Art.

Es könnte bei jedem sein. Bei irgendeinem Mann.

»Sie haben gesagt, Sie wissen nicht genau, wo es war«, sagte Winter.

»Ja.«

»Aber ungefähr?«

»Ich weiß, in welchem Stadtteil.«

Andy erzählte es. Es war ein anderer Teil der Stadt, als Winter geglaubt hatte. Nicht dort, wo er nach einem gemeinsamen … Ausgangspunkt gesucht hatte. Wo die Spuren begannen. In einem anderen Teil der Stadt. Jenseits des Flusses. Über den Hügel, unter den Viadukten hindurch, unter den Autobahnen. Ein riesiges Gebiet, verglichen mit der Nordstan. Wenn er Andy glauben konnte. Er hatte schon beschlossen, Andy weitere sechs Stunden festzuhalten, den Staatsanwalt würde er erst später informieren.

»Haben Sie Anne nie begleitet?«, fragte Winter.

»Nein.«

»Warum nicht?«

»Weil sie es nicht wollte.«

»Das hat gereicht?«

Er nickte. »Und viele Male waren es auch nicht.«

»Was viele Male?«

»Dass sie es gemacht hat, getanzt.«

»Ist das alles, was sie getan hat? Tanzen?«

»Was … was meinen Sie damit?«

»Ich frage mich, warum es so lange gedauert hat, ehe Sie mir das erzählt haben, Andy.«

»So lange doch auch wieder nicht.«

»Vielleicht wissen Sie noch mehr, als Sie bisher gesagt haben?«

»Was sollte ich noch mehr wissen?«

Winter antwortete nicht.

»Ich weiß nicht mehr«, sagte Andy.

»Über die anderen Mädchen«, sagte Winter.

»Die hab ich nie gesehen.«

»Wo dieser … Ort ist.«

»Ich weiß es nicht, das hab ich doch gesagt.«

»Warum hat sie nicht erzählt, wo es war?«

»Warum sollte sie es erzählen?«

»Hatte sie nie Angst?«

»Äh … wie?«

»Hat sie nie Angst gehabt, Andy?«

»Bis auf weiteres scheißen wir auf Samic«, sagte Ringmar. »Ich glaub auch nicht, dass er uns ans Ziel führen kann.«

»Müssen wir wohl«, sagte Winter. »Sprichst du mit Sara?«

»Das hab ich schon getan. Sie schien nicht gerade begeistert zu sein.«

»Dann lass sie noch einen Abend weitermachen.«

»Ordnest du das an?«

»Nein.«

»Was sagt Birgersson?«

»Nein, glaub ich.«

»Na also.«

»Was sie mit ihrer Freizeit macht, geht uns nichts an«, sagte Winter.

»Du willst dein Personal sogar in seiner Freizeit ausbeuten, Erik?«

»Natürlich.«

Ringmar fuhr sich mit der Hand übers Gesicht. Er hatte nur einen leichten Sonnenbrand, was bewies, dass er meist drinnen gearbeitet hatte, er hatte Akten gewälzt und sich durch Dateien geklickt.

»Aber Samic ist eigentlich jede Überwachung der Welt wert. Und Anklage und Verurteilung.« Ringmar kratzte sich an den Bartstoppeln, die zwei Tage alt waren und noch länger werden würden in seinem Urlaub, der in zwei Tagen begann. »Eine unangenehme Person.«

»Haha.«

»Was lachst du?«

»Sollen wir Leute festnehmen, nur weil sie unangenehm sind?«

Ringmar kratzte sich wieder. Bereitete sich auf seine Freizeit vor. Vermutlich würde der große Regen im selben Moment kommen, wenn er seinen Fuß vors Polizeipräsidium setzte. Das würde in Ordnung sein. Der Boden ist zu trocken.

»Kurt Bielke wäre im Augenblick die bessere Wahl.«

»Wieso das?« Winter wusste zwar, warum, aber er wollte Ringmars Meinung hören. »Was hat er getan?«

»Nichts.«

»Warum verbindest du die Vergewaltigung seiner Tochter mit dieser Sache?«

»Ein gesundes Misstrauen.«

»Beweise?«

»Nix.«

»Indizien?«

»Keine.«

»Klingt wirklich wie ein guter Ausgangspunkt.«

»Könnte er seine eigene Tochter vergewaltigt haben, Erik?«

Winter rauchte wieder, die achte heute. Der Duft vom Zigarillo mischte sich auf angenehme Weise mit der Abendluft. Auch die Geräusche, die durchs offene Fenster hereinkamen, waren angenehm. Die Lichter waren angenehm, weich in der blauen Dämmerung. Er sah zwei Paare den Fluss überqueren, und die sahen auch angenehm aus. Der Fluss strömte auf angenehme Weise dahin.

Aber Bertil Ringmars Frage war alles andere als angenehm. Seine eigenen Gedanken vor fünf Minuten waren ebenfalls nicht angenehm gewesen. Nichts, worüber sie sprachen, war angenehm, nichts, woran sie arbeiteten, war angenehm. Gab es einen absoluten Gegensatz zu dem Begriff »angenehm«, dann hatten sie ihn auf ihrer Wanderung durch den Alltag gefunden.

»In der Familie herrscht eine sehr angespannte Stimmung, aber das könnte bei denen ganz normal sein«, sagte Winter.

»Normal für wen?«

»Normal für sie selber.«

»Oder es kracht bald«, sagte Ringmar. »Explodiert.«

»Und was hat das für Folgen?«, fragte Winter.

Ringmar antwortete nicht.

»Wollen wir Bielke herbestellen und uns ein bisschen mit ihm unterhalten?«, fragte Winter.

»Lieber überprüfen, womit er sich beschäftigt.«

»Warum nicht beides?«

»Oder keins von beidem«, sagte Ringmar.

Winter zeigte auf den Haufen Papiere auf dem Tisch vor sich und gähnte, versuchte es zu unterdrücken, spürte eine Spannung in den Kiefern, die schwache Vorwarnung von einem Krampf.

»Ich will versuchen, heute Abend noch einmal alles von vorn zu lesen«, sagte er. »Dann werden wir weitersehen. Wir reden morgen.«

»Machst du das hier?«, fragte Ringmar.

»Ja, wieso?«

»Tja ...«

»Du meinst statt zu Hause?«

Ringmar nickte unbestimmt.

»Hier ist es ruhiger«, sagte Winter.

»Für wen, Erik?«

Winter setzte sich, nahm ein Blatt Papier in die linke Hand und sah Ringmar an, der stehen geblieben war.

»Wolltest du nicht gerade gehen, Bertil?«

Sara Helander war auf dem Weg nach Hause. Die Überwachung aufgeben, nee, nee. Nicht nach vorgestern Abend.

Das GHB-Schwein war vorläufig festgenommen und würde innerhalb von 96 Stunden einen Untersuchungshaftbefehl bekommen.

Sie war nach Hause gegangen und hatte sich immer noch

wie ein Idiot gefühlt und an Samic gedacht. Und besonders an die Frau, die neben ihm im Motorboot gestanden und teuer ausgesehen hatte. Das Haar war geflogen, das Profil hatte sie nur halb gesehen, und deswegen hatte sie es unmöglich erkennen können.

Da war was. Was mit Samic. Sie würde es finden können. Sie war nicht dumm. Auch nicht tollkühn. Aber sie ... sie brauchte etwas, musste etwas tun. Keine Heldentat oder so, das war nicht professionell. Aber etwas ... Smartes. Der Beginn zum Durchbruch.

Es war bald neun. Der Himmel war in verschiedenen Nuancen gefärbt, auf der anderen Seite der Erde ging jetzt die Sonne auf. Down Under. Ihre Schwester war in Sydney gewesen. War zwischen Drogensüchtigen hindurchgewatet, die in Trauben am King's Cross rumhingen. Aber es war auch schön gewesen. Sonnig, schön, wie hier. Und Distanzen, die größer zu werden schienen, je weiter man sich von den Großstädten entfernte. Die rote Erde. Das tote Herz. Sie hatte eine Ansichtskarte aus Alice Springs bekommen, »A Town Like Alice« hatte darauf gestanden, das hatte sie nicht kapiert und die Karte Aneta gezeigt, die ihr von dem Buch erzählt hatte. Aha.

Sie ging zurück zum Hafen Lilla Bommen. Dort waren jetzt Hunderte von Menschen, in den Booten, am Kai, in den Lokalen, vor den Eisbuden. Die Oper funkelte in den letzten Sonnenstrahlen, die durch die verlassenen Kräne auf der anderen Seite des Flusses griffen.

Sie ging um die Ecke. Hier waren weniger Menschen. Mehrere Boote lagen in einer Reihe, alles Motorboote, soweit sie sehen konnte. Etwas weiter entfernt Segelboote. Hier war es genauso warm wie in Australien. Ein Paar saß auf einer Bank und schaute über das Wasser. Leute kamen und gingen. Motoren knatterten übers Wasser. Wimpel flatterten halbherzig im warmen Wind: blau und gelb, norwegische, dänische, ein deutscher. Etwas Blaues mit weißroten Kreuzen oben in der Ecke. War das nicht Australien? War irgendein strammer Kerl den ganzen Weg von Down Under hierher gesegelt?

Sie ging langsam am Kai entlang, als ob sie nach der anstrengenden Arbeit einen entspannenden Spaziergang machte.

Das war es ja gewissermaßen auch. Nein. Das war es absolut nicht. Sie versuchte das Motorboot wieder zu erkennen, mit dem sie Samic hatte davonfahren sehen, schwankte zwischen zweien oder dreien. Das oder das. Oder das.

Ihr fiel ein, dass sie achtern links vom Namen ein Zeichen gesehen hatte, eine Verzierung oder so was. Darüber war etwas Leuchtendes gewesen, das sie nicht erkennen konnte, etwas wie eine Blume in einer dunklen Farbe.

Ein Boot trug den Namen einer Lilie, NASADIKA. Das Boot war abgedeckt, hinten hatte es einen Motor und ein Steuerrad. Sie verstand absolut nichts von Motorbooten. Es sah teuer aus, aber so sahen ja die meisten aus.

Achtern hing eine schwedische Fahne. Sara Helander stand am Kai und schaute auf das Boot hinunter.

»Kann ich Ihnen helfen?«

Sie drehte sich um und hoffte, dass die Person, die sie angesprochen hatte, nicht bemerkt hatte, wie sie zusammengezuckt war.

»Äh ... Ent... schuldigung«, sagte sie und versuchte ihr Gleichgewicht nicht zu verlieren, damit sie nicht rücklings ins Wasser kippte.

Die Frau schien zu lächeln. Das Gesicht war gebräunt, aber nicht zu sehr, ihr Haar war blond. Vielleicht würde es im Fahrtwind flattern. Sie könnte die Frau von vorgestern sein.

»Sie stehen etwas im Weg«, sagte die Frau.

»Ohh ... Entschuldigung.« Sie machte noch einen Schritt zum Kai hinauf.

»Danke«, sagte die Frau.

»Ich suche nach dem Boot von einem Bekannten«, sagte Sara Helander. »Aber das heißt anders, hab ich grad gesehen.« Sie machte eine Bewegung zum Gästehafen hin. »Ich werde mal weiter dahinten schauen.«

Die Frau nickte und sprang gelenkig an Deck. Sie mochte vierzig, vielleicht fünfundvierzig sein. Nicht jünger, eher älter, aber gut in Form. Jetzt konnte Sara Helander sie sehen, ihr Gesicht. Auch im Profil. Sie erkannte es von den Fotos vom Examenstag, die Winter gezeigt hatte. Sie hatte eine hübsche Nase, die man wieder erkennen musste. Bislang hatte es keiner getan.

Aber ich erkenne sie wieder, dachte Sara Helander. Ich kenne sie jetzt.

Es überkam sie ein Gefühl. Vielleicht war es Spannung, vielleicht Erregung.

Agneta und Pelle hatten die Beachparty in den Abend verschoben. Winter war es, als hätte er ein Geschenk bekommen, als er mit Elsa im Kindersitz gen Süden radelte. Angela strampelte zehn Meter hinter ihnen. Er dachte meistens an Wind und Sonne, als sie die Bucht umrundeten und ihre Fahrräder neben dreißig anderen Fahrrädern abstellten und zum Strand hinunterkletterten.

Einige waren schon dabei, die Kohle auf dem Grill zu schüren, und Winter bekam ein Bier von Anders Liljeberg, dem er seit Monaten nicht begegnet war. Viele von denen, die jetzt um ihn herumwimmelten, hatte er seit Beginn des Sommers nicht gesehen. Er trank und setzte sich in den Sand. Angela ging mit Elsa zum Wasser. Er lehnte sich zurück und hörte die Stimmen nur noch wie ein Brausen. Es duftete nach gegrilltem Fleisch. Es duftete nach Sand. Er stützte sich auf die Ellenbogen und trank den Rest Bier aus. Angela und Elsa waren noch im Wasser. Liljeberg hatte sich einen Bastrock angezogen. Durch Winters Sonnenbrille war er dunkelbraun. Liljeberg begann einen etwas eigenwilligen Samba zu tanzen und mehrere machten mit. Winter erhob sich und warf das Hemd ab. Er bekam noch ein Bier. Die Musik klang karibisch, und der Abend war genauso warm wie die Musik.

30

Die Musik bewegte sich über ihnen. Sie konnte die Konturen der Häuser auf der anderen Seite der Straße sehen, die Silhouetten der Dächer. Etwas Rundliches weiter hinten mochte ein Baum sein. Die Musik war leise: eine akustische Gitarre, Viola, Cello, ein Piano.

»Es ist schön«, sagte sie.

»Eine Karte der Welt«, sagte er.

»Mhm.«

»Die Platte heißt so. *A Map of the World*. Pat Metheny. Filmmusik, glaub ich.«

»Die hab ich ja noch gar nicht gesehen in deinem Stapel«, sagte sie.

»Ich hab sie heute gekauft. Die hör ich jetzt zum ersten Mal.«

»Wie findest du sie?«

»Richtig schön. Ich hätte sie nicht entdeckt, aber Winter hat sie gehört.«

Aneta Djanali antwortete nicht. Sie bewegte sich ein wenig nach links, etwas näher an Halders heran, der still auf dem Rücken im Bett lag.

Die Kinder schliefen, schon seit Stunden. Er hatte geschlafen, vielleicht zwanzig Minuten. Es hatte jedenfalls so geklungen. Sie hatte nicht geschlafen.

Wie waren sie hier gelandet?

Warum eigentlich nicht?

Sie waren immer noch angezogen. Es war nicht … so. Jedenfalls noch nicht, dachte sie, als die Platte die Spur wechselte und die Gitarre allein spielte.

Was hätte sie getan, wenn Fredrik den obersten Knopf ihrer Bluse aufgeknöpft hätte?

Er würde es nie tun. Sie wusste nicht mal sicher, ob er wollte. Doch. Vielleicht war es nahe daran gewesen. Würden sie es tun? Oder würden sie weitermachen, so als wären sie Geschwister? Mit dem Unterschied, dass erwachsene Geschwister nicht den ganzen Tag *und* den ganzen Abend *und* die halben Nächte zusammen waren, wie sie jetzt.

Liebte er seine Frau? Anfangs hatte er sie geliebt. Das musste so gewesen sein. Dann hatten sie einander verloren.

Sie hob die rechte Hand und sah auf die Leuchtziffern ihrer Armbanduhr. Es war zwei. Draußen begann der Morgen. Sie bewegte den Kopf, um besser aus dem Fenster sehen zu können. Die Nacht verblasste jetzt, der Morgen dämmerte herauf. Das Licht übernahm wieder die Vormacht. Vor einigen Stunden war es umgekehrt gewesen, und Fredrik hatte Dylan Thomas zitiert, wie er es an einem anderen Abend auch getan hatte, vielleicht richtig, vielleicht falsch, *don't go gently into that good night, rage, rage, against the dying of the light*, »das ist das Einzige, was ich von diesem Gedicht kann«, hatte er gesagt. »Aber ich erinnere mich, weil es auf dem Cover zu einer Platte gestanden hat, die Chris Hillman vor ein paar Jahren gemacht hat.«

Jetzt schniefte er neben ihr, der Mann, der seine literarische Schulung durch das Cover einer Country-Platte bekommen hatte.

Er hatte seine Frau geliebt, und er hatte sie vielleicht auch noch geliebt, als er allein gewesen war, aber das hatte er nie gesagt. Es hat sich vor allem um die Kinder gedreht. Er hatte von den Kindern geredet, damals. Manchmal mehr, manchmal weniger. Auch jetzt ging es um die Kinder. Die Kinder waren hier, in den Zimmern auf der anderen Seite der Diele. Er ging oft hinüber, wenn sie einschlafen sollten oder wenn sie schliefen.

Einige Male hatte sie geglaubt, nur darum gehe es Fredrik Halders. Er zeigte es nicht, sprach nicht darüber. Er gehörte zu den Männern, die sich nach Nähe sehnen und sich vor richtigen Berührungen fürchten. Die sich hinter Worten verbargen, hinter harten und glatten und sicheren und leeren Worten.

Die sich entziehen können, dachte sie, als die Sonne jetzt über den Dächern zu ahnen war. Die plötzlich rauswollen, auf der Stelle, rasch, von hier wegwollen, umgehend.

Winter war im Morgenlicht nach Westen gefahren. Bengt und Lisen Wägner hatten mit Kaffee auf ihn gewartet, den er in der Küche getrunken hatte. Von einem noch heißen Blech duftete es nach frisch gebackenen Zimtschnecken, von denen er gern eine nahm.

»Als Beatrice … gegangen war, habe ich stundenlang gebacken«, hatte Lisen Wägner gesagt, »gebacken, gebacken, wie eine Verrückte. Obstkuchen mitten in der Nacht, Hörnchen, Brot. Ich hab alles weggeworfen. Während es noch warm war, hab ich es weggeworfen«, hatte sie gesagt und auf das Blech geschaut.

Winter hatte die Schnecke gegessen, während sie noch warm war. Wie um alles in der Welt sollte er sich ausdrücken?

Können Sie mir sagen, ob Beatrice in ihrer Freizeit Striptease gemacht hat? War das schon vor fünf Jahren unter Gymnasiastinnen üblich?

Er hatte ihre Gesichter gesehen und war sich sicher gewesen, dass sie es nicht wussten, nicht gewusst haben.

Hatten er und seine Kollegen ihre anderen Angehörigen genau genug überprüft? Sie hatten nicht alle, die mit Beatrice und ihren Eltern in Verbindung standen, zu Hause aufgesucht.

Damals hatte er nicht das Foto von Beatrice gehabt, auf dem sie in derselben Umgebung saß wie Angelika fünf Jahre später.

Er hatte den letzten Bissen hinuntergeschluckt und holte das Bild wieder hervor.

»Wir können diese Stelle nicht finden«, hatte er gesagt, »nicht in der Stadt.«

»Dann ist das Lokal wohl nicht hier«, hatte Bengt Wägner gesagt.

»Ich glaube es trotzdem«, hatte Winter geantwortet. Er hatte wieder Angelikas Namen erwähnt und auch ihr Foto gezeigt.

»Ja, dann ist es wohl doch nicht so unwahrscheinlich«, hatte Bengt Wägner gesagt.

»Es könnte auch bei jemandem zu Hause sein«, hatte Winter gesagt.

»Aber bei wem?«, hatte Lisen Wägner gefragt.

»Es könnte nicht bei jemandem sein, den Sie kennen?«, hatte Winter gefragt.

»Wer sollte das sein?«

»Himmel«, hatte ihr Mann gesagt, »als ob das eine Möglichkeit wäre.«

Sie hatte sich umgedreht und auf den Backtisch geschaut, auf das Blech, das mit den Schnecken abkühlte. Er hatte Winter angesehen.

»Wenn wir es sofort erkannt hätten, hätten wir doch gleich was gesagt. Es spielt doch keine Rolle, ob das bei jemandem zu Hause ist oder sonstwo.«

»Nein.«

»Kann ich dies Bild behalten?«

»Natürlich.«

»Man kann ja nie wissen.«

Winter gab ihm den Abzug. Das hatte er ohnehin beabsichtigt.

Spät am gestrigen Abend hatte er Lars-Olof und Ann Hansson besucht. Das Gespräch war wie ein Abziehbild dieses Gesprächs.

Sara Helander saß an dem großen Tisch im Gruppenzimmer. Sie war braun gebrannt, brauner als er.

»Und dann kam der Schnelldampfer wie auf Bestellung«, erzählte sie. »Ich bin hingerannt und hatte sie die ganze Zeit im Blick.«

»Gut, Sara.«

»Ihr Boot legte zehn Meter entfernt von der Haltestelle an, und als ich ausstieg, sah ich, dass sie auch ausstiegen.«

Winter wartete. Halders wartete, Ringmar und Bergenhem warteten, Aneta Djanali, Möllerström, alle warteten gespannt.

Sara Helander hatte von der Frau erzählt, die Bilder von Angelikas Examen hatten wieder die Runde gemacht. Natürlich ist sie das, hatte Sara Helander gesagt. Das ist sie.

»Und da bin ich ihnen also gefolgt«, fuhr sie fort. »Es war nicht weit. Da waren ziemlich viele Leute von und zum Anleger und zur Haltestelle unterwegs, das war also kein Problem.«

»Probleme sollte man prinzipiell abschaffen«, sagte Halders.

»Dann wurde es ein bisschen schwieriger«, sagte Sara Helander und sah Halders kurz an. »Und dann ... tja, sie gingen in eine Villa schräg über die Straße oberhalb der Kuppe.« Sie sah sich um. »Eine ziemlich große Villa, aus Holz.«

»Sind sie beide reingegangen?«

»Ja.«

»Könnte Samic der dunkle Typ auf diesem Examensbild sein?«

»Vielleicht«, sagte Ringmar. »Mit einem guten Toupet. Das könnte er sein. Aber so genau konnten wir das noch nicht vergleichen.«

»Unsere Toupetexperten haben gesagt, es ist kein Toupet«, sagte Halders mit einer Art Lächeln.

Möchte wissen, wie Fredrik mit einem Toupet aussehen würde, dachte Aneta Djanali flüchtig. Bescheuert. Ein Mann mit Toupet ist kein Mann für mich, auch nicht mit Robin-Hood-Frisur.

Samic hatte kein Toupet getragen, weder auf dem Boot noch im Restaurant. Warum sollte er eins tragen, wenn er überhaupt auf dieser Examensfeier gewesen ist, dachte sie. Aber *wenn* er auf dem Schulhof war – warum war er dort?

»Wir müssen uns die Bude mal ansehen«, sagte Winter.

»Das mach ich.« Halders sah die anderen an.

»Er würde dich vermutlich erkennen, wenn er dich sieht«, sagte Bergenhem.

»Der kriegt mich nicht zu sehen.«

»Nee, nee.«

»In dem Moment kommt mein Toupet zum Einsatz.«

Jemand lachte laut, brach aber schnell wieder ab.

»Sollten nicht mehrere hingehen?«, sagte Sara Helander.

Winter dachte nach. Vorsicht. Ja. Entweder brachen sie dort ein und holten sich Samic und unterhielten sich jetzt mindestens sechs Stunden mit ihm. Oder sie warteten. Sie suchten nach einer Adresse, die sie noch nicht kannten, und sie hatten einen unbekannten Namen, vielleicht gab es einen Zusammenhang. Möglich. Es war schließlich kein Zufall, dass Sara Helander Samic gesehen hatte und ihm gefolgt war. Wenn der Passagierdampfer nicht gekommen wäre, hätten sie die Villa trotzdem lokalisiert, aber sie hätten länger dafür gebraucht.

Samic log, aber das taten viele andere auch.

Winter wollte wissen, was in der Villa war, bevor sie agierten.

»Du und Fredrik«, antwortete er Sara Helander.

»Wann?«

»Heute Abend.«

»Wie sollen wir ...«

»Jetzt halt den Mund, Sara«, sagte Halders und stand auf. »Ein bisschen können wir ja auch selber denken, oder?«

Yngvesson rief an, als Winter sein Zimmer verlassen wollte. Das Klingeln hallte laut im Korridor mit den Ziegelsteinwänden.

»Vielleicht hab ich was«, sagte der Techniker.

Winter war in fünf Minuten bei ihm.

»Hör mal«, sagte Yngvesson.

Das Tonband lief an. Winter lauschte, jetzt war weniger zu hören als vorher. Yngvesson hatte das Tonbild gefiltert. Winter dachte an das Brausen am Strand gestern Abend, Fragmente von Stimmen.

Er sah das Band an. Wo er vorher einen Park im Hintergrund gehört hatte, meinte er jetzt ein Zimmer zu hören, ein leeres Zimmer.

Er hörte das Mädchen. Anne. »Eh, eh, eh, ne... ein NEEEEIN, NEEEEEEEIIN«, einen Schrei, etwas aus ihrem Halsinnern, Würgegeräusche, als ... sich etwas um ihren Hals schloss.

Jetzt ein Gemurmel, wie ein Gebet, wie ein verdammtes Gebet, wie ein Mantra, laut, lauter als es vorher geklungen hatte, als die anderen Geräusche noch da gewesen waren, Geräusche, die zu diesem Park und dem Verkehr darum herum gehört hatten. Dies waren andere Geräusche, sie gehörten nirgendwohin, Geräusche, die ausgerottet gehörten, dachte Winter, niemand sollte sich so was anhören müssen.

Er konnte es abstellen. Das Mädchen aber war *dort* gewesen. Sie hatte nichts abstellen können.

»Jetzt kommt es«, sagte Yngvesson.

Winter lauschte. Erst das, was er vorher gehört hatte, aber deutlicher, dasselbe ... Geräusch, aber wie durch einen großen Hörer durch einen großen Tunnel ihm geradewegs entgegengeworfen, ahhiiieeh ... AAAIIÜÜÜ ... IIEE ... NIIEEE MEEH ... NIEEE MEEEH!!!

Yngvesson schaltete ab.

»Nie meeh«, sagte Winter.

»Nie mehr«, sagte Yngvesson.

»Ja.«

»Näher ran kann ich nicht kommen, glaub ich.«

»Nie mehr«, wiederholte Winter.

Yngvesson arbeitete wieder am Computer. Der summte angenehm vor sich hin in seiner totalen Unwissenheit, was für Fähigkeiten er hatte. Ein Computer müsste man manchmal sein, dachte Winter. Effektiv und immer gleichermaßen unwissend froh.

»Das kann doch nicht sie gewesen sein?«, fragte Winter.

»Wie bitte?«

»Das hat doch nicht sie gesagt?«

»Nein. Er«

»Nie mehr«, sagte Winter. »Unser Mörder sagt ›Nie mehr‹.«

»Das war der letzte Mord, jedenfalls bis jetzt.«

»Darum geht es nicht. Er sagt es nicht zu sich selbst. Er zeigt ihr, dass es nie mehr geschehen wird.«

»Was wird nie mehr geschehen?« Yngvesson drehte sich auf dem Stuhl um. »Es wird nicht mehr geschehen? Nie mehr?«

»Was sie getan hat. Er straft sie für das, was sie getan hat.«

»Was sie getan hat ... ihm?«

Winter dachte nach. Er würde sich das Band gleich noch einmal anhören, er dachte nach und bereitete sich vor.

»Ja. Entweder direkt. Oder ... indirekt.«

»Indirekt? Im Sinn von was sie anderen getan hat?«

Winter fühlte sich plötzlich bedrückt, unendlich bedrückt. Er wollte im Meer versinken und nie wieder auftauchen. Die Sonne mochte aufgehen, er würde auf dem Grund des Meeres bleiben.

»Ich weiß nicht, Yngvesson. Mir dreht sich alles im Kopf. Ich muss mich hinsetzen.« Er setzte sich auf den zweiten Stuhl. »Was haben wir gesagt? Indirekt? Sie hat etwas getan, wofür er sie bestraft.«

»Mhm.«

»Himmel, Yngve, ich kann alles und nichts darüber sagen. Im Augenblick kann ich es nicht analysieren.«

»Aber es ist doch nicht ... persönlich. Was meinst du? Doch nicht so? Er kannte sie doch nicht?«

»Vielleicht kannte er sie oder er kannte sie nicht. Ich weiß es nicht.«

»Da besteht ein gewisser Unterschied, oder?«

Sara Helander und Halders saßen in seinem Wagen, der zwischen anderen Autos versteckt geparkt war. Es waren gut 75 Meter zu der Villa, die Samic und die Frau betreten hatten.

Eine verdammt große Villa, dachte Halders, vier oder fünf Stockwerke hoch, vermutlich mit einem riesigen Keller, der sich unter dem Ganzen hinzieht.

Es war ein Haus von vier gleichen, die in einer Reihe standen. Es verdeckte die Sonne, aber nur teilweise. Ihnen fielen Strahlen ins Gesicht, Sara Helander blinzelte und legte sich die Hand über die Augen. Halders trug eine schwarze Sonnenbrille.

»Vielleicht hätten wir uns auf die andere Seite stellen sollen«, sagte sie.

»Nein.«

»Nein, natürlich nicht. Von hier aus kann man den Verkehr besser beobachten.«

Ab und zu fuhr ein Fahrzeug vorbei, aber nicht viele Autos fuhren regelmäßig zur Fähranlage und zu den neuen Eigentumswohnungen, die nur wenige Meter vom Wasser entfernt gebaut worden waren.

Vor der Villa stand ein Auto auf der Garagenauffahrt. Die Garage passte nicht zum Haus, schien in einem anderen Jahrhundert gebaut worden zu sein. Vielleicht lagen auch zwei Jahrhunderte dazwischen. Halders behielt das Haus im Auge, die vielen Fenster, die im Gegenlicht fast unsichtbar waren.

Es war dunkler geworden. Sara Helander hatte etwas zu essen und zu trinken hervorgeholt. Jetzt schien ihnen die Sonne nicht mehr in die Augen. Niemand war gekommen oder gegangen. Halders kaute an einem Butterbrot, das nach Ei und Mayonnaise oder Schinken und Gurke schmecken mochte, er aber schmeckte nichts. Er sah auf die Uhr. Bald Mitternacht.

Zwei Autos fuhren langsam an ihnen und weiter am Haus vorbei. Sie wendeten und fuhren aus der anderen Richtung zurück, was bedeutete, dass sie gegen die Einbahnstraße fuhren.

»Duck dich«, sagte Halders, und Sara duckte sich zusammen mit ihm. Die Scheinwerfer des vorderen Autos waren auf sie gerichtet. Sie hörten Stimmen, aber keine Wörter. Autotüren wurden geöffnet und vorsichtig wieder geschlossen. Die Motoren waren nicht abgestellt worden. Die Autos setzten sich wieder in Bewegung, die Lichter glitten nur wenige Zentimeter über ihre Köpfe hinweg.

»Spannend, was?«, murmelte Halders.

»Jemand ist ins Haus gegangen«, sagte Sara Helander.

Sie warteten und richteten sich vorsichtig auf. Alles war wie vorher, aber jetzt war ein Fenster im Erdgeschoss erleuchtet.

»War in vielen Zimmern Licht, als du gestern Nacht hier warst?«, fragte Halders.

»Nein.«

»Mehr als in diesem?«

»Ja.«

»Mhm.«

»Glaubst du, es war Samic, der gerade gekommen ist?«

»Kommt er nicht im Boot oder zu Fuß?«

Sie antwortete nicht. Eine Weile saßen sie schweigend da.

Die Nächte wurden jetzt wieder dunkler, mit jedem Tag dunkler. Heute war es schon wieder etwas dunkler als gestern Abend zur selben Zeit. Genauso warm, aber dunkler. Die Dunkelheit einer neuen Saison übernahm die Herrschaft. *Don't go gently into that good night, rage rage, against the dying of the light*, dachte Halders.

»Da kommt wieder ein Auto«, sagte Sara Helander.

Es kam von hinten.

»Wir bleiben sitzen«, sagte Halders und rutschte ein Stück runter.

Das Auto hielt vor der Villa. Die Tür wurde geöffnet. Eine Frau stieg aus.

»Ist sie das?«, fragte Halders, aber mehr sich selbst.

»Nein«, murmelte Sara Helander.

Die Frau wirkte jung. Sie betrat das Haus. Es wurden keine neuen Lichter angemacht. Das Auto fuhr weg.

Sie warteten. Halders trank Kaffee, der noch leicht dampfte, als er ihn aus der Thermoskanne goss.

»Da kommt noch jemand«, sagte Sara Helander. »Zu Fuß diesmal.«

Eine Figur tauchte aus dem Schatten unterhalb von ihnen auf, vom Fluss. Er stieg die Treppe zur Straße hinauf. Die Treppe war fast genau gegenüber von der Villa. Es war ein Mann, und er sah sich um, ehe er die leere Straße überquerte, die nun vom Mond, den Sternen und den Straßenlaternen erleuchtet wurde. Er stand vor der Villa und schien zur Straßenlaterne hinaufzuschauen, oder zum Himmel. Er trug einen hellen Anzug, seine Haare hatten dieselbe Farbe wie die Straßenlaterne. Es war kein junger Mann. Er wandte sich nach rechts und sah geradewegs in ihre Richtung. Aber sie waren in der Dunkelheit des Autos verborgen.

»Er kann uns nicht sehen«, sagte Halders. »Sitz still.« Er hatte ein Blatt Papier über die dampfende Tasse gelegt.

Der Mann drehte sich zum Haus um und ging hinein.

»Kurt Bielke«, sagte Halders leise.

31

Auf der Straße war es wieder still. Der Mann war in dem merkwürdigen Haus verschwunden. Sara Helander hatte Kurt Bielke noch nie gesehen.

Die Nacht näherte sich dem Tag. Sara Helander sah die Lichter der letzten Fähre dieser Nacht auf dem Weg zum Kai am anderen Flussufer.

Halders stieg aus.

»Was willst du tun?«, flüsterte sie.

»Mir die Sache mal näher ansehen.«

»Besonders sicher ist das aber nicht gerade. Sollen wir nicht doch die Zentrale anrufen?«

»Nein, bloß nicht. Ich guck mich nur ein bisschen um.«

»Mach jetzt bloß keine Dummheiten, Fredrik. Ich ruf dich in zwanzig Minuten an.« Das Telefon in Halders' Tasche sollte vibrieren, aber nicht zu hören sein.

»Ich ruf lieber an«, sagte er. »Falls du anrufst und ich kann mich nicht melden, drück ich nur, um zu zeigen, dass alles in Ordnung ist.«

»Zwanzig Minuten.«

Er antwortete nicht, verschwand leise. Sie sah ihn nicht über die Straße gehen, aber kurz darauf bemerkte sie im Garten auf der Rückseite des Hauses eine Gestalt im Schatten.

Halders stand unter einem der drei Bäume, zehn Meter vom Haus entfernt. Zwei Fenster waren erleuchtet, aber er sah keinen Menschen. Von drinnen waren keine Laute zu hören.

Und jetzt?

Es gab keine Hintertür. Keine Tür, die in den Keller führte. Das wäre auch zu einfach gewesen.

Rasch ging er über den Rasen.

Die beiden linken Fenster waren dunkel. Es waren ältere Doppelfenster und sie schienen geschlossen zu sein, aber das linke war einen Spalt offen, und Halders vermutete, dass es einen Riegel gab, den er nicht sehen konnte. Er nahm ein schmales Instrument aus seiner Innentasche, schob es hinein, ertastete den Riegel und schob ihn hoch. Es war mühsam, da das Fenster in einer Höhe von fast zwei Metern über dem Boden war.

Er öffnete es und steckte das Instrument zurück in die Tasche, ein langes, schmales Essstäbchen, das er heute Nachmittag aus dem China-Restaurant mitgenommen hatte, als er dort zuletzt gegessen hatte.

Er sah sich um. Am Giebel einige Meter weiter links stand eine Regentonne. Dorthin ging er und prüfte das Gewicht. Sie war leicht, da es in der letzten Zeit nur ein paar kurze Gewittergüsse gegeben hatte. Er konnte die Tonne zum Fenster tragen, stieg hinauf und schaute hinein: Konturen von Möbeln in dem schwärzlichen Licht, eine Tür, die matt grauweiß am anderen Ende des Raumes schimmerte. Kein Mensch hier drinnen.

Halders stemmte sich hinein und stand auf dem Fußboden. Er sah zurück durchs Fenster, aber da kam niemand mit einem Maschinengewehr angelaufen. Niemand stürzte durch die Tür.

Von draußen hörte er dieselben Geräusche der Nacht wie zuvor.

Und jetzt?

Er ging zur Tür und lauschte. Keine Schritte im Haus. Irgendwo ein Gemurmel, vielleicht Musik. Er sah, dass auf der anderen Seite der Tür kein Licht war, und deswegen öffnete er sie.

Es war eine Diele, leer. Es gab noch mehr Türen. Wie ein chinesisches Kästchen, dachte er. Geh durch eine Tür und du findest eine weitere Tür. Geh durch die Tür, geh durch die nächste. Man geht hinein, aber niemals hinaus.

Hinter der rechten Tür am Ende der Diele war Licht. Aber unter der Tür links war ein schwächerer Lichtschein. Als ob das Licht aus großer Entfernung kam. Er ging rasch und leise darauf zu und tastete nach der Türklinke. Langsam öffnete er die Tür und sah eine Treppe, die nach unten führte, und Licht.

Sara Helander wartete darauf, dass Halders jede Sekunde zurückkehren würde. Der Idiot.

Dabei hätte ich doch hier die Heldenrolle spielen sollen. Ich hab das Haus gefunden. Ich müsste da drum herumschleichen.

Sie wusste, dass sie es nie tun würde.

Von hinten näherte sich ein Auto. Sie hörte das Geräusch, sah den Wagen aber erst, als er vorbeigefahren war und vor der Villa parkte. Er war ohne Licht gefahren, und ihr wurde eiskalt. War sie gesehen worden?

Niemand stieg gleich aus. Sie rutschte tief in ihren Sitz, sah in dem Auto aber noch eine Silhouette auf dem Vordersitz. Der Arm der Silhouette war angewinkelt. Vielleicht redete die Person ins Handy. Vielleicht redete sie über das Auto, das ein Stück entfernt parkte, mit jemandem drin.

Das hier ist gefährlich, dachte sie. Es ist gefährlicher, als wir gedacht haben. Ich rufe ihn gleich an. Es sind mehr als zwanzig Minuten vergangen.

Halders ging die Treppe hinunter. Er *schlich*. Das war ein Gefühl, als würde er in einem Film mitspielen. Sonst schlich er nie. Wann war er zuletzt geschlichen? Plötzlich, als er auf der vierten Stufe war, dachte er an seine Kinder. Er sah Margareta vor sich. Mein ganzes Leben passiert Revue vor meinen Augen. Bedeutet das, dass ich sterbe? Quatsch. Wir müssen alle sterben. Niemand überlebt. Hab ich Angst? Nein. Ich hab meine SigSauer bei mir, und ich bin stark. Wirklich plump, wie ich hier einsteige. Es gibt eine Frau, die ich vermutlich liebe. Sie ist schwarz, aber das Leben kann hell werden.

Er war unten angekommen. Das war der Keller. Es gab noch eine Tür in der chinesischen Schachtel, und die war nicht verschlossen. Bis dorthin waren es zehn Meter. Da war Musik. Er sah einen Schatten. Die Musik war ein widerliches Discogedudel aus den schwachsinnigen Siebzigerjahren. Er ging näher, und die Musik wurde lauter. Er sah, dass die Tür in einen weiteren Vorraum führte oder in einen schmalen Korridor. Dort bewegte sich jemand. Halders holte die Waffe hervor, sie fühlte sich kalt und kameradschaftlich in seiner Hand an. Wo dringe ich jetzt ein?, dachte er. Er hörte eine Stimme, eine Frauenstimme, und dann eine Männerstimme, die etwas rief oder brüllte, nein, etwas anderes, sie schluchzte jetzt, Himmel, die Stimme wurde laut und wurde leise, die schmutzige Musik hüpfte im Korridor mit den Wänden aus Ziegelsteinen, der jetzt immer schmaler wirkte, je näher er der Tür kam. Er sah die Frau, die sich zur Musik bewegte, sie trug einen Stringtanga, sonst nichts, kaute auf einem Kaugummi, dachte an etwas anderes, und Halders kam näher. Zwischen ihr und dem Mann war eine Glasscheibe. Er kniete vor ihr auf allen Vieren und heulte zum Mond, war nackt, trug aber eine Hundeleine um den Hals. Es war Kurt Bielke. Der Mann starrte auf alles und nichts, ohne etwas zu sehen, und Halders sah, dass es in Bielkes Körper zu zucken begann wie bei einem entzückten freireligiösen Idioten auf einem Zelttreffen. Auf einem Zelttreffen, wiederholte Halders für sich, ich schieß dieser Ausgeburt des Satans zwischen die Augen. Bielke bewegte sich vor und zurück, und Halders hatte gesehen, was er für dieses Mal sehen musste, vielen Dank für den Kaffee, und machte einen Schritt rückwärts und noch einen. Er hörte den Schlag, bevor er ihn traf, hörte ihn wirklich, *sah* ihn mit Augen im Nacken, als ob er in Zeitlupe versetzt wurde, als ob alles schon vorbei war, ehe es seinen Kopf traf.

Ein Hund auf der anderen Straßenseite fing an zu bellen, verstummte jedoch jäh, wie nach einem Schlag. Winter stieg aus dem Auto und überquerte die Straße in Shorts und Hemd. Im Bund hatte er ein beengendes Gefühl. Er hatte mit Angela telefoniert. Sie war einsilbig gewesen. Morgen würden sie versuchen an den Strand zu fahren, abends. Er musste nur vorher schlafen, wusste nur noch nicht, wann. »Es ist zu warm in unserer Wohnung«, hatte sie gesagt. In einem Haus ist es kühler, hatte sie damit eigentlich gemeint. Aber bald war all das vorbei, und einen Sommer wie diesen würde es erst wieder im nächsten Jahrhundert geben, und dann würden sie alle sehr, sehr alt sein in ihren Wohnungen oder Villen.

Die Haustür stand offen, auch alle Fenster, die Winter sehen konnte. Benny Vennerhag war hinter dem Haus wie immer. Der Swimmingpool glänzte von schwarzem Wasser. Vennerhag drehte sich um.

»Nimm ein Mitternachtsbad.«

Warum nicht.

Hinterher trocknete er sich mit dem Badelaken ab, das Vennerhag ihm reichte, und zog seine Shorts ohne Unterhose an, die er in das Hemd eingewickelt hatte, das er heute Nacht nicht mehr anziehen wollte.

»Soll ich dir ein Hemd leihen?«

Winter schüttelte den Kopf.

»War es schön?«

Winter nickte.

»Möchtest du ein Bier?«

»Gern.«

Vennerhag stand mühselig auf, ging schwankend ins Haus und kehrte mit zwei Bier zurück. Schwer ließ er sich in den Liegestuhl fallen.

»Bist du voll?«

»Ein bisschen.« Vennerhag öffnete die Flaschen und reichte eine Winter. »Ein kleines intimes Mittagessen zu Hause mit vielen guten Drinks.«

»Und was gab es zu essen?«

»Cotriade.« Vennerhag salutierte vor der Bierflasche. »Was hast du verdammter Snob gesagt? Hast du geglaubt, ich mampfe morgens, mittags und abends Eier mit Bacon, hä?«

»Ich hab überhaupt nichts gesagt.«

Vennerhag trank wieder, gähnte und sah Winter über den Flaschenhals an.

»Hätte das nicht bis morgen Zeit gehabt?«

Drinnen im Haus klingelte ein Telefon, vielleicht auch mehrere, da das Geräusch so deutlich war. Winter sah zu Vennerhags Handy auf dem Plastiktisch unter dem Sonnenschirm, aber es war abgestellt. Keine kompromittierenden Gespräche in Gegenwart des Kommissars.

»Ich muss dich bitten, mir zu helfen, mehr über den Jungen herauszufinden«, sagte Winter. »Hast du guten Kontakt zu den neuen Schweden?«

»Neue Schweden. Ha. Das ist ein guter Ausdruck.«

»Ist dir der Ausdruck Kanaken lieber?«

»Nein, nein, ich bin mindestens genauso politisch korrekt wie alle anderen.«

»Darum geht es nicht. Politisch korrekt ist ein Schimpfwort, das von feigen Typen benutzt wird, die ihre eigene Trägheit dadurch zu verbergen versuchen, dass sie Leute politisch korrekt nennen.«

»Klar klar.«

»Stimmst du mir zu oder habe ich Recht?«

»Sie haben natürlich Recht, Herr Kommissar.«

Das Telefon klingelte wieder, immer wieder. Vennerhag stand nicht auf, schaute auf das stumme Handy, rührte es nicht an. Im Haus klingelte es, schrillte wie ein Autoalarm. Vennerhag hatte sich in einem frühen Stadium gegen einen Anrufbeantworter entschieden, was seiner Meinung nach die Chance auf ein längeres Leben beträchtlich vergrößerte.

»Willst du nicht rangehen, Benny?«

»Zu dieser Tageszeit hab ich keine Zeit. Da rufen bloß Idioten an.«

»Die Idioten scheinen aber etwas ziemlich Wichtiges zu haben.«

»Es ist auch Höflichkeit gegenüber dir als Gast. Dass ich nicht drangeh.«

Winter verneigte sich.

»Bist du eigentlich schon trocken?«

»Und jetzt auch noch die fürsorgliche Frage. Aber du willst damit wahrscheinlich andeuten, dass ich endlich abhauen soll!«

»Auf meine Weise, ja.«

Wieder klingelte das Telefon. Vennerhag sah Winter an, das Handy. Dort werden die Anrufe der Idioten gespeichert, dachte Winter und erhob sich.

»Ich muss dir ja eine Chance geben«, sagte er.

Winter ging durch das Haus, in dem es jetzt still war. Er roch den delikaten Geruch nach bretonischer Fischsuppe, die hier unlängst zubereitet worden war.

Hatte Benny einen Koch gekidnappt?

Als er abfuhr, hörte er wieder das Telefonklingeln durch Vennerhags offene Türen und Fenster.

Vennerhag blieb am Swimmingpool sitzen. Er meinte immer noch, Winters Auto den Hügel runterfahren zu hören. Er trank den Rest Bier aus der Flasche und streckte sich nach dem Handy. Auf seiner Mailbox waren vier Nachrichten, er hörte sie ab, es war jedes Mal derselbe Anrufer, und die Nachrichten klangen alle gleich. Ihm wurde plötzlich schlecht.

Die Telefone im Haus klingelten wieder. Er erhob sich, schwankte, ging hinein und hob den erstbesten Hörer ab.

»Warum gehst du nicht ran?«

»Ich hab deine Nachricht grad abgehört. Was zum Teufel ist passiert?«

»Schwiegervater ist weg.«

Der Mann benutzte die vereinbarten Codeworte. Vennerhag hatte das immer albern gefunden, aber es war nötig. Er glaubte nicht, dass seine Telefone abgehört wurden, jedenfalls nicht von den Bullen, aber man wusste ja nie …

»Mein guter alter Freund war grad zu Besuch hier«, sagte Vennerhag.

»Und was soll mit Schwiegervater werden?«

»Ich komme. Zu Hause bei Mutter?«

»Ja.«

»Sobald ich kann«, sagte Vennerhag, und Samic hörte nur ein Klicken, als Vennerhag den Hörer auf die Gabel knallte.

Sara Helander wartete. Zwei Autos kamen und fuhren vorbei. Eins hielt vor einem Haus ein Stück entfernt. Sie wählte Halders' Handynummer, aber niemand meldete sich. Niemand wies den Anruf ab.

Sie schaute auf die Uhr. Es war eine ganze Weile vergangen. Fredrik war zwar ein Idiot, aber wenn es um seinen Job ging, war er eigentlich keiner.

Sie wartete. Ein Kombi fuhr vorbei und verschwand um die Ecke, aber sie glaubte, sein Motorengeräusch noch länger durch den geöffneten Fensterspalt zu hören.

Es war warm im Auto. Draußen war es kaum kühler. Sie meinte, einen langen Schatten auf der Rückseite der Villa zu sehen. Die Bäume waren grau und schwarz. Vielleicht bewegte sich dort etwas. Plötzlich schrie eine Möwe. Ein neuer Tag zog herauf. Bald konnte sie nicht mal mehr das Licht in den Fenstern des Hauses sehen.

Wie viele Male hab ich bis jetzt so gesessen, dachte sie. *Stake-outs*. Aber jetzt ist es anders, wir müssen abhauen. Es wird Tag.

Über ihrer linken Brust vibrierte es. Endlich.

»Wie geht's?«, fragte Winter.

»Ach, ich dachte es wär Fredrik.«

»Ist er nicht da?«

»Er ist ... näher an das Haus rangegangen, um ... es zu überprüfen.«

»Was überprüfen?«

Sie antwortete nicht. Sie wusste nicht, was sie sagen sollte.

»Wann war das?«, fragte Winter. Seine Stimme klang müde, seine Stimmbänder kratzten.

»Wann er gegangen ist?« Sie sprach leise. Eine junge Frau kam aus dem Haus und stieg in ein Auto, das vorgefahren war. Es machte einen U-Turn. Sara Helander duckte sich.

»Sara?«

»Ich musste mich nur ducken. Äh ... es ist fast eine Stunde her.«

»Eine Stunde?!«

»Keine Angst, Fredrik weiß, was er tut. Und übrigens ist es vielleicht doch noch keine ganze Stunde.«

»Was denn nun?«

»Na ja ... eine Stunde.«

»Und er hat sich nicht gemeldet?«

»Nein. Ich hab ihn mehrere Male angerufen, aber er ist nicht drangegangen.«

»Ich komme«, sagte Winter.

»Es wird jetzt hell, und ich weiß nicht, ob sie ...«

»Scheiß aufs Licht«, sagte Winter. »Jetzt statten wir ihnen einen Besuch ab. Bleib im Auto sitzen, aber du brauchst dich nicht zu verstecken. Achte drauf, ob jemand kommt oder wegfährt.«

»Das hab ich sowieso die ganze Zeit gemacht.«

»Ich parke vorm Haus«, sagte Winter. »Dann kannst du aussteigen.«

32

Sie sah Winter vor der Villa halten. Er stieg aus und erwartete sie, während sie die Straße überquerte.

»Wir haben Bielke ins Haus gehen sehen«, sagte sie, »Kurt Bielke.«

»Aha.«

»Du scheinst nicht überrascht zu sein?«

»Jetzt klingeln wir.«

Sie stiegen die Treppe hinauf. Überall schrien Möwen, lachten sie aus, als Winter an der Haustür läutete.

»Fredrik hat ihn erkannt«, sagte Sara Helander.

»War er sicher?«

»Ja.«

Winter klingelte noch einmal, aber niemand öffnete. Er schlug mit den Fingerknöcheln kräftig gegen die Tür, doch von drinnen war nichts zu hören. Bald war es taghell. Durch ein Fenster rechter Hand der Tür waren Umrisse von Möbeln zu erkennen.

»Wir gehen ums Haus rum«, sagte Winter.

Auf der Rückseite gab es keine Tür. Ein Fenster war angelehnt, darunter stand eine Regentonne.

»Da ist er eingestiegen«, sagte Winter.

»Er ist eingestiegen?«

Winter antwortete nicht. Er schaute ins Gras und sah kleine Tauperlen auf seinen Segelschuhen. Er ließ den Blick weiter über den Boden gleiten, bewegte sich selbst vorwärts. Im Gras waren Reifenspuren.

»Hast du heute Nacht hier jemanden mit dem Auto langfahren sehen?«

»Könnte sein«, sagte sie. »Ich hab irgendwann mal einen großen Schatten gesehen.« Sie schaute zurück zur Straße. »Kurz vorher ist ein Kombi vorbeigekommen. Vielleicht ein Volvo. Ich glaub, der ist auf das Grundstück da eingebogen.«

Sie nickte zum Nachbargrundstück, das teilweise unbebaut war und das unbemerkt befahren werden konnte, verborgen von dem Haus, hinter dem sie standen.

Winter ging zu dem Fenster und stieg auf die Regentonne. Es war schwerer, das Gleichgewicht zu halten, als er geglaubt hatte. Das feuchte Gras unter dem Fenster war stellenweise platt gewalzt.

»Hallo?«, rief er hinein. Das Fenster war unverriegelt. Es ließ sich mit dem Ellenbogen aufschieben. »Hallo?«

Vennerhag las Samic unter dem Viadukt auf und fuhr westwärts.

»Was auch passiert ist, ich hab nichts damit zu tun«, war das erste, was Vennerhag sagte.

Samic erzählte, was geschehen war.

»Ich hab nichts damit zu tun«, wiederholte Vennerhag.

»Du hängst genauso mit drin wie ich«, sagte Samic.

»Ich war mal Teilhaber im letzten Jahrhundert, das ist alles.«

Hinter ihnen erstrahlten die ersten Vorboten der Sonne. Der Horizont begann zu glühen. Sie waren allein auf der Straße.

»Wohin fahren wir?«, fragte Samic.

»So weit weg von der Stadt wie möglich«, sagte Vennerhag.

»Du riechst nach Alkohol.«

»Siehst du einen Bullen?«

»Nein.«

»Dann sei still.«

»Was machen wir?«

»Nichts.«

»Das reicht nicht«, sagte Samic.

»Die wissen nichts. Da drinnen ist doch nichts mehr, oder?«

»Ich hoffe es sehr«, sagte Samic.

»Und ich will nicht mehr wissen als unbedingt nötig.«

»Hast du einen Loyalitätskonflikt?«

Vennerhag antwortete nicht, fuhr einfach weiter, der Sonne entgegen.

»Sind wir auf dem Weg zu den Inseln?«, fragte Samic.

»Dir kann es doch egal sein, wo du dich versteckst.«

»Wirkt das nicht verdächtig?«

Vennerhag lachte laut, aber seine Augen, die Samic im Rückspiegel musterten, blieben todernst.

»Da kommt die Brücke«, sagte Samic.

Sie fuhren über die Brücke, und Vennerhag drehte rasch den Kopf und blickte auf das stille Meer.

»Wir müssen das Boot verstecken«, sagte Samic.

»Das ist schon verlegt.«

»Doch nicht hierher?«

»Halt einfach das Maul«, sagte Vennerhag, verließ die Brücke und fuhr schweigend weiter. Nach zwei Kilometern bog er ab in einen dichten Wald.

Winter zog sich hoch und sprang ins Zimmer. Sara Helander stand draußen. Sie hörte ein Auto auf der Straße.

»Wenn es Lars und Bertil sind, sag ihnen, dass ich ihnen so schnell wie möglich die Haustür zu öffnen versuche«, sagte Winter.

»Aber wenn du da drinnen nicht allein bist?«

»Ich bin allein«, sagte Winter.

Im Zwerchfell hatte er ein Gefühl von *Vorsichtig*, vielleicht war es auch die Sorge, was mit Halders passiert sein mochte.

Halders hatte sich nicht gemeldet. Er war hineingegangen, aber er war nicht wieder herausgekommen, nicht soweit Sara gesehen hatte.

Die Tür stand offen, die Diele war leer und dunkel, nirgends war Licht, nur unter der Tür am anderen Ende der Diele schimmerte Tageslicht. Dorthin ging er und öffnete die Tür, die in ein großes Zimmer führte. Durch die Fenster sah er die Straße. Jemand hämmerte gegen die Haustür. Er ging hin und öffnete. Ringmar, Bergenhem und Sara Helander standen draußen.

»Hier ist alles still«, sagte Winter.

»Nehmen wir uns jeder ein Stockwerk vor?«, fragte Bergenhem.

Sie teilten sich auf, Winter ging denselben Weg zurück, den er gekommen war, und probierte eine andere Tür aus.

Die Treppe führte steil nach unten. Es war dunkel wie die Nacht. Er knipste seine Taschenlampe an und leuchtete sich den Weg nach unten. Die Stufen endeten in einem schmalen Korridor, der in ein leeres Zimmer mündete. Er sah einen Vorhang und eine Glasscheibe. Es gab eine Musikanlage. Der Kegel des Taschenlampenstrahls bohrte sich in die Wand, Schatten huschten durch den Raum, der ungelüftet und nach Schweiß roch. Oder nach was Schlimmerem, dachte er. Entsetzen.

Er leuchtete herum und entdeckte einen Schalter. Er drückte sich gegen die Wand und schaltete das Licht ein. Für eine Sekunde war es weiß und blendend.

Vennerhag fuhr zurück. Im Radio erzählte die Frau vom Wetterdienst, dass es noch wärmer werden sollte. Das schien unmöglich.

Er hatte die Klimaanlage abgestellt, um den Morgenwind durch die offene Fensterscheibe zu spüren. Es roch nach etwas, das er kannte, aber er kam nicht drauf, was es war.

Er dachte über Verschiedenes nach. Er war ruhig, aber die Situation war kompliziert.

Haha.

Er hatte nicht darum gebeten. Es war immer schlimmer geworden, aber daran war er nicht schuld, nicht so, wenn nicht Schweigen an sich eine Schuld ist. Doch, klar. So etwas behält man nicht für sich, wenn man es weiß. Auch wenn man nichts damit zu tun hat. Nicht so.

Er fuhr die letzten Hügel hinunter und weiter ins Zentrum. Er versuchte zu überlegen, was sie mit ihr machen würden. Mit *ihr*. Samic war ihm keine Hilfe gewesen. Samic war für alle anderen eine Gefahr, mehr als *er*. Den können sie haben.

Besser abwarten. Nachdenken. Schlafen.

Winter stand vor der Glasscheibe und verstand. Ähnliches würden sie in anderen Zimmern des Hauses finden.

Hier war es. Es gab eine Antwort. Hier waren die Mädchen gewesen, sie mussten hier gewesen sein und getan haben, was sie taten. Getanzt.

Beiers Leute würden Arbeit bekommen.

Das Haus war verlassen. Warum? Wegen Halders? Ja. Halders war hierher gekommen, und daraufhin waren alle verschwunden. »Alle.« Wer waren alle?

Was war mit Halders?

Winter sah sich um. Der Staub mochte von den Spurensicherern entschlüsselt werden, Zeichen, Flecke, Spuren, Gegenstände.

Er ging zurück, die Treppe hinauf und zu dem großen Zimmer, das auch eine Halle war, von der Treppen zu anderen Stockwerken führten.

Auf einer Treppe erschien Ringmar.

»Komm mal rauf, Erik.«

Ringmar wartete oben. Eine weitere Halle, Morgenlicht fiel durch die Tür eines anderen Zimmers.

Es war eine Bar, und die Einrichtung war bekannt. Die Wände schienen aus Ziegelsteinen zu bestehen, aber als Winter sie anfasste, spürte er, dass es eine Attrappe war. Es gab einen Tisch und Stühle und merkwürdige Dekorationen an der Wand.

»Genau wie auf den Fotos«, sagte Ringmar.

»Da können wir uns bei Sara bedanken«, sagte Winter.

Sie war ins Zimmer gekommen und hörte, was er sagte.

»Bedankt euch erst, wenn Fredrik sich gemeldet hat«, sagte sie. »Ich hätte ihn zurückhalten müssen.«

»Halders zurückhalten?«, fragte Ringmar.

Bergenhem tauchte in der Tür auf.

»Ich hab alles abgesucht, hier scheint niemand zu sein«, sagte er.

»Dann holen wir jetzt Bielke«, sagte Winter.

Sie klingelten, und Bielkes Frau öffnete in einem weißen Morgenmantel. Ihr Gesicht war noch ganz bleiern vom Schlaf.

Bielke saß still auf dem Rücksitz von Winters Auto. Hinter ihnen fuhr ein Streifenwagen. Bielke drehte sich einmal um.

»Das geht zu weit«, sagte er, als sie in dem fensterlosen Verhörzimmer saßen. Winter hatte Ringmar dazugerufen. »Das ist Machtmissbrauch«, fügte Bielke hinzu.

»Wir müssen uns nach einigen Umständen erkundigen«, sagte Winter.

Bielke schien nicht zuzuhören.

»Wir sind zu neuen Erkenntnissen gekommen.«

»Ich rede nicht mit Ihnen ohne meinen Anwalt«, sagte Bielke, dessen Gesicht im nackten Leuchtröhrenlicht scharfkantig wirkte. Seine Sonnenbräune war durch weiße diagonale Linien zerschnitten.

»Bitte sehr«, sagte Winter und unterbrach das Verhör.

Bielkes Anwalt sah aus, als hätte er das alles schon mal mitgemacht. Die frühe Morgenstunde schien ihm nichts auszumachen. Vielleicht wunderte er sich über die Müdigkeit in den Augen der beiden Kriminalbeamten.

Aber Winter sah die Unsicherheit des relativ jungen Mannes, in den Bewegungen, in den Augen.

Winter begann wieder mit dem Verhör:

»Ich brauche ein paar Auskünfte darüber, wo Sie sich letzte Nacht zu bestimmten Zeitpunkten aufgehalten haben«, sagte er.

Bielke wartete.

Winter nannte die Zeiten.

»Es ist unmöglich, das zu …«, sagte der Anwalt.

»Wenn Sie weiter stören, fliegen Sie raus«, sagte Winter.

»W… wie bitte?«

»Sie stören die Ermittlungen. Mit meiner Erlaubnis können Sie Fragen stellen, wenn Sie es wünschen, aber erst am Schluss, sonst fliegen Sie raus.«

Der Anwalt sah Ringmar an, der freundlich nickte.

»Darf das so zugehen?«, fragte Bielke und sah Winter und dann seinen Anwalt an.

Winter stellte die nächste Frage.

Bielke ruhte sich aus. Sein Rechtsanwalt war gegangen und hatte versprochen, wiederzukommen.

»Du brauchst ein wenig Schlaf, Erik«, sagte Ringmar.

»Ja.«

»Geh nach Hause.«

»Ich schlaf hier. Zwei Stunden.«

»Drei«, sagte Ringmar. »Jetzt mal ruhig. Wir haben das Recht, ihn noch sechs Stunden festzuhalten.«

»Ich will ihn verhaften«, sagte Winter.

»Molina will wahrscheinlich mehr von uns«, sagte Ringmar. »Und das ist keine untertriebene Erwartung.«

Staatsanwalt Molina will immer mehr, dachte Winter.

»Schick Bergenhem zu Bielke nach Hause, ein paar Jungs sollen ihm helfen.«

»Wonach sollen sie suchen?«

»Angelikas Kamera«, sagte Winter.

»Was?«

»Hundeleine, Gürtel, Kameras. Alles, womit wir den Kerl kriegen können.«

»Ich glaube, er ist krank«, sagte Ringmar.

»*Das* ist untertrieben«, sagte Winter. Er sah Bertil an. »In einer Stunde setzt sich Cohen mit ihm und seinem Anwalt zusammen, falls der sich wieder hertraut.«

»Ja.«

Cohen war ein erfahrener Verhörleiter, den Winter immer einsetzte, wenn er nicht selbst die Fragen stellte.

»Ich glaube nicht, dass Bielke weiß, was passiert ist«, sagte Ringmar. »Ich glaub nicht, dass er Fredrik da drinnen gesehen hat.«

»Aber vielleicht hat Fredrik ihn gesehen.«

33

Aneta Djanali holte Hannes und Magda von der Schule ab. Margaretas Mutter würde später am Nachmittag kommen und bei den Kindern bleiben, die im Augenblick elternlos waren. Aneta Djanali dachte über das Wort nach. Elternlos. Jedenfalls momentan.

»Wie lange wird es dauern, was meinen Sie?«, hatte die Großmutter mit einer Art Hoffnung in der Stimme gefragt, als sie miteinander gesprochen hatten.

Was sollte sie darauf antworten?

Als ihr die Kinder entgegenkamen, spürte Aneta Djanali ein Schwindelgefühl, als ob sie alles durch einen Filter sähe. Wie ein Zug, der sich durch eine Landschaft bewegt, und ich sitze drinnen und schaue hinaus.

»Wo ist Papa?«, fragte Hannes.

Was sollte sie darauf antworten?

»Er ist ... bei der Arbeit«, sagte sie.

»Wann kommt er wieder?«

»Wir wissen es noch nicht genau. Darum hol ich euch ab.«

Der Junge und seine Schwester schienen sich damit zufrieden zu geben. Sie stiegen in den Streifenwagen. Ich möchte nicht selber fahren, hatte Aneta Djanali zu Winter gesagt.

Vor Halders' Haus stiegen sie aus. Sie ging mit den Kindern hinein und sah auf die Uhr. In zwei Stunden würde ihre Großmutter kommen.

»Habt ihr Hunger?«, fragte sie.

Sie nahm Hamburger und Brötchen aus der Tiefkühltruhe. Magda zeigte mit ihrem kleinen Zeigefinger, wo im Kühlschrank das Ketchup stand. Auf dem Regal darunter lagen eine Zwiebel und ein Salatkopf, der an den Rändern braun wurde.

Sie briet das graue Fleisch, bis es braun war, und richtete die Hamburger an. Keine Zwiebel für Magda.

»Bist du aus Afrikat?«, fragte sie mit vollem Mund.

»Afrika«, korrigierte sie der Bruder, der ein wenig verlegen aussah. »Es heißt Afrika.«

»Meine Eltern kommen aus einem Land in Afrika, das heißt Burkina Faso«, antwortete Aneta Djanali. »Früher hieß das Obervolta.«

»Das liegt über Untervolta«, sagte Magda kichernd.

Ihr Bruder versetzte ihr einen Stoß. Aneta Djanali spürte, wie der Stoß auch durch sie hindurchging. Fredrik, Fredrik. Komm durch diese Tür und sag irgendwas Idiotisches. Über Ouagadougou. Irgendwas. Eine Sekunde später heiraten wir. Kaufen uns ein Haus in einem gemischt-ethnischen Stadtteil. Bleiben hier wohnen. Ziehen nach Untervolta. Pendeln nach Ouagadougou. Komm durch die Tür. Ruf auf dem Handy an, du geliebter Idiot.

»Wie ist es da?«, fragte Hannes.

»In Burkina Faso? Da gibt's viel Sand.« Sie schaute auf ihren unberührten Hamburger, der auf dem Teller kalt wurde. »Ich bin da nur einmal gewesen. Vor zehn Jahren.«

»Warum nicht öfter?«

»Tja ... ich bin doch hier geboren. Hier in Göteborg. Ich bin Schwedin.«

»Gibt es da Löwen?«, fragte Magda.

»Nicht viele. Es gibt mehr Kamele als Löwen.«

»Gibt es da eine Wüste?«

»Ziemlich viel Wüste.«

»Hast du von dem Flugzeug gehört, das in einer Wüste abgestürzt ist?«, fragte Hannes.

»Das ist ein Witz«, sagte Magda.

»Nein«, antwortete sie und sah Hannes an.

»Der Kapitän hat alle Passagiere losgeschickt, damit sie nach Essen suchen«, sagte der Junge mit einem Lächeln, das sein ganzes Gesicht überzog. »Alle haben nämlich den Absturz überlebt. Er hat sie also losgeschickt, und sie kamen zurück und sagten, wir haben eine gute Nachricht und eine schlechte Nachricht.« Er sah sie an. »Verstehst du?«

»Ich verstehe.«

»Okay, sagte der Kapitän, zuerst raus mit der schlechten Nachricht. Hier gibt's nur Kamelscheiße zu essen, antworteten die Passagiere. Und was ist die gute Nachricht?, fragte der Kapitän. Und die Passagiere antworteten: Davon gibt's ganz viel.«

Sie lachte.

»Den hat Papa uns erzählt«, sagte Magda.

Die Kinder gingen in ihre Zimmer. Sie wusch ab, die Sonne schien ihr in die Augen, und sie ließ die Jalousien herunter.

Im Wohnzimmer hörte sie das schwache Summen vom Computer aus Hannes' Zimmer, die metallische Gespensterstimme von einem Spiel.

Sie sah die CD-Platten durch. Fredrik hatte wirklich Geschmack, dachte sie und korrigierte sich: *hat* Geschmack. HAT. Amerikanische Singer-Songwriters, mit Einsprengseln von alternativem Country.

Sie blieb mit mehreren Plattenhüllen in der Hand sitzen. Der Garten dort draußen war still in der Nachmittagshitze. Die Vögel schliefen auf den Zweigen. Vielleicht schliefen die Kinder einen barmherzigen Schlummer. Der Computer in Hannes' Zimmer war verstummt.

Sie legte Buddy Miller auf, vielleicht wird Fredrik es hören und durch die Verandatür hereingestürzt kommen. Wer zum Teufel spielt meine Scheibe: *Nothing can stop me stop me stop my loving you, I'll crawl through the fire, walk to the river, you'll be the taker, I'll be the giver.*

Winter hatte eine halbe Stunde unruhig geschlafen, von gewaltsamen Träumen geplagt, an die er sich nicht erinnern konnte, als er aufwachte, die aber in seinem Kopf hämmerten wie Fieber.

Fredrik Halders' Gesicht war das Erste, was er sah, noch

bevor er die Augen geöffnet hatte. Als er das tat, erblickte er vor sich die Wand, leer und pissgelb.

Er richtete sich auf, rieb heftig sein Gesicht und sah auf die Uhr. Er streckte sich nach dem Telefon, das auf dem schmalen Tisch im Übernachtungszimmer stand, und rief zu Hause an.

Angelas Stimme klang besorgt.

»Was ist los mit dir, Erik?«

»Mach dir meinetwegen keine Sorgen. Um Fredrik steht es schlimmer.«

»Nichts Neues?«

»Nein. Ist Elsa da?«

»Sie hält ihren Nachmittagsschlaf.«

»Genau wie ich.«

»Wann kommst du nach Hause?«

Wenn das hier vorbei ist, dachte er. Es kann schnell gehen.

»Wir haben einen Zeugen, mit dem wir noch mal reden müssen.«

»Aha.«

»Es geht auch um Fredrik.«

»Weiß dieser Zeuge etwas darüber, was mit ihm passiert ist?«

»Ich hab keine Ahnung«, sagte Bielke. Sein Gesicht war immer noch straff, wie von grauen Linien gezeichnet. Er hatte nicht geschlafen. Winter hatte ihm das Rauchen untersagt. Der Rechtsanwalt saß dabei, hörte zu und schrieb. Winter las einige Zeilen auf dem Blatt Papier vor sich. »Ich sage noch einmal, dass ich diesen Polizisten nicht gesehen habe«, wiederholte Bielke.

»Er war gleichzeitig mit Ihnen im selben Haus«, sagte Winter.

»Das ist doch unmöglich, weil ich zu der Zeit zu Hause war und schlief.«

»Einer unserer Polizisten hat Sie das Haus betreten sehen, von dem wir hier reden.«

»Was eine Lüge ist, weil ich nicht dort war. Ich weiß nicht mal, wo es ist, und werde es auch nicht wissen, wenn Sie mir nicht erzählen, wo das ist.«

»Warum lügen Sie?«, fragte Winter.

»Warum lügen *Sie*?« Bielke war gefasst, doch fehlte ihm die aufbrausende Arroganz der anderen. Ein geschliffener Soziopath, dachte Winter.

Plötzlich war er müde, müder als er gewesen war, bevor er sich in das allzu weiche Bett gelegt hatte. Sara war Bielke vorher noch nie begegnet. Es war ein Fehler. So was passierte, und es war nicht gut, aber sie waren ja nur Menschen. Was war Bielke?

Er dachte an Molina, den Staatsanwalt. Sie brauchten mehr, um Bielke zu verhaften. Sie hatten noch fünf Stunden. Verhaftung oder Freilassung, im Augenblick sah es nach letzterem aus für den Mann aus Långedrag. Er wollte Bielke festnehmen. Das würde Ruhe in die Arbeit bringen. Er wollte, dass Molina seine Meinung teilte, das angemessene Misstrauen, das er gegen Bielke empfand. Und er wollte, dass sich das Angemessene zur Wahrscheinlichkeit steigern würde. Aber wessen verdächtigt? Mithilfe bei der Beseitigung von Fredrik Halders? Mord an drei jungen Frauen? Vergewaltigung seiner Tochter? Bielkes Verhalten in Winters Gegenwart schloss nichts von allem aus. Bielke ist der Schlüssel zu etwas. Ich darf jetzt nicht mehr viele Fehler machen.

Er brauchte einen Zeugen. Einen Gegenstand. Eine Verbindung.

Bielke würde alles souverän abstreiten. Er hatte die Kraft.

Sie hatten nach Samic gesucht, das war das Erste, was sie nach Halders' Verschwinden gemacht hatten, aber Samic war nicht zu finden. War nicht in seinem Tanzlokal, nicht zu Hause, nicht bei Leuten, von denen sie wussten, dass er sie kannte. Das überrascht mich nicht gerade, hatte Ringmar gesagt. Er ist da, wo Halders ist, hatte Bergenhem gesagt. Meinte er im Totenreich? Winter hatte nichts gesagt, war nur weitergejagt im hellen Morgenlicht, vorwärts über die glänzenden Straßen der Stadt.

Bergenhem stattete den Bielkes zusammen mit den Inspektorkollegen Johan Setter und Sara Helander einen Besuch ab. Sara Helander wollte nicht schlafen, nicht, bevor sie Fredrik gefunden hatten.

Bielkes Frau war stumm, blieb während der Hausdurchsuchung in ihrem Zimmer.

»Da gehen wir jetzt nicht rein«, sagte Bergenhem.

»Wo sollen wir anfangen?«, fragte Setter.

»Wo ist das Mädchen?«, warf Sara Helander ein.

»Ist eine Runde Schwimmen gegangen«, sagte Bergenhem.

»Dann sollten wir wohl mit ihrem Zimmer anfangen«, sagte Setter.

»Das haben wir doch schon auf den Kopf gestellt«, sagte Bergenhem. »Und zwar gründlich.«

»Das war damals«, sagte Setter.

»Weiß sie es?«, fragte Sara Helander.

»Was?« Bergenhem sah sie an.

»Warum ihr Vater heute morgen in der Dämmerung abgeholt worden ist.«

»Wissen wir das?«

Das Haus ist kleiner, als es von außen aussieht, dachte sie. Mehrere Fenster waren angelehnt und ließen den Geruch nach Meersalz, Steinen, trockenem Staub und Gras herein, das in der Sonne verbrannte. Drinnen war Staub in der Luft, wie ein Nebel. Vielleicht hat niemand mehr die Kraft gehabt, sauber zu machen, seit alles angefangen hat, dachte sie.

»Ich geh raus in die Garage«, sagte Bergenhem.

Dort hing alles ordentlich in Reihen an der Wand oder lag in Kisten. Bielke besaß, was ein Eigentümer einer älteren Villa haben musste.

In der Doppelgarage standen zwei Autos.

Bielke war zu Fuß nach Hause gekommen. Sara hatte kein Auto gesehen. Das konnte die ganze Zeit in der Garage gestanden haben. Mit der Zeit würden sie es herausfinden.

Bergenhem durchwühlte Kiste nach Kiste. Es war Routinearbeit, und Routinearbeit brachte Resultate. Das Unwahrscheinlichste, dass ein Verdächtigter etwas Kompromittierendes an einem ... gewöhnlichen Platz zu Hause versteckte, war schon oft eingetreten. Ein Gewehr war zurück in den Gewehrschrank neben den Elchkopf gestellt worden. Ein Messer war zu den anderen zurück ans Magnetband gehängt worden.

Eine Hundeleine lag über einer Stuhllehne in der Diele, wie immer. Der Lammbraten wurde zurück in die Tiefkühltruhe gesteckt. Stumpfer Gegenstand. Es wäre besser gewesen, ihn in den heißen Backofen zu schieben. Hatte er nicht eine Geschichte darüber gelesen?

Hundeleine. Bielke besaß keinen Hund. Es wäre großartig, wenn wir eine Hundeleine finden würden oder etwas anderes, das man als Würgeschlinge benutzen konnte.

Er stand neben dem kleineren Auto, einem kompakten Kombi, und griff nach der linken Vordertür. Sie war nicht abgeschlossen. Der Schlüssel steckte noch.

Er musste sich bald entscheiden, wann sie die richtigen Spürnasen von Beiers Kommando rufen sollten.

Bergenhem öffnete die Autotür mit seinen weißen Handschuhen und untersuchte rasch das Handschuhfach, den Boden und die Sitze. Papiere, Krümel und Staub, Straßenkarte von Europa. Ein vertrocknetes Kaugummi im Aschenbecher. Kein Tabakgeruch.

Er nahm die Schlüssel und öffnete den Kofferraum. Ein Klappstuhl, eine Decke, die mehr zusammengedreht als gefaltet war, ein Korb, ein paar Arbeitshandschuhe, fleckig von Öl und anderem Dreck, ein paar alte Tageszeitungen, die schon gelb wurden, ein leerer Flaschenkorb, ein einsamer Pantoffel, der am großen Zeh geplatzt war. Angekaut von einem Hund, dachte Bergenhem. Vorsichtig schob er die Gegenstände beiseite, öffnete die Klappe am Boden des Kofferraums und sah den unbenutzten Reservereifen, das Futteral für den Wagenheber, ein anderes Futteral für ein paar Meißel. Nichts weiter. Er schraubte die Klappe wieder fest.

Als er den Kofferraumdeckel schließen wollte, bemerkte er links eine weitere Klappe, die kaum sichtbar war, sie wirkte eher wie ein Schatten an der Seite des Kofferraums. Dort war ein kleines Symbol. Er zog daran, aber die Klappe gab nicht nach, er zog ein wenig stärker, und sie löste sich mit einem seufzenden Laut. Dahinter war Platz für das zusammengeklappte Warndreieck und einen flachen Erste-Hilfe-Kasten. Er nahm die beiden Gegenstände heraus und steckte die Hand in das Loch. Ganz rechts ertastete er etwas, eine harte Fläche. Er zog den Gegenstand heraus und wusste, was es war, bevor er es sah.

Die Kamera war verstaubt, aber ziemlich neu, klein und kompakt und leicht zu handhaben. Was der Fachmann eine idiotensichere Kamera nennt, dachte er.

Es war ein Film in der Kamera, belichtet, unbelichtet?

Ein sonderbarer Ort, um einen Fotoapparat zu verwahren. Neben dem Warndreieck. Achtung, Lars. Hier gibt es eine Warnung.

Er hörte ein Geräusch hinter sich.

»Was ist hier los?«

Bergenhem drehte sich um und sah das Mädchen mit seinem Fahrrad dastehen. Shorts, T-Shirt, Sandalen, braun, schön, Sonnenbrille in die Haare geschoben, im Fahrradkorb das Badelaken, eine Flasche Wasser.

»Sind Sie von der Presse?«, fragte sie.

Bergenhem senkte den Blick auf die Kamera in seiner Hand.

»Von der Polizei«, sagte er. Er war ihr noch nicht begegnet und ging auf sie zu. »Lars Bergenhem von der Kriminalpolizei.«

»Warum ziehen Sie nicht gleich hier ein?«, fragte sie.

Besser, dein Vater zieht zu uns, dachte er.

Sie wirkte ruhig. Möchte mal wissen, warum.

»Was passiert jetzt eigentlich mit Papa?«

»Wir müssen ihm noch ein paar Fragen stellen«, sagte er.

»Immer sind es nur ein paar Fragen«, sagte sie.

»Ist das Ihre?« Er hielt die Kamera hoch.

»Nein.«

»Von Ihrem Vater?«

»Wo war die?«

»Hier im Auto, im Opel.«

»Das ist der Shoppingwagen meiner Mutter, könnte man sagen.«

Bergenhem nickte.

»Aber die Kamera kenne ich nicht«, fügte sie hinzu. »Ich hab eine ähnliche, aber die ist in meinem Zimmer. Da hat sie jedenfalls heute Morgen noch gelegen.«

Sie kamen nicht weiter mit Bielke. Fragen, Gegenfragen. Winter hatte eine Pause eingelegt und versucht, etwas aus Andy herauszubekommen, Anne Nöjds Freund, den sie herbestellt hatten.

Dann rief Bergenhem an.

»Die Familie kann sie nicht identifizieren«, berichtete er. »Das Mädchen hat seine eigene Kamera, und in der Küche ist noch eine, die gewissermaßen allen gehört, wie sie sagen.«

»Nimm alles mit und komm sofort her«, sagte Winter.

»Die Frau und das Mädchen?«, fragte Bergenhem.

»Ich meine die Kameras«, erwiderte Winter.

Die einzige Kamera mit Film war die, die Bergenhem im Kofferraum gefunden hatte. Der halbe Film war verknipst. Die entwickelten Bilder hatten sie innerhalb von vierzig Minuten. Winter wartete ungeduldig mit Bergenhem, Ringmar, Sara Helander und Aneta Djanali im Konferenzzimmer.

Alle schwiegen, als er den kleinen Haufen auf den großen Besprechungstisch legte und ein Bild nach dem anderen hochhob. Bergenhem unterbrach die Stille bei Bild Nummer zwei:

»Das ist ja Angelika Hansson, Mensch!«

Sie stand im Sand nahe dem Wasser und ihr schwarzes Gesicht leuchtete um die Wette mit der gelben Sonne, die alles um sie herum in leuchtendes Licht tauchte. Viel Sand, dachte Aneta Djanali. Keine Kamele und kein Kameldreck, aber viel Sand.

Es gab vier Bilder von Angelika Hansson an diesem Strand, ungefähr aus demselben Winkel aufgenommen.

Ein junger Mann lächelte einsam von derselben Stelle, wo Angelika gestanden hatte.

»Das ist er«, sagte Winter. »Angelikas Freund.«

»Er ist auch auf dem Bild am Waldrand dabei«, sagte Ringmar.

»Irgendwie kommt der mir bekannt vor«, sagte Sara Helander.

»Auf diesem Bild kann man den Fußballplatz dahinter sehen«, sagte Bergenhem.

»Das Hovåsbad«, fiel Winter ein. »Es ist beim Hovåsbad.«

»Was ist das hier?«, fragte Sara Helander.

»Angelikas Zuhause«, antwortete Winter. Keine Personen vor der Villa. Das Bild war an einem Nachmittag aufgenommen worden, als die Schatten lang waren.

»Und hier wohnt die Familie Bielke«, konstatierte Bergenhem beim nächsten Foto. »Und noch ein Bild von ihrem Haus.«

Winter hob das nächste Foto an wie ein Blackjackdealer in einem Kasino. Es war gut für die Konzentration, wenn er es so machte, gut für aller Konzentration. Jetzt waren nur noch wenige Bilder übrig.

Das Foto zeigte eine andere Villa.

»Teufel auch«, sagte Ringmar.

»Das ist das Elternhaus von Beatrice Wägner«, sagte Winter.

Auch hier keine Personen, auch dies ein Sommerbild, spät am Nachmittag, lange Schatten. Winter sah auf die letzten Bilder in seiner rechten Hand. Was würde noch kommen?

Er hatte seine Verhaftung. Aber er verspürte keine Freude.

»Himmel«, flüsterte Aneta Djanali.

»*What's next?*«, sagte Bergenhem.

Winter deckte die restlichen drei Bilder auf. Sie studierten sie schweigend.

»Jaaa, jetzt haben wir unseren Mann«, sagte Bergenhem.

»Aber warum hat er es nur getan?« Sara Helander sprach aus, was alle dachten. War er wahnsinnig? Wahnsinn erklärt alles und gleichzeitig nichts, dachte Winter.

Er studierte wieder die letzten Bilder und begann links:

Die grottenähnliche Spalte, in der Angelika und Beatrice gefunden und wo Jeanette überfallen worden war.

Die Stelle, wo sie Anne Nöjd gefunden hatten. Wo ihr letztes ... nein, nicht ihr letztes Wort, von wo ihr letzter ... Schrei, Angstschrei auf ihrem eigenen Anrufbeantworter registriert worden war.

Auf allen Bildern waren lange Schatten.

Sie waren aufgenommen worden, als es keine Absperrungen gab.

Ringmar sagte, was alle dachten: »Wusste er, was er tun würde? Sind alle diese verdammten Fotos ... vorher gemacht worden? Hat er sie geknipst, bevor es passiert ist?«

Himmel, dachte Aneta Djanali zum achtzehnten Mal. Das Einzige, was fehlt, ist ein Foto von einem Ort, den wir nicht kennen, und dort werden wir Fredrik finden. Himmel. Wenn wir diese Bilder nur vorher gehabt hätten. Bevor die Verbrechen begangen wurden. Da und da und da wird ein Mord begangen werden, und wenn ihr die Orte schnell findet, könnt ihr vielleicht einen Einsatz für den Frieden leisten.

Sie hatten die Kamera Beiers Leuten übergeben.

Kurt Bielke saß vorläufig in einer Zelle des Präsidiums.

»Wir haben viel Arbeit vor uns«, sagte Winter.

Die Schatten draußen wurden länger. Bald Abend. Bald sind wir da, dachte er.

34

Winter stattete Yngvessons Studio einen Besuch ab. Da drinnen roch es trocken, wie aus einer anderen Zeit. Tunnel aus Licht bewegten sich in der staubigen Luft oberhalb des Computers. Die Bänder surrten mit ihren toten Schreien. Das Atmen fiel schwer.

Wenn es vorbei ist, werde ich aufhören zu rauchen. Wir kaufen uns ein Haus am Meer, und ich nehme mir ein Jahr frei, und danach werden wir weitersehen.

»Immer noch nur Bruchstücke«, sagte Yngvesson.

»Soll ich wiederkommen?«

»Heute Nachmittag.«

»Bis jetzt konnte man noch nie eine Stimme erkennen. Wirklich erkennen. Glaubst du, das ist möglich? Eine Stimme, die man schon mal gehört hat?«

»Ich versuche dem Stimmenregister so nah wie möglich zu kommen, Erik.«

Kurt Bielke starrte auf einen Punkt über Winters Kopf. Die Kamera lag auf dem Tisch zwischen ihnen. Beiers Techniker waren damit fertig.

Sie hatten mehrere Fingerabdrücke gefunden, die mit anderen, noch nicht identifizierten übereinstimmten, die sie in Bielkes Haus abgenommen hatten. Bielkes Fingerabdrücke hatten sie noch nicht. Aber bald. Winter hatte mit Molina über die Verhaftung gesprochen. Gib mir eine Stunde, hatte Molina gesagt. Nein. Gebt euch selbst noch eine Stunde mit ihm. Ruf mich dann an.

Dann nehmen wir eine Blutprobe, dachte Winter. Dann ist es vorbei.

Bielke starrte weiter auf den Punkt über Winter.

»Ich frage Sie noch einmal: Wissen Sie, wem diese Kamera gehört?«

»Die hab ich noch nie gesehen.«

»Sie wurde bei Ihnen zu Hause gefunden.«

Bielke antwortete nicht.

Winter sah auf das Tonbandgerät.

»Ich wiederhole, was ich eben gesagt habe: Sie wurde bei Ihnen zu Hause gefunden, Herr Bielke.«

Bielke zuckte mit den Schultern.

»Warum lag sie dort?«

»Wo?«

»Bei Ihnen zu Hause.«

»Wo dort?«

»Wir haben sie in einem der Autos in der Garage gefunden.«

»Ich hab keine Ahnung.«

Winter dachte nach. Die Luft stand im Raum, es war warm und stickig.

Er wollte ein Bekenntnis haben. Jetzt.

Alle wollten nach Hause. Draußen war Sommer.

»Sie sind an einem Ort identifiziert worden, wo ein Verbrechen begangen wurde.«

Bielke antwortete nicht. Er hätte »An welchem Ort?« fragen können, schwieg aber.

»Reden Sie mit meiner Familie«, sagte er jetzt.

»Wie bitte?«

»Reden Sie mit meiner Familie.«

»Warum?«

»Sie weiß, wo ich gewesen bin.«

»Ich frage jetzt aber *Sie*.«

Darauf antwortete Bielke nicht. Seine Augen blickten starr, nur manchmal flackerte etwas in ihnen auf. Waren dies die Augen eines Wahnsinnigen? Seine Augen hatten eine Farbe, die an verwaschene Jeans erinnerte, Blau, das in Weiß übergeht und bald ganz verschwindet.

Wenn nun die Fingerabdrücke, die DNA-Analyse und der ganze Mist nichts bringt, dachte Winter. Wenn er nun gehen darf.

Er fragte wieder, fragte, fragte. Manchmal antwortete Bielke.

Eine Stunde später rief Winter Molina an und bekam seine Verhaftung. Winter gewann Zeit, maximal vier Tage für die Verhandlungen für die Untersuchungshaft.

»Jetzt geh klug vor«, sagte Molina.

Winter legte auf, ohne zu antworten. Er fühlte sich etwas erleichtert. Als sich das Gefühl zusammen mit dem Rauch von seinem Zigarillo durch das Fenster und über den Fluss verflüchtigte, dachte er wieder daran, was Bielke gesagt hatte.

Die Familie.

Der Mann war verrückt. Alles, was er gesagt hatte, mochte einen Sinn haben, aber vielleicht nur für ihn selber.

Er rief bei der Spurensuche an. Beier meldete sich.

»Sind deine Männer noch in Bielkes Haus?«

»Im Augenblick nicht. Warum fragst du?«

»Ich fahr raus.«

»Hast du ihn?«

»Ich weiß nicht. Wann erfahren wir was aus Linköping?«

»Über das Glas? Die machen Überstunden, haben sie versprochen. Aber du weißt ja, wie das ist.«

Sie hatten Bielkes Schuhe und Kleider Stück für Stück mit einem Einmal-Staubsauger mit Einmal-Filter abgesaugt und viele kleine Glassplitter gefunden, die mit dem zerbrochenen Glas verglichen werden sollten, das sie von dem Einbruch bei Familie Hansson mitgenommen hatten. Es brauchte nichts zu bedeuten. Aber sie konnten den Bruchindex des Glases messen und sagen, ob es das Glas war, das sie in seinen Schuhen oder seiner Brusttasche gefunden hatten. Es war ein mögliches Indiz, nicht mehr. Es gab viele Glasscheiben. Aber es könnte ein weiteres Puzzleteil sein.

Als er im Auto saß, war es später Nachmittag. Obwohl die Sonne bereits langsam hinter dem westlichen Horizont, auf den er zufuhr, unterging, war es noch sehr heiß.

Winter bog auf den Hof der Familie Bielke ein.

Die Veranda war leer. Er sah, dass das Fenster zu Jeanettes Zimmer weit offen stand.

Die Familie.

Vielleicht hatten Bielkes wahnsinnige Augen etwas gemeint. Jeanette. War sie der Schlüssel zu allen Rätseln? Ihr Verhältnis zum Vater war kompliziert.

Was für ein beschissenes Wort in diesem Zusammenhang. Er stand vor der Haustür, die angelehnt war. War sie auch verrückt? Ihre Mutter? Was war überhaupt normal? Er zog seinen Gedanken eine Grimasse, spürte ein selbstironisches Lächeln: Was für ein Sinn liegt in allem, wohin sind wir unterwegs, gibt es überhaupt Weggabelungen, in welcher Welt hat das Leben den meisten Sinn?

Er klopfte an die Tür, die vom Druck seiner Hand ein Stück weiter aufglitt. Er rief. Keine Antwort. Er rief noch einmal und trat über die Schwelle. Links sah er durch die Tür eines Zimmers hinter der breiten, hellen Diele die Westseite des Gartens liegen. Jetzt waren die Schatten am längsten. Die Möwen schrien auf der Jagd nach Essbarem in den Gärten.

Plötzlich bewegte sich etwas da draußen. Ein Schatten, der kürzer war und sich gegen all die liegenden Riesen abhob, die bald in der Erde versinken würden.

Eine Bewegung. Als ob jemand über den Rasen gelaufen wäre. Winter stürzte zur Tür hinaus und stürmte den Schotterweg entlang um das Haus herum und versuchte, in alle Richtungen gleichzeitig zu sehen. Warum tue ich das? Weil jemand hier draußen war, und das hängt mit dem zusammen, was dort drinnen passiert. Was passiert ist.

Die Möwen lachten ihn aus. Es war niemand da. Jetzt bedeckten die Schatten den Boden ganz, wie ein schwarzes Leichentuch. Er ging zur Hecke, die das Grundstück begrenzte. Darin gab es Löcher, groß genug, dass sich ein Mensch hindurchzwängen könnte.

Und jetzt?

Er drehte sich zum Haus um. Keine Bewegung, keine Stimmen, kein Rufen, kein Gesicht, kein Körper.

Die müssten doch reagieren.

Winter ging zurück. Er hörte keine Geräusche im Haus, nur die Vögel draußen und entfernte Verkehrsgeräusche; kein Radio, keine Geschirrspülmaschine, keine Dunstabzugshaube, kein Geklapper von Besteck und Geschirr, keinen Mixer, keinen Fernseher, keine Stimmen, kein Lachen, kein Weinen, keine Schreie, keine Schläge.

»Hallo? HALLO?«

Er stand still, aber es kam keine Antwort.

»HALLO?«

Er stieg die Treppe hinauf. Oben war es dunkler. Eine halboffene Tür. Jeanettes Zimmer.

Jetzt hörte er einen schwachen, surrenden Ton, ein leises Brausen, das über das Dach zu fließen schien, langsam.

»HALLO? JEANETTE?«

Winter betrat rasch das Zimmer des Mädchens. Das Fenster stand immer noch offen. Er ging hin und schaute über den Garten, die Hecke und das Stück Wald und entdeckte eine Bewegung hinter einem Baum und einen blassen ... Gegenstand, der erst aufleuchtete und dann weg war, wie eine Kugel im Dämmerlicht. Winter blieb stehen und sah Bewegungen in Gebüsch und Gestrüpp, aber er konnte nicht wieder hinunterstürmen, bevor er wirklich etwas sah. Er wartete, aber das Gesicht tauchte nicht wieder auf, es war ein Gesicht gewesen, aber er hatte es nicht erkannt, nicht aus dieser Entfernung.

Er bewegte sich und hörte wieder das Brausen, immer noch leise, aber immer lauter, es klang wie ... klang wie ... Er schaute zum Alkoven rechts, wo die Tür zum Badezimmer ... Himmel, er sah ein kleines Rinnsal Wasser, das gerade unter der Tür auf den Parkettboden, der in dem wunderbaren Abendlicht glänzte, hervorzusickern begann, und jetzt hörte er das Geräusch, Wasser, das rauschte wie ein Wasserfall, und er warf sich gegen die Tür, riss an der Klinke, aber es war abgeschlossen, er riss, zerrte, schrie, schrie ihren Namen, ging zwei Schritte rückwärts und trat zu, dort, wo der Widerstand der Tür am geringsten war, drei Tritte, vier und das Holz krachte, eine Öffnung, und er trat sich ins Bad hinein, das von Wasser und Blut überschwemmt war, und er stolperte und fiel auf die Fliesen, er spürte, dass in seinem Ellenbogen etwas brach, und richtete sich mit einem Schmerz auf, der nicht sein eigener zu sein schien, seine Khakisachen waren jetzt rosa vom Blut, und das Wasser strömte weiter aus der Badewanne, in der Jeanette saß mit Augen, die mochten geschlossen oder offen sein, er konnte es nicht erkennen, er sah nur ihr Gesicht und ihren Hals aus dem roten Meer ragen oder darin versinken, und er glitt wie auf Schlittschuhen übers Eis zu ihr, bückte sich und hob, HOB einen Körper hoch, der schwerer war als alles, was er je angehoben hatte, und der Schmerz im Ellenbogen war wie brennende Steine in einer Wunde.

Es war nach Mitternacht, bevor er nach Hause kam, den Arm in der Schlinge und mit Schmerzen, die jetzt wie ein Streicheln waren verglichen mit denen, die er vorher gehabt hatte. Angela hielt ihn in den Armen, fast blasser, als er selber war. Sie war mit ihm ins Krankenhaus gefahren.

Der Babysitter wartete im Flur ihrer Wohnung, bekam sein Geld, sah ängstlich aus.

»Gib mir einen Whisky«, sagte Winter vom Küchenstuhl.

»Es ist nicht gut, wenn du jetzt Alkohol trinkst.«

»Einen doppelten.«

Sie goss ihm aus einer der Flaschen auf der Anrichte etwas ein und reichte ihm das Glas.

»Uuuh«, sagte er nach dem ersten Schluck.

Er spürte, wie sich der Alkohol in seinem Körper verbreitete, in seinem Kopf, in seinem Ellenbogen. Er trank wieder.

»Du hättest dort bleiben sollen«, sagte sie. »Sie müssen den Arm in Gips legen, wenn die Schwellung zurückgegangen ist.«

»Sie lebt«, sagte Winter und reichte Angela das Glas, und sie füllte es noch einmal mit einem Zentimeter. »Mehr.« Sie goss etwas dazu, und er trank. »Sie war noch nicht tot. Sie lebt.«

»Gerade so.«

»Aber sie wird es schaffen.«

»Es scheint so«, sagte Angela. »Sie hat viel Blut verloren. Eigentlich zu viel, um zu überleben.«

Winter sah den Fußboden vor sich, das Wasser in der Badewanne. Der Schmerz, das Gewicht. Der nackte Körper des Mädchens, während er nach seinem Handy tastete, das er in dem schäumenden ekelhaften Wasser verloren hatte, Wasser, das immer noch aus dem Hahn floss. Dann hatte er aufgehört, in den Wassermassen zu suchen, war in ihr Zimmer gerutscht und hatte von dem Telefon an ihrem Bett angerufen. Im Badezimmer hatte er ihre Handgelenke mit seinem Gürtel und einem Stück vom Vorhang umwickelt, den er vom Fenster in ihrem Zimmer gerissen hatte. Er hatte sie künstlich beatmet. Sie hatte sich nicht gerührt, nicht aus eigener Kraft. Er hatte die Handgelenke kontrolliert, nach anderen Wunden gesucht. Getan, was er konnte, bis er die Sirene des Krankenwagens durch das Fenster hörte.

»Erik?«

»Äh … was?«

»Du musst schlafen.«

»Wie?«

»Ich werde dir helfen.«

Sie beugte sich über ihn. Sie war stark.

Sie ist stärker als ich.

»Du hast ihr das Leben gerettet.«

»Ich war zu langsam.«

»Wenn du nicht gekommen wärst, wäre sie tot gewesen.«

»Sie war praktisch schon tot.«

»Komm jetzt, Erik.«

Er ließ sich helfen. Ließ sich aufs Bett sinken, in den Schlaf.

Das Erste, was er roch, war Kaffee. Er hörte Elsas Stimme, sie fragte etwas mit ihren neuen Wörtern. Angela antwortete. Er versuchte sich aufzurichten und spürte seinen Ellenbogen.

In der Küche saß Elsa auf ihrem Stuhl.

»PAPA! PAPA!«

Winter ging hin und blieb lange bei ihr sitzen.

Er hatte im Krankenhaus angerufen. Jetzt saß er auf der Decke im Wohnzimmer und versuchte seinen Ellenbogen vor Elsa zu schützen. Angela hatte sie hochgehoben und spielte Flugzeug mit ihr.

»Jeanette ist über den Berg«, sagte Winter.

»Warte«, sagte sie. Sie brachte Elsa ins Kinderzimmer und kam allein zurück. »So ein braves Kind, schläft, wenn man sie darum bittet.«

»Aber eigentlich hat sie hier das Sagen.« Winter lächelte.

»Jetzt bleibst du zu Hause«, sagte Angela.

»Sie ist wach«, sagte er.

»Nein.«

»Ich meine Jeanette.«

»Und du musst hin?«

»Bertil und Lars sind dort.«

»Ist das deine Antwort?«

»Kannst du mir beim Anziehen helfen?«

Im Schlafzimmer begann Angela zu weinen.

»Ich muss immer an Fredrik denken«, sagte sie.

»Was meinst du, was ich tue?«

»Ja, aber ... es fühlt sich so unwirklich an. Wo ist er? Ist so was schon mal passiert?«

Er sah ihr an, dass ihr plötzlich klar wurde, was sie gesagt hatte. Ihre eigenen Erlebnisse. Die vierundzwanzig Stunden in der fremden Wohnung, die nach Hass und Wahnsinn stank. Tausend Gefühle wechselten in ihrem Gesicht, während sie dort saß, und dann war es, als tauchte sie aus einem bösen Traum wieder auf.

Sie hatten viel darüber gesprochen. Würden weiter darüber sprechen.

»Ich denke auch an seine Kinder«, sagte sie. »Können wir etwas für sie tun?«

»Seine Ex... Margaretas Mutter ist bei ihnen. Und manchmal Aneta. Hanne auch.«

»Bist du dort gewesen?«

Keine Zeit gehabt. Zu ... schmerzhaft, wenn ich hingehen würde. Auch für die Kinder. Ein Bulle, der sie an Papa erinnert.

»Nein, noch nicht.«

»Aber was ist mit ihm passiert?« Sie streckte sich nach seinem Hemd, das sie gebügelt und auf den Stuhl neben dem Bett gehängt hatte. Sie sah ihn an. »Er kann doch wohl nicht ... umgebracht worden sein?«

Winter antwortete nicht.

»Du kannst es ja nicht wissen. Aber du musst doch irgendwas glauben, ein Gefühl haben.«

»Ich hab ein Gefühl«, sagte er. »Das sagt mir, dass wir alles tun müssen, so schnell wir können, am besten gleichzeitig. Um Fredrik zurückzuholen. Wir werden ihn finden.«

Die Frage ist, in welchem Zustand wir ihn finden, dachte er im Fahrstuhl nach unten zum Streifenwagen, der vor dem Haus wartete. Fredrik lebt nicht mehr.

35

Jeanette Bielke war wieder in künstliches Koma versetzt worden, als Winter zur Intensivstation kam.

»Das Risiko war zu groß«, sagte der Arzt.

»Wann kommt sie zu sich?«

»Wann wir sie wieder wecken, meinen Sie?«

Winter sah den Arzt mit einem Blick an, der ihn dazu brachte, sich zusammenzureißen.

»In ein paar Stunden.«

»Ich komme in genau zwei Stunden wieder.« Winter sah auf die Uhr, die an dem Handgelenk war, das nicht verbunden in der Schlinge steckte. »Ich muss sie ein paar Sachen fragen.«

»Ich kann nichts versprechen.«

Winter dirigierte den Streifenwagen zum Frölunda-Markt. Der Fahrer war jung, er kannte ihn nicht. Das Hitzeflimmern über dem großen Parkplatz erinnerte an einen Feuersturm. Der Wind aus Süden hatte zugenommen. Die Temperaturanzeige auf dem Dach des Einkaufszentrums schien bei den Ziffern 39 hängen geblieben zu sein. Menschen hockten unter Ölplanen, die über die Gemüsestände gespannt waren. Oder sie suchten Schutz unter den Arkaden, wo der Schweiß auf dem Körper erstarrte, und viele husteten keuchend.

Niemand öffnete, als er bei Mattias klingelte. Sie wussten, dass er hier mit seiner Mutter wohnte. Sie hatten bisher keinen Grund gehabt, mit ihr zu sprechen.

Wie sieht sie wohl aus?, dachte Winter. Vielleicht *gibt* es einen Grund, mit ihr zu sprechen. War sie es, die neben Samic im Boot gestanden hatte?

Er hatte Mattias nicht im Krankenhaus gesehen. Hatte ihn jemand angerufen? Wusste er es?

War es sein Gesicht gewesen, das er im Garten gesehen hatte? Mattias hatte sich schon früher vor Bielkes Haus herumgetrieben wie ein verlassener Hund. Sich geweigert, Jeanettes Entscheidung zu akzeptieren.

Hatte Mattias mit Jeanette gesprochen, bevor sie versuchte, sich das Leben zu nehmen?

Er läutete noch einmal, hörte, wie das Klingeln in den Zimmern hinter der Wohnungstür verhallte. In allen Stockwerken standen Fenster offen, unabhängig davon, ob die Leute zu Hause waren oder nicht. Im Treppenhaus roch es nach trockener, verbrannter Luft.

Draußen war es besser, aber nicht viel. Der junge Polizist stand unter einem Baum und studierte seinen Streifenwagen.

»Ich geh rüber«, sagte Winter. »Warten Sie hier.«

Er ging am Kulturhaus vorbei zu den Häusern dahinter.

Die Wohnung des verschwundenen Jungen wirkte genauso traurig und unbewohnt wie beim letzten Besuch. Bald würde sie dem Hauswirt übergeben werden. Das Rätsel hier würde mit neuen Möbeln, Gardinen, Bildern, Farben, Stimmen, Bewegungen von Leben zugedeckt werden.

Die Schaukeln dort draußen bewegten sich, aber nur vom Wind. Die Kinder würden schmelzen, wenn sie dort säßen, dachte er. Überall war es still. Die Vögel waren verstummt. Der Wind von Süden war jetzt stärker, aber noch lautlos, er schob die Schaukeln vor und zurück, bald würden sich ihre Seile ineinander verwickeln. Er sah die Wolken im Süden wachsen, wie ein Gefolge des Windes. Schwarze Wolken, die bis jetzt nur ein Fünftel des Himmels dort hinten bedeckten. Er blieb in der Haustür stehen. Jetzt war der Wind zu hören, stärker, als ob jemand die Lautstärke dieses Dramas hochgedreht hätte. Die Säufer vor der Treppe des Kulturhauses schwankten im Gewitterwind.

Der Regen fiel, plötzlich, und war genauso plötzlich vorbei.

Im Süden färbte sich der Himmel wieder blau. Überall hüpften Kinder in den Wasserpfützen, die innerhalb einer Stunde verdunstet sein würden.

Er ging zurück zum Marktplatz. Bergenhem erwartete ihn, er winkte durch die Scheibe eines Zivilwagens. Sie nahmen den Fahrstuhl zu der Wohnung hinauf, in der Mattias wohnte. Noch immer machte niemand auf.

»Dem Jungen könnte was passiert sein«, sagte Bergenhem.

»Alles ist möglich«, sagte Winter. »Wir müssen sie versiegeln.« Er rief auf der Polizeistation in Frölunda an. Als die Kollegen kamen, gingen sie nach unten. Bergenhem fuhr in Richtung Stadt.

»Fahr am Park vorbei«, sagte Winter.

Sie parkten das Auto und blickten still über den Teich unter den Bäumen. In der Grotte glänzte es nach dem Regen, und in den Bäumen und Büschen rundum glitzerte es.

Niemand ging dort auf und ab mit einer Hundeleine in der Hand. Nur er und Bergenhem waren an den Ort des Verbrechens zurückgekehrt. Ich könnte hier diesen Sommer und den halben Herbst jeden Tag eine Weile stehen, dachte er. Aber das brauche ich nicht. Bald haben wir Bielke.

Trotzdem sagte ihm eine innere Stimme etwas anderes.

»Ich denke die ganze Zeit an Fredrik«, sagte Bergenhem, als sie weiter ins Zentrum fuhren. Winter spürte, dass sein Arm wieder stärker schmerzte. Er versuchte ihn zu heben, aber der Schmerz nahm zu. Der Arm musste wahrscheinlich gegipst werden, aber nicht jetzt.

Jeanettes Gesicht war so blass wie das Kissen. Er sah, dass sie die Augen nur mühsam bewegte, als er hereinkam.

»Ich bleibe nicht lange«, sagte er.

Sie schloss die Augen.

»Wie fühlen Sie sich?«

»Es tut weh.«

Winter saß in seinem Zimmer. Er musste sich jetzt die Zeit zum Lesen nehmen. Die Ermittlungsakten stapelten sich hoch wie Türme. Draußen kam die Nacht.

Für eine Weile hatten sie Bielke verlassen.

Das Gesicht seiner Tochter war tiefer im Kissen versunken, als sie miteinander gesprochen hatten. Nein, als Winter gesprochen hatte.

Er hatte sie Verschiedenes gefragt, und sie hatte nicht geantwortet. Alle, mit denen er in Kontakt kam, waren von einem Band des Schweigens umgeben. Einer Leine, einem Gürtel.

Er musste zu den Akten zurückkehren. Dort war die Lösung versteckt. Wie immer. Er musste nur suchen.

Er las, bis seine Augen schmerzten.

Einige Stunden später war er wieder da, nicht ausgeschlafen, aber mit klarerem Kopf. Ich werde nicht eher wieder schlafen, bis dieser Fall gelöst ist.

Die Prioritäten hatten sich verschoben, das spürte er bei allen. Wichtig war, Halders zu finden. Das Wichtigste. Nein. Genauso wichtig. Das eine führte zum anderen.

Winter hatte Vennerhag angerufen, und der wollte alle seine Gangster in Marsch setzen. Dein größter Job bis jetzt, hatte Winter gesagt.

Das Telefon klingelte.

»Ich hab hier was Interessantes«, sagte Möllerström.

Winter wartete, dass das Gespräch durchgestellt wurde.

»Jaa ... hallo?«

»Kriminalkommissar Winter hier.«

»Ja, also ... wir haben die Artikel in der Zeitung gelesen.«

Winters und Bulows Zeitungskampagne trug endlich Früchte.

Der Mann und sein Sohn kamen eine Stunde später. Sie waren jetzt fünf Jahre älter als damals.

Winter hatte etwas über sie gelesen, vor drei Tagen in der Mordbibel und gerade eben noch. Sie hatten fünf Jahre nur dort existiert, hatten ewig ihr Auto vor dem Park gepackt, um nie mehr von sich hören zu lassen. Bis jetzt.

»Das ist eine lange Zeit«, sagte der Mann. »Aber jetzt sind wir hier. Was das nun bedeuten mag.«

»Wie steht's mit der Erinnerung?«, fragte Winter.

Der Mann lächelte, versuchte es jedenfalls. Der Sohn sah aus, als fragte er sich, was zum Teufel er hier zu suchen hatte. Kein Wunder, er war damals schließlich erst zehn Jahre alt gewesen.

»Warum haben Sie sich nicht eher gemeldet?«, fragte Winter.

»Jaa ... wir sind damals ja in Urlaub gefahren, als das passierte ... es war eine lange Reise, die sich bis in die Schulzeit hinzog«, sagte der Mann und sah seinen Sohn an. »Ich hatte Erlaubnis, ihn zu unterrichten.« Vielleicht war das ein Fehler, sagte sein Blick. »Jaa ... und dann kamen wir nach Hause und das mit dem ... Mord war irgendwie kein Thema mehr ... verstehen Sie?«

»Aber jetzt haben Sie sich doch gemeldet«, sagte Winter.

»Jaa ... diese Artikel schienen ja direkt an uns gerichtet zu sein.«

»Aber ich kann mich an nichts erinnern.« Das war das Erste, was der Junge sagte. »Nur, dass es warm war in der Nacht. Und ich war müde.«

»Und es war spät«, sagte der Mann. Er sah sich um. »Jaa ... wie sollen wir eigentlich helfen können?«

Wir werden sehen, dachte Winter. Die Psychologie der Erinnerung hatte in mehreren Studien bewiesen, dass Menschen sich besonders gut an Gesichter erinnern können. Selbst nach langer Zeit. Im Gehirn gibt es ein separates System für die Speicherung von Gesichtern. Winter hatte oft darüber nachgedacht. Es klang überzeugend, wenn man die Entwicklung des Menschen im Lauf der Geschichte bedachte: Es ist wichtig, andere und ihre Absichten wieder zu erkennen, um sein Leben zu retten. Gefühle in den Gesichtern anderer lesen zu können.

Ich kann mich noch endlos mit Vater und Sohn unterhalten, aber das hilft nichts, dachte er.

Es war eine besondere Erinnerung, hinter der er bei ihnen her war, die Erinnerung an ein Gesicht, an *das* Gesicht.

Fünf Jahre waren vergangen. Er wollte, dass man ihnen Kurt Bielke bei einer Zeugengegenüberstellung gegenüberstellte, aber es würde eine mühsame Personenidentifizierung werden, war vielleicht unmöglich. Die Jahre, die vergangen waren, bildeten ein großes Hindernis, jetzt würden sie mit einem Gesicht mit einer womöglich anderen Frisur konfrontiert werden, aus einem anderen Blickwinkel, unter anderer Beleuchtung. In einer anderen Umgebung. Hatten sie überhaupt einen Menschen in jener Nacht gesehen?

»Haben Sie jemanden gesehen?«, fragte Winter.

»Jaa ...«, sagte der Mann, »darüber hab ich ja inzwischen nachgedacht. Das ist nicht leicht zu sagen. Aber es war eine besondere Nacht ... ich erinnere mich an sie, weil ich solche Zahnschmerzen hatte, und der erste Urlaubstag, also der nächste Tag ging dafür drauf, einen Zahnarzt in Schonen zu suchen.«

Winter wartete.

»Jaa ... dann erinnert man sich ja eher, nicht? Und ich erinnere mich tatsächlich daran, dass jemand aus dem Park kam. Ich hatte nämlich eine Tasche abgesetzt und überlegt, dass man vielleicht in einen Wald gehen und sich ein bisschen Harz holen sollte. Meine Großmutter hat immer gesagt, es ist gut, auf Harz zu kauen, wenn man Zahnschmerzen hat. Und ich hab deswegen zu den Bäumen im Park rübergeguckt, und dann kam da jemand raus.« Er sah Winter an. »Ich weiß nicht, wie spät es da war.«

»Aber wir wissen das«, sagte Winter.

36

Alles war vorbereitet für die Gegenüberstellung. Eine verspiegelte Glasscheibe trennte die Zeugen von Kurt Bielke und einigen Statisten, die man im Polizeipräsidium zusammengesucht hatte.

Bielke sieht normal aus, aber er ist müde, dachte Winter. Bertil wirkt munterer. Munterer und gefährlicher.

Ringmar starrte direkt in den Spiegel, Nummer zwei links von Bielke. Auf dem Podest standen acht Leute.

Der Mann und sein Sohn standen neben Winter. Der Junge sah aus, als glaubte er, er sei im Film.

Winter kannte seine Gerichtspsychologie: Ein Zeuge, der den Täter gesehen hat, soll diese Person in einer Gegenüberstellungsreihe so leicht wie möglich erkennen, gleichzeitig soll es einem Zeugen, der den Verdächtigten noch nie gesehen hat, unmöglich sein zu raten, wer die fragliche Person ist.

»Nehmen Sie sich Zeit«, sagte er.

»Jaaa ...«, sagte der Mann.

Bergenhem und Aneta Djanali standen neben Winter.

»Jaaa ...«, wiederholte der Mann, »damals war es ja dunkler als jetzt.«

Wie viele Male hatte sie Fredrik schon als Statist auf diesem Podest gesehen?, überlegte Aneta Djanali. Unsichere Zeugen hatten nach kurzem Zögern neun Male von zehn ihn als Täter herausgepickt. Die sicheren hatten sofort auf ihn gezeigt.

Winter gab ein Zeichen, und die Beleuchtung wurde gedimmt. Wir stellen uns eine Straße neben einem Park im Zentrum einer großen Stadt an einem warmen Sommerabend vor. Jemand kommt aus den Büschen. Wischt sich die Hände ab nach einem Mord. Geht nach Hause und schläft.

»Es ist was mit dem Haar«, sagte der Mann.

»Wie bitte?«

»Die Haare standen ihm ein bisschen zu Berge, als er direkt unter der Straßenlaterne war«, sagte der Mann.

»Wer?«, fragte Winter. »Wer stand unter der Laterne?«

»Jaaa ... er hielt das Gesicht ja gesenkt, deswegen war auch mehr das Haar zu sehen.«

»Von wem reden Sie?«, fragte Winter.

»Der da«, sagte der Mann und nickte durch die Glasscheibe, als ob sein Blick einen Lichtkegel werfen würde. »Der Junge sieht aus, als ob ihm das hier nicht grad gefällt.«

Ringmar, dachte Winter. Er macht es zu gut.

»Der Dritte von links?«

»Jaa ...«

»Nehmen Sie sich Zeit.«

»Ich bin mir ja nicht hunderpro...« Der Mann sah seinen Sohn an, Winter, Bergenhem und dann wieder zum Podest. Zu Bielke. Er sah Bielke an.

»Der Dritte von rechts ist ihm vielleicht ähnlich«, sagte der Mann und wandte seinen Blick Winter zu. »Mehr kann ich nicht sagen. Es ist so lange her.«

Winter blickte zu Bielke. Der sah ihn an wie sein eigenes Spiegelbild.

Der Zeuge nickte, wie um seinen Worten Nachdruck zu verleihen.

Es war ein kleiner Schritt vorwärts, jedenfalls eine Hilfe bei der Verhaftungsverhandlung morgen früh in dem muffigen kleinen Gerichtssaal quer über den Korridor. Verhaftung, natürlich. Vierzehn Tage für die Anklage, eventuell Verlängerung.

»Jetzt erinnere ich mich«, ertönte es abgrundtief vom Jungen. Der war im Stimmbruch.

Sein Vater drehte sich zu ihm um. Sie waren gleich groß. Winter wartete und spürte, wie sich sein Puls beschleunigte.

»Ich erinnere mich, wie es war«, sagte der Junge. Er schaute weiter durchs Glas. »Komisch, nicht? Das ist doch wirklich komisch, oder? Plötzlich, nach all der Zeit?«

»Jaa …«, sagte sein Vater.

»Was?«, fragte Winter. »Woran erinnerst du dich?«

»Wie es war. Und dass es der Kerl sein könnte, den Vater meint. Der Dritte von rechts.«

Vielleicht will er sich jetzt nur vor seinem Vater aufspielen, dachte Winter.

»Irgendwas Besonderes?«, fragte Winter leichthin.

Der Junge antwortete nicht, starrte weiter Bielke an.

»Erkennst du was Besonderes bei ihm?«, wiederholte Winter.

»Das, was er nicht hat«, sagte der Junge.

»Das, was er nicht hat«, echote Winter mit weiterhin beiläufiger Stimme.

»Jetzt erinnere ich mich wirklich richtig gut«, sagte der Junge.

Winter nickte.

»Die Hundeleine«, sagte der Junge.

Winter spürte seinen Puls.

»Er hatte eine Hundeleine bei sich, die er im Gehen verlor, oder im Laufen. Ich erinnere mich, dass es auf dem Schotter klirrte, und er hob sie auf. Ich weiß, dass ich noch gedacht hab, wie komisch, dass der Hund nicht kommt.« Der Junge sah Winter an. »Seltsam, dass der Hund nicht kommt, dachte ich. Wo war sein Hund? Jetzt fällt mir ein, dass ich es auch damals schon gedacht habe. Wo war sein Hund?«

Winter ließ sich zu Bielkes Haus bringen, da Bielkes Frau mit ihm sprechen wollte, nur mit ihm. Es war genauso heiß wie vor dem Gewitter. Er hörte Halders' Musik mit Julie Miller, roch das Meer schon nach zwei Kilometern, *in my heart I see you run free, like a river down to the sea, all the chains that held you bound, will be in pieces on the ground, you'll drink the rain and ride the wind to me*, eine heisere, aber deutliche Stimme, wie weiches Sandpapier.

Sie wartete auf der Veranda. Winter reichte ihr die linke Hand zum Gruß.

»Was ist passiert?«, fragte sie und brach zusammen, ehe er antworten konnte.

»Wie lange soll das nun noch so weitergehen?«, fragte sie zehn Minuten später. Sie saßen in den Korbstühlen im hinteren Teil der Veranda.

Was, dachte Winter, sag's mir.

Sie sah ihn an. Es gab noch viele Tränen.

»Ich habe ... habe heute Jeanette besucht.« Die Tränen strömten. »Himmel.« Sie sah Winter an. »Warum war ich nicht hier?«

»Wo waren Sie denn?«

»Unterwegs ... bin einfach rumgefahren.« Sie putzte sich die Nase und steckte das Taschentuch in die Tasche ihres Rockes, der die Knie bedeckte. »In der letzten Zeit bin ich überhaupt viel rumgefahren.«

Winter ließ ihre Worte versinken in diesem Garten, der nie mehr derselbe sein würde für jemanden aus dieser Familie.

»Wir lassen uns scheiden«, sagte sie plötzlich.

Winter wartete. Es würde mehr kommen.

»Ich hab mit einem Makler gesprochen, über das Haus.« Sie sah Winter an. »Möchten Sie vielleicht hier wohnen?«

»Was sagt Ihr Mann dazu?«

»Ha.« Ganz tonlos sagte sie das, ohne Ausrufezeichen.

»Sie haben ihn doch gestern besucht.«

»Ich war da, weil ... ich wollte mit Ihnen sprechen.« Sie holte wieder das Taschentuch hervor und putzte sich vorsichtig die Nase. Winter rührte sich nicht, und sie sah ihn an, ohne dass sie ihn zu sehen schien zwischen diesen Korbmöbeln mit den geblümten Kissen. »Was soll ich tun?«, sagte sie. »Es ist so hoffnungslos. So entsetzlich. Was soll ich tun?«

»Erzählen Sie.«

Sie blieb still, schien plötzlich alles vergessen zu haben.

»Frau Bielke?«

»Mattias ist Kurts Sohn«, sagte sie und sah vor sich hin.

»Wie bitte?«

»Mattias. Jeanettes Freund. Oder ihr früherer Freund. Mattias ist sein Sohn aus einem anderen Verhältnis.«

Viel stürmte Winter durch den Kopf. War Irma Bielke genauso krank wie ihr Mann?

»Mattias ist der Sohn Ihres Mannes?«, fragte er.

»Alle haben es gewusst, nur ich nicht«, sagte sie.

»Alle wussten es?«

»Er hat es Mattias erzählt, als er erfuhr, dass der Junge und Jeanette sich trafen. Sie waren ja lange befreundet, ohne dass wir davon wussten. Kurt und ich.«

Winter nickte. Alles war möglich in einer Welt, die kurz vorm Abstürzen war.

»Als das nichts änderte, hat er versucht, ihre Freundschaft mit allen Mitteln zu verhindern, ohne irgendjemandem was zu sagen. Und da ... dann hat er es ihr gesagt. Jeanette.«

Sie zuckte mit den Schultern.

»Und kurz danach hat sie es dann Mattias erzählt. So muss es wohl gewesen sein«, sagte sie.

»Aber Ihr Mann hat es ihm doch vorher schon gesagt?«

Sie sah Winter gerade an.

»Die beiden wollten es nicht glauben«, sagte sie.

»Und wie ist es jetzt?«, fragte er.

»Er konnte es offenbar beweisen«, antwortete sie.

»Wie?«

»Ich weiß es nicht.« Sie wandte den Blick ab. »Sie werden ihn schon selber fragen müssen.«

Winter hörte, wie ein Rasenmäher angeworfen wurde. Über ihnen surrte ein Hubschrauber. Er war auf dem Weg nach Westen übers Meer. Winter versuchte ihren Blick wieder einzufangen.

»Wann hat er es Ihnen gesagt?«, fragte er.

»Er hat es mir nicht gesagt«, antwortete sie und nahm ein Buch in die Hand, das auf dem Tisch lag. Darunter lag ein handgeschriebener Brief, der tausendmal zusammengefaltet und dann von ihr geglättet worden war.

»Nicht gesagt?«, echote Winter und sah auf den Brief.

»Das hab ich gestern von Kurt zugesteckt bekommen, als ich das Polizeipräsidium verließ«, sagte sie. »Es ist von ihm, und ich habe es hinausgeschmuggelt.« Sie sah Winter an. »Er hat gesagt, ich darf es niemandem zeigen.«

»Verstehe.«

»Aber er wusste, dass ich es tun würde.«

»Warum ... jetzt?« Winter beugte sich vor. »Warum erzählen Sie es mir jetzt?«

»Haben Sie nicht bemerkt, wie er ist seit der Nachricht ... wegen Jeanette? Als er von ihrem Selbstmordversuch erfahren hat?«

Wir haben versucht, es auszunutzen, dachte Winter. Jetzt ist es endlich gelungen, vielleicht, vielleicht ein wenig. Für die Familie Bielke bricht alles zusammen, und wir nutzen es aus.

»Wissen Sie, wo Mattias jetzt sein könnte?«, fragte er. Sie antwortete nicht, schien in andere Welten zu blicken, die ihre Lebenskatastrophe mildern konnten. »Frau Bielke, wo ist Mattias? Es ist ungeheuer wichtig, dass wir ihn finden.«

»Er ist da, wo sie ist.«

»Was ... was haben Sie gesagt?«

»Er hat das Gleiche gemacht wie sie. Er hat das getan, was meine kleine Jeanette geeetaaaan ...«, schrie sie, weinte sie, den Kopf auf den Knien, die nackt waren, als sich der Rock hochschob.

»WISSEN Sie das?«, fragte Winter und beugte sich über sie, versuchte sie zu beruhigen, legte ihr einen Arm um die Schultern.

»Was sollte er anderes tun? Er konnte damit nicht le... leben ...«

»Jeanette ist nicht tot«, sagte Winter.

Sie sagte nichts mehr. Dann murmelte sie etwas, das er nicht verstand.

»Mein kleines Mädchen«, sagte sie schließlich.

»Ich muss Sie fragen«, sagte Winter, »ob Sie wissen, was Ihr Mann getan hat.«

»Was hat er getan?«

»Was wissen Sie?«

»Ich kann es nicht glauben«, sagte sie. »Mit dem Mann will ich nie mehr zusammenleben, nie mehr, aber ich kann es nicht glauben. Nicht, dass er jemanden getötet hat. Vielleicht ist er in Pornoclubs gegangen, oder was das war, aber nicht das andere.« Sie schüttelte den Kopf »Aber mir reicht es auch so.« Wieder schüttelte sie den Kopf. »Jeanette und ich werden wegziehen.«

»Darf ich den Brief lesen?«, fragte Winter.

»Er liegt ja da.«

Er nahm ihn und las. Eine Handschrift, die wie schwarze Möwen über das Papier flog. Da stand auch nicht mehr, als sie erzählt hatte.

Vielleicht waren das alles wahnsinnige Phantasien.

»Wer ist die Mutter?«, fragte er.

Sie antwortete nicht. Winter wiederholte die Frage.

»Ich hab doch gesagt, mir hat er nichts erzählt.« Sie sah auf. »Er hat das Geheimnis all die Jahre für sich behalten, mit ihr zusammen, und ich weiß nicht, wer sie ist. ICH WILL ES NICHT WISSEN. Ich könn… würde…« Aber sie brach ab, ohne auszusprechen, was sie mit der Frau machen könnte, mit der sie einmal ihren Mann geteilt hatte.

Winter musste zurück ins Polizeipräsidium, zu Kurt Bielke, bevor der in ewigem Schweigen versank.

Er holte das Foto von Angelikas Examenstag hervor. Irma Bielke schaute weg.

»Sie müssen es sich ansehen«, sagte Winter.

Sie warf einen Blick auf das Profil der Frau. Winter sah Erleichterung in ihrem Gesicht.

»Ich hab sie noch nie gesehen«, sagte Irma Bielke. »Ich kenne sie nicht. Wer ist das?«

»Ich weiß es nicht. Wir haben bisher nur ein Gesicht. Das wir nirgends unterbringen können.«

»Etwas hab ich ganz vergessen«, sagte sie jetzt. »Himmel, deswegen wollte ich doch überhaupt mit Ihnen sprechen. Oder Sie treffen.«

Gibt es noch mehr?, dachte er. Die Schleusen sind offenbar immer noch nicht ganz geöffnet.

»Danke«, sagte sie.

»Wie bitte?«

»Danke. Sie haben ihr Leben gerettet. Ja, ich weiß, die Lage ist noch etwas kritisch, aber sie lebt und sie wird leben. Ich werde dafür sorgen, dass sie lebt.«

Winter konnte nichts sagen. Sie beugte sich vor und legte eine Hand auf seine rechte Schulter. Er zuckte zusammen.

»Sie sind ein guter Mann.«

Ein guter Mann am rechten Platz. Er spürte den Schmerz in seinem Ellenbogen. Genau in diesem Moment begann er wieder. Zeit für die nächste Schmerztablette.

Sie wischte sich über die Augen, putzte sich die Nase, streckte sich. Etwas war vorbei. *Over and out*, aber es gab etwas wie eine Hoffnung. Er sah es. Etwas konnte nach der Hölle kommen, etwas Kühleres und Stärkeres.

»Sie müssen noch etwas trinken, bevor Sie fahren. Sagen Sie auch dem Polizisten da unten Bescheid.«

Auf dem Rückweg klingelte sein Handy. Sein Ellenbogen schmerzte fürchterlich, obwohl er mit dem unverletzten Arm nach dem Handy griff.

»Ich hab noch ein paar Worte mehr rausbekommen«, sagte Yngvesson. »Dieselbe Stimme, mehr Worte.«

»Welche?«, fragte Winter.

»Das musst du dir selber anhören. Mehr kann ich da jetzt nicht mehr rausholen.«

»Ich bin schon unterwegs.«

Er drückte auf Aus und musste blinzeln, weil ihm die Sonne plötzlich in die Augen stach. Noch eine Stunde, vielleicht zwei. Einen Tag. Er sah Halders' verdammtes Gesicht vor sich, es gab nichts anderes als das Gesicht. Wir sehn uns.

37

Die landesweite Fahndung nach Samic war schon vor Tagen hinausgegangen. Die Fahndungsplakate bedeckten alle Flächen, schwarz auf gelb, wie schwarze Wolken, die die Sonne verdrängten. Die Journalisten waren überall. Winter versuchte sich den Medienrummel wegzudenken, etwas, das ihn nicht berührte oder nichts mit ihm zu tun hatte, nichts mit *seiner* Welt zu tun hatte. Er wollte sich eine Welt vorstellen, die hell war und voller Sommer, Abende in Straßenlokalen, wo das Stimmengewirr anschwoll und dann mit der Dunkelheit leiser wurde. Herumplantschen im Meer, Salz in den Augenbrauen, wenn das Meerwasser auf dem Körper getrocknet war, später auf den Klippen. Alles so was.

Eine Gruppe Reporter wartete im renovierten Foyer. Blöcke und Stifte und große und kleine Kameras. Winter ging schnell an ihnen vorbei und sah dabei starr geradeaus. Es war wie im Film, nur schlimmer.

Yngvessons Band surrte wie der Lauf der Zeit. Winter blieb stehen. Es kratzte in den Lautsprechern. Yngvesson hatte sich noch ein paar angeschafft, die das Gebrüll verstärkten. Der Techniker sah müde aus, schlimmer als vorher.

»Jetzt kommt es«, sagte er.

Aus dem, was vorher atonaler Lärm gewesen war, konnte Winter jetzt die Worte unterscheiden:

»ICH XKXKBL FRÜHER XBLBSDD HABE SAGXCXBL FRÜHER! FRÜHER! IIEEH!«

Yngvesson hielt das Band an.
»Ist das alles?«, fragte Winter. Er spürte etwas im Hinterkopf. Nicht die Nackenhaare. Etwas da drinnen.
»Alles? Ich finde, das ist eine ganze Menge.«
»So hab ich das nicht gemeint«, sagte Winter. »Ich wollte nur wissen, ob noch was kommt.«
»Nein.«
»Lass es noch mal laufen.«
Winter lauschte. »FRÜHER FRÜHER! IIIEEH!«
»Früher«, sagte Yngvesson. »Er hat ihr früher schon mal was gesagt.«
»Oder zu jemand anderem.«
»Oder früher etwas getan.«
»Klingt nach einem älteren Mann«, sagte Yngvesson.

Winter hatte es schon früher gehört. Früher. Jesus, er hatte es früher gehört. Nein, es früher GELESEN. Es hatte in der Mordbibel gestanden.
Er ging in sein Zimmer und wählte Möllerströms Nummer. Der Registrator hatte alles auf der Festplatte. Er musste nur das Wort eingeben und auf »Suchen« drücken. Möllerström hatte das Präsidium schon verlassen, ausnahmsweise. Kindergeburtstag.
»Ruf ihn zu Hause an.«
Tut mir Leid für dich, Möllis.
Bergenhem war noch da. Winter erzählte ihm von den Worten des Mörders. Bergenhem sagten sie nichts.
»Was machst du gerade?«, fragte Winter.
»Setter und ich haben mit der Überprüfung von Samics Geschäften begonnen. Namen. Alte Geschäftsbekannte.«
»Adressen?«
»Massenhaft. Aber wir können ja nicht überall bei alten Bekannten nach ihm suchen, Erik. Trotzdem haben wir damit angefangen.«
»Bielke?«
»Tja ... sein Name taucht auch auf. Kleine Immobiliengeschäfte. Teilhaberschaft bei einer Kneipe. Aber das ist ja nichts Neues. Und wo er gerade ist, wissen wir ja. Und wo er sonst wohnt.«

Nicht mehr lange, dachte Winter und sah Irma Bielke vor sich, gebrochen und aufrecht zugleich, auf dem Weg zum Immobilienmakler.

Sie war nicht wahnsinnig.

Er hatte angeboten, sie zu begleiten. Er könnte ihr helfen, ein Hotel zu suchen. Sie zu Verwandten, Freunden bringen. Sie hatte es abgelehnt. Sie war schon woandershin unterwegs, zu einem besseren Ort.

Bergenhem erhob sich.

»Wenn nichts weiter ist …«

Winter dachte an Halders. An Angela und Elsa und daran, dass er am Fenster eine rauchen und dabei die Lautstärke von Michael Breckers CD *Time is of the Essence* hochdrehen sollte, die er gerade in den Panasonic auf dem Fußboden eingelegt hatte.

Er dachte an die angebliche Vaterschaft Bielkes. Für ihn war das bisher nur eine Behauptung, dahinter konnten sich Absichten verbergen. Kurt Bielke hatte ihm noch nichts gestanden.

Er ging zum Fenster. Wieder lange Schatten, schwarze Speere entlang des Flusses, der auf der anderen Seite des Parks strömte. Der Park, der still vor seinem Zimmer lag. Der Park, der Park, der Park, der Park, der Park, Park …

Er legte den Zigarillo in den Aschenbecher, kehrte zum Schreibtisch zurück und wählte Mattias' Nummer. Auch diesmal meldete sich niemand. Der Junge hing vielleicht an einem Baum oder lag im Wasser oder irrte zwischen den glühenden Häusern herum.

Winter erhob sich und ging zu Möllerströms Computer und suchte. Das Telefon klingelte, aber er ging nicht ran. Während er noch suchte, erinnerte er sich plötzlich. Es war nicht nur das Wort. Es war auch die Stimme.

Bergenhem saß am Steuer. Sie mussten vorsichtig an den Straßencafés und Menschen vorbeifahren. Alle waren draußen auf den Straßen, die vor Hitze glühten: Kinder, Jugendliche, das Mittelalter, die Alten, Gigolos, Touristen, Geschiedene, frisch Verheiratete, Familien mit Kindern, Huren, Freier, Besoffene, Polizisten, Rauschgiftsüchtige, Erlöser, Wahnsinnige, auf dem Weg aus dem Nichts ins Nichts.

Der Park war die Lunge der Stadt, und Menschen tummelten sich auf den Fahrradwegen und Rasenflächen.

Bergenhem stellte das Auto in einer der kleinen Straßen ab. Sie betraten den Park von Norden.

»Ich hab hier fast jeden Tag eine Runde gedreht«, sagte Bergenhem. »Ganz diskret.«

»Mhm.«

Sie standen neben dem Teich. Rechts hatte sich eine Gruppe zu einem gemütlichen Picknick niedergelassen. Einige einbeinige Flamingos draußen im Wasser betrachteten die Szene. Winter roch den Duft nach gegrilltem Fleisch vom Straßenlokal schräg hinter sich, hörte einzelne Laute eines weichen Lachens, das übers Wasser glitt. Die Schatten hatten sich jetzt gelegt, als ob die Parkbäume für die Nacht gefällt worden wären und morgen wieder auferstehen würden.

»Wir gehen ein bisschen näher.«

»Ich bleib hier«, sagte Bergenhem.

Winter machte drei Schritte auf den nächsten Baum zu. Es waren zehn Meter bis zur Spalte im Steinblock, der sich wie eine schwarze Grotte öffnete. Die Pflanzen rundherum schwankten leise, ein Rascheln vor der Nachtruhe.

Winter hörte ein scharfes Motorengeräusch von nirgendwo her, und ein frisiertes Moped mit einem wild grinsenden Jugendlichen am Lenker kam über den Rasen geprescht. Er drehte sich um und sah Bergenhem den Kopf schütteln. Das Moped wendete in einem Halbkreis auf der anderen Seite des Teichs und kehrte mit demselben Getöse zurück und verschwand hundert Meter entfernt auf der Straße, und es war wieder still, still wie noch nie. Winter stand unbeweglich da. Bald würde Bergenhem sich bewegen, und sie würden ins Polizeipräsidium zurückkehren.

In der Spalte bewegte sich etwas, im Dunkel. Ein Schatten, tiefer als die anderen Schatten. Winter blieb stehen. Da war es. Jetzt. Eine Gestalt bewegte sich, immer noch ein Schatten. Bewegte sich wieder, bewegte sich hinaus, auf den Ausgang zu. Winter sah die Konturen eines Kopfes, eines Körpers. Plötzlich ein Gesicht, nur ein undeutliches blasses Oval im verräterischen Dämmerlicht. Der blasse Abdruck eines Gesichts, das er von Jeanettes Fenster aus gesehen hatte.

Mattias trat aus den Büschen auf den Rasen. Er bewegte den Kopf hin und her, wie ein Hund, der Witterung von Menschen oder anderen Tieren im Wind aufzunehmen versucht. Er trug Shorts und ein Hemd, das im Dunkeln schwarz wirkte. Er machte noch zwei Schritte vorwärts. Das Hemd wurde plötzlich weiß und flatterte in der Mitte, es war offen. Dasselbe Hemd. Ein Knopf fehlt, und der liegt oben bei Beier, dachte Winter. Das Hemd flatterte wieder, als ob der Wind plötzlich zugenommen hätte, aber da, wo Winter stand, war kein Wind.

Er verließ den Baum. Mattias zuckte zusammen und wandte ihm das Gesicht zu. Winter machte zwei Schritte. Mattias stand still, den Kopf erhoben, als ob er immer noch witterte. Winter konnte jetzt seine Augen sehen, Mattias' Augen, darin war kein Wiedererkennen, nicht mehr, und Winter näherte sich wie ein Unsichtbarer, und Mattias' Kopf begann sich wieder zu bewegen, vor und zurück. Sein rechter Arm bewegte sich, wie nach einem Rhythmus. Winter war jetzt so nah, dass er den scharfen Geruch des Jungen wahrnehmen konnte, der den Arm immer höher schwang, die Hundeleine in seiner Hand glitzerte im Licht wie Silber und Gold.

Als Winter den Bericht gefunden hatte, nach dem er gesucht hatte, hatte er ihn gelesen und nach dem Wort gesucht. Es war das letzte Gespräch, das Halders mit Mattias geführt hatte. Er hörte die Stimme hinter den Worten, als er las:

»Jeanette hat nichts gesagt, oder?«

»Warum lassen Sie sie nicht in Ruhe, Mattias?«

»Wieso in Ruhe?«

»Sie verstehen schon, was ich meine.«

»Das hab ich schon längst getan. Sie alle in Ruhe gelassen.«

Dann war Mattias verstummt, als Halders ihm das Passfoto von Angelikas Freund zeigte.

»Kennen Sie den?«, hatte Halders gefragt.

Das Gespräch war weitergegangen.

Dann hatte Mattias es gesagt:

»Es wird … nie mehr so wie früher.« Mattias wiederholte es, mit etwas anderen Worten. Ein normaler Satz erst, aber dann nicht mehr, dann nicht mehr. Und auch die Fortsetzung nicht, nach einer Weile: »Früher war es anders. Ich hab es gesagt. Das hab ich früher schon mal gesagt.« Er wiederholte es etwas später noch einmal. Halders hatte noch ein paar Fragen gestellt, und das war alles, was Mattias gesagt hatte. Aber es reichte. Jetzt reichte es.

Winter hatte Bergenhem angerufen, und sie waren zum Park gefahren. Es gab keinen anderen Ort, wohin sie fahren könnten.

38

Der Junge auf dem Rücksitz war stumm. Winter sah, dass Neonlicht über sein Gesicht glitt, ohne dass er überhaupt einmal blinzelte. Die blitzende Hundeleine war gegen Handschellen ausgetauscht worden, die genauso glänzten.

Sie führten ihn durch einen Hintereingang zur Zelle oben im Untersuchungsgefängnis, und alle versammelten sich in Winters Zimmer. Er war viel zu nervös, um in einen größeren Versammlungsraum zu gehen. Er rauchte, trommelte mit den Fingern, sah allen ins Gesicht. Aneta Djanalis Gesicht war das traurigste.

Die Situation war nicht für Champagner gemacht.

»Wir fangen wohl mit dem Jungen an«, sagte Cohen, der selten herkam. Der Vernehmungsrichter bewegte sich häufig in eigenen Kreisen.

»Was machen wir mit Bielke?«, fragte Johan Setter. Er sah Winter an. »Wenn es nun der Junge, Mattias, war.«

»Er war es«, sagte Winter, »aber nicht nur er.«

»In beiden Fällen?«, fragte Setter.

»Nein, beim ersten Mal war er noch zu jung«, sagte Aneta Djanali.

»Er war sechzehn oder siebzehn«, sagte Setter, »und damals schon einsfünfundneunzig, wenn ich mich richtig erinnere.«

»Bielke hat Beatrice umgebracht«, sagte Winter. »Er hat es nicht gestanden, aber es steht zwischen den Zeilen in dem Brief an seine Frau, und wenn wir ihn noch einmal fragen, wird er es wohl gestehen.« Er nahm einen Zug und schaute hinaus und dann wieder ins Zimmer. »Jetzt wird er es sagen. Wenn er erfährt, was heute Abend passiert ist.«

»Warum sollte er?«, fragte Setter.

»Wir wissen, dass Bielke das Etablissement ... in der Villa aufgesucht hat. Wir haben dort niemanden angetroffen, aber wir wissen es. Wir haben es gesehen.« Er dachte wieder an Halders, sah, dass Aneta an Halders dachte. Halders hatte es gesehen. »Wir wissen, dass Beatrice in dem Vorgänger von dem heutigen Lokal war. Wir wissen nicht, warum, aber wir können es erraten. Beatrice war dort vor fünf Jahren, kurz bevor sie starb.«

»Warum hat Bielke sie umgebracht?«, fragte Setter wieder.

Himmel, dachte Aneta Djanali. Sag uns, warum Menschen einander umbringen, dann wissen wir es ein für alle Mal, und die Erde wird ein Paradies. Bielke hat sie umgebracht, weil er ein böser Mensch ist oder ein kranker Mensch oder eine irrwitzige Mischung aus beidem. Sie hat ihm hinter der Glasscheibe nicht gereicht. Er wollte mehr.

Sie hörte Winter Setters Frage kommentieren: »Vielleicht wollte er das gar nicht. Vielleicht führte das eine zum anderen. Der Mann ist krank.«

Wie der Sohn, wenn es sein Sohn ist, dachte Aneta Djanali. Wie der Vater, so der Sohn.

Aber jetzt geht es um Fredrik.

»Jetzt müssen wir uns erst mal auf was anderes konzentrieren. Wir müssen Fredrik finden«, sagte sie. »Also: Was von allem, was wir jetzt wissen, kann uns helfen, Fredrik zu finden?«

»Darüber reden wir gerade«, sagte Setter.

»Aha.«

»Alles hängt zusammen, oder? Was hat Halders in diesem Haus gesehen, das so belastend war, dass er verschwinden musste?«

»Und Samic«, fügte Bergenhem hinzu. »Warum ist er verschwunden?«

»Es gibt noch eine weitere große Frage«, sagte Winter mit einem Blick auf Aneta Djanali, vielleicht ein wenig entschuldigend, »hat Bielke seine eigene Tochter vergewaltigt? Oder hat Mattias das getan?«

»Hat er seine eigene Schwester vergewaltigt?«, ergänzte Sara Helander. »Oder vielmehr seine Halbschwester.«

»Vielleicht wusste er es da noch nicht«, sagte Ringmar. »*Wenn* er es war.«

»Wenn er Angelika und Anne umgebracht hat, kann er so was wohl auch getan haben«, sagte Setter. »Aber, noch einmal: Warum?«

Eine Strafe, dachte Winter. Mattias hat sie für etwas bestraft. Für etwas, das sie getan haben. Was haben sie getan? Getanzt, vielleicht. Vielleicht mehr. Woher wusste Mattias das? Hatte es ihm jemand erzählt? Konnte Mattias das nicht egal sein? War er selbst dort gewesen? *War er selbst dort gewesen*? Hatte er Kurt Bielke gesehen? Hatte er ... seine Tochter gesehen? War sie dort gewesen? Nein. Oder ... war sie dort gewesen, ohne dass der Vater es wusste? Hatte Bielke etwas getan, das dazu führte, dass seine Tochter vergewaltigt wurde? Von jemandem, der *ihn* bestrafen wollte? Und seine Tochter dazu benutzte? Jemand, der ihn in der Hand hatte. Der wusste, was er getan hatte.

Beatrice vor fünf Jahren. Beatrice, die dort gewesen war. Andere, die dort gewesen waren. Samic war dort gewesen, Samic. Wo war er noch gewesen? Mit wem? Es gab eine Frau. War *sie* Mattias' Mutter?

Mattias war auf mehrere Arten betroffen. Er suchte Aufmerksamkeit und ... jene, die zum Stück gehörten. Die Mädchen waren ein Teil des Stücks. Vielleicht war er der Meinung, sie trügen die Verantwortung für das, was Jeanette passiert war und was zwischen ihr und ihm passiert war. Die Mädchen ... aber auch Kurt Bielke. Richtete sich alles gegen Kurt Bielke? Wusste Mattias, dass Bielke Beatrice getötet hatte? Er hatte sie nicht ermordet, konnte es nicht getan haben.

Mattias hat die Kamera in Bielkes Auto gelegt. Mattias ist in Hanssons Haus eingebrochen und hat nach etwas gesucht, das ihn entlarven könnte. Nein. Jemand anders. Samic? Vielleicht kannte Samic die Bilder von der Bar?

Mattias könnte Angelikas Freund umgebracht haben, weil er Mattias vielleicht kannte und einen Verdacht hatte.

Wenn sie eine Wohnungsdurchsuchung bei Mattias durchführten, würden sie die Kamera finden, mit der die Bilder von den Mädchen an der Bar aufgenommen worden waren, eine Kamera mit einer beschädigten Linse. Sie würden auch Anne Nöjds Handy finden.

All das schoss ihm innerhalb weniger Sekunden durch den Kopf.

Mattias würde ihnen vielleicht alle Antworten liefern, vielleicht noch ein paar Fragen dazu. Bielke würde reden, endlich.

Jemand sagte »Samic«.

»Wie bitte?«

»Wenn wir Samic finden, finden wir auch Fredrik«, sagte Aneta Djanali. Samic, Samic, Samic. Winters Hirn arbeitete, arbeitete, genau wie die der anderen.

Mit dem Jungen war nicht zu reden. Er befand sich in einer eigenen Sphäre, in die Winter nicht eindringen konnte.

Bielke hatte noch nicht gestanden, aber er würde es tun. Doch er redete. Fragte nach seiner Tochter, nie nach seiner Frau. Der Wahnsinn kam und ging in seinen Augen. Cohen und Winter versuchten herauszufinden, was in dem Haus auf der anderen Seite des Flusses passiert war, eine Stunde, nachdem Halders dort eingestiegen war. Denn er war doch dort eingestiegen?

»Davon weiß ich nichts.«

»Sie waren doch dort«, sagte Winter.

Bielke fixierte plötzlich seinen Blick und hielt ihn fest. Seine Stirn wölbte sich, als ob die Gedanken seinen Schädel sprengen und über den Tisch spritzen sollten. Winter wartete.

»Sie sind doch dort gewesen«, wiederholte er so ruhig, wie er konnte.

»Ja«, sagte Bielke, »ja.«

Das war ein erstes Geständnis.

»Wo waren Sie?«, fragte Winter.

»Ich war im Haus.«

»Wo im Haus?«

»Ich war im Keller.«

Bielkes Blick war erloschen oder war gerade im Begriff zu erlöschen. Eintönig stolperte er über die Wörter. Die Müdigkeit würde kommen, wenn alles vorbei war.

»Wer war sonst noch im Keller?«
»Wie?«
»Wer war sonst noch im Keller?«
»Sie.«
»Wer ist ›sie‹?«
»Weiß ich nicht.«
»Wie heißt sie?«
»Weiß ich nicht. Ein Mädchen.«
»Was hat sie gemacht?«
»Tanz ... getanzt.«
»Was hat sie getanzt?«
Bielke verstand ihn nicht. Für ihn gab es nur jenen Tanz. Es war nur ein Name, ein Ausdruck ... für etwas anderes.
»Was war das für ein Tanz?«, fragte Winter.
»Weiß nicht.«
»Hat sie allein getanzt?«
»Allein.«
»Wer war noch da?«
Bielke antwortete nicht. Er schien jemanden mit Blicken zu suchen, der nicht da war. Aber um ihn waren nur Winter und Cohen, ein Tonbandgerät und eine Videokamera.
»Wo ist der Junge?«, fragte Bielke plötzlich und hob den Kopf.
»Welcher Junge?«
»Der Junge.«
»Mattias? Wo Mattias ist?«, fragte Winter.
»Das ist mein Sohn«, sagte er.
»Das wissen wir.«
Bielke nickte.
»War er dort?«, fragte Winter.
»Ich weiß nicht.«
»Wer war sonst noch da?«
Bielke murmelte etwas, das Winter nicht verstand.
»Wie bitte?«
»... sie war auch da.«
»Wer ist sie?«
»Sie ist lange mit ihm zusammen gewesen. Sie hat den Jungen dort mit hingenommen. Ich wusste es anfangs nicht.«

»War Mattias im Haus?«

»Er hat ein bisschen geholfen. Ich hab ihn manchmal gesehen.« Bielke sah gegen die Wand hinter Winter. »Damals wusste er es nicht. Noch nicht. Von mir. Wer ich war.«

»Hat er Sie gesehen?«

»Wie?«

»Hat er Sie gesehen?«

»Nein, ich glaube nicht.«

Da täuschst du dich, dachte Winter.

»Sie sind mit ihm weggefahren«, fuhr Bielke mit einer Stimme fort, die eintönig und flach klang.

»Weggefahren?«, fragte Winter. »Mit wem sind sie weggefahren?«

Bielke murmelte wieder etwas, schien aber gleichzeitig nachzudenken.

»Sind mit wem weggefahren?«, wiederholte Winter.

»Mit dem, der gekommen ist.«

»Wer ist gekommen?«

»Er.«

»Wer war er?«

»Weiß ich nicht.«

»Wer ist weggefahren?«

Bielke schien wieder über seine Antwort nachzudenken. Schien sich zu entscheiden.

»Johan«, sagte er.

Johan Samic, dachte Winter. Samic, Samic, Samic.

»Er hat es getan«, sagte Bielke mit kräftigerer Stimme. »Samic hat es getan.«

»Was getan?«

»Mein kleines Mädchen.«

Plötzlich begann Bielke zu weinen.

Winter wartete. Die Tonbänder kreisten lautlos. Cohen sah Bielke an, der den Blick jetzt erwiderte. Er wischte sich mit der Rückseite der rechten Hand über die Augen.

»Hat meinem kleinen Mädchen wehgetan.«

»Jeanette?«

Bielke nickte.

»Können Sie wiederholen, was Sie eben gesagt haben?«

»Er hat meiner Jeanette wehgetan.«
»Warum?«
Bielke schniefte, wischte sich wieder über die Augen.
»Er wusste es.«
»Was wusste er?«
Winter spürte einen kühlen Hauch in seinem Hinterkopf, wie einen kalten Luftzug.
»Er hat es ausgenutzt«, sagte Bielke. »Mich. Und ... uns.«
»Was hat er ausgenutzt?«, fragte Winter. »Und inwiefern hat Johan Samic Sie ausgenutzt?«
Bielke schien wieder zu versinken, in seinen Welten zu verschwinden.
»Was wusste Johan Samic von Ihnen?«, fragte Winter.
»Was ich getan habe.«
Bielke sah Winter mit halb vernebeltem Blick an.
»Er sagte, er würde machen, was er wollte«, sagte Bielke.
»Warum?«, fragte Winter.
Bielke murmelte wieder.
»Warum?«, wiederholte Winter.
»Weil ich sie umgebracht habe.«
Bielke hatte es mit abgewandtem Gesicht ausgesprochen. Seine Haare hatten dieselbe blasse Farbe wie die Wände des Zimmers.
»Können Sie wiederholen, was Sie gerade gesagt haben?«
»Ich habe sie umgebracht.« Er sah Winter und Cohen an. »Ich habe es nicht gewollt. Ich bin ihr nur gefolgt. Ich habe es nicht gewollt. Das wissen Sie doch. Das werden alle verstehen.«
»Haben Sie Angelika Hansson umgebracht?«, fragte Cohen.
»Wen?«
»Haben Sie Angelika Hansson umgebracht?«
»Nein, nein, das war ich nicht.«
»Haben Sie Anne Nöjd umgebracht?«
»Ich nicht.«
Bielke sagte wieder etwas sehr leise.
»Wie bitte?«
»... weg mit ihm. Er war später da. Fragen Sie ihn.«
»Ich habe nicht verstanden, was Sie jetzt gesagt haben«, sagte Winter.

»Als sie wegfuhren. Fragen Sie Samic.«
»Was sollen wir ihn fragen?«
»Und Benny«, sagte Bielke. »Er ist gefahren.«
»Be… Benny?«
»Benny.«
»Welchen Benny?
»Benny. Benny Boy.«

Winter stand vor dem Verhörzimmer. Sein Gesicht war heiß. Er war sofort aufgestanden und hinausgegangen. Cohen war sitzen geblieben.

Winter nahm den Fahrstuhl zu dem Zimmer, in dem Setter und Bergenhem Samics Geschäftstransaktionen vergangener Zeiten und von heute durchgingen.

Bergenhem war da.

»Ich brauche einen Namen«, sagte Winter. »Benny. Benny Vennerhag.«

»Vennerhag?«

»Hat Samic Geschäfte mit Benny Vennerhag gemacht?«

»Den Namen kenn ich nicht.«

»Dann guck nach, VERDAMMT NOCH MAL!«, schrie Winter.

»Nun mal immer mit der Ruhe, ja?«

Winter langte nach der Tastatur, die vor Bergenhem lag.

»Mensch, Erik, gib mir eine Chance.« Bergenhem klickte sich in das Register aller Namen, die sie bisher hatten.

»Ja«, sagte er. »Hier haben wir den Namen. Ich kann nicht sa…«

»Das reicht.« Winter ging in sein Zimmer. Unterwegs begegnete er Ringmar. »Komm mit rein«, rief Winter ihm über die Schulter zu.

Ringmar folgte ihm und sah zu, wie er in einem Haufen Fotos herumwühlte.

»Was ist, Erik?«

Winter hielt das Foto von Angelika Hanssons Examenstag in den Händen. Lars-Olof Hansson hinter der Kamera. Davor: die Frau im Profil. Er wusste, dass er ihr nie begegnen würde. Wenn sie jetzt nicht hierher kam, wo Mattias hier war.

Der Junge daneben.

Ein dunkles Gesicht, das Johan Samic sein mochte. Oder auch nicht.

Zum Teufel, das war Samic.

Ein blonder Mann, fast daneben, mit Bart und dunkler Brille. Auch ihn hatte Lars-Olof Hansson nicht erkannt.

Etwas an ihm war bekannt. Der Bart sah merkwürdig aus, die Brille …

Winter betrachtete das andere Foto, das ungefähr gleichzeitig von Cecilia, Angelikas Freundin, gemacht worden war, die nichts von dem Haus auf der anderen Seite des Flusses gewusst hatte. Nichts davon wissen konnte, es nicht hätte verschweigen können, wenn sie nicht auch verrückt war. Sie würden sich noch einmal mit ihr unterhalten.

Die Frau direkt von vorn fotografiert. Auf Cecilias Bild war der Junge nicht drauf, er hatte wohl einen Schritt nach vorn gemacht. Das hatte gereicht. Der dunkle Mann war verschwunden, aber hier war die Menge dichter, es gab mehr Gesichter. Das war ihm früher auch schon aufgefallen.

Er starrte das Bild an, starrte. Er nahm das Vergrößerungsglas. Er studierte wieder ein paar der extremen Vergrößerungen, die er hatte machen lassen. Wieder sah er das erste Bild durchs Glas an. Jetzt wusste er, wonach er suchte. Das war der entscheidende Unterschied. Plötzlich öffnete sich das Bild seinem Blick, und er sah tiefer in die Menschenmenge, ganz hinten war ein blonder Kopf im Profil zu sehen, nur der obere Teil des Gesichtes, eine Stirn, Augen, Nase und nichts weiter, aber er brauchte kein Vergrößerungsglas, um zu erkennen, wer dort im Hintergrund unter einer Wolke von Ballons stand. Benny.

Er trug einen falschen Bart. Samic trug eine Perücke. Ein geschmackloser Scherz oder etwas Schlimmeres.

Samic. Die Frau. Vennerhag. Sie waren nicht wegen Angelika auf dem Schulhof gewesen, nicht in erster Linie. Es war ihr Abitur gewesen, aber gleichzeitig auch Mattias' Abitur. Er war auf dieselbe Schule gegangen, aber nicht in dieselbe Klasse. Jetzt wusste Winter es.

Mattias' Abitur.

Wegen Mattias waren sie dort gewesen.

Die Frau war Mattias' Mutter.

Gott mochte wissen, in welcher Beziehung sie zu Samic stand. Und zu Benny Boy. Aber das spielte jetzt keine Rolle mehr.

Ringmar fuhr, die Hügel hinauf. Winter dirigierte ihn durch die stillen Straßen. In einem Garten grillte jemand einen Mitternachtsimbiss. Er sah eine Flamme aufzucken.

Der Riss in seinem Ellenbogen brannte wie Feuer.

»Sollte der nicht gegipst werden?«, fragte Ringmar.

Winter antwortete nicht, rauchte, den Blick in die Nacht gerichtet.

»Ist dort oben nicht Fredriks Haus?«, fragte Ringmar.

»Auf der anderen Seite. Da.«

Sie fuhren daran vorbei. Die Fenster waren alle dunkel.

»Hier nach unten und nach links«, sagte Winter. Er wippte vor und zurück und hielt sich den Ellenbogen.

»Sei ganz ruhig, Erik.«

»Wollen wir Fredrik finden oder nicht?«

»Natür...«

»Dann fahr zu.« Er sog den Rauch ein, löste den Sicherheitsgurt, als Ringmar vor Vennerhags Haus hielt. Die Fenster waren erhellt.

Sie stiegen gleichzeitig aus und hörten von irgendwo ein Geräusch. Ein Lachen. Geräusch von Wasser.

»Er ist auf der Rückseite«, sagte Winter. »Ich kenn den Weg.«

Ringmar folgte ihm zum Rasen auf der anderen Seite des Hauses. Ein Mann in Badehose stand mit einem Glas in der Hand da. Eine nackte Frau zog sich geschmeidig auf den Swimmingpoolrand.

Der Mann sah, wer da kam, und stellte rasch das Glas auf den Tisch unterm Sonnenschirm. Die Frau stand jetzt neben ihm und hielt die Arme vor dem Körper gekreuzt, der vom Wasser glänzte. Ringmar sah, dass Winter sich die Schlinge vom Arm riss. Der Mann in Badehose setzte an, etwas zu sagen.

»Erik, das wa…«

Winters Schädel traf Vennerhag in Brusthöhe. Die Frau schrie auf. Vennerhag gab einen Laut von sich, wie wenn Luft aus einer Luftmatratze gepresst wird. Er wankte rückwärts. Winter hielt den rechten Arm, als ob er immer noch in der Schlinge steckte, die neben Ringmar lag. Der stand wie fest gewachsen auf dem Rasen. Die Frau schrie wieder. Vennerhag krümmte sich, und Winter trat ihm zwischen die Beine. Aus Vennerhags Mund kam Blut. Winter trat ihm gegen beide Kniescheiben. Vennerhag schlug rückwärts hin mit einem Geräusch, das klang, als ob trockene Zweige zerbrachen, er rutschte ins Wasser. Winter sprang hinterher und drückte seinen Kopf mit dem einen Arm unter Wasser und zog ihn dann wieder hoch. Ringmar sah Vennerhags stierende Augen, in ihnen spiegelte sich die Beleuchtung des Swimmingpools.

»WO IST ER?«, schrie Winter. Er drückte Vennerhags Kopf erneut unter Wasser, zog ihn wieder hoch. »WO IST ER, DU VERDAMMTES MISTSTÜCK? WO IST FREDRIK HALDERS?«

Vennerhags Kopf tauchte wieder unter und wieder auf. Aus seiner Nase kam Blut, das Wasser konnte es nicht wegspülen.

Ringmar sah, wie Winter seinen Schädel gegen Vennerhags Nase rammte. Vennerhag gab einen unheimlich röchelnden Laut von sich. Er schlägt ihn tot, dachte Ringmar. Ich muss da rein.

»Ich schlag dich tot, Benny, du weißt, dass ich das tue«, sagte Winter und zielte einen Schlag gegen Ringmar, der ins Wasser gesprungen war und sich näherte. »Halt dich hier raus, Bertil, bleib da!«

»Warte, Erik.«

»BLEIB DA!«, schrie Winter, und Ringmar stockte und überlegte, was er jetzt tun sollte.

Winter zog Vennerhags Gesicht nah an sein eigenes. »Zum letzten Mal, bevor du ersäufst! Wo ist er? Wo ist Halders?«

Vennerhag röchelte wieder.

»WAS? WAS?«, schrie Winter.

Er drückte Vennerhags Kopf unter Wasser. »Neeei…«, jammerte Vennerhag. Winter zog ihn wieder aus dem Wasser. Das Gesicht war entstellt von Schlägen und Blut und vom Licht, das sich von unten her durch seinen Kopf zu bohren schien.

»WAS HAST DU GESAGT?«

Ringmar sah, wie Vennerhag die Lippen bewegte, sah, wie Winter sich näher beugte, sah wieder Vennerhags Lippen, sah Winter sich rasch aufrichten und den Körper ins Wasser fallen und wie Winter anfing sich zu entfernen. Das Wasser reichte ihm bis zur Hüfte.

Ringmar zog Vennerhag über den Swimmingpoolrand. Er schien leblos zu sein. Die Frau saß zitternd mit vors Gesicht geschlagenen Händen da. Ringmar suchte nach Vennerhags Puls und fühlte ihn nach einigen Sekunden schwach schlagen. Er hörte eine Stimme aus dem Haus. Winter rief einen Krankenwagen und die Polizei.

Er kam wieder heraus.

»Das Handy hat seinen Geist aufgegeben«, sagte er. »Jetzt fahren wir.«

Ringmar warf einen Blick auf die Frau und Vennerhags Körper. Sie schaute auf und verbarg dann wieder ihr Gesicht in den Händen. Er hatte sie noch nie gesehen.

»KOMM SCHON, Bertil. Du musst fahren.«

»Wohin?«, fragte Ringmar, aber Winter war schon hinter der Hausecke verschwunden.

39

Ringmar fuhr nach Westen, vorbei am Vergnügungspark. Winter meinte zu sehen, wie sich die Karusselle drehten, ein Kreis von künstlichen Lichtern.

Ein anderes Licht ging überm Horizont hinter ihnen auf, ein neuer Tag. Winter spürte einen Schmerz wie von Schmiedehämmern in der ganzen rechten Hälfte seines Körpers. An seinen Fingerknöcheln war noch Vennerhags Blut. Er spürte seinen eigenen wilden Geruch. Er zitterte in den nassen Kleidern, als Ringmar die Geschwindigkeit auf der Autobahn erhöhte und der Wind zum offenen Fenster hereinkam.

Hab ich jetzt den Verstand verloren? Bin ich geisteskrank?

Ringmar sprach über Funk mit der Einsatzzentrale.

»Die müssen warten«, sagte Winter. »Wir können nicht mit einem ganzen Bataillon stürmen.«

Ringmar redete weiter über Funk mit Bergenhem oder wer das nun war. Winter wischte sich mit den Händen über das Hemd.

»Auf dem Rücksitz ist ein Pullover«, sagte Ringmar und drehte sich zu ihm um. »Wie viele sind es?«

»Ich weiß es nicht.«

»Hat er nichts darüber gesagt?«

»Nein.«

»Was hat er denn gesagt?«

»Das, was wir brauchen. Wo Fredrik ist.«

»In welchem *Zustand*? Fredrik?«

»Ich hab nicht gefragt«, sagte Winter und starrte geradeaus. »Bieg nach der Anschlussstelle nach rechts ab. Das geht schneller.«

Er sah ein Flugzeug in den Morgenhimmel steigen, wie einen dunklen Vogel. Seine Lichter blinkten eine Botschaft zur Erde. Jetzt hörte er das Geräusch der Motoren, ein dumpfes Dröhnen.

Sie fuhren über die Brücke. Das Meer lag ruhig da wie ein Feld.

Auf der anderen Seite wurde es wieder dunkler. Die Morgendämmerung war hinter ihnen, über dem offenen Wasser. Ihnen begegneten keine Autos auf dem Weg, der immer schmaler wurde, als sie die Insel erreichten.

»Hier muss es sein«, sagte Ringmar. Er bog ab, und zwischen den Bäumen wurde es noch dunkler. Ringmar warf Winter einen raschen Blick zu, der seine Waffe kontrollierte. Sie hatte das Bad im Swimmingpool überstanden. »Alles okay, Erik?«

»Hab Geduld mit mir«, sagte Winter.

»Wir dürfen gleich nichts überstürzen«, sagte Ringmar.

»Wir werden sehen.«

Winter lehnte sich zurück und schloss die Augen. Plötzlich sah er das Gesicht des Jungen vor sich.

Cohen hatte angerufen, als er irgendwann an diesem Tag, der kein Ende nehmen wollte, über den Fotos gesessen hatte.

»Er will was aussagen«, hatte Cohen gesagt.

»Und was?« Winter hatte ein Foto, das zum größten Teil mit fröhlichen Ballons bedeckt war, in der Hand gehalten.

»Ich glaube, er will uns die Geschichte liefern.«

Mattias hatte nicht in seine Richtung geschaut, als er den Raum betrat. Still hatte der Junge auf dem Stuhl vor ihnen gesessen.

»Sie wollten mit uns reden, Mattias?«

Keine Antwort.

»Möchten Sie uns etwas erzählen?«

»Vielleicht.«

Winter hatte die Ähnlichkeit mit seinem Vater gesehen, jetzt, wo er es wusste. Die Augen waren die gleichen, spiegelten das gleiche Dunkel dort drinnen.

»Was möchten Sie erzählen, Mattias?«

»Wo ist meine Mutter?«

Winter hatte erwartet, dass Mattias ihn anschauen würde, aber der Junge starrte weiter auf den Tisch.

»Ich will, dass sie kommt«, hatte er gesagt.

»Wie heißt Ihre Mutter, Mattias?«

»Wie?«

»Wie heißt sie?«

Keine Antwort.

Hab ich einen Fehler gemacht?, hatte Winter gedacht.

Dann hatte Mattias Cohen angesehen, sein Blick war zu Winter weitergewandert.

»Wo ist meine Mutter?«

»Wir wissen es nicht«, hatte Winter gesagt. »Wir haben auch nach ihr gesucht.« Er hatte sich vorgebeugt. »Warum können wir sie nicht finden, Mattias?«

»Ich weiß es nicht.«

»Wann haben Sie sie zuletzt gesehen?«

»Weiß nicht.«

»Ihr scheint nicht zusammen zu wohnen.«

Mattias hatte nicht geantwortet.

»Wo wohnt sie?«

Er hatte etwas gemurmelt.

»Wo ist sie jetzt, Mattias?«

»Sie wohnt bei ihm, Samic.« Er hatte Winter angeschaut. »Schon lange.« Er hatte sich mit der Hand über den Mund gewischt. »Sie sind schon lange zusammen.« Er hatte sich mit der Hand die Stirn gerieben. »Ich hab ihr gesagt, dass mir das nicht gefällt. Ich hab ihr das schon früher gesagt.« Plötzlich hatte er kurz gelacht. »Ich hab's ihnen gezeigt. Ich hab's dem Kerl gezeigt. Jetzt wird es nie mehr ... nie mehr.«

Winter hatte gewartet. Der Junge war erregt, aber nur für ein paar Sekunden.

»Ich hab es ihm auch gezeigt«, war Mattias fortgefahren. »Genau wie ... denen.«

»Warum haben Sie die Mädchen umgebracht, Mattias?«

Der Blick des Jungen ruhte auf einem Punkt weit außerhalb des Zimmers.

»Die … die hätten nicht dort sein sollen.«

Mattias spuckte die Worte in den stillen Raum. Winter hatte bemerkt, wie ihm der Schweiß über den Rücken zu rinnen begann. Die Schmerzen in seinem Arm hatten wieder zugenommen.

»Die … die hatten da nichts zu suchen. Ich … ich hab's ihnen gesagt.«

Er hatte an Winter vorbei gegen die Wand gesehen, gegen die schon so viele andere während eines Verhörs gestarrt hatten.

»Sie waren selber schuld«, hatte Mattias gesagt. »Wären sie nicht dort gewesen, wäre es … wäre es nicht so gekommen.«

»Warum waren sie schuld?«

»Jeanette.«

»Jeanette. War sie dort?«

»Sie … ist … einmal mitgegangen.«

»War Jeanette in dem Club?«

Mattias hatte genickt. Winter hatte nicht gewusst, was er glauben sollte.

»Was hat sie getan?«

Der Junge hatte wieder genickt. Vielleicht hatte er die Frage nicht gehört.

»Was hat sie dort getan, Mattias?«

»Sie ist draußen vor der Tür geblieben.«

Winter hatte das Haus vor sich gesehen, die Straße, die Beleuchtung, die Tür, die Diele, die Treppe, die Mauer.

»Draußen?«

»Sie … sie war nur draußen, aber das … das hat gereicht.«

»Gereicht? Für was gereicht?«

»Dass … dass er ihr folgen würde. Ihr folgen und das … das tun, was er ge… tan hat.«

»Wer? Johan Samic?«

Mattias hatte genickt.

»Ddd… das werden sie nicht mehr tun. Nie mehr.« Jetzt hatte er Winter angesehen. Sein Körper war zusammengesunken, wie eine knochenlose Hülle. »Er hat es getan.«

»Jon Samic?«

Der Junge hatte den Kopf geschüttelt.

»Ni… nicht das. Das andere.«

»Kurt Bielke?«

Der Junge hatte mit einem Glanz in der Augen genickt, als ob er ein Geheimnis mit Winter teilte. Auf seinen Augäpfeln waren rote Punkte gewesen, und in seinen Mundwinkeln hatte sich Speichel gesammelt.

»Was hat Kurt Bielke getan?«

»Ich hab gehört, wie er und Samic darüber geredet haben«, hatte Mattias mit einer Stimme gesagt, die plötzlich stark und klar klang. »Er hat es getan und könnte es wieder tun.« Die Stimme hatte sich gesenkt. »Er … er … es war auch seine Schuld. Dass … Jeanette.«

»Es wieder tun könnte? Was wieder tun könnte?«

»Er hat es einmal gemacht, oder?«

»War …«

»Dann kann er es die anderen Male doch auch gewesen sein, oder?«, unterbrach er Winters Frage.

»Aber Sie waren es, Mattias.«

»Er könnte es gewesen sein.« Mattias hatte plötzlich seine Hände gehoben. »Er könnte es gewesen sein.«

»Wissen Sie, wer er ist? Wer Kurt Bielke ist?«

»Er ist ein Dreck.«

»Was ist er sonst noch?«

»Sie sagen, er ist mein Vater, aber das glaube ich nicht.«

»Was sagt denn Ihre Mutter?«

»Ich hatte noch keine Zeit, sie zu fragen«, hatte Mattias geantwortet und wieder aufgelacht.

Sie hat nicht gewusst, was ihr Sohn getan hat, hatte Winter gedacht. Und als sie es schließlich begriff, bekam sie Angst. Sie hat Hilfe gesucht. Aber dort, wohin sie sich wandte, gab es keine Hilfe. Dort war es noch schlimmer.

Und dann kamen wir. Halders kam.

Cohen hatte Winter angesehen, der keine neue Frage gestellt hatte.

»Wo ist Angelikas Freund?«, hatte Cohen gefragt.

»Wer?«

»Angelika hatte einen Freund, oder?«

»Er ist jetzt weg«, hatte Mattias geantwortet.

»Was meinen Sie mit ›weg‹?«

»Er ist genau wie die.« Mattias hatte aufgeschaut, den Blick auf etwas hinter Cohen und Winter gerichtet. »Er ist mit einem Haufen Fragen zu mir gekommen. Genau wie Sie.«

Ringmar fuhr im dritten Gang und machte sich Sorgen wegen der Scheinwerfer, die hundert Meter weit leuchteten.

»Ich schalte sie ab«, sagte er.

»Pass auf, hier gibt es Rehe«, sagte Winter.

Ringmar musste lächeln. Er blinzelte durch das schwache, ungewisse Dämmerlicht, das zwischen den Bäumen herumirrte.

»Samic hat Jeanette vergewaltigt«, sagte Winter.

Ringmar antwortete nicht, versuchte nur, das Auto auf dem Weg zu halten, der eine schwarze Linie zwischen den Bäumen war.

»Er hatte Bielke in all den Jahren in der Hand, das hat er ausgenutzt.«

»Woher weißt du das?«

»Das hat Bielke beim letzten Verhör gesagt.« Winter drehte sich Ringmar zu. »Der Junge hat es bestätigt.«

»In dieser Geschichte gibt es viele Täter«, sagte Ringmar.

»Und Opfer«, sagte Winter. »Die meisten sind Opfer.«

»Mhm.«

»Alle sind auf ihre Weise Opfer«, sagte Winter. »Es nimmt nie ein Ende.« Er klopfte auf das Armaturenbrett. »Halt mal an.«

Ringmar fuhr an den Wegrand und stellte den Motor ab. Die Stille war unter den Bäumen, Steinen und Büschen deutlicher. Winter schaute wieder auf die Karte, die er angefertigt hatte, als sie die Stadt verließen, nachdem sein Puls sich wieder beruhigt hatte. Er hielt den Taschenlampenstrahl gegen den Boden gerichtet.

»Es war ja nur ein Name«, sagte er. Vennerhag hatte einen Namen von Hütte und Richtung genuschelt.

»Ein Kilometer noch, oder weniger. Da vorn muss eine Weggabelung sein, und dann sind es noch fünfhundert Meter.« Winter legte die Karte hin. »Von hier aus gehen wir zu Fuß.«

Er öffnete die Tür. »Stell das Auto quer, damit Lars kapiert, was los ist, wenn er kommt. Und es ist ja auch gleichzeitig eine Sperre.« Winter konnte sehen, dass zu beiden Seiten des Weges tiefe Gräben waren. Er richtete sich auf, schwankte, hielt sich in einem Reflex mit dem verletzten Arm an der Tür fest und spürte den Schmerz wie einen Stich bis in den Kopf.

»Wir warten auf die anderen«, sagte Ringmar.

Das war doch das einzig Richtige. Das musste Winter doch begreifen. Aber etwas in ihm sagte auch Ringmar, dass sie keine Zeit zu verlieren hatten.

»Dafür haben wir keine Zeit«, sagte Winter und spürte, wie sich der intensive Schmerz hämmernd von seinem Körper entfernte. »Ich weiß, dass wir jetzt keine Minute zu verlieren haben.«

»Es geht um eine halbe Stunde, Erik, höchstens.«

»Es ist nicht nur das. Dann sind wir zu viele. Auf einmal.«

Er begann, am Grabenrand entlangzugehen. Ringmar folgte ihm. Es roch nach Wasser, voller Grün, nach Pflanzen, die noch nicht vertrocknet waren in der Sonne. Bis hierher war die Sonne noch nicht vorgedrungen, und Winter roch Düfte, die hundert Jahre alt zu sein schienen.

Wenn alles vorbei war, würde er mit Angela und Elsa in den Wald gehen, unter Bäume kriechen und Moos ausgraben. Pilze im Herbst. Mit Gummistiefeln durch feuchtes Gestrüpp. Wieder zitterte er in dem dünnen, kratzenden Pullover. Die Segelschuhe klebten wie Leim an den Füßen.

Dort vorn war die Kreuzung. Winter nickte nach rechts. Er überquerte den Weg und ging durch den Wald, der hier lichter war. Irgendwo schrie ein Seetaucher. Er wusste, dass hinter dem Haus, zu dem sie jetzt unterwegs waren, ein See war. Der Vogel schrie wieder, einen langen einsamen Ruf durch den frühen Morgen, der die Konturen um sie herum herausschälte. Der Vogelschrei war nah. Winter spürte Reisig und Farnkraut an seinen Schienbeinen, einmal einen Stich. Die nassen Shorts klebten an den Schenkeln und am Hintern. Beste Bedingungen für einen Blasenkatarrh, aber es war ja Sommer und nicht Winter. *Blues guitar.* Halders pflegte das zu sagen, na ja, pflegte zu sagen ... Einmal hatte er es gesagt.

»Ich sehe es«, flüsterte Ringmar.

Sie blieben stehen. Die Konturen des Hauses waren jetzt zu ahnen, ein spitzes Dach. Sie gingen näher, standen hinter den Tannen und sahen das Haus. Es war größer, als Winter gedacht hatte. Davor stand ein Auto, wie gegen die Wand gelehnt. Ein Kombi. Die Fenster waren alle dunkel.

Da drinnen soll Halders also sein, dachte Ringmar. Oder darunter. Unter dem Haus, in der Erde.

»Das ist Samics Versteck«, sagte Winter.

»Wie lange wollte er sich hier verstecken?«

»Bis wir kommen«, sagte Winter.

»Und Halders ist also bei ihm?«

»Was sollten sie sonst mit ihm machen?«

Man könnte ihn an Tausenden von Orten rund um die Stadt vergraben, dachte Ringmar.

Bald würden sie sich bewegen. Der Himmel glitt in Grau und Blau über sie hin.

Halders hat alles gesehen, dachte Winter, er weiß alles. Jetzt kommen wir, jetzt kannst du es erzählen.

Er wusste, dass Ringmar keine Sekunde daran glaubte, dass Halders noch lebte. Nicht einmal, dass er dort drinnen war. Aber Winter kannte Vennerhag. Halders war dort.

Er hatte Vennerhag zusammengeschlagen, weil er geglaubt hatte, dass es noch Hoffnung für Halders gab.

Als er jetzt vor dem stillen Haus am See stand, schwand seine Hoffnung wie die Sterne über dem Wald verschwunden waren. Hinter dem See, der zu beiden Seiten des Hauses blinkte, war ein roter Schimmer. Warum sollten sie dort in einer Sekunde oder zwei hineingehen, wo sie doch auf den Polizeieinsatz warten konnten, der einen Ring um das Höllenhaus schließen und eindringen würde.

»Jetzt gehen wir«, sagte Winter.

Ringmar nickte und bewegte sich. Nicht aus Loyalität. Er ist kein Knappe. Bertil ist meiner Meinung. Jetzt. Er ist nicht mitgekommen, um hier stehen zu bleiben und auf Lars und Aneta und den Sonnenaufgang zu warten.

Sie krochen zwischen Auto und Haus entlang. Das Gras strich lautlos über ihre Knie. Winter lauschte nicht nach den

Geräuschen des Grases. Hinter einem Fenster links von der Veranda war ein Rollo heruntergezogen. An einem Haken hing ein Hut. Neben der Tür stand ein Paar Stiefel. Auf der Bank rechts lag Werkzeug, ein Meißel.

Und jetzt?

Winter legte die Hand auf die Türklinke, drückte sie herunter und die Tür glitt ohne Knarren ein paar Zentimeter weit auf. Er sah Ringmar an, der war bereit. Winter drückte weiter, und die Tür ging ganz auf, und sie gingen mit schnellen, leisen Schritten hinein und standen in einer Art Vorraum mit Konturen einer Treppe genau vor ihnen und den verschwommenen Rechtecken von zwei Türen. Ich bin zu alt für so was, dachte Ringmar.

Hinten rechts war ein dunkles Loch, das der Eingang zu einem Keller sein mochte. Daneben ein Tisch mit ein paar Kleidungsstücken darauf. Zwei Stühle. Über dem Tisch war ein Spiegel, und Winter schaute hinein und sah Augen, die ihn von der anderen Seite des Zimmers aus der Türöffnung anstarrten, und er sah die Fingerknöchel vor dem Gesicht am ausgestreckten Arm, der etwas hielt, und das war eine Waffe, verdammt groß war sie, und er bewegte sich nicht, er hörte nichts, kein Kommando, keine Atemzüge, nichts von Ringmar, der regungslos dastand und auf dasselbe starrte wie er, aber nicht im Spiegel. Winter wartete auf die Kraft der Kugel, die ihn in Stücke reißen und das Glas zersplittern und das Bild von Samic auslöschen würde, der mit auf ihn gerichteter Waffe dastand und auf eine Bewegung wartete, die kommen würde …

Der Schuss zerriss die angespannte Stille, noch ein Schuss, unmittelbar nach dem ersten. Winter hielt den Blick weiter auf den Spiegel gerichtet, der nicht zersplittert war. *Er* war nicht zerschmettert. Ringmar stand noch genauso regungslos da, die Augen auf etwas gerichtet, was Winter nicht sehen konnte, er konnte den Blick nicht vom Spiegel und der Welt dort drinnen lösen.

Samics Arm senkte sich. Winter sah seine Augen, immer noch offen. In seiner Hand war keine Pistole mehr. Die lag vor ihm auf dem Boden. Samic hielt sich die Hand, die die Pistole gehalten hatte, aber er schien nicht verletzt zu sein. Er fiel, langsam, und gab den Blick auf die Frau frei, die hinter ihm gestanden hatte mit einer Waffe in der Hand. Vielleicht Halders' SigSauer. Sie hatte Samic die Pistole aus der Hand geschossen. Samic gab einen Laut von sich. Sie ließ die Waffe auf seinen Körper fallen.

Winter hatte ihr Gesicht schon einmal gesehen, im Profil und direkt von vorn.

»Jetzt reicht es«, sagte sie, »es reicht.«

Winter wandte den Blick endlich vom Spiegel ab. Sie trug ein engelweißes Nachthemd. Winter bewegte sich auf sie zu.

»Ja«, sagte sie, »ich bin Mattias' Mutter.«

Ringmar bewegte sich.

»Er ist da oben«, sagte sie. Sie sah Winter direkt in die Augen.

»Sind noch mehr hier?«, fragte Ringmar. »Außer ... unserem Kollegen?«

»Was glauben Sie?« Sie schaute auf die Waffe, die zwischen Samics Beinen lag.

Winter ging rasch die Treppe hinauf. Plötzlich sah er das Licht eines Scheinwerfers durch ein Fenster dort oben. Er hörte Ringmars Stimme unten am Handy. Er hörte Automotoren draußen, Türen, die aufgerissen wurden, das Propellergeräusch von Hubschraubern am Himmel.

Es gab zwei Türen, und beide waren geschlossen. Er öffnete die linke und sah ein breites ungemachtes Bett. Auf dem Fußboden lag Kleidung.

Die Tür auf der anderen Seite des Vorraumes knarrte in den Angeln. Ein weiteres Zimmer, auch hier ein Bett. Draußen drehte sich das Licht des Hubschraubers wie auf einem Vergnügungsplatz, warf kreiselndes Licht ins Zimmer. Auf dem Bett lag eine Gestalt, der Kopf war mit Schienen oder Gips fixiert, oder was zum Teufel das war. Winter beugte sich über den Körper.

Halders' Gesicht war gefleckt vom Scheinwerferlicht, vielleicht auch von der aufgehenden Sonne. Winter hörte jetzt Schritte von unten, Stimmen, Autotüren, die aufgerissen wurden.

Halders schlug die Augen auf.

Åke Edwardson

Zimmer Nr. 10

Roman

Aus dem Schwedischen von Angelika Kutsch

Nach über zwanzig Jahren im Polizeidienst erlebt Erik Winter eine Krise. Wohin führt sein Leben? Wie sieht die Zukunft mit Angela aus? Winter ist entschlossen, eine Auszeit zu nehmen und alles zu überdenken. Doch dann geschieht ein Mord. In einem Göteborger Hotel wird eine junge Frau erhängt. Ihr Tod sieht wie ein Selbstmord aus, aber der Abschiedsbrief von Paula Ney enthält keinerlei Hinweise auf die Hintergründe. Wenig später findet man auch Paulas Mutter tot auf, und für Winter rückt ein Indiz in den Mittelpunkt der Ermittlungen: beide Leichen haben eine weiß bemalte Hand. Winter erinnert sich an einen ungelösten Fall, der zwanzig Jahre zurückliegt. Die erfolglose Suche nach der vermissten Ellen Börge endete in genau jenem Hotelzimmer Nr. 10, in dem Paula Ney gefunden wurde. Als Erik Winter diesen alten Fall aufgreift, gerät er plötzlich selbst in das Visier des Mörders.

Lesen Sie auf den nächsten Seiten, wie der Roman beginnt ...

I

Die Frau zwinkerte mit dem rechten Auge. Einmal, zwei-, drei-, viermal. Kriminalkommissar Erik Winter schloss die Augen. Als er sie wieder öffnete, hatte das Zwinkern nicht aufgehört, es war wie ein spastisches Zucken, als führte es ein Eigenleben. Winter sah das Augustlicht, das sich in den Augen der Frau spiegelte. Die Sonne schickte ihre Strahlen durch das offene Fenster, und der Nachmittagsverkehr unten auf der Straße drang an sein Ohr; ein Auto fuhr vorbei, in der Ferne ratterte eine Straßenbahn, ein Seevogel schrie. Er hörte Schritte, die Absätze einer Frau auf dem Kopfsteinpflaster. Sie ging rasch, sie hatte ein Ziel.

Winter betrachtete wieder die Frau, den Fußboden unter ihr. Er war aus Holz. Ein Sonnenstrahl durchschnitt den Boden wie ein Laser. Er schien durch die Wand ins nächste Zimmer zu dringen, vielleicht durch alle Zimmer dieser Etage.

Die Augenlider der Frau bebten noch einige Male. Nehmt endlich die verdammten Elektroden weg. Wir wissen es jetzt. Er wandte den Blick von der Frau ab und sah, wie die Vorhänge am Fenster sich in einem leichten Luftzug bewegten. Der Wind trug die Gerüche der Stadt herein, nicht nur die Geräusche. Benzinduft, Ölparfüm. Der salzige Hauch des Meeres, er konnte ihn riechen. Plötzlich musste er an das Meer denken, an den Horizont und an das, was dahinter lag. An Reisen, er dachte ans Reisen. Jemand im Zimmer sagte etwas, aber Winter hörte es nicht. Er dachte immer noch an Reisen und daran, dass er sich nun auf eine Reise in das Leben dieser Frau begeben musste. Eine Reise in die Vergangenheit. Er sah sich wieder im Zimmer um. In diesem Zimmer.

*

Aus irgendeinem Grund war der Portier in ihr Zimmer gegangen, noch war unklar, warum.

Er war zu ihr gestürzt.

Und noch an Ort und Stelle hatte er von seinem Handy aus angerufen.

Die Zentrale des Landeskriminalamtes hatte einen Krankenwagen und einen Funkstreifenwagen zum Hotel geschickt. Der Streifenwagen war gegen die Fahrtrichtung in die Einbahnstraße eingebogen. In diesem alten Viertel südlich vom Hauptbahnhof waren alle Straßen Einbahnstraßen.

Der Portier hatte vor der offenen Zimmertür gewartet. Die beiden Polizeiinspektoren, ein Mann und eine Frau, warfen einen Blick auf den Körper. Und mit dünner Stimme hatte der Portier begonnen zu berichten. Dabei war sein Blick durchs Zimmer geschweift, als wäre er dort zu Hause. Die Polizistin, die das Kommando hatte, war rasch hineingegangen und hatte sich neben den Körper gekniet, der ausgestreckt auf dem Boden lag.

Die Schlinge um den Hals der Frau war immer noch festgezogen. Einen Meter von ihrem Kopf entfernt lag ein umgekippter Stuhl. In ihrem Gesicht, dem gebrochenen Blick war kein Leben. Die Polizistin hatte lange nach einem Puls gesucht, der nicht vorhanden war. Sie sah hoch und musterte die Balken, die sich unter der Decke kreuzten. Es sah merkwürdig aus, mittelalterlich. Das ganze

Zimmer wirkte mittelalterlich, wie aus einer anderen Welt oder einem Film. Es war ein ordentliches Zimmer, abgesehen von dem umgekippten Stuhl. Jetzt hörte sie die Sirene des Krankenwagens durch das offene Fenster, zuerst entfernt und dann laut und brutal, als der Wagen auf der Straße bremste. Aber es war ein sinnloses Geräusch.

Wieder schaute sie in das Gesicht der Frau, die offenen Augen. Sie betrachtete den Strick, den Stuhl. Die Balken dort oben. Es war eine sehr hohe Decke.

»Ruf die Spurensicherung an«, sagte sie zu ihrem Kollegen.

Die Männer von der Spurensicherung waren gekommen. Winter war gekommen. Die Gerichtsmedizinerin war gekommen.

Jetzt entfernte die Ärztin die beiden Elektroden vom rechten Auge der Frau. Hier gab es nichts mehr, was sie heilen konnte, aber sie konnte feststellen, wie lange die Frau schon tot war. Je weniger weit der Todeszeitpunkt zurücklag, um so intensiver waren die Muskelkontraktionen. Der Todeszeitpunkt, dachte Winter wieder. Ein sonderbares Wort. Und eine sonderbare Methode.

Die Gerichtsmedizinerin sah Winter an. Sie hieß Pia Fröberg. Seit fast zehn Jahren arbeiteten sie zusammen, aber Winter kam es manchmal doppelt so lange vor. Vielleicht lag das an den Verbrechen. An was auch immer.

»Sechs bis acht Stunden«, sagte Pia Fröberg.

Winter nickte. Er warf einen Blick auf die Armbanduhr. Es war Viertel vor elf. Die Frau war am frühen Morgen gestorben oder in der späten Nacht, wie man wollte. Draußen war es dunkel gewesen.

Er schaute sich im Zimmer um. Die drei von der

Spurensicherung beschäftigten sich mit dem Stuhl, den Balken, dem Fußboden um die Frau herum, mit den wenigen anderen Möbeln im Zimmer, mit allem, was einen Anhaltspunkt bieten konnte. Wenn es einen gab. Nein, kein Wenn. Ein Täter hinterlässt immer etwas. Hinterlässt – immer – etwas. Wenn wir daran nicht glauben, können wir gleich einpacken, raus in die Sonne gehen.

In unregelmäßigen Abständen leuchtete das Zimmer im Blitzlicht des Fotografen auf, als wollte die Sonne draußen auch hier drinnen dabei sein.

Wenn es einen Täter gab. Winter starrte hinauf zu den Balken, dann wieder auf die Frau hinunter. Er musterte den umgekippten Stuhl. Einer von der Spurensicherung beschäftigte sich gerade eingehend mit der Sitzfläche. Er schaute zu Winter auf und schüttelte den Kopf.

Winter musterte die rechte Hand der Frau, die weiß angemalt war, blendend weiß, schneeweiß. Die Farbe war trocken, sie reichte halbwegs bis zum Ellenbogen. Es sah aus wie ein grotesker Handschuh. Weiße Malerfarbe. Auf dem Fußboden stand eine Farbdose, darunter war eine Zeitung ausgebreitet, als sei nichts wichtiger in diesem Zimmer, als den Fußboden zu schützen. Wichtiger als das Leben.

Von einem Pinsel auf der Zeitung war Farbe über ein Foto gelaufen, das eine Stadt in einem fremden Land zeigte. Winter erkannte die Silhouette einer Moschee. Als er sich hinkniete und über den Körper beugte, roch er die Farbe.

Auf dem einzigen Tisch im Zimmer lag ein Blatt Papier.

Der Brief war mit der Hand geschrieben und umfasste knapp zehn Zeilen. Im Hotelzimmer gab es

Briefpapier, einen Stift. Zimmer Nummer 10. Die Ziffern aus vergoldetem Messing waren an die Tür genagelt. Im dritten von vier Stockwerken. Nachdem das Fenster geschlossen worden war, blieb ein süßlicher Geruch zurück, der viele Bedeutungen haben konnte.

Winter nahm die Kopie des Briefes von seinem Schreibtisch und studierte noch einmal die Schrift. Er konnte nicht erkennen, ob die Hand gezittert hatte, als die Frau ihre letzten Worte schrieb, immerhin konnte er sie mit anderen Wörtern vergleichen, einem anderen Schriftstück von ihr. Sie hatten alles ans Kriminaltechnische Labor in Linköping geschickt, den Brief und einen anderen Text, den die Frau nachweislich geschrieben hatte.

»Ich liebe euch und ich werde euch immer lieben ganz gleich was auch mit mir geschieht und ihr werdet immer bei mir sein wohin ich auch gehe und wenn ich euch verärgert habe dann möchte ich euch um Verzeihung bitten ich weiß ihr werdet mir vergeben gleich was mit mir geschieht und was mit euch geschieht und ich weiß wir werden uns wiedersehen.«

Dort hatte sie den ersten Punkt gesetzt. Sie hatte noch ein paar Zeilen hinzugefügt, und dann war es passiert. Was auch mit mir geschieht. Die Formulierung wiederholte sich zweimal in dem Brief an die Eltern, geschrieben mit einer, wie es Winter vorkam, ruhigen Hand, auch wenn die Spurensicherung unter dem Mikroskop ein kaum sichtbares Zittern entdeckt zu haben meinte.

Ein Zittern der Hand, mit der sie den Brief geschrieben hatte, den er jetzt in der Hand hielt. Er starrte darauf nieder. Er konnte kein Zittern entdecken, aber er wusste, dass es so gewesen sein könnte. Schließlich war er auch nur ein Mensch.

Ihre weiße Hand. Eine perfekte Malerarbeit. Eine Hand wie aus Gips. Etwas, das nicht mehr zu ihr gehörte. Das man ebenso gut entfernen könnte, hatte er gedacht. Er fragte sich, warum. Hätte jemand anders das Gleiche gedacht?

Ihr Name war Paula Ney, sie war neunundzwanzig Jahre alt, und in zwei Tagen wäre sie dreißig geworden, am ersten September. Dem ersten Herbsttag. Sie hatte eine eigene Wohnung, aber in den letzten zwei Wochen hatte sie nicht dort gewohnt, weil die Wohnung von Grund auf renoviert wurde. Die Renovierung würde lange dauern, und Paula Ney war nach Hause zu ihren Eltern gezogen.

Gestern war sie am frühen Abend mit einer Freundin ins Kino gegangen, und nach der Vorstellung hatten sie ein Glas Wein in einer Bar in der Nähe des Kinos getrunken und sich dann am Grönsakstorget getrennt. Dort wollte Paula die Straßenbahn nehmen, hatte sie gesagt, und dort endeten ihre Spuren, bis man sie am Vormittag in einem Zimmer im Hotel »Revy« fand, eineinhalb Kilometer östlich vom Grönsakstorget. Am »Revy« fuhr keine Straßenbahn vorbei. Ein seltsamer Name.

Das Hotel war auch seltsam, wie aus einer schlechteren Zeit übrig geblieben. Oder einer besseren Zeit, wie manche meinen. Es lag in einem der engen Viertel südlich des Hauptbahnhofs, in einem der Gebäude, die der Abrisswut der sechziger Jahre entgangen waren. Fünf Häuserblocks hatten überlebt, als hätte gerade dieser Teil der Stadt im Schatten gelegen, als die Stadtplaner die Karte studierten, vielleicht bei einem Picknick in der Gartenvereinigung auf der anderen Seite des Kanals.

Das »Revy« existierte schon lange, vorher war in dem Gebäude ein Restaurant gewesen. Das gab es jetzt nicht mehr. Und nun lag das Hotel im Schatten eines relativ neuen »Sheraton« am Drottningtorget. Was für eine Symbolik.

Es ging das Gerücht, das »Revy« diene als Bordell. Vermutlich war es durch die Nähe zum Hauptbahnhof und wegen der großen Fluktuation von Gästen beiderlei Geschlechts aufgekommen. Das meiste war inzwischen Vergangenheit, die Gerüchte und die Wirklichkeit. Winter wusste, dass sich hin und wieder die Einheit im »Revy« umsah, die für Menschenhandel zuständig war, aber in der Vergangenheit hatte es nicht mal den Huren oder Freiern hier gefallen. Vielleicht war der Besitzer wegen Kuppelei einmal zu oft verklagt worden. Gott weiß, wer jetzt dort übernachtete. Wenige. Das Zimmer, in dem Paula Ney gefunden worden war, hatte drei Wochen leer gestanden. Davor hatte ein arbeitsloser Schauspieler aus Skövde vier Nächte lang darin gewohnt. Er war wegen der Audition für eine Fernsehserie in die Stadt gekommen, hatte die Rolle jedoch nicht ergattert. Nur eine kleine Rolle, das hatte er Winters Kollegen Fredrik Halders erzählt: Ich sollte einen Toten spielen.

Winter hörte ein Klopfen und hob den Kopf. Bevor er etwas sagen konnte, ging die Tür auf und Kriminalkommissar Bertil Ringmar, der dritthöchste Mann im Fahndungsdezernat, trat ein. Er schloss die Tür hinter sich und setzte sich auf den Stuhl vor Winters Schreibtisch.

»Herein«, sagte Winter.

»Ich bin's doch bloß.« Ringmar rückte quietschend mitsamt dem Stuhl näher. Dann sah er Winter an. »Ich war oben bei Öberg.«

Torsten Öberg war Kommissar wie Winter und Ringmar und stellvertretender Leiter der Spurensicherung ein Stockwerk über dem Fahndungsdezernat.

»Ja?«

»Er hat da etwas …«

Das Telefon auf Winters Schreibtisch klingelte und unterbrach Ringmar mitten im Satz.

Winter nahm ab. »Hier Erik Winter.« Er lauschte wortlos, legte auf, erhob sich. »Wenn man vom Teufel spricht. Öberg will uns sehen.«

»Es ist schwierig, jemanden aufzuhängen.« Öberg lehnte an einer der Arbeitsbänke im Labor. »Besonders wenn das Opfer um sein Leben kämpft.« Er zeigte auf die Gegenstände, die auf dem Tisch lagen. »Aber es ist selbst dann nicht leicht, wenn kein Widerstand geleistet wird. Körper sind schwer.« Er sah Winter an. »Das gilt auch für junge Frauen.«

»Hat sie Widerstand geleistet?«, fragte Winter.

»Nicht den geringsten.«

»Was ist passiert?«

»Das rauszufinden ist dein Job, Erik.«

»Nun komm schon, Torsten. Du hast doch was für uns.«

»Sie hat nicht auf dem Stuhl gestanden«, sagte Öberg. »Soweit wir feststellen konnten, hat sie zu keiner Zeit darauf gestanden.« Er rieb sich den Nasenrücken. »Hat der Portier ausgesagt, er sei hochgesprungen und habe das Strickende zu fassen gekriegt?«

Winter nickte.

»Er ist nicht auf den Stuhl gestiegen?«

»Nein. Der muss umgekippt sein, als der Körper fiel.«

»Sie hat eine Verletzung an der Schulter«, sagte

Öberg. »Die könnte sie sich in dem Moment zugezogen haben.«

Wieder nickte Winter. Er hatte mit Pia Fröberg gesprochen. »Der Portier, Bergström heißt er, hat das Strickende gepackt und mit aller Kraft daran gezogen, und dabei hat sich der Knoten gelöst.«

»Klingt, als hätte er gewusst, was er tat«, sagte Öberg.

Er habe ja keine Ahnung gehabt, hatte Bergström bei dem ersten kurzen Verhör Winter in einem übel riechenden Raum hinter der Lobby erzählt. Er habe nur gehandelt. Instinktiv, hatte er gesagt, instinktiv. Er habe Leben retten wollen.

Erkannt habe er die Frau nicht, weder in dem Moment noch später. Sie hatte sich nicht eingetragen, sie war kein Hotelgast.

Er habe den Brief gesehen, das Blatt Papier. Ein Abschiedsbrief, so viel habe er begriffen in der Sekunde, bevor er handelte. Von jemandem, der des Lebens müde war. Er habe den Stuhl neben ihr gesehen, aber auch das Strickende, und da sei er zu ihr gestürzt.

»Dieser Stuhl ist sorgfältig gesäubert worden«, sagte Öberg.

»Was soll das heißen?«, fragte Winter.

»Wenn sie sich hätte aufhängen wollen, hätte sie erst auf den Stuhl steigen und den Strick am Balken befestigen müssen«, erklärte Öberg. »Aber sie hat nicht auf dem Stuhl gestanden. Falls doch, dann hat sie ihn hinterher wieder abgewischt. Und das kann sie ja wohl auch nicht getan haben.«

»Verstanden«, sagte Ringmar.

»Der Sitz hat eine glatte Oberfläche«, sagte Öberg. »Sie war barfuß.«

»Die Schuhe standen in der Nähe der Tür«, sagte Ringmar.

»Sie war barfuß, als wir eintrafen«, sagte Öberg. »Sie ist barfuß gestorben.«

»Also keine Spuren auf dem Stuhl«, sagte Winter, mehr zu sich selbst.

»Wie die Herren wissen, sind fehlende Spuren genauso interessant wie vorhandene«, sagte Öberg.

»Und was ist mit dem Strick?«, fragte Ringmar.

»Das wollte ich euch gerade erzählen«, sagte Öberg.

Winter sah, dass er irgendwie stolz war. Öberg hatte etwas zu berichten.

»Am Strick waren keine Fingerabdrücke, aber das hab ich euch wohl schon mitgeteilt?«

»Ja«, sagte Winter. »Und dass es ein Nylonstrick war, ist mir auch nicht ganz unbekannt.«

Der Strick war blau, ein obszönes Blau, das an Neonfarbe erinnerte. Eine derart raue Oberfläche nahm selten Fingerabdrücke auf. Es ließ sich kaum feststellen, ob jemand Handschuhe getragen hatte.

Aber es gab andere Spuren. Winter hatte den Kriminaltechnikern im Zimmer Nummer 10 bei der Arbeit zugesehen. Sorgfältig hatten sie den Strick nach Spuren von Speichel, Haaren, Schweiß abgesucht. Es war gar nicht so einfach, keine DNA-Spuren zu hinterlassen.

Wer Handschuhe getragen hatte, konnte hineingespuckt haben. Sich die Haare zurückgestrichen haben.

Es war nicht ausgeschlossen, trotzdem erwischt zu werden. Winter versuchte stets, einen kühlen Kopf zu bewahren, in diesen Zeiten, in denen aus dem Traum von der DNA, die alle Verbrechen lösen half, ein Wunschtraum werden konnte, ein Tagtraum. Er wusste, dass Öberg die Proben an das Kriminaltechnische Labor in Linköping geschickt hatte.

»Gert hat noch etwas gefunden.« Öbergs Augen blitzten auf. »Im Knoten der Schlinge.«

»Wir sind ganz Ohr«, sagte Winter.

»Blut. Nicht viel, aber es reicht.«

»Gut«, sagte Ringmar. »Sehr gut.«

»Der kleinste Fleck, den ich je gesehen habe«, sagte Öberg. »Gert hat den Knoten gelöst, weil er ein gründlicher Mann ist, und dann hat er ihn sich gründlich angeschaut.«

»Ich hab in dem Zimmer kein Blut bemerkt«, sagte Winter.

»Keiner von uns.« Öberg nickte. »Und ganz gewiss nicht an der Frau.« Er wandte sich Winter zu. »Hat Pia entsprechende Spuren an ihrem Körper entdeckt?«

»Nein, jedenfalls bis jetzt noch nicht.«

»Wenn der Strick also nicht Paula Neys Strick ist …«, sagte Ringmar.

»… dann gehört er jemand anders«, ergänzte Öberg, und wieder blitzte es in seinen Augen auf.

»Ich hab vor einer Stunde mit Paula Neys Eltern gesprochen«, sagte Ringmar und rutschte einen halben Meter mit dem Stuhl nach hinten. Diesmal war das Geräusch noch lauter. Sie waren zurück in Winters Büro. Winter spürte die Erregung im ganzen Körper, als hätte er Fieber. Ringmar rutschte mit dem Stuhl weiter zurück, es quietschte wieder.

»Kannst du ihn nicht hochheben?«, fragte Winter.

»Ich sitz doch drauf!«

»Was haben sie gesagt? Die Eltern?«

»Am Abend oder Nachmittag davor sei sie wie immer gewesen. Die ganze Woche über. Nur genervt wegen der Handwerker. Das haben sie jedenfalls gesagt. Die Eltern. Vielmehr die Mutter. Ich habe mit der Mutter gesprochen. Elisabeth Ney.«

Winter hatte auch mit ihr gesprochen, gleich gestern Nachmittag. Und er hatte mit ihrem Mann gesprochen, Paulas Vater. Mario Ney. Er war in sehr jungen Jahren nach Schweden gekommen und hatte bei SKF gearbeitet. Viele Italiener hatten dort gearbeitet.

Mario Ney. Paula Ney. Ihre Handtasche hatte auf dem Hotelbett gelegen. Bis jetzt hatten Öberg und seine Kollegen nichts entdeckt, was darauf hindeutete, dass jemand den Inhalt durchsucht hatte. Sie hatten eine Brieftasche mit Kreditkarte und ein wenig Bargeld gefunden. Keinen Führerschein, aber die Mitgliedskarte eines Sportstudios. Anderen Kleinkram. Und ein Fach mit vier Fotos aus einem Fotoautomaten. Sie schienen neu zu sein.

Der gesamte Tascheninhalt deutete darauf hin, dass sie Paula Ney gehörte, und es war Paula Ney, die in dem dunklen Hotelzimmer, das nur einen dünnen Sonnenstrahl hereinließ, erhängt worden war.

»Wann hätte Paula Ney in ihre Wohnung zurückkehren können?«, fragte Winter.

»Irgendwann demnächst, soll sie gesagt haben.«

»Behaupten das die Eltern?«

»Der Vater. Ich habe auch die Mutter gefragt.«

Winter hielt den Brief hoch, eine Kopie. Wort für Wort wie das Original. Zehn Zeilen. Darüber: An Mario und Elisabeth. »Warum hat sie an die Eltern geschrieben? Warum an sie?«

»Paula war nicht verheiratet«, sagte Ringmar.

»Antworte auf die erste Frage«, sagte Winter.

»Ich habe keine Antwort.«

»Wurde sie gezwungen?«

»Ganz bestimmt.«

»Wissen wir, ob sie diesen Brief nach ihrem Verschwinden geschrieben hat, oder wie wir es nun nennen wollen? Nachdem sie sich von ihrer Freundin auf dem Grönsakstorget getrennt hat?«

»Nein, aber wir gehen davon aus.«

»Wir bringen den Brief mit dem Mord in Zusammenhang«, sagte Winter. »Aber vielleicht geht es um etwas anderes.«

»Und was sollte das sein?«

Sie waren mitten in ihrer Routine, der Methode, zu fragen und zu antworten und wieder zu fragen, in einem Strom des Bewusstseins, der sich vorwärts bewegen würde, oder auch rückwärts, in irgendeine Richtung, nur stillstehen durfte er nicht.

»Vielleicht wollte sie etwas loswerden«, sagte Winter. »Sie konnte es ihnen nicht ins Gesicht sagen. Etwas ist passiert. Sie wollte es erklären oder suchte Versöhnung. Oder sie wollte sich nur melden. Sie wollte für eine Weile weg von zu Hause. Sie wollte nicht bei den Eltern bleiben.«

»Das ist doch Wunschdenken«, wandte Ringmar ein.

»Wie bitte?«

»Die Alternative ist einfach zu schrecklich.«

Winter antwortete nicht. Natürlich hatte Ringmar Recht. Winter hatte versucht, sich die Szene vorzustellen, weil es ein Teil seines Jobs war, und möglicherweise hatte er die Augen verschlossen vor dem, was er sah: Paula vor einem Blatt Papier, jemand hinter ihr, über ihr. Ein Stift in ihrer Hand. Schreib. Schreib!

»Sind das ihre eigenen Worte?«, fragte Ringmar.

»Wurde es ihr diktiert?«, fragte Winter zurück. »Oder durfte sie schreiben, was sie wollte?«

»Ich glaube, ja«, sagte Winter und las wieder den ersten Satz.

»Warum?«, fragte Ringmar.

»Es ist zu persönlich.«

»Vielleicht drückt sich darin die Persönlichkeit des Mörders aus.«

»Du meinst, es ist seine Botschaft an die Eltern?«

Ringmar zuckte mit den Schultern.

»Das glaube ich nicht«, sagte Winter. »Es sind ihre Worte.«

»Ihre letzten Worte«, sagte Ringmar.

»Wenn nicht noch mehr Briefe auftauchen.«

»Mist.«

»Was meint sie wohl damit, wenn sie um Entschuldigung bittet?« Winter las den Brief erneut.

»Genau das, was sie schreibt«, sagte Ringmar. »Dass sie um Entschuldigung bittet, sollte sie die Eltern verärgert haben.«

»Fällt einem das als Erstes ein, wenn man einen derartigen Brief schreibt? Würde sie so denken?«

»Denkt man überhaupt?«, fragte Ringmar. »Sie weiß, dass sie in einer ausweglosen Situation ist. Sie bekommt den Befehl, einen Abschiedsbrief zu schreiben.« Er rutschte wieder auf seinem Stuhl herum, bewegte ihn dabei aber nicht von der Stelle. »Ja. Schon möglich, dass in dem Moment Schuldgefühle auftauchen. Genauso wie der Gedanke an Versöhnung.«

»Gab es eine Schuld? Ich meine, eine richtige Schuld?«

»Nach Aussage der Eltern nicht. Da sei nichts ... tja, nichts, was über das Normale zwischen Kindern und Eltern hinausging. Keine alte Fehde oder wie man das nennen soll.«

»Aber Genaueres wissen wir nicht«, sagte Winter.

Ringmar stand auf, trat ans Fenster und spähte durch die Ritzen der Jalousie. Der Wind bewegte die schwarzen Baumkronen am Fluss. Über den Häusern am anderen Ufer war ein mattes Licht, ganz anders als der klare Schimmer in einer Hochsommernacht.

»Ist dir so was schon mal untergekommen, Erik?«, fragte Ringmar, ohne sich umzudrehen. »Ein Brief von ... der anderen Seite.«

»Der anderen Seite?«

»Na hör mal.« Ringmar wandte sich zu ihm um. »Das arme Ding weiß, dass es ermordet werden soll, und schreibt einen Brief über Liebe, Versöhnung und Vergebung, und dann kriegen wir einen Anruf aus diesem lausigen Hotel, und das Einzige, was wir tun können, ist, hinzufahren und aufzunehmen, was passiert ist.«

»Du bist nicht der Einzige, der frustriert ist, Bertil.«

»Also – ist dir so was schon mal untergekommen? Ein Abschiedsbrief in dieser Form?«

»Nein.«

»Geschrieben von einer Hand, die hinterher angestrichen wurde? Weiß angemalt wurde? Als ob sie ... nicht mehr zum Körper gehörte?«

»Nein, nein.«

»Was zum Teufel geht hier vor, Erik?«

»Ich weiß nicht, ob das eine Botschaft für uns ist«, sagte Winter. »Die Hand. Die weiße Hand.«